民国词学史著集成

第十卷

盧前《詞曲研究》 蔣伯潛 蔣祖怡《詞曲》

任中敏《詞曲通義》 任二北《詞學研究法》

孙克强 和希林 ◎ 主编

南開大學出版社

图书在版编目(CIP)数据

民国词学史著集成. 第十卷 / 孙克强，和希林主编. 一天津:南开大学出版社，2016.12
ISBN 978-7-310-05274-5

Ⅰ. ①民… Ⅱ. ①孙… ②和… Ⅲ. ①词学一诗歌史一中国一民国 Ⅳ. ①I207.23

中国版本图书馆 CIP 数据核字(2016)第 287924 号

南开大学出版社出版发行
出版人:刘立松
地址:天津市南开区卫津路 94 号　　邮政编码:300071
营销部电话:(022)23508339　23500755
营销部传真:(022)23508542　　邮购部电话:(022)23502200
*
天津市蓟县宏图印务有限公司印刷
全国各地新华书店经销
*
2016 年 12 月第 1 版　　2016 年 12 月第 1 次印刷
210×148 毫米　32 开本　20.25 印张　4 插页　577 千字
定价:95.00 元

如遇图书印装质量问题，请与本社营销部联系调换，电话:(022)23507125

總序

清末民初詞學界出現了新的局面。在以晚清四大家王鵬運、朱祖謀、鄭文焯、況周頤為代表的傳統詞學（亦稱體制內詞學、舊派詞學）之外出現了新派詞學（亦稱體制外詞學）。新派詞學以王國維、胡適、胡雲翼為代表，與傳統詞學強調『尊體』和『意格音律』不同，新派在觀念上借鑒了西方的文藝學思想，以情感表現和藝術審美為標準，對詞學的諸多問題展開了全新的闡述。同時引進了西方的著述方式：專題學術論文和章節結構的著作。傳統的詞學批評理論以詞話為主要形式，感悟式、點評式、片段式以及文言為其特點；民國時期的詞學論著則以內容的系統性、結構的章節佈局和語言的白話表述為其主要特徵。當然也有一些論著遺存有傳統詞話的某些語言習慣。民國詞學論著的作者，既有新派大師王國維、胡適的追隨者，也有舊派領袖晚清四大家的弟子、再傳弟子。他們雖然觀點不盡相同，但同樣運用這種新興的著述形式，他們共同推動了民國詞學的發展。民國詞學論著的蓬勃興起是民國詞學興盛的重要原因。

民國的詞學論著主要有三種類型：概論類、史著類和文獻類。這種分類僅是舉其主要內容而言，實際情況則是各類著作亦不免有內容交錯的現象。

概論類詞學著作主要內容是介紹詞學基礎知識，通常冠以『指南』『常識』『概論』『講義』之名。這類著作無論是淺顯的入門知識，還是精深的系統理論，皆表明著者已經從傳統詞學中片段的詩詞之辨、詞曲之辨，提升到系統的詞體特徵認識和研究，是文體學意識的體現。史著類是詞學論著的大宗，既有詞通史，也有斷代詞史，還有性別詞史。唐宋詞成為後世的典範，對唐宋詞史的梳理和認識成為詞學研究者關注的焦點，如詞史的分期、各期的主要特徵、詞派的流變等。值得注意的是詞學史上的南北宋之爭，在民國時期又一次達到了高潮，有尊南者，有尚北者，亦有不分軒輊者，精義紛呈。南北宋之爭的論題又與新派、舊派基本立場的分歧對立相聯繫，一般來說，新派多持尚北貶南的觀點。史著類中清代詞史亦值得關注，詞學研究者開始總結清詞的流變和得失，清詞中興之說已經發佈，進而加以討論，影響深遠直至今日。文獻類著作主要是指一些詞人小傳、評傳之類，著者廣泛搜集歷代詞人的文獻資料，加以剪裁編排，清晰眉目，為進一步的研究打下基礎。

『民國詞學史著集成』有兩點應予說明：其一，收錄了一些中國文學史類著作中的詞學史部分。民國時期的中國文學史著作主要有兩種結構方式：一種是以時代為經，文體為緯，此種寫法的文學史，詞史內容分散於各個時代和時期。另一種則是以文體為綱，注重文體的發展演變，如鄭賓於的《中國文學流變史》的下冊單獨成冊，題名《詞（新體詩）的歷史》，篇幅近五百頁，可以說是一部獨立的詞史；又如鄭振鐸的《中國文學史》（中世卷第三篇上），單獨刊行，從名稱上看是唐五代兩宋斷代文學史，其實是一部獨立的唐宋詞史。

『民國詞學史著集成』視這樣的文學史著作中的詞史部分，為特殊的詞史予以收錄。其二，『民國詞學史著集成』收入五部詞曲合論的史著，著者將詞曲同源作為立論的基礎，合而論之，本套叢書亦整體收錄。至於詩詞合論的史著，援例亦應收入，如劉麟生的《中國詩詞概論》等，因該著已收入南開大學出版社出版的『民國詩歌史著集成』，故『民國詞學史著集成』不再收錄。

『民國詞學史著集成』收錄的詞學史著，大體依照以下方式編排：參照發表時間、內容分類、著者以及著述方式等各種因素，分別編輯成冊。每種著作之前均有簡明的提要，介紹著者、論著內容及版本情況。

在『民國詞學史著集成』中，許多著作在詞學史上影響甚大，如吳梅的《詞學通論》等，多次重印、再版，已經成為詞學研究的經典；也有一些塵封多年，本套叢書加以發掘披露，如孫人和的《詞學通論》等。這些文獻的影印出版，對詞學研究具有重要的參考價值。近些年，民國詞學研究趨熱，期待『民國詞學史著集成』能夠為學界提供使用文獻資料的方便，從而進一步推動民國詞學的研究。

孫克強　和希林

2016年10月

總目

第一卷

第二卷

第三卷

第四卷

第五卷

第六卷

第七卷

第八卷

第九卷

第十卷

第十四卷

第十五卷

第十六卷

本卷目錄

盧前《詞曲研究》

盧前（1905–1951），原名正紳，字冀野，自號小疏，別號飲虹，別署江南才子、飲虹簃主人、中興鼓吹者等，江蘇南京人。1922年入東南大學國文系，師從吳梅、王伯沆、柳詒徵、李審言、陳中凡等。畢業後受聘于金陵大學、暨南大學、中央大學等校任教。著有《詞曲研究》《明清戲曲史》《中國戲曲概論》《讀曲小識》等。

《詞曲研究》論述了詞曲的起源和發展、演變，介紹了主要的詞曲家，末附《一個最低限度研究詞曲的書目》及名詞索引。該書由1934年北京中華書局出版。本書據1934年中華書局版影印。

中華百科叢書

詞曲研究

盧冀野編

上海中華書局印行

民國二十三年十二月印刷
民國二十三年十二月發行

圖書雜誌審委會審查證審字第一一〇號

中華百科叢書 詞曲研究（全一冊）

◎定價銀七角
（外埠另加郵匯費）

編者 盧冀野
發行者 中華書局有限公司 代表人陸費逵
印刷者 上海靜安寺路 中華書局印刷所
總發行所 上海棋盤街中華書局
分發行所 各埠中華書局

（八二〇六）

晚遼廔藏書

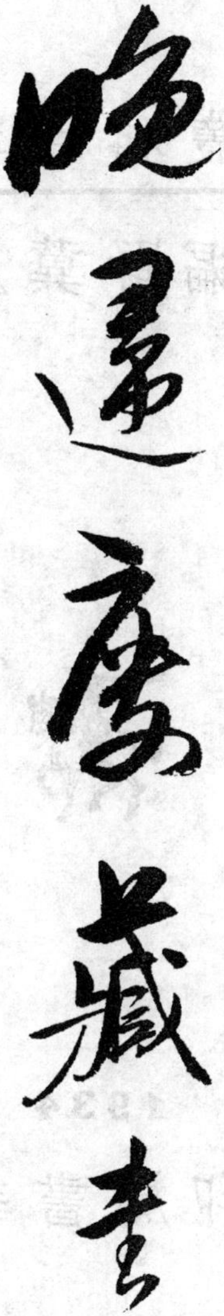

中華百科叢書

詞曲研究

盧冀野編

1934
中華書局印行

總序

這部叢書發端於十年前，計劃於三年前，中歷徵稿、整理、排校種種程序，至今日方能與讀者相見．在我們，總算是「愼重將事，」趁此發行之始，謹將我們「愼重將事」的微意略告讀者．

這部叢書之發行，雖然是由中華書局負全責，但發端卻由於我個人．所以敍此書，不得不先述我個人計劃此書的動機．

我自民國六年畢業高等師範而後，服務於中等學校者七八年．在此七八年間無日不與男女青年相處，亦無日不爲男女青年的求學問題所擾．我對於此問題感到較重要者有兩方面：第一是在校的青年無適當的課外讀物，第二是無力進校的青年無法自修．

現代的中等學校在形式上有種種設備供給學生應用，有種種敎師指導學生作業，學生身處其中似乎可以「不遑他求」了可是在現在的中國，所謂中等學校的設備，除去最少數的特殊情形外，大多數都是不完不備的．而個性不同各如其面的中等學生，正是身體精神急劇發展的時候，其求知慾特別增長，課內的種種絕難使之滿足，於是課外閱讀物便成爲他們一種重要的需要品．不幸這種需要品又不能求之於一般出版物中．這事實，至少在我個人的經驗是足以證明的．

當我在中等學校任職時，有學生來問我課外應讀什麼書，每感到不能爲他開一張適當的書目，而民國十年主持吳淞中國公學中學部的經驗，更使我深切地感到此問題之急待解決．

在那裏我們曾實驗一種新的教學方法——道爾頓制，此制的主要目的在促進學生自動解決學習上的種種問題，以期個性有充分之發展．可是在設備上我們最感困難者是得不着適合於他們程度的書籍，尤其是得不着適合於他們程度的有系統的書籍.

我們以經費的限制,不能遍購國內的出版品,爲節省學生的時間計,亦不願遍購國內的出版品,可是我們將全國出版家的目錄搜集齊全,並且親去各書店選擇,結果費去我們十餘人數日的精力,竟得不到幾種眞正適合他們閱讀的書籍.我們於失望之餘,曾發憤一時擬爲中等學生編輯一部青年叢書.只惜未及一年學校發生變動,同志四散,此項叢書至今猶祇無系統地出版數種.

此是十年前的往事,然而十餘年來在我的回憶中卻與當前的新鮮事情無異.

其次,現在中等學生的用費,已不是內地的所謂中產階級的家長所能負擔,而青年的智能與求知慾,卻並不因家境的貧富而有差異,且在職青年之求知慾,更多遠在一般學生之上.卽就我個人的經驗而論,十餘年來各地青年之來函請求指示自修方法.索開自修書目者,多至不可勝計,我對於他們媿不能盡指導之責，但對此問題之重要，卻不曾一日忽視。

根據上述的種種原因，所以十餘年來，我常常想到編輯一部可以供青年閱讀的叢書，以爲在校中等學生與失學青年之助。

大概是在民國十四五年之間，我曾擬定兩種計劃：一是少年叢書，一是百科叢書，與中華書局陸費伯鴻先生商量，當時他很贊成，立卽進行，後以我們忙於他事，無暇及此，遂致擱置。十九年一月，我進中華書局，首卽再提此事，於是由計劃而徵稿，而排校。至二十年冬，已有數種排出，當付印時，因估量青年需要與平衡科目比率，忽然發現有不甚適合的地方，便又重新支配，已排就者一概拆版改排，遂致遷延至今，始得與讀者相見。

我們發刊此叢書之目的，原爲供中等學生課外閱讀，或失學青年自修研究之用。所以計劃之始，我們卽約定專家，分別開示書目，以爲全部叢書各科分量之標準。在編輯通則中，規定了三項要點：卽（一）日常習見現象之學理的說明，(二)取材不與教科書雷同而又能與之相發明，(三)行文生動，易於了解，務期能啓發讀者自動研究之興趣。爲要達到上述目的，第一我們不翻譯外籍，以免直接採用不適國情的材料，致虛耗青年精力，第二約請中等學校教師及從事社會事業的人擔任編輯，期得各本其經驗，針對中等學生及一般青年的需要，以爲取材的標準，指導他們進修的方法。在整理排校方面，我們更知非一人之力所能勝任，乃由本所同人就各人之所長分別擔任。爲謀讀者便利計，全部百冊，組成一大單元，同時可分爲八類，每類有書八冊至廿四冊，而自成爲一小單元，以便讀者依個人之需要及經濟能力，合購或分購。

此叢書費數年之力，始得出版，是否果能有助於中等學生及一般青年之修業進德，殊不敢必，所謂「身不能至，心嚮往之」而已。望讀者不吝指示，俾得更謀改進，幸甚幸甚。

舒新城。二十二年三月。

自序

當這一本小書，獻到讀者之前；去我屬稿的時候，差不多快要五年了。以目下的見解，較之，自然有很多出入的地方，但我當時寫這一本小書，也還覺得自家有一點獨到處。

用史的進展底敘述來看這兩種不同的文體，詞與曲。又同時把這相接近的兩種文體作比較的研究。大概向來談曲的，沒有不以雜劇傳奇為主，那是錯誤的，尤其是說明詞到曲的轉變，非以散曲為主不可。在這一本小書中，我是這樣寫下來的。

一種文體必自含有與其他文體不同的特性，詞與曲，也是各具特性的。如何知道特性的存在呢？惟有在規律裏去尋，因此，作法是不可不知道的。現代的文人是主張研究詞曲，而不需要製作詞曲的。於是有許多不合事實的論斷便發生了.

有人說,詞是從詩解放的,曲是從詞解放的,總之詞曲是一種解放.假使,但在形式上說也許有幾分還像;若在規律上說的話,那正是相反的,詞比詩固然束縛得多,曲比詞更要束縛得多.這幾句話請讀者在未讀我這本小書之前,且考量一下.

二十三年五月十日冀野記於暨南大學

詞曲研究目錄

（天）

詞曲研究

第一章　詞的起原和創始

從詞的形式上講起詞的起原來，大都在「長短句」的長短二字上著想：於是有人說，詞源於三百篇。並且取出證據來，如召南殷其雷篇「殷其雷，在南山之陽。」這是三言和五言。小雅魚麗篇「魚麗於罶，鱨鯊。」這是四言和二言。齊風還篇「遭我乎峱之間兮，並驅從兩肩兮。」這是七言和六言。召南江有汜篇「不我以，不我以，」這是疊句韻。豳風東山篇「我來自東，零雨其濛。鸛鳴于垤，婦歎于室。」這是換韻調。召南行露篇「厭浥行露」的第二章「誰謂雀無角！」這是換頭。同時也有人說，詞是從古樂府推化而出的。成肇麐在七家詞選序裏說：「十五國風息而樂府興，樂府微而歌詞作，其始也皆非有一成之律以爲笵也。抑揚抗隊之音，短修之節，連轉於不自已，以蘄適歌者之吻。而終乃上躋於雅頌，下衍爲文章之流別。」王應麟困學紀聞也有這樣的話：「古樂府者，詩之旁行也，詞曲者，古樂府之末造也。」在這兒我們可以看得出，除了根據形式上字句長短的差異，推論詞的起源；音樂上的關係也不能不說是產生詞體重要的原因了。方成培說：「古者詩與樂合，而後世詩與樂分；古人緣詩而作樂，後人倚調以塡詞，古今若是其不同，而鐘律宮商之理，未嘗有異也。自五言變爲近體，樂府之學幾絕。唐人所歌，多五七言絕句，必雜以散聲，然後可被之管絃，如陽關必至三疊而後成音，此自然之理。後來遂譜其散聲，以字句實之，而長短句興焉。」——見香研居詞麈。——不過這種音樂的根據，又從何而起呢？大約可分作三種來講：(一)古樂的遺留。在舊唐書音樂志裏，說得狠詳細，「宋梁之間，南朝文物號爲最盛。人謠國俗，亦世有新聲。後魏孝文宣武，用師淮漢，收其所獲南音，謂之「清商樂」。隋平陳，因置清商署，總謂之淸樂。遭梁陳亡亂，所存蓋鮮。隋室以來，日益淪缺。武太后之時，猶有六十三曲。……自長安以後，朝廷不重古曲，工伎轉缺，能合於管弦者，唯明君楊伴驍壺春歌，秋歌，白雪堂堂春江花月等八曲。」足見古曲逐漸的陵替底狀況在同書音樂志又說：「自開元以來，歌者雜用胡夷里巷之曲。」所謂胡夷里巷之曲，便是影響於「詞」最爲重要的現在且分開來敍述。(一)胡曲的輸入。中國音樂受外來影響，在歷史上漢以前我們不知道；漢以後，我們很可曉得的，翻開隋書音樂志來便有詳細的記載。唐代詩人如王之渙王昌齡諸人的詩在旗亭傳唱，恐怕狠多就是用流行的外來的歌譜。我們看舊唐書音樂志的話可知「自周隋以來，管絃雜曲將數百曲，多用西涼樂鼓舞曲多用龜茲樂。其曲度皆時俗所知也。」時俗所知，已可見胡曲在民間的普遍了。在崔令欽敎坊記所載三百二十五曲，有許多鼓舞曲。像獻天花，歸國遙，憶漢月，八拍蠻，臥沙堆，怨黃沙，遐方怨，怨胡天，牧羊怨，阿也黃，羌心怨，女王國，南天竺，定西蕃，望月婆羅門，穆護子，贊普子，蕃將子，胡攢子，西國朝天，胡僧破，突厥三臺穿心鑾，龜茲樂等……望名可知其爲胡曲，或自胡曲蛻變出，至少也是受過胡曲影響的。蔡絛詩話也說過：「按唐人西域記龜茲國王與其臣庶之知樂者於大山間聽風水聲均節成音。復翻入中國，如伊州，甘州，梁州等曲，皆自龜茲所致。」於此，我們曉得古曲衰而胡曲侵入因爲這樣音樂上一次變動，後來漸化爲我們自己的，利用外來的樂器而自編新譜，自製新詞。其次里巷之曲，也是「詞」的種子。(三)俚詞的採倣在最早許多詞調之中，如竹枝詞，楊柳枝，浪淘沙，憶江南，調笑，三台等頗多就是從里巷出來的。所謂里巷之曲因爲散在各地，有些狠偏僻的地方，並且這種曲大都有「地方性」；所以不大普遍的，而爲文人所喜，便形成初期的「詞」了。劉禹錫在竹枝詞序裏就說：「里中兒聯歌竹枝，吹短笛，擊鼓以赴節。歌者揚袂睢舞，以曲多爲賢。聆其音中黃鐘之羽。卒章激訐如吳聲，雖傖儜不可分，而含思宛轉，有淇澳之豔。」把素不見重的民歌，漸漸的文藝化。他如張志和的漁歌子，想來是潤飾或者改作當時的漁歌而成。

元結的欸乃曲或亦模倣船歌而作。可見里巷之曲雖不是「詞」惟一的因緣，然而和「詞」也頗有關係。從上面的話看來，無論就形式去推論，或源音樂而考究；「詞」的起原決不如向來詞論家所說那麼單純。

在任何一種文學的體裁沒有確定以前，都是屬於大衆的。等到這種體裁固定了以後，又必漸變爲個人的。「詞」也不是例外。以上所談還是「詞」的胚胎，而非創始的「詞」。在這兒我先解釋「詞」這個名稱。

有人借用「意內言外」來解釋「詞，」這不是「詞」之所以爲詞。詞本來與曲相對而言，聲音的疾徐，腔調的高低，就是所謂曲。而所塡的文字叫做「詞，」就如現在泛稱的詞章一樣的意思。又因此種詞章的形式，別稱爲「長短句。」還有人稱之爲「詩餘」的。所謂「詩餘，」並不是因爲有王應麟那班人說詞曲者，古樂府之末造；於是便說他是詩之餘。據我的解釋，就是許多情感或者許多境界在「詩」這種體裁裏，不容易表現出來；我們不得不在「詩」之外另創一種體裁；此體裁是詩之外的，故名「詩餘。」我在我的詞學通評中曾說過：「或名詩餘者，意非可以入詩詩之所餘，自成其式之謂。」「詩餘」既然自有獨立的意義，與別體便不相干涉了。這「詞，」「長短句，」「詩餘，」三種名稱，都是指這同一樣的體裁而言。此外還有什麼「新聲，」「餘音，」「別調，」「樂府，」……皆是詞人爲他的作品題的，並不是這種體裁的名稱。以下談「創始的詞，」我們可於此看出「詞調」的來源。

無論是古代的遺留，或者胡夷里巷之曲；這大都爲大衆所欣賞的。後來便有個人創製了。個人創製也有兩個時期：最早的是皇家或貴族，這時詞體初定，大約先製曲，逐漸塡文字進去。如羯鼓錄上面說：「明皇愛羯鼓玉笛，云八音之領袖。時春雨始晴，景色明麗。帝曰：對此豈可不爲判斷？命羯鼓臨軒縱擊，曲名春光好。回顧柳杏皆已微坼。」教坊記：「隋大業末，煬帝幸揚州。樂人王令言以年老不去，其子從焉。其子在家彈琵琶。令言驚問此曲何名？其子曰：內裏新翻曲子，名安公子。令言流涕悲愴，謂其子曰：爾不須扈從，大駕必不回。子問故，令言曰：「此曲宮聲，往而不返。宮爲君，吾是以知之。」又「春鶯囀，高宗曉聲律，晨坐聞鶯聲。命樂工白明達寫之，遂有此曲。」樂府雜錄上也有記的：「黃驄疊，太宗定中原時所乘戰馬也。後征遼，馬斃，上嘆惜，乃命樂工撰此曲。」又「雨霖鈴，明皇自西蜀返，樂人張野狐所製。」又如傾盃樂，宣帝喜吹蘆管，自製此曲，初捻管令排兒辛骨黜拍不中，上瞋目瞠視，骨黜憂懼，一日而殞。這些，未必有辭的。在塡詞名解上：「天仙子，唐韋莊詞，劉郎此日別天仙云云，遂采以名。」那麼曲與詞都製好的了。後來詞到黃金時代，不是皇家貴族，詞人自己也創製。塡詞名解有很多的記載。如「宋秦觀謫嶺南，一日飲於海棠橋野老家，遂醉臥。次早題詞於柱而去。末句云，醉鄉廣大人間小。此調遂名醉鄉春。」又「揚州慢，中呂宮詞調，宋姜夔自度曲也。淳熙中夔過維揚，愴然有黍離之感，作感舊詞，因創此調也。」又「宋史達祖作詠燕詞，即名其調曰雙雙燕。」又「雲仙引，馮偉壽桂花詞，自度此調。」再看毛滂題剔銀燈詞：「同公素賦侑歌者以七急拍拜勸酒，以詞中頻剔銀燈語名之。」我們從上面可知創一詞調，或就動機，或就對象，或取詞中語命名。還有許多調名，楊用修與都元敬曾經考得很詳細，譬如蝶戀花，取梁元帝「翻階蛺蝶戀花情」句。滿庭芳，取吳融「滿庭芳草易黃昏」句。點絳脣，取江淹「白雪凝瓊貌，明珠點絳脣」句。鷓鴣天，取鄭嵎「春遊鷄鹿塞，家在鷓鴣天」句。惜餘春，取太白賦語。浣溪紗，取杜陵詩意。青玉案，取四愁詩語。踏莎行，取韓翃詩：「踏莎行草過青溪。」西江月，取衞萬詩：「只今惟有西江月。」菩薩蠻是西域婦人的髻子。蘇幕遮是西域婦人的帽子。尉遲杯，因爲尉遲敬德飲酒必用大杯。蘭陵王，因爲蘭陵王入陣先歌其勇。生查子是古槎子，張騫乘槎故事。瀟湘逢故人又是柳渾的詩句。他如玉樓春，取白樂天詩：「玉樓宴罷醉和春。」丁香結，取古詩「丁香結恨新。」霜葉飛，取杜詩：「清霜洞庭葉，故欲別時飛。」清都宴，取沈隱侯詩：「朝上閶闔宮，夜宴清都闕。」風流子出文選，劉良文選註上說：「

風流言其風美之聲，流於天下；子者男子之通稱。」荔支香出唐書；貴妃生日，命小部奏新曲未有名。適進荔支至，因名命荔支香。解語花出天寶遺事，亦明皇稱貴妃語。解連環，據莊子「連環可解」的話。華胥引出列子：「黃帝晝寢，夢游華胥之國。」塞垣春，「塞垣」二字見後漢書鮮卑傳。玉燭新，「玉燭」二字出爾雅。多麗，張均妓名，善琵琶。念奴嬌，唐明皇爲宮人念奴作。足見爲各個詞調立名的時候，原因也頗複雜的。

「詞」在這創始時，我們也可以說唐人的詞，大都「緣題生詠，」從調名一方面看出此調所以創製的緣故，一方面詞的內容約略可以望文而知。緣臨江仙言水仙，女冠子說道情，河瀆神緣祠廟的事，巫山一段雲狀巫峽，醉公子就講公子的醉；以調爲題，觸景生情，必合詞名的本意。後來就不如此了。

問題

一　「詞」是不是就從「詩」演化出來？

二 詞句長短是爲著什麼關係？

三 古樂的遺留，胡曲的輸入所予詞的影響孰輕孰重？

四 初期的「詞」何以有一部分還帶著地方性？

五 詞的別名「詩餘」其意義究竟何在？

六 形成詞調以後，創製調名有多少不同的方法？

參考書

鄭振鐸 詞的啓源篇。見鄭著中國文學史中世卷第三篇上冊，商務印書館印行。

胡適 詞的啓源篇見胡適詞選附錄。出版處同上。

傅汝楫 尋源，述體見傅著最淺學詞法第一、二章。大東書局印行。

第二章　詞各方面的觀察

詞分作小令，中調，長調，猶之詩分作古體近體一樣。這個名目，始自草堂詩餘。錢唐毛氏說「五十八字以內爲小令五十九字至九十字，爲中調；九十一字以外爲長調；古人定例也。」這是很可笑的話，所謂定例，究竟是什麼根據？假使少了一字爲短，多了一字爲長，這決不是合理的事。譬如七娘子有五十八字調，有六十字調；那麼說是小令，還是中調呢？譬如雪獅兒有八十九字調，有九十二字調；那麼說是中調，還是長調呢？這種分析是靠不住的，而且於詞也沒有便當，不過如詞綜所說以臆見分之而已。其實草堂舊刻，也有這種分類；並沒有標出小令，中調，長調的名色。在嘉靖的時候，上海顧從敬刻類編草堂詩餘四卷，才把三個名目寫出來。何良俊序中說「從敬家藏宋刻，較世所行本，多七十餘調，明係依託；自此本行，而舊本遂微。」於是小令，中調，長調的分別，便牢不可破了。（

現在通例：五十字以下爲小令，百字以下爲中調，百字以上爲長調；相差一兩字，也不妨移置，不必十分的限制。）

詞中還有調異名同，名異調同二種。調異名同的比較少些，如長相思，浣溪紗，浪淘沙在小令裏有，長調裏也有，是逈然有別的。名異調同的，就有許多，讓我來列舉於下，免初學者爲之迷惑。

如搗練子杜晏二體即望江樓，荆州亭即清平樂，眉峯碧即卜算子，月中行即月宮春，惜分飛即惜雙雙，桂華明即四犯令，清川引即涼州令，杏花天即於中好，番鎗子轆轤金井即四犯剪梅花，月下笛即瑣窗寒，八犯玉交枝即八寶妝，薦金蕉即虞美人之半，醉思仙即醉太平，折丹桂即一落索，醉桃源即桃源憶故人，醉春風即醉花陰，惜餘妍即露華，慶千秋即漢宮春，月交輝即醉蓬萊，雪夜漁舟即繡停鍼，戀春芳慢即萬年歡，月中仙即月中桂，菩薩蠻引即解連環，十六字令即蒼梧謠，南歌子即南柯子，又即春宵曲，雙調即望秦川，又即風蝶令，三臺令即翠華引，又即開元樂，憶江南即夢江南，望江南，江南好，又即謝秋娘，其望江海夢江口歸塞北春去也等名，則人不甚知道了，深夜月即搗練子，陽關曲即小秦王，賣花聲過龍門曲入眞即浪淘沙，憶君王玉葉黃欄干萬里心即憶王孫，宮中調笑轉應曲三臺令即調笑令，憶仙姿宴桃源即如夢令，一絲風桃花水即訴衷情，內家嬌即風流子，紅娘子灼灼花即小桃紅，水晶簾即江城子，烏夜啼上西樓西樓子月上瓜洲秋夜月憶眞妃即相見歡，雙紅豆憶多嬌吳山靑即長相思，醉思凡四字令即醉太平，愁倚欄令即春光好，一痕沙宴西園即昭君怨，涇羅衣即中興樂，南浦月沙頭月占櫻桃即點絳脣，月當窗即霜天曉，百尺樓即卜算子，羅敷媚羅敷豔歌采桑子即醜奴兒，靑杏兒似娘兒即促拍醜奴兒，慢子夜歌重疊金即菩薩蠻，釣船笛即好事近，好女兒即繡帶兒，玉連環洛陽春上林春即一落索，花自落垂楊碧即謁金門，喜冲天即喜遷鶯，秦樓月碧雲深玉交枝即憶秦娥，江亭怨即荆州亭，憶羅月即淸平樂，醉桃源碧桃春即阮郎歸，烏夜嘅即錦堂春，虞美人歌胡搗練即桃園憶故人秋波媚即眼兒媚，早春愁即柳梢青，小闌干即少年游，步虛詞白蘋香即西江月，明月棹孤舟夜行船即雨中花，春曉曲玉樓春惜春容即木蘭花，玉瓏璁折紅英即釵頭鳳，思佳客即鷓鴣天，舞春風即瑞鷓鴣，醉落魄即一斛珠，一蘿金黃金縷明月生南浦鳳棲梧鵲踏枝捲珠簾魚水同歡即蝶戀花，南樓令即唐多令，孤雁兒即玉階行，月底修簫譜即祝英臺近，上西平西平曲上南平即金人棒露盤，上陽春即驀山溪，瑞鶴仙影即悽涼犯，鏁陽臺滿庭霜即滿庭芳，碧芙蓉即尾犯，綠腰即玉漏遲，花犯念奴即水調歌頭，紅情即暗香，綠意即疎影，催雪即無悶，瑤臺聚八仙八寶粧即秋雁過粧樓，百字令百字謠大江東去酹江月大江西上曲壺中天淮甸春無俗念湘月即念奴嬌，疎簾淡月即桂枝香，小樓連苑莊椿歲龍吟曲海天闊處即水龍吟，鳳樓吟芳草即鳳簫吟，臺城路五福降中天如此江山即齊天樂，柳色黃即石州慢，四代好即宴清都，菖蒲綠即歸朝歡，西湖即西河，春霽即秋霽，望梅杏梁燕，玉聯環即解連環，扁舟尋舊約卽飛雪滿羣山，惜餘春慢蘇武慢選冠子卽過秦樓、壽星明卽沁園春，金縷曲貂裘換酒乳燕飛風敲竹卽賀新郎，安慶摸買陂塘陂塘柳卽摸魚兒，畫屏秋色卽秋思耗，綠頭鴨卽多麗，箇儂卽六醜。這裏面有許多是割裂名篇中的警句而來。至於拼合幾調而成新名，在詞中是不多見的。

就詞體論，有兩種特殊的地方，與詩絕不相似。一、「隱括，」所謂隱括，就是化許多詩成爲詞句，此等風氣，開自周美成，南宋諸家相沿成習。至辛稼軒，陸放翁的「掉書袋，」尤其奇異，什麼經書史籍，無一不可入詞。好處是借別人的巧話爲我的雋語，而不能發抒自己的眞性情，便是弊病。二、「迴文體，」逐句迴文，蘇東坡就有這種辦法；到了明朝，湯義仍輩竟通首迴起來了。譬如丁藥園便愛爲此，舉例如下：

下簾低喚郎知也，也知郎喚低簾下；來到莫疑猜，猜疑莫到來。道儂隨處好，好處隨儂道；書寄待何如？如何待寄書。

畢竟是近於纖巧了。大概惟體是求，不免就自縛才力；白石以後，在一闋前又必多作題目，把詞意先在散文中顯示了，於是詞的本身底情味便覺淡薄。至於詠物的詞，非有寄託不可。南宋詞人有一時期因爲不便（直接可以是不敢）直說出他們中心的苦悶，所以託賦一物以自見後來失了原意，以詠物爲詞中一體，翻檢類書，堆砌典故，更是味同嚼蠟。如朱彝尊茶煙閣體物集，沁園春賦耳口鼻……實在無聊之至。沈伯時樂府指迷「音律欲其協，不協則成長短之詩；下字欲其雅，不雅則近乎纏令之體；用字不可太露，露則直突而無深長之味；發意不可太高，高則狂怪而失柔婉之意。此四語爲詞學之指南，各宜深思也。」這全就製作的技巧來談，大概一種文學起初是自然的，形成專體以後，無不逐漸在技巧上進展。詞尤其逃不出此例。以下讓我把詞所用字，韻法式，和簡易的作法分幾段來講，這也是研究詞者所必要的知識。

字有平仄，無論什麼人都知道的，稍詳細一點分四聲，再精細些就辨陰陽聲。詞之爲長短句，一切平仄在創調的時候，按宮調管色的高下，立定程序。而字音之開齊撮合，別有美妙。古人成作，有許多讀之拗口，正是音律最諧的地方。張綖詩餘圖譜遇着拗句，便改做順適，實在是可笑的。大概這種拗調澀體，清眞夢窗白石三家集中最多。如清眞詞瑞龍吟「歸騎晚，纖纖池塘飛雨。」草窗詞鶯啼序「快展曠眼，傍柳繫馬。」白石詞暗香「江國正寂寂，」讀起來都有些拗口。雖然平仄之分，不過兩途；而仄還有上去入三種分別，在仄處不能三聲統用的。大約一調中統用的有十之六七，不可統用的也有十之三四，下字時都經過斟酌的。因爲一調自有一調的風度聲響，假使上去互易，便有落腔之弊。如齊天樂有四處必須用去上聲，清眞詞「雲窗靜掩，露囊清夜照書卷。憑高眺遠，但愁斜照斂。」「靜掩，眺遠，照斂，」非去上不可。雖入可作上，也不相宜。（此說詳後）此外如蘭陵王仄聲字多，壽樓春平聲字多，應當一一遵守，不能混用。因爲上聲舒徐和軟，其腔低；去聲激厲勁遠，其腔高；配搭用起來，纔抑揚悅耳。所以兩去兩上最當避用，如再間用陰陽聲，更可動聽。萬樹說：「名詞轉折跌蕩處，多用去聲；這是很有心得的話。黃人論曲：「三仄應須分上去，兩平還要辨陰陽。」於詞何獨不然呢？至入叶三聲，（仄當分作八部；以屋沃燭爲一部，覺藥鐸爲一部，質職迄昔錫職德緝爲一部，術物爲一部，陌麥爲一部，沒曷末爲一部，月黠舝屑薛葉帖爲一部，合盍業洽狎乏爲一部。）戈載分之爲五部，雖然太寬，而分派三聲，約分列在各部之下。入作平，作上，作去，我們可按詞林正韻（王氏四印齋刊本中有）而索得，並且皆有切音使人知有限度，並不得濫用了。例如：晏幾道梁樹令「莫唱陽關曲，」曲字作邱雨切，叶魚虞韻。辛棄疾醜奴兒慢「過者一霎，」霎字作始鮓切，叶家麻韻。我們於此可以知道入聲固有一定的法則。

論詞韻，與詩韻曲韻都不相同。戈載詞林正韻分十九部，清初沈謙的詞韻略，刪併又頗多失當，分合之界糢糊不清。同時趙鑰曹亮武都有詞韻，和沈氏大同小異。李漁的詞韻列二十七部，根據鄉音，頗爲人所不滿。胡文煥文會堂詞韻平上去三聲用曲韻，入聲用詩韻，不免是騎牆之見。許昂霄詞韻考略，亦以今韻分編，平上去分十七部，入聲分九部，又說什麼古通古轉，今通今轉，借叶。自稱本樓敬思洗硯集，以平聲貴嚴故從古，上去較寬便參用古今，入聲更寬所以從今。但不知何古何今，又何爲借叶？眞無異癡人說夢了。吳烺程名世諸人的學宋齋詞韻，所學的却是宋人誤處；鄭春波的綠漪亭詞韻也不過爲之羽翼而已。吾師吳瞿安先生參酌戈沈二書，分爲二十二部，並列其目。（韻目用廣韻）

第一部	平	一東	二冬	三鍾
	上	一董	二腫	
	去	一送	二宋	三用
第二部	平	四江	十陽	十一唐
	上	三講	二十六養	三十七蕩
	去	四絳	四十一漾	四十二宕

第三部 平三支 六脂 七之 八微 十二齊 十五灰
上四紙 五旨 六止 七尾 十一薺 十四賄
去五寘 六至 七志 八未 十二霽 十三祭
十四太半 十八隊 二十廢

第四部 平九魚 十虞 十一模
上八語 九麌 十姥
去九御 十遇 十一暮

第五部 平十三佳半 十四皆 十六咍
上十二蟹 十三駭 十五海
去十四太半 十五卦半 十六怪 十七夬 十九代

第六部 平十七眞 十八諄 十九臻 二十文 二十一欣
二十三魂 二十四痕

上十六軫　十七準　十八吻　十九隱　二十一混
二十二很
去二十一震　二十二稕　二十三問　二十四焮　二十六慁　二十七恨

第七部　平二十二元　二十五寒　二十六桓　二十七刪　二十八山　一先
二仙
上二十阮　二十三旱　二十四緩　二十五潸　二十六產　二十七銑
二十八獮
去二十五願　二十八翰　二十九換　三十諫　三十一襉　三十二霰
三十三線

第八部　平三蕭　四宵　五肴
上二十九篠　三十小　三十一巧　三十二晧
去三十四嘯　三十五笑　三十六效　三十七號

第九部 平七歌 八戈

上三十三哿 三十二果

去三十八箇 三十九過

第十部 平十三佳半 九麻

上三十五馬

去十五卦半 四十禡

第十一部 平十二庚 十三耕 十四清 十五青 十六蒸 十七登

上三十八梗 三十九耿 四十静 四十一迥、四十二拯 四十三等

去四十三映 四十四諍 四十五勁 四十六徑 四十七證 四十八澄

第十二部 平十八尤 十九侯 二十幽

上四十四有 四十五厚 四十六黝

去四十九宥 五十候 五十一幼

第十三部　平二十一侵

上四十七寑

去五十二沁

第十四部平二十二覃　二十三談　二十四鹽　二十五添　二十六咸　二十七銜

二十八嚴　二十九凡

上四十八感　四十九敢　五十琰　五十一忝　五十二儼　五十三豏

五十四檻　五十五范

去五十三勘　五十四闞　五十五豔　五十六㮇　五十七釅　五十八陷

五十九鑑　六十梵

第十五部　入一屋　二沃　三燭

第十六部　四覺　十八藥　十九鐸

第十七部　五質　七櫛　九迄　二十二昔　二十三錫　二十四職

二十五德　二十六緝

第十八部　六術　八物

第十九部　二十陌　二十一麥

第二十部　十一沒　十二曷　十三末

第二十一部　十月　十四黠　十五鎋　十六屑　十七薛　二十九葉

三十帖

第二十二部二十七合　二十八盍　三十一洽　三十二狎　三十三業　三十四乏

韻有開口閉口的分別，第二部江陽，第七部元寒是開口音；第十三部侵，第十四部覃是閉口音。有時容易混淆的如第六部，第十一部，和第十三部，宋人就往往牽連混合，這因爲作者避難就易，不明開閉口的道理。總之，詞韻是一種專門學問，以前韻學的失敗，有四個緣故：一、因爲淺學之士，妄選韻書；二、蹇於牙吻，囿於偏方，或者稍窺古法，而自已叶[illegible]不明，三、更有妄人不知古例，孟浪押韻，四、才劣口給者樂三弊，而爲他們張幟。於是詞韻之紊亂，幾乎不可收拾了。

比詞韻更不易明白的，便是音律。音律特別是專學，現在我且簡單的說幾句。音有七宮，商，角，徵，羽，變宮，變徵。律有十二：黃鐘，大呂，太簇，夾鐘，姑洗，中呂，蕤賓，林鍾，夷則，南呂，無射，應鍾。以七音乘十二律，得八十四音，這叫做宮調。以宮乘十二律名曰宮，以商角六音乘十二律曰調。所以宮有十二，調有八十四。宋詞中淸眞，屯田自注宮調於各牌下，夢窗雖然仍舊，但譜已亡了。這八十四調是音律的次第，論音律的應用，只有黃鐘，仙呂，正宮，高宮，南呂，中呂，道宮七宮。大石，小石，般涉，歇指，越調，仙呂，中呂，正平，高平，雙調，黃鐘，羽，商十二調。其所以然的道理甚精微，可參看傅氏學詞法第四五章。

在音律一方面是屬於聲樂的，在詞章一方面是屬於文字的；大概宋時有有譜而無詞的，在現在却變成有詞而無譜。今之所謂譜，如萬樹詞律，欽定詞譜，舒夢蘭白香詞譜，塡詞圖譜，皆是文字的譜，因爲歌法已廢，所遺留的文字的譜

也無法考訂了

詞有六百六十幾調，而體有一千一百八十多，我們按譜塡字，衹求不背古人法式。譬如意思有多少，配貼幾句；旣定以後就可運筆。凡題意寬大，可以直抒胸肊的要用長調，題意較纖仄，便宜於用中調或小令。至於悲歡哀樂的情緒，也有一定法度。商調南呂諸詞近於悲怨，正宮高宮的詞宜於雄大，越調冷雋，小石風流，可看詞旨如何去擇調。有人以此調名的字面強合本意，最爲可笑。如送別用南浦，（此是歡詞。）祝壽用壽樓春（此是悼亡詞）之類。大抵小令注重蘊藉含蓄，要有言外之意；中長調（又合稱慢詞）結搆布局，最須勻稱。字義也是要十分分辨的，因爲我國文字往往有一字好幾音，譬如「蕭索，」索叶速；「索取，」索叶嗇。數目的「數，」叶素；煩數的「數」叶朔。睡覺的「覺」去聲，知覺的「覺」入聲。多少的「少」上聲；老少的「少」去聲。平時習誦，非一一加以考核不可。

其次，談詞的句法，現在取一字句到七字句來研究。

「一字句，」除十六字令第二句外平常都用做領字。（多仄聲如正漸又等。）

「二字句，」大概用在換頭首句或者暗韻處有「平仄，」「仄平，」「平平，」「仄仄，」四種。「平仄」用的最多，如無悶「清致，悄無似。」「清致」二字便是。

「三字句，」通常用「仄仄平」如多麗「晚山青」便是。「平平仄，」「仄平仄，」「平平平，」「仄仄平，」「仄仄仄，」大半近於領頭句了。（領頭句是不完全的句子。）

「四字句，」「平平仄仄，」「仄仄平平，」這種當然是普通的格式，但水龍吟「是離人淚，」是上一下三的句法。如曲江秋「銀漢墜懷，漸覺夜闌」是「平仄仄平」的句法。

「五字句，」有上二下三，與上一下四兩種，「平平平仄仄，」「仄仄仄平平，」「仄仄平平仄，」「平平仄仄平，」皆上二下三句法。如燕歸梁「記一笑千金，」便是上一下四句法。如壽樓春第一句用五平聲字在「五字句」中是特殊的。

「六字句，」有普通用在雙句對下，和折腰兩種用法平仄無定，並且詞中不多見。

「七字句，」有上四下三和上三下四兩種，上四下三如詩句，至於像唐多令「燕辭歸客尚淹留」便屬於上三下四了。

此外「八字句」「九字句」無非合三五四五成句而已。結聲字，（第一韻和兩疊結韻處。）第一韻叫做「起調，」「兩結韻」叫做「畢曲，」三處下韻的音卻必須相等。我們讀詞可細心的按句逐韻的考覈。至於製作種種說法，在詞話中很多，本書並非專談塡詞的，並且現在詞之有無塡作的需要，這也是另一問題。

問題

一　試論小令，中調，長調的區別。

二　名異調同和調異名同，那一種最容易淆亂人的觀念？

三　「隱括」和「迴文」詩中有而此體否？試尋檢之。

四　如何而產生詠物詞？（參閱本書第四章。）

五　上去兩聲何以不能在詞中通用？如何知道入聲作去作上？

六　以前的詞韻爲何而失敗？

七　在詞上應用的音律有幾宮幾調？

八　詞調的選擇與詞旨有何關係？

九　試考詞中一字句到七字句的用法，究竟那一種最普遍？

參考書

吳梅：詞學通論。（東南大學講義）

傅汝楫：最淺學詞法。（大東）

第三章　幾個重要的詞家（上）

無論研究那一種文學，必定要直接向作品裏去探討，詞當然也不是例外。但是這麼多的詞集，從那裏下手才好呢？我們要看每個人的專集，現在很流行的，有毛刻六十一家詞（就是汲古閣本，）王刻詞（就是四印齋本，）朱刻詞（就是彊邨叢書本。）大部分是專集，不過這決非入門的書籍。要初步去研究詞，還是用選本為宜。詞的選本也很多，從趙崇祚花間集起，什麼黃昇花庵絕妙詞，中興以來絕妙詞，陳景沂金芳備祖樂府，元好問中州樂府，彭致中鳴鶴餘音，鳳林書院元詞樂府補題，許有孚圭塘欸乃集，顧梧芳尊前集，（尊前集有兩部，最早的只留書名而沒有傳本。這是明朝人顧梧芳用他原名另外編輯的。）楊愼詞林萬選，陳耀文花草粹編，沈際飛草堂詩餘廣集，茅映詞的卓人月詞統，眞可謂名目繁多。朱彝尊後來又選唐五代宋金元詞三十卷，曰詞綜，這比較是有宗旨而選輯的。在康熙四十六年沈辰垣這班人奉敕撰百卷，一共取了九千多闋，這便是歷代詩餘，是一部重要的詞選。王昶又加了吳則禮到吳存二十八位詞人的作品成詞綜補人，又因爲朱彝尊詞綜缺明清二代的詞，遂搜輯明詞綜三十卷，國朝詞綜四十八卷二集二卷。黃燮清又有國朝詞綜續編二十四卷。丁紹儀有國朝詞綜補，陶梁有詞綜補遺，又有女詞綜二卷，可惜沒有傳下來。這些選本卷帙頗富，不是一時所能看得完的。比較簡略而最爲初學所取讀的，就是張惠言張琦的宛鄰詞選，（平常大家簡稱做詞選）從李白起一共四十四家，一百十六闋詞。他們的外甥董毅撰續詞選共五十二家，加了一百二十二闋詞。惠言的信徒周濟又輯詞辨十卷，這是最有主張的宋選，這部選本後來讓一位姓田的在水中飄失了，祗存下前兩卷來。至於限時代的選集，如劉逢祿的詞雅，只是取唐，五代，宋三朝。成肇麐的唐五代詞選，（這部書最近商務有古活字本）取唐，五代的詞品，皆極精審。此外並限於家數的，如周之琦心日齋十六家詞，從唐到元。周濟的宋四家詞選，此書向爲詞壇推稱選本的正鵠。馮煦的宋六十一家詞選，戈順卿的宋七家詞選，也皆初學最可寶貴的選本。還有朱祖謀的宋詞三百首，我看詞之研究者可以第一部去看他。此外更有許許多多選本，我在這兒不必再絮叨叨的敍述了。

我們讀某一位詞人的作品，最好還要知道這個人的身世，更進一步要知道他作這闋詞的動機。那麼非注意「詞話」不可，詞話從前曾有叢編，遺漏很多。即以清人的著作而論，如彭孫遹金粟詞話，毛大可西河詞話，沈雄柳塘詞話，董以寧蓉湖詞話，李調元雨村詞話，陸鎣問花樓詞話，趙慶熹聽秋聲館詞話，吳衡照蓮子居詞話，賀裳皺水軒詞筌，王士禎花草蒙拾，彭孫遹詞藻，王又華詞論，徐釚詞苑叢談，劉體仁七頌堂詞繹，鄒祇謨遠志齋詞衷，方成培香研居詞麈，宋翔鳳樂府餘論，張宗橚詞林紀事，馮金伯詞苑萃編，周濟介存齋論詞雜著，孫麟趾詞選，蔣劍人芬陀利室詞話，況周頤蕙風詞話，江順詒詞學集成，……寫不盡的瓌寶，可惜散見各處，這都是我們研究詞者的寶貝。（現在我的朋友鄭振鐸先生正預備整理彙刻。）

在此處，讓我且擇出幾個重要的詞家，使初學者加以注意。同時也可得到研究詞的方法。大概考證，欣賞，製作是三種不同的途徑，但是最低度的却應當同一的尋相當的了解；我所謂方法，便是求了解的意思，非指考證一項而言。

平林漠漠煙如織，寒山一帶傷心碧。暝色入高樓，有人樓上愁。　玉階空佇立，宿鳥歸飛急；何處是歸程？長亭更短亭！　——菩薩蠻

簫聲咽，秦娥夢斷秦樓月。秦樓月，年年柳色，灞陵傷別。　樂遊原上清秋節，咸陽古道音塵絕。音塵絕，西風殘照，漢家陵闕。　——憶秦娥

我們說唐代的詞，不能不先說李白。在李白前不獨柳範折桂令，沈佺期也有回波詞，實在都是六言詩。就是唐明皇（李隆基）的好時光，雖見在尊前集，好多人都說是僞作。李白這兩首詞同時懷疑的也不少。如清平樂確有許多理

由，可證其非李白作；而這兩首詞，是沒充分的根據來推翻的。胡適之先生在詞的啓源裏據杜陽雜編說菩薩蠻不是李白的手筆，旁證太少，這也難足信。（鄭振鐸的詞的啟源中有駁論）劉融齋說：「菩薩蠻，憶秦娥，足抵杜陵秋興；想其情境，殆作於明皇西幸之後。」此語前人所沒說過的，實在這兩首詞非後人所能僞託，繁音促節，長吟遠慕，使我們想見那樣高冠岌岌大詩人的風度。他的詞留在全唐詩十四首，尊前集也收了十二首。

現在我們且以菩薩蠻爲例，供我們欣賞一下。在這首詞就有許多不同的解釋。我有一位朋友，他曾經對學生講：「有人樓上愁。」這個「人」我們可以說是「她，」她懷着她的「他，」流落在他鄉，現在不知怎麼樣了？而下闋「玉階空佇立，」這佇立的人，便是他鄉的「他。」他見鳥歸飛，而自己不能歸，便感傷起來。照此說來，這首詞上下闋描寫兩人兩地，互相想念之情。而我的意見，就和我的那位朋友不相同。我以爲就王靜安先生所謂「境界」二字講來，這兒所表現的是樓上和樓下兩個境界，這個人先在樓上，從遠攝近，所以用「平」來形容「林，」用「一帶」來寫「山，」用「入」來聯絡，皆居高對低的光景。而下闋是自低眺高，所以見「宿鳥」「歸飛」後面推到「歸程」——長短亭，」那便是從近至遠了。上闋寫的「靜，」下闋寫的「動」也可見「愁」是如何的！用「漠漠」寫「煙，」所以說「暝色，」用「傷心」來說山之「碧，」所以「有人」是在「愁」著。這詞的技巧，非常周密，倘逐字我們咏味起來，可知他每一字都不虛設的。我為避免高頭講章的習氣，不必再分析了。在欣賞者眼中固不妨作如是觀。此處聊以示例而已。

在李白之次，如韋應物，白居易，劉禹錫，我覺得都沒有溫庭筠在當時詞壇的重要，所以略而不說了。

玉爐香，紅蠟淚，偏照畫堂秋思。眉翠薄，鬢雲殘，夜長衾枕寒。 梧桐樹，三更雨，不道離情正苦。一葉葉，一聲聲，空階滴到明。

——更漏子

這首詞便是溫庭筠的名作。庭筠字飛卿，太原人。他有許多浪漫的故事；然而他於詞上的成功比他的詩光榮得多了。誠如陳亦峯所說：「所謂沈鬱者，意在筆先，神餘言外，寫怨夫思婦之懷，寫孽子孤臣之感。凡交情之冷淡，身世之飄零；皆可於一草一木發之，而發之又必若隱若現，欲露不露，反復纏綿，終不許一語道破。匪獨體格之高，亦見性情之厚。」在花間集以他為首，實在是很有緣故。舊唐書上說他能「逐絃吹之音，為側豔之詞，」他的確開這「側豔」的風氣。他那菩薩蠻十四闋，直寫景物，不事雕鏤，而夐絕不可及。如：「花落子規啼，綠窗殘夢迷。」「楊柳又如絲，驛橋煙雨時。」「鸞鏡與花枝，此情誰得知？」皆細膩之筆寫纏綿之思，教人讀了有無可奈何的樣子。後來被張惠言那班人奉為「常州詞派」的祖師。說他「祖風騷，託比興，」於是像這十四闋絕妙的詞句，都變成「感士不遇」的寓言；」豈不可笑！（讀者可參閱拙著溫飛卿及其詞，裏面有一篇傳略，他的全部的詞，和各家的評語。）

在溫庭筠這樣穠豔風氣的傳播中，一直流傳到五代。這是很奇異的事蹟，在花間集收錄的，蜀中詞人作品最早；固然因爲輯者趙崇祚是蜀人，但當時西蜀確是文藝的中心。前蜀主王建，王衍；後蜀主孟昶皆詞的愛好者。但是主持詞壇的，却不能不推韋莊。

紅樓別夜堪惆悵，香燈半捲流蘇帳。殘月出門時，美人和淚辭。　琵琶金翠羽，絃上黃鶯語。勸我早歸家，綠窗人似花。

人人盡說江南好，遊人只合江南老。春水碧於天，畫船聽雨眠。　鑪邊人似月，皓腕凝霜雪。未老莫還鄉，還鄉須斷腸。

如今却憶江南樂，當時年少春衫薄。騎馬倚斜橋，滿樓紅袖招。　翠屏金屈曲，醉入花叢宿。此度見花枝，白頭誓不歸。

洛陽城裏春花好，洛陽才子他鄉老。柳暗魏王堤，此時心轉迷。　桃花春水淥，水上鴛鴦浴。凝恨對斜暉，憶君君不知。

——菩薩蠻

莊字端己，杜陵人。陳亦峯白雨齋詞話說他的詞：「似直而紆，似達而鬱；珣然雖一變飛卿面目，而綺羅香澤之中，別具疏爽之致。」實際溫韋兩家比較，一濃一淡。莊的詞多眞情實景，所以動人的力量格外來得大。堯山堂外紀曾經有這樣記載，說莊思念舊姬作荷葉杯一首，姬爲王建所奪入宮，見此詞，不食死。詞云：「記得那年花下，深夜，初識謝娘時。水堂西面畫簾垂，攜手暗相期。惆悵曉鶯殘月，相別從此隔香塵。如今俱是異鄉人，相見更無因。」清新曉暢，不專是堆砌字句的可比的。（讀者要閱韋莊全詞，可看王忠慤公遺書第四集浣花詞的輯本。）

花間集中作者，一共有十六家，除韋莊外，蜀人有十二家，是：薛昭蘊，牛嶠，毛文錫，歐陽炯，牛希濟，顧敻，魏承班，鹿虔扆，閻選，尹鶚，毛熙震，李珣，雖不盡是西蜀的籍貫，却都居於蜀中的。

舍西蜀外，南唐也是文藝的中心點。提起南唐來，中主（李璟，）後主（李煜)如日月在天,爲萬衆所作仰望。中主所作詞雖不多,而極高雋。

手捲眞珠上玉鉤,依前春恨鎖重樓。風裏落花誰是主?思悠悠。 青鳥不傳雲外信,丁香空結雨中愁。回首綠波三楚暮,接天流。

菡萏香銷翠葉殘,西風愁起綠波間。還與韶光共憔悴,不堪看。 細雨夢回雞塞遠,小樓吹徹玉笙寒。多少淚珠何限恨,倚闌干。

這兩闋山花子最負盛名,「菡萏銷翠」「愁起西風」與「韶光」毫無干涉;但是在傷心人的眼中,夏景亦容易摧殘,和春光同此憔悴。既說「不堪看」又說「何限恨;」這般頓挫空靈,讀之悽然欲絕了。而「細雨」「小樓」也爲後來人所贊賞,不能算內家的玩味。吾師吳瞿安先生爲二主詞並評說:「中主能哀而不傷,後主則近於傷矣。」這一點便是他們父子的異處。說起後主的詞,眞有些罄竹難書,差不多每一首都教人讀之不忍釋手。大概後主的詞,在江南隆盛之時,正是他寫喜遷鶯,阮郎歸,木蘭花,菩薩蠻(「花明月暗」一首)

一類的作品。這時期密約私情，是詞中的主題。如「眼色暗相鉤，秋波橫欲流。」「畫堂南畔見，一向偎人顫。」「臉慢笑盈盈，相看無限情。」溫馥柔美，與溫韋又別有不同了。周濟曾以女子爲譬；溫似嚴妝，韋似淡妝，後主卻是粗服亂頭，不減國色。又曾有這樣的話：溫是句秀，韋是骨秀，而後主是神秀，這也是的當的批評。等到降宋以後，此中生活，日以眼淚洗面，盡是亡國哀痛之語，如王靜安先生所說「血書」一般的詞句。被宋主監視之際，回想起從前的光景來，於是有「故國夢重歸，覺來雙淚垂。」「故國不堪回首月明中」的悲啼。無怪他「燭殘漏滴頻欹枕，起坐不能平。」現在且舉幾闋最爲世人所激賞的，供讀者賞鑑：

簾外雨潺潺，春意闌珊，羅衾不耐五更寒。夢裏不知身是客，一晌貪歡。　獨自莫憑闌，
無限江山，別時容易見時難。流水落花春去也，天上人間。
往事只堪哀，對景難排，秋風庭院蘚侵階。一桁珠簾閑不捲，終日誰來？　金鎖已沉埋，
壯氣蒿萊，晚涼天淨月華開。想得玉樓瑤殿影，空照秦淮。——浪淘沙

無言獨上西樓，月如鉤，寂寞梧桐深院鎖清秋。 剪不斷，理還亂，是離愁，別是一般滋味在心頭。 ——搗練子

多少恨，昨夜夢魂中，還似舊時游上苑，車如流水馬如龍，花月正春風。 多少淚，斷臉復橫頤，心事莫將和淚說，鳳笙休向別時吹，腸斷更無疑。 ——憶江南

一字一淚，讀了誰能不黯然消魂呢？清代詞人項蓮生曾在後主詞後題上一闋浪淘沙『樓上五更寒，風雨無端，愁多不耐一生閑。莫問晝堂南畔事，如此江山。 鉛淚洗朱顏，歌舞闌珊，心頭滋味只餘酸，唱到宮中新樂府，杜宇啼殘。』於是很可窺見後主的悲哀。（二主詞合刻，有晨風閣叢書本，劉繼曾箋本，拙譔劉箋補正本。）南唐除二主外，馮延巳也是了不得的一個詞人。他的專集名陽春集，最早的詞品遺留至今爲多的，要算他第一個了。忠愛纏綿，是張惠言對他的詞評。蝶戀花四闋，最爲有名。

六曲闌干偎碧樹，楊柳風輕，展盡黃金縷。誰把鈿箏移玉柱？穿簾燕子雙飛去。 滿眼

游絲兼落絮，紅杏開時，一霎清明雨。濃睡覺來鶯亂語，驚殘好夢無尋處。

只看這第一闋，便知他如何的情詞悱惻。（陽春集有侯氏粟香室叢書本和王氏四印齋刻本。）其餘如張泌，成幼文，徐昌圖，潘佑，這班人在「詞」上的地位，遠不如馮，在這裏不必再詳述。以下，我就講北宋的詞家。

論詞者有一句通常的話：「詞至北宋而大，至南宋而精。」這大字眞是最妙於形容了。北宋詞如何成其爲大呢？據我看來有四大性質。一、在宋初，晏殊等保守五代十國之舉；二、到了柳永等便開慢詞之源；三、蘇軾出來革去詞中綺羅香澤之習；四、有一個周邦彥集了古今詞的大成。換句話說：能保守，能創造，能革命，能集成，北宋的詞畢竟所以爲大了。但是從數量計，詞品之多，詞人之衆，當然遠邁前代。在本章僅舉其重要的而言。

宋初保守的詞人，很多是朝廷的顯宦。王禹偁，錢惟演，他們不是詞人，雖然也有小詞流播在人口，卻迥非晏殊那樣的氣象。殊字同叔，臨川人。官至樞密使，鼎食鐘鳴，花團錦簇，一派富貴的光景。他的兒子幾道說：「先君平日小詞雖多，未嘗作婦人語也。」其實他時時流露出婦人語來。所作浣溪紗有「無可奈何花落去，似曾相識燕歸來」二句，（有人說下一句是王琪所對，見後齊漫錄所記。）一時傳誦。劉攽中山詩話說他「喜延巳詞，其所自作亦不減延巳。」細心讀他的珠玉詞，比浣紗溪那兩句好的，不知多少；就是突過延巳的句子，也常有。如：「滿目河山空念遠，落花風雨更傷春；不如憐取眼前人。」「未知心在何誰邊？滿眼淚珠言不盡。」這是多麼盪人心魄的話。不過在保守的眼光中，如「東城南陌花下，逢著意中人。」「心心念念，說盡無憑，只是相思。」「淡淡梳妝薄薄衣，天仙模樣好容儀。」開俳語一體，不能無貶辭。他的兒子幾道有小山詞，（並存毛刻六十家詞中，還有彊邨叢書本，杭州晏氏刻本，商務古活字本。）頗有麗句。至於大臣中當以歐陽修爲代表。歐詞純疵參半，據蔡條西清詩話說：「歐詞之淺近者，謂是劉煇僞作。」名臣錄也有同樣記載，大概劉煇改竄他的詞，借以攻擊他，這種也是意中事。不過詞中的他，與散文中的他，完全兩副面目，可知他在道學中並具熱烈的感情。除有名的少年游詠草外，下面這一闋踏莎行，也極婉轉動人。

> 候館梅殘，溪橋柳細，草熏風煖搖征轡。離愁漸遠漸無窮，迢迢不斷如春水。　寸寸柔腸，盈盈粉淚，樓高莫近危欄倚。平蕪盡處是春山，行人更在春山外。

婉轉之中，有蒼勁之致，這是他獨有的作風。（他的詞集：六一居士詞毛刻六十家中有。又歐陽文忠公近體樂府，醉翁琴趣外編有雙照樓影印本。）此外，張先也是一位名作家，附在這兒說。先字子野，吳興人。李端叔說他，「子野詞才不足而情有餘。」古今詞話有一段故事：「有客謂子野曰：人皆謂公張三中，即心中事，眼中淚，意中人也。公曰：何不目之爲張三影？客不曉。公曰：雲破月來花弄影；嬌柔懶起，簾壓捲花影；柳徑無人，墮飛絮無影；此余平生所得意也。」（他的安陸集詞有葛氏本，揚州詩局本。又名張子野詞，有粟香室本，知不足齋本，彊邨

本。）可以知道他的情趣。（因為敍述便利，放他在此處，其實與柳蘇同時）

慢詞的創造者不一定便是柳永，但到了柳永，而後慢詞纔流行。永初名三變，字耆卿，樂安人。在能改齋漫錄上說他的出身很有趣：「仁宗留意儒雅，務本向道，深斥浮豔虛華之文。初進士柳三變好為淫冶謳歌之曲，傳播四方，嘗有鶴冲天詞云：忍把浮名，換了淺斟低唱。及臨軒放榜，特落之曰：且去淺斟低唱，何要浮名！景祐元年，方及第。後改名永。」他的生活誠然是在淺斟低唱裏。他的詞也是妓女所樂於歌唱的。因此傳唱甚廣，以至於凡有井水飲處，卽能歌柳詞。所謂通人，却甚鄙視之。李端叔說：「耆卿詞，鋪敍展衍，備足無餘。較之花間所集，韻終不勝。」孫敦立曾說：耆卿詞雖極工，然多雜以俚語。誠然柳詞的俚語有許多太不成話了。如兩同心「箇人人，昨夜分明許伊偕老。」征部樂「待這回好好憐伊，更不輕拆。」傳花枝「平生自負風流才調，口兒裏道知張陳趙。」未免太無味了。然而他詞中的好處，能工鋪敍，每首事實必清，點景必工，並且有警語。馮煦說：「曲處能直，密處能疏，奡處能平；狀難狀之景，達難達之情，而出之以自然。」馮氏可謂柳永的知己了。我們試讀他的代表作雨霖鈴

> 寒蟬淒切，對長亭晚，驟雨初歇。都門帳飲無緒，留戀處，蘭舟催發。執手相看淚眼，竟無語凝咽。念去去，千里烟波，暮靄沈沈楚天闊。　多情自古傷離別，更那堪冷落清秋節。今宵酒醒何處？楊柳岸，曉風殘月。此去經年，應是良辰好景虛設。便縱有千種風情，更與何人說？

這樣的詞境，決非如花間那樣陳陳相因，雷同宂複的。（柳詞名樂章集有毛刻六十家本，續添曲子見彊邨叢書，）至能變昵昵情語為壯語，那是蘇軾的功績。軾字子瞻，號東坡，眉山人。胡致堂說：「詞至東坡，一洗綺羅香澤之態，擺脫綢繆宛轉之度；使人登高望遠，舉首高歌，逸懷浩氣，超乎塵垢之外，於是花間為皂隸，而耆卿為輿臺矣。」晁无咎云：「居士詞人多謂不諧音律，然橫放傑出，自是曲子內縛不住者。」「不諧音律，」是不可諱言的。而陸游還說：「公非不能

歌，但豪放不喜裁翦以就聲律耳。」其實，軾曾自言生平有三不如人著棊吃酒唱曲。所以陳師道說：「爲教坊雷大使之舞，雖極天下之工，要非本色。」但如他那樣豪情，却不能不說「前無古人」了。四庫提要謂：詞至柳永一變，如詩家之有白居易；至軾而又一變，如詩家之有韓愈。這個比方是不錯的。陸游又說：「東坡詞歌之，曲終覺天風海雨逼人，」的確是非關西大漢，銅琵琶，鐵綽板，高聲狂唱不可；決不似柳永的詞只合十七八女郎，執紅牙板而歌的。現以大家所熟誦的爲例：

大江東去，浪淘盡千古風流人物。故壘西邊，人道是三國孫吳赤壁。亂石崩雲，驚濤掠岸，捲起千堆雪。江山如畫，一時多少豪傑。　遙想公瑾當年，小喬初嫁了，雄姿英發，羽扇綸巾，談笑間檣櫓灰飛煙滅。故國神游，多情應笑我，早生華髮。人間如寄，一尊還酹江月。

——念奴嬌

張炎說：「東坡詞淸麗舒徐處，高出人表。周秦諸人所不能到。」足見蘇軾一面有這樣雄放的詞，一面還有淸麗的詞；在相反的情調中，我們可讀卜算子：

缺月挂疏桐，漏斷人初定；時見幽人獨往來，縹緲孤鴻影。驚起却回頭，有恨無人省。揀盡寒枝不肯棲，寂寞沙洲冷！

這是多麼淒淸的境界。（東坡詞毛氏，王氏，朱氏都有刻本。商務有古活字本和學生國學叢書本。）蘇門有四學士，那是黃庭堅，秦觀，晁補之，張來四人。秦觀是其中最昭著的詞家。字少游，高郵人。晁補之說：「近來作者皆不及少游。如「斜陽外，寒鴉數點，流水遶孤村。」雖不識字人亦知是天生好言語。」蔡伯世說：「子瞻辭勝乎情，耆卿情勝乎辭，辭情相稱者，惟少游而已。」還有推之爲正宗的，如張綖的話：「少游多婉約，子瞻多豪放，當以婉約爲主。」好事者取他的名句和柳永雨鈴霖中警語作一聯詞，道：「山抹微雲秦學士，曉風殘月柳屯田。」屯田是指柳永的官屯田員外郎說。他那闋滿庭芳全詞，現在寫在下面：

山抹微雲，天粘衰草，畫角聲斷譙門。暫停征棹，聊共引離尊。多少蓬萊舊事，空回首烟靄紛紛。斜陽外，寒鴉數點，流水遶孤村。 銷魂，當此際，香囊暗解，羅帶輕分，漫贏得青樓薄倖名存。此去何時見也？襟袖上空染啼痕。傷情處，高城望斷，燈火已黃昏。

葉少蘊說：「少游樂府，語工而入律，知樂者謂之作家歌。」秦觀，不可不說他是一個當行的詞人，他的詞名淮海長短句。（有彊邨本，毛刻本名淮海詞。）賀鑄字方回，衞州人。他的詞名東山寓聲樂府。（朱氏，王氏，毛氏，侯氏，都有刻本，還有涉園影印殘本。）張來說：「賀鑄東山樂府妙絕一世。盛麗如游金張之堂，妖冶如攬嬙施之袪；幽索如屈宋，悲壯如蘇李。」可知他的風格怎樣了。他住在蘇州盤門外的橫塘，往來其間，於是有青玉案之作，爲當時人稱他做賀梅子了。

凌波不過橫塘路，但目送芳塵去。錦瑟年華誰與度？月臺花榭，瑣窗朱戶，惟有春知處。
碧雲冉冉蘅皋暮，綵筆新題斷腸句。試問閑愁都幾許？一川烟草，滿城風絮，梅子黃時雨。

他的詞與秦觀有非常相似處，大概同是從花間融化出來的。又差不多同時的像王安石，李之儀，周紫儀，此處可以不必詳及了。

周邦彥之所以被稱爲集詞大成的原因，一來這時是慢詞成熟的時候，二來由他開了南宋詞壇的局面，正是繼往開來，惟他獨尊。邦彥字美成。錢塘人。張炎評謂：「美成詞渾厚和雅善於融化詩句。」吾師吳瞿安先生說：「究其實，不外沈鬱頓挫而已。」且以瑞龍吟爲例：

章臺路，還見褪粉梅梢，試華桃樹。愔愔坊陌人家，定巢燕子，歸來舊處。　黯凝竚，因記箇人癡小，乍窺門戶，侵晨淺約宮黃，障風映袖，盈盈笑語。　前度劉郎重到，訪鄰尋里，同時歌舞，唯有舊家秋娘，聲價如故。吟箋賦筆，猶記燕臺句。知誰伴，名園露飲，東城閒步？事與孤鴻去！探春盡傷春離緒，官柳低金縷。歸騎晚，纖纖池塘飛雨，斷腸院落，一簾風絮。

吳先生說：「其宗旨所在在「傷離意緒」一語耳。而入手先指明地點曰「章台路。」却不從目前景物寫出，而云「還見」此卽沈鬱處也。須知「梅梢桃樹」原來舊物，惟用「還見」云云，則令人感慨無端，低徊欲絕矣。首疊末句云：「定巢燕子，歸來舊處。」言燕子可歸舊處，所謂「前度劉郎者，」即欲歸舊處而不得，徒彳亍於「愔愔坊陌」章臺故路而已。是又沈鬱處也。第二疊「黯凝佇」一語，爲正文。而下文又曲折，不言其人不在，反追想當日想見時狀態，用「因記」二字則通體空靈矣。此頓挫處也。第三疊「前度劉郎」至「聲價如故」言「箇人」不見，但見同里秋娘未改聲價，是用側筆以襯正文。又頓挫處也。「燕台」句用義山柳枝故事，情景恰合。「名園露飲，東城閒步，」當日已亦爲之。今則不知伴着誰人賡續雅舉？此「知誰伴」三字又沈鬱之至矣。「事與孤鴻去」三語，方說正文。以下說到歸院，層次井然，而字字淒切。末以飛雨風絮作結，寓情於景，倍覺黯然。通體僅「黯凝佇，」「前度劉郎重到，」「傷離意緒，」三語，爲作詞主意。此外則頓挫而復纏綿，空靈而又沈鬱；驟視之幾莫測其用筆之意，此所謂神化也。」因爲美成於詞有這樣的技巧，所以有人以爲是製詞的正法；沈伯時便說：「作詞當以清眞集爲主。」清眞集就是美成的詞集。（又名片玉詞，毛王刻本外，涉園影印本商務學生國學叢書本，還有廣東印本，西泠詞萃本。）此外他的詞如爲溧水主簿姬人而作的風流子，爲道君幸李師師家而作的少年游，爲睦州夢中作而成的瑞鶴仙都有很興味的故事在裏面。與美成同時還有如晁端禮，万俟雅言，呂渭老，王灼，朱敦儒等部是作手；更有和後主身世相同的「詞王」宋徽宗，他的一字一句皆詞中寶物因爲在詞史上沒有十分的影響，有許多都被我略過了。

問題

一　選本除爲初學者設想外，還有什麼價值？

二　五代詞人的中心點在何處？並推詳所以集中此處的緣故。

三　試想北宋詞的進程三大階段底相互關係。

四　柳永在「民衆文學」的地位上如何？當時「詞」與民衆關係何若？

五、秦賀與周邦彥之比較。

參考書

詳見下章

第四章　幾個重要的詞家（下）

以下從南宋說起。實際南宋和北宋是不容易劃分的。有些詞人，他在北宋有許多作品，到了南宋，又有好多詞；我們就要權其輕重，放在北宋或南宋。南宋的詞已是極盛時代，但因國勢的關係，分明顯示出三個時期。一、在南渡後，愛國之士眼見胡人奪去半個中國；於是慷慨悲歌，添了不少雄句。二、金人既自己有了內亂，不得再侵中亡；中國得以苟安，未免又宴安享樂，變成粉飾昇平的文字。三、等到元人渡江，南宋已將滅亡；而一班詞人敢怒不敢言，僅能將悲恨之心，托於詠物之作。從詞的本體上說，這三期的狀況是這樣：一、添了詞不少的新力量，二、就成形的慢詞加意改進，三、已漸流入模擬的風氣，生趣索然了。現在第一個我所說的，還是北南兩宋之間的一大作者。我所以敘在此處，因爲她曾予南宋一大詞人以感興，她自己也有不少很好的詞是在南宋時寫的。她，唯一的詞的女作家，不問而知是說的李淸照了。淸照自號易安居士，濟南人，趙明誠的妻子。父格非，母王氏，都有文學的素養，她幼時便受很好的啓示。嫁給明誠以後，明誠常出游，她寄小詞給他頗多。一次一闋醉花陰題爲「重陽」的，明誠見了想作一詞勝他，廢食苦思三晝夜，成五十餘闋，雜易安之作出示他的朋友陸德夫，但德夫玩味再三，仍以「莫道不銷魂，簾卷西風，人比黃花瘦。」三句爲絕佳，這三句正是易安的作品。易安不獨能作，並且工評論。他嘗說道：「本朝柳屯田永，變舊聲作新聲，出樂章集，大得聲稱於世。雖協音律，而詞語塵下。又有張子野、宋子京兄弟，沈唐、元絳、晁次膺輩繼出，雖時時有妙語而破碎何足名家！至晏丞相，歐陽永叔，蘇子瞻，學際天人，作爲小歌詞直如酌蠡水於大海，然皆句讀不葺之詩耳，又往往不協音律。……王介甫，曾子固，文章似西漢，若作小歌詞，則人必絕倒，不可讀也。乃知詞別是一家，知之者少；晏叔原，賀方回，黃魯直出，始能知之。而晏苦無鋪敍，賀苦少典重，秦少游專主情致而少故實；譬如貧家美女，雖極姸麗豐逸，而終乏富貴態。黃則尙故實而多疵病，譬如良玉有瑕，價自減半矣。」她這樣的譏彈前輩，的確能切中其病。金兵南侵的時候，她家已破，四方流徙，明誠不幸又死了。於是在她詞中不少苦語。她的集名漱玉詞。（有詩曲雜俎本，王氏四印齋本；現在也有標點本。）今舉聲聲慢一首於此。

尋尋覓覓，冷冷淸淸，悽悽慘慘戚戚。乍暖還寒時候，最難將息。三杯兩盞淡酒，怎敵他晚來風急！雁過也，正傷心，卻是舊時相識。　滿地黃花堆積，憔悴損，而今有誰堪摘？守著窗兒，獨自怎生得黑！梧桐更兼細雨，到黃昏點點滴滴。這次第，怎一個愁字了得。

這樣的詞筆，非斷腸詞人朱淑眞所能望她的項背了。何以在上面又說她曾予一大詞人以感興呢？這故事是在一個軍營之中。有歷城人辛棄疾字幼安的，正在山東節制忠義軍馬的耿京那兒掌書記。閑時聽營中士兵歌易安的詞句，於是啓發自己的情思，後來成爲南宋詞壇上一顆閃爍的明星。因爲這樣生香活色的婦人之聲，而使一個躍馬揮戈的英雄，更在詞上建築新的壁壘，這纔是奇跡呢。幼安的詞間與蘇軾並稱，其實他們決不相同。如幼安的豪邁忠勇之氣，在前只有岳飛，飛的滿江紅「靖康恥，猶未雪，臣子恨，何時滅？駕長車，踏破荷蘭山缺！壯志飢餐胡虜肉，笑談渴飲匈奴血，待從頭收拾舊山河，朝天闕。」是千古絕調。幼安的詞也是如此金聲玉振的。他的詞我們不能不多錄出幾首：

野塘花落，又忽忽過了淸明時節。剗地東風欺客夢，一枕雲屏寒怯。曲岸持觴，垂楊繫馬，此地曾經別；樓空人去，舊遊飛燕能說。　聞道綺陌東頭，行人曾見簾底纖纖月。舊恨春江流不盡，新恨雲山千疊；料得明朝，尊前重見，鏡裏花難折。也應驚問，近來多少華髮？

——念奴嬌　書東流村壁

寶釵分，桃葉渡，烟柳暗南浦。怕上層樓，十日九風雨。斷腸點點飛紅，都無人管；更誰勸流鶯聲住！　鬢邊覷，試把花卜歸期，才簪又重數。羅帳燈昏，哽咽夢中語。是他春帶愁來，春歸何處？卻不解帶將愁去。

——祝英臺近

綠樹聽鵜鴂，更那堪杜鵑聲住，鷓鴣聲切；啼到春歸無啼處，苦恨芳菲都歇。算未抵人問離別，馬上琵琶關塞黑，更長門翠輦辭金闕；看燕燕，遠歸妾。將軍百戰身名裂，向河梁回頭萬里，故人長絕。易水蕭蕭西風冷，滿座衣冠似雪。正壯士悲歌未徹。啼鳥還知如許恨，料不啼清淚常啼血！誰伴我，醉明月？

——賀新郎　別茂嘉十二弟

更能消幾番風雨，匆匆春又歸去。惜春長怕花開早，何況落紅無數！春且住，見說道天涯芳草無歸路，怨春不語，算只有殷勤畫簷蛛網，盡日惹飛絮。長門事，準擬佳期又誤。蛾眉曾有人妒，千金縱買相如賦，脈脈此情誰訴？君莫舞，君不見玉環飛燕皆塵土！閑愁最苦，休去倚危欄，斜陽正在，煙柳斷腸處。

——摸魚兒　淳熙己亥自湖北漕移湖南同官王正之置酒小山亭爲賦

這樣的詞又非東坡的門戶所能限制。毛滂說：「詞家爭鬬穠纖，而稼軒（是幼安的別號。）率多撫時感事之作，磊砢英多，絕不作妮子態。宋人以東坡爲「詞詩，」稼軒爲「詞論，」善評也。」其實幼安一方面固有這樣「大聲鏜鞳」的詞，而另一方面「穠麗綿密」的小詞，誠如劉潛夫所說：「不在小晏秦郎之下。」幼安初爲詞時，曾去看蔡元，蔡便道：「子之詩，則未也。他日當以詞名家」蔡元畢竟是知音者。幼安的肖徒有個襄陽人劉過字改之的，也善作壯詞，他的龍洲詞不過不如辛幼安稼軒長短句的偉大罷了！（稼軒詞有毛刻，王刻，稼軒長短句有涉園景印本。又商務古活字本學生國學叢書本。）陸游也是與辛齊名的一個詞人。不過楊愼以爲：「放翁詞纖麗處似淮海，雄快處似東坡」雄放自恣，有時因與辛相近，但還是纖麗的地方，是他擅長處。

此時的詞再一轉變，又趨向技巧上去了。爲一時壇坫的，當然推姜夔，夔字堯章，號白石，鄱陽人，流寓吳興。周濟說得最好：「吾十年來服膺白石，而以稼軒爲外道。由今思之，可謂捫籥也。稼軒鬱勃故情深，白石放曠故情淺；稼軒縱橫故才大，白石局促故才小。」但是恭維他的人，却說得非常動聽。張炎說：「如野雲孤飛，去留無迹。」又「不惟清虛，且又騷雅，讀之使人神觀飛越。」范石湖也說：「白石有裁雲縫月之手，敲金戛玉之聲。」這大概爲他那二首盛傳於世的暗香疏影而發。

舊時月色，算幾番照我，梅邊吹笛，喚起玉人，不管清寒與攀摘。何遜而今漸老，都忘却春風詞筆。但怪得竹外疏花，香冷入瑤席。江國正寂寂，歎寄與路遙，夜雪初積，翠尊易泣，紅萼無言耿相憶。長記曾攜手處，千樹壓西湖寒碧。又片片吹盡也，幾時見得？——暗香

苔枝綴玉，有翠禽小小，枝上同宿。客裏相逢，籬角黃昏，無言自倚修竹。昭君不慣胡沙遠，但暗憶江南江北。想珮環月下歸來，化作此花幽獨。猶記深宮舊事，那人正睡裏飛近蛾綠。莫似春風不管盈盈，早與安排金屋。還教一片隨波去，又卻怨玉龍哀曲。等恁時重覓幽香，已入小窗橫幅。——疏影

詠物之作不能不推爲名篇。張炎說他是「前無古人，後無來者，眞爲絕唱」，未免過譽了。但他揚州慢一闋，却有動人的力量。

淮左名都，竹西佳處，解鞍少駐初程。過春風十里，盡薺麥青青。自胡馬窺江去後，廢池

喬木，猶厭言兵。漸黃昏，清角吹寒，都在空城。杜郎俊賞，算如今重到須驚。縱荳蔻詞工，青樓夢好，難賦深情。二十四橋仍在，波心蕩冷月無聲。念橋邊紅藥年年，知爲誰生？

因爲眞氣磅礴，實在的情緒，決非浮泛可比。（白石詞在毛朱兩本外，有陸氏刊本，許氏刊本，廣東刊本。）又盧祖皋高觀國在這時也算名家。黃昇說盧詞字字可入律呂，古今詞話謂高詞工而入逸，婉而多風。這兩人卻不能如史達祖。達祖字邦卿，姜夔就很佩服他的詞。以爲：『邦卿之詞，奇秀清逸，有李長吉之韻，蓋能融情景於一家，會句意於兩得者。其「做冷欺花，將烟困柳」一闋，將春雨神色拈去，「飄然快拂花梢，翠影分開紅影，」又將春燕形神畫出矣。』張鎡說他的詞：『織綃泉底，去塵眼中，妥貼輕圓，辭情俱到，有瓌奇警邁，清新閑婉之長，而無訑蕩汙淫之失。端可分鑣清眞，平睨方回。』他那樣精細的用功鑄句，所以成其爲細膩的詞人，看綺羅香全詞可知。

做冷欺花，將烟困柳，千里偷催春暮。盡日冥迷，愁裏欲飛還住。驚粉重蝶宿西園，喜泥

（天）

潤，燕歸南浦。最妨他佳約風流，鈿車不到杜陵路。沈沈江上望極，還被春潮晚急，難尋官渡，隱約遙峯，和淚謝娘眉嫵。臨斷岸，新綠生時，是落紅帶愁流處。記當日，門掩梨花，剪燈深夜語。

樓敬思云：『史達祖南宋名士，不得進士出身。以彼文采，豈無論薦，乃甘作權相堂吏，至被彈章；不亦降志辱身之至耶？讀其書懷滿江紅：「好領青衫，全不向詩書中得。三徑就荒秋自好，一錢不值貧相逼，」亦自怨自艾者矣。』他有很苦的身世，所以詞句沈着。他的集名梅溪詞。（有毛刻本，王刻本）還有一位為近數十年詞壇所崇奉著的，是吳文英字君特，四明人，夢窗是他的號。尹惟曉說；『求詞於吾宋，前有清真，後有夢窗。』足見在當時他的地位也頗重要。我們且讀他的名作。

殘寒正欺病酒，掩沈香繡戶，燕來晚飛入西城，似說春事遲暮。畫船載清明過，却晴煙冉冉吳宮樹，念羈情，遊蕩隨風，化為輕絮。十載西湖，傍柳繫馬，趁嬌塵輭霧。遡紅漸招入仙谿，錦兒偸寄幽素。倚銀屏春寬夢窄，斷紅濕歌紈金縷。暝隄空，輕把斜陽，總還鷗鷺。　幽蘭旋老，杜若還生，水鄉尙寄旅。別後訪六橋無信，事往花委，瘞玉埋香，幾番風雨。長波妒盼，遙山羞黛；漁燈分影春江宿。記當時短檝桃根渡，青樓彷彿，臨分敗壁，題詩淚墨，慘澹塵土。　危亭望極，草色天涯，歎鬢侵半苧。暗點檢離痕歡唾，尙染鮫綃，嚲鳳迷歸，破鸞慵舞。殷勤待寫，書中長恨；藍霞遼海沉過雁，漫相思彈入哀箏柱。傷心千里江南，怨曲重招，斷魂在否？

——鶯啼序春晚感懷

以夢窗比淸眞，似乎不及淸眞詞的自然。因爲夢窗的詞，大都經過苦心的經營；而且有意的雕飾。張炎說：『吳夢窗如七寶樓臺，眩人眼目，拆碎下來，不成片段。』沈伯時也說：『夢窗深得淸眞之妙。但用事下語太晦處，人不易知。』但平心而論，夢窗於造句獨精，超逸處，仙骨珊珊，洗脫凡豔，幽素處，孤懷耿耿，別締古歡。如高陽臺落梅：「宮粉彫痕，仙雲墮影，無人野水荒灣。古石埋香，金沙鎖骨連環。南樓不恨吹橫笛，恨曉風千里關山；半飄零，庭院黃昏，月冷闌干。」祝英台近春日客龜溪游廢園：「綠暗長亭，歸夢趁風絮。」水龍吟惠山酌泉：「豔陽不到青山，淡煙冷翠成秋苑。」滿江紅澱山湖「對兩蛾猶鎖綠煙中秋色未教飛盡雁，夕陽長是墜疏鐘。」八聲甘州游靈岩「箭徑酸風射眼，膩水染花腥。」又「連呼酒上琴台秋與雲平。」皆是超妙入神的雋語。可惜夢窗被後來者推爲大師，置之諸天才的詞人之上；反埋沒他的本來面目。實則大家趨於他的門下，正是因爲他工於鑄詞。（夢窗稿毛王刻本外，有曼陀羅華閣刊本。）這一個時期的詞，大概受北宋周邦彥的影響最深，同時是辛劉一類粗豪作品的反動。再一轉變，便成亡國之音了。現在舉蔣、周、張、王四家來說。

蔣捷字勝欲，陽羨人。有竹山詞。（毛刻六十家中有。）頗有自然之趣，朱彝尊推爲南宋一家，源出白石。現以虞美人小令爲例：

少年聽雨歌樓上，紅燭昏羅帳。壯年聽雨客舟中，江闊雲低，斷雁叫西風。 而今聽雨僧廬下，鬢已星星也。悲歡離合總無情，一任階前點滴到天明。

却是毫無矯柔造作的樣子。不過有時叫囂奔放，很可笑的。如：賀新郎錢狂士：「據我看來何所似？一任韓家五鬼，又一似楊家風子。」沁園春：「若有人尋，只教童道：這屋主人今自居。」又次强雲卿韻：「結算平生風流債負，請一筆勾！蓋攻性之兵，花圍錦陣毒身之鴆，笑齒歌喉。」念奴嬌壽薛稼堂：「進退行藏，此時正要一著高天下。」讀了這些句子，眞要教人噴飯。不能不說他愧對辛幼安了。

周密，字公謹號蕭齋，濟南人，而流寓吳興。自號弁陽嘯翁，又號四水潛夫，草窗是很著名的別署。他的詞，獨標清麗。他的交游甚廣，楊守齋號紫霞翁的，於音律極精，他頗得切磋之益。一萼紅登蓬萊閣有感蒼茫感慨，情見乎詞：

步深幽，正雲黃天淡，雪意未全休。鑑曲黃沙，茂林煙草，俯仰今古悠悠。歲華晚，飄零漸遠，誰念我同載五湖舟？磴古松斜，厓陰苔老，一片淸愁。　回首天涯歸夢，幾魂飛西浦，淚灑東州。故國山川，故園心眼，還似王粲登樓。最負他秦鬟妝鏡，好江山何事此時游？

為喚狂吟老監，共賦銷憂。

這是壓卷的一闋，恐怕美成白石見了還要斂手，可惜這樣作品，在他集中不多。（草窗詞有曼陀羅華閣刊本，知不足齋叢書本。又名蘋洲漁笛譜有知不足齋叢書本，彊村本。）又他編的絕妙好辭是不可多得的詞選。

張炎字叔夏，是循王張俊的後裔，居臨安，自號樂笑翁。詞皆雅正，所以集中沒有鄙語。臺城路一闋，讀之無不感動。

十年舊事翻疑夢，重逢可憐俱老！水國春空，山城歲晚，無語相看一笑。荷衣換了，任京洛塵沙，冷凝風帽。見說吟情，近來不到謝池草。　歡遊曾步翠窈，亂江迷紫曲，芳意今少。舞扇招香，歌橈喚玉，猶憶錢塘蘇小。無端暗惱，又幾度流連，燕昏鶯曉。回首妝樓，甚時重去好？

毫無拙滯語。誠如仇仁近所說：「叔夏詞意度超玄，律呂協洽，當與白石老仙相鼓吹。」而且叔夏詞中頗多憤意，隱在濃紅淡綠之中。如「只有一枚梧葉，不知多少秋聲!」「恨喬木荒涼,都是殘照。」還有送舒亦山:「布韈青鞋,休誤入桃源深處。」錢菊泉:「且莫把孤愁,說與當時歌舞。」很可看出他言外之深意來。他的玉田詞(朱氏王氏刻本外,有曹刊許刊又名山中白雲洞,與白石稱「雙白。」)有時用韻雜一些,把眞文庚青侵尋同用,或寒刪間雜覃鹽;却是入聲韻又非常謹嚴的,屋沃不混覺藥,質陌不混月屑。我們看他的詞可注意一下。

王沂孫字聖與,號碧山,又號中仙,會稽人。他的作風是寫忠愛之忱,託詠物之篇。意境高儁,造句亦美。張惠言詞選除齊天樂賦蟬外,取他眉嫵賦新月,高陽臺賦梅花,慶淸朝賦榴花三闋,又在每詞之下加注案語,眉嫵是喜君有恢復之志,而惜無賢臣也。高陽臺是傷君臣宴安,不思國恥,天下將亡也。慶淸朝是言亂世尙有人才,惜世不用也。可見他一片熱腸,無窮的哀感,又比白石暗香疏影專以詞工的,品格高多了。試看眉嫵的全詞:

漸新痕懸柳,澹彩穿花,依約破初暝,便有團圓意深深拜,相逢誰在香逕?畫眉未穩,料素娥猶帶離恨。最堪愛，一曲銀鉤小，寶簾挂秋冷。千古盈虧休問，歎謾磨玉斧，難補金鏡，太液池猶在，淒涼處，何人重賦淸景。故山夜永，試待他窺戶端正。看雲外山河，還老桂花舊影。

像他這樣君國之憂，時時寄託，足以領袖宋末詞人的風氣。所以他的碧山樂府（一名花外集，有知不足齋和王氏四印齋本。）爲詞中珠玉。此外如陳允平的日湖漁唱，劉克莊的後村別調，石孝友的金谷遺音……也有相當的地位。在多如牛毛的兩宋詞人中，我只寥寥說了這幾家，當然有滄海遺珠之憾，不過於此也可略見端倪。想治宋詞者，可從這幾家入手，以下敍述是宋以後的詞壇。詞到了宋的末季，已僅是奄無生氣，此後詞的時代更是過去了。現在先從金元說起。金這一代的詞，前面爲宋所掩，後面又讓元壓住；差不多在文學史上爲人遺忘了。其實元好問中州集，所集三十六家，亦有可述。何況金章宗也是天資聰穎愛好詞章的帝主。歸潛志就說他，『詩詞多有可稱者。』密國公璹的如庵小稿，詞雖不過七首，亦有情致。劉君叔說：『其舉止談笑，眞一老儒，殊無驕貴之態。』他的西江月「一百八般佛事，二十四考中書；山林朝市等區區，着甚來由自苦！」從幾詞中可見其人風度。至於自宋使金而未得歸的吳激，更為金詞一大家。

激字彥高，建州人。我們看他的風流子：

> 書劍憶遊梁。當時事，底處不堪傷。望蘭楫嫩漪，向吳南浦，杏花微雨，窺宋東牆。鳳城外燕隨青步障，絲惹紫游韁。曲水古今，禁煙前後，暮雲樓閣，春草池塘。　回首斷人腸！流年去如電，鏡鬢成霜。獨有蟻尊陶寫，蝶夢悠揚。聽出塞琵琶，風沙淅瀝；寄書鴻雁，煙月微茫。不似海門潮信，猶到潯陽！

所謂「當時事，」所謂「回首，」無非故國之思。此時宇文叔通主文盟，視彥高是後進，都叫他做「小吳。」有一次一個宋宗室的婦人流落北方，在飲酒時會見了。大家感嘆起來，各賦樂章；叔通成念奴嬌，彥高也作一闋人月圓道：「南朝千古傷心事，猶唱後庭花。舊時王謝，堂前燕子，飛向誰家？恍然一夢，仙肌勝雪，宮鬢堆鴉；江州司馬，青衫淚濕，同是天涯。」大家見了，為之變色。後來有人求叔通樂府，叔通就說：『吳郎近以樂府名天下，可徑求之！』彥高詞雖不多，都極精美。還有蔡松年的明秀集，（王刻四印齋本中有。）亦有名作。元人雜劇內蔡脩閒醉寫石州慢就是寫他的故事。中州樂府所選的十二闋，有些是四印齋本中所沒有的。遼陽劉仲尹在中州存詞十一闋，無一草率之作，得名較早的，更有熊岳人王庭筠。趙秉文贈他的詩所謂：「寄語雪溪王處士：年來多病復何如？浮雲世態紛紛變，秋草人情日日疏；李白一杯人影月，鄭虔三絕畫詩書；情知不得文章力，乞與黃華作隱居。」可以曉得他是一個隱士了。又為金章宗所寵視的趙可，他比較算得重要些的。在他幼小的時候，他就很愛塡小詞。一次，他應試，文章成了，便在他的席上戲書一闋：「趙可，可。肚裏文章可可。三場捱了兩場過，只有這番解火。恰如合眼跳黃河，知他是過也不過？」以後畢竟中了。韓玉也好像從南方到北方去的，他的詞常有如「故鄉何在？夢寐草堂溪友！」的句子。但是從北游南，爲金使者的王渥便是在的他詞中，能把北方的風光返映出來，如水龍吟從商帥國器獵。

短衣西馬淸秋，慣曾射虎南山下。西風白水，石鯨鱗甲，山川圖畫。千古神州，一時勝事，賓僚儒雅。快長堤萬弩，平岡千騎，波濤卷魚龍夜。　落日孤城鼓角，笑歸來長圍初罷，風雲慘淡，貔貅得意，旌旗閒暇。萬里天河，更須一洗，中原兵馬。看鞬櫜嗚咽，咸陽道左，拜西還駕。

這逈不是南人的聲口，一望而知是北人，無怪他死於軍陣之中了。此外如景覃，李獻能，辛愿，各有詞作，然終不如趙秉文元好問的偉大。趙元可以是金源文士的導師，也是金詞的中心。趙字周臣，磁州人。自號閑閑居士，他的水調歌頭自序有言：「……玉龜山人云，子前身，赤城子也。……吾友趙禮部庭玉說，丹陽子謂余再世蘇子美也，赤城子則吾豈敢，若子美則庶幾焉，尙媿詞翰微不及耳。」據此可見他是以蘇子美自擬的。這闋詞也是他述志之作，我且錄在此處：

四明有狂客，呼我謫仙人。俗緣千刼不盡，回首落紅塵。我欲騎鯨歸去，只恐神仙官府，嫌我醉時嗔。笑拍羣仙手，幾度夢中身。　長倚松，聊拂石，坐看雲，忽然黑霓落手，醉舞紫毫春。寄語滄浪流水，曾識閒閒居士，好爲濯冠巾。却返天台去，華髮散麒麟。

元好問字裕之，秀容人。他的一生也經宋金元三個時代，不過他是金的忠臣，所以在此敍述。遺山樂府（有通常石印本）頗負盛名。邁陂塘一闋是他首唱的，和者極多。有自序「太和五年乙丑歲赴試幷州，道逢捕雁者云：今日獲一雁，殺之矣。其脫網者悲鳴不能去，竟自投於地而死。余因買得之，葬之汾水之上。累石爲識，號曰雁丘。」

問世間情是何物？直教生死相許。天南地北雙飛客，老翅幾回寒暑。歡樂趣，離別苦，就中更有癡兒女。君應有語，渺萬里層雲，千山暮雪，隻影向誰去？　橫汾路，寂寞當年簫鼓。荒烟依舊平楚。招魂楚些何嗟及？山鬼暗啼風雨。天也妬，未信與鶯兒燕子俱黃土。千秋萬古，爲留待騷人，狂歌痛飲，來訪雁丘處。

張叔夏說：『遺山詞深於用事，精於鍊句，風流蘊藉處，不減周秦。』樂府自序：『子故言宋詩大概不及唐，而樂府歌詞過之，此論殊然。樂府以來，東坡爲第一，以後便到辛稼軒，此論亦然。東坡稼軒卽不論，且問遺山得意時，自視秦晁賀晏諸人爲何如？予大笑，附客背云：那知許事，且噉蛤蜊！』大概在蘇辛這一類的詞，遺山是很有追蹤的力量，從上面這番話看來，也知道他是如此的自負了。我們談金代的詞，如此已算得詳盡的，且繼續談元代的詞罷。

元是「曲」的時代，正同宋是「詞」的時代一樣。談元的詞，當然沒有燦爛的記載，而且在「曲」初起的時候，詞與曲往往混而不分。如乾荷葉，鸚鵡曲之類，實際是曲；就如許魯齋的滿江紅，張弘範的臨江仙不過餘技，那裏是詞人的作品呢？到燕公楠，程鉅夫，詞還沒能擴張門戶。仇遠起來，稍爲一振。趙子昂，虞伯生，薩都剌，可算作手，却不如張翥。張翥是元詞的維持者。此後又漸衰，倪瓚，顧阿瑛之流，詞尚可觀，其餘不足數。再有一個邵亨貞，爲詞稍稍生色；如是而已。

仇遠字仁近錢塘人。與同時唱和的周密王沂孫一班遺民，而後來的張翥，張羽等又都出在他的門下。他的詞清新拔俗，却不能出南宋末季的範型。試翻開樂府補題來看，可以曉得作風都差不多。趙子昂名孟頫，宋宗室，仕於元。爲當時人所譏，但他晚年有詩自悔：「同學少年今已稀，重嗟出處寸心違。」且詞中常流露哀思，所以邵復孺說：『公以承平王孫，晚嬰世變，黍離之盛，有不能忘情者，故長短句深得騷人意度。』茲錄蝶戀花爲例：

儂是江南游冶子，烏帽青鞋，行樂東風裏。落盡楊花春滿地，萋萋芳草愁千里。　扶上蘭舟人欲醉，日暮青山相映雙蛾翠。萬頃湖光歌扇底，一吹聲下相思淚。

虞伯生名集，崇仁人。詞不多作，有所作亦必揮翰自如，毫不縛束。嘗自擬老吏斷獄，在虞、楊、范、揭四家中伯生當然算得冠冕了。學東坡的有薩都剌，字天錫，雁門人。受遺山的影響甚大，不過他詩名掩住詞名，到明寧獻王纔品評他的詞格，稍爲世重。滿江紅金陵懷古一闋，也爲一時傳唱：

六代豪華，春去也，更無消息。空悵望山川形勝，已非疇昔。王謝堂前雙燕子，烏衣巷口曾相識。聽夜深寂寞打孤城，春潮急。　思往事，愁如織；懷故國，空陳迹。但荒烟衰草，亂鴉送日。玉樹歌殘秋露冷，胭脂井壞寒蛩泣。到如今只有蔣山青，秦淮碧。

張翥字仲舉，晉寧人。他的詞氣度冲雅，足爲元詞代表。然而究其極詣，也只規橅南宋，得諸家之神似。多麗這個調子，大家所推爲正格的，今選其一：

晚山青，一川雲樹冥冥。正參差烟凝紫翠，斜陽畫出南屏。館娃歸，吳臺游鹿，銅仙去，漢苑飛螢；懷古情多，憑高望極，且將尊酒慰飄零。自湖上愛梅仙遠，鶴夢幾時醒。空留得六橋疏柳，孤嶼危亭。　待蘇堤歌聲散盡，更須攜妓西泠；藕花深雨涼翡翠，菰蒲軟風弄蜻蜓。澄碧生秋，鬧紅駐景，采菱新唱最堪聽，一片水天無際，漁火兩三星。多情月，爲人留照，未過前汀。

我們研究詞的演進，在元只有算張仲舉首屈一指。倪瓚字元鎮，詞也還雅潔。顧阿瑛字仲瑛，詞中風趣特勝，晚年間有身世之悲。至元末的詞壇，當推邵亨貞，亨貞字復孺，他那一部蛾術詞選頗有好處。（王氏四印齋中有。）學問淵博，不獨以詞名。詞學清眞，白石，梅溪，稼軒，就像清眞，白石，梅溪，稼軒摸擬的手段，的確有特長的。他入明以後纔死，總算元詞的尾聲了。

明代的詞更是衰落了，其原因也很多，只可說「南詞」（卽南曲）是明的產物，詞不過附庸而已。詞之所以衰，一、以詞當作酬應，了無生氣。二、託體香匳，沒有眞實的情緒。三、好施小慧，流於纖巧。這都是昭著的流弊。在明初時，劉基高啓齊名。劉字伯溫，青田人。小詞頗可誦。如轉應曲：「秋雨秋雨，窗外白楊自語。」踏莎行：「愁如溪水暫時平，雨聲一夜依然滿。」都是雋句。高字季迪，長洲人。隱於青邱，自號青邱子。詞以疏曠見長，不與伯溫相似。楊基字孟載也有擅長小令的，如清平樂，浣溪紗，這些調子，尤能出色。其他王九思，楊愼，王世貞，曲中的地位高於詞中，多多這兒不詳敘了。張綖字世文，馬洪字浩瀾，他兩人在當時有詞人之稱，但時有穢語，並沒有十分佳作。只有明季的陳子龍，是唯一的詞家了。子龍字臥子，青浦人。陳亦峯白雨齋詞話說：「明末陳人中（就是臥子）能以濃豔之筆，傳淒惋之神，在明代便算高手。」實在明人受「八股文」的範圍，理學熾而詞意熄，像臥子這樣沈著，無怪不爲別的人所能追及的了。他也是風流婉麗，偏於小令。柴虎臣謂「華亭腸斷，宋玉魂消，惟臥子有之，所微短者長篇不足耳。」錄他的蝶戀花：

雨外黃昏花外曉，催得流年，有恨何時了？燕子乍來春又老，亂紅相對愁眉掃。 午夢闌珊歸夢杳，醒後思量，踏遍閑庭草。幾度東風人意惱，深深院落芳心小。

他如：山花子「楊柳淒迷曉霧中，杏花零落五更鐘。寂寂景陽宮外月，照殘紅。」淒麗如後主。江城子「楚宮吳苑草茸茸，戀芳叢，繞游蜂。料得來年相見畫屏中。人自傷心花自笑，憑燕子，罵東風。」綿邈悽惻，不落凡響。明亡了，他殉了難；明詞也只有這一點可提及了。

到了清代，我們可以說是詞的回光返照期。一時詞人之盛，門戶派別之多，在這二百八十年中很留下不少的光榮。浙派，常州派，和最近廣西的詞風，皆有敍述的必要。先從清初曹潔躬論起。潔躬名溶，嘉興人。為浙派的先導。朱彝尊最心折，嘗說：『往者明三百禩，詞學失傳，先生搜輯遺集，余曾表而出之。數十年來浙西塡詞者，家白石而戶玉田，春容大雅，風氣之變，實由於此。』可知他與浙派的關係了。王士禎，曹貞吉，吳綺，雖也算得作手，但王的精力大部分在詩，曹的詞所取途徑甚正，才力却差，吳在清初詞人中也是兼為清麗和雄壯兩方面的詞，却未能自樹一幟。彭孫遹字羨門，他的詞較為深厚，嚴繩蓀說：『羨門驚才絕豔，長調數十闋，固堪獨步江左，至其小詞，啼香怨粉，怯月淒花，不減南唐風格。』這種朋友標榜的話，當然不能當作定論，但他的詞確有可觀，可惜未能沈著，專以聰明見長罷了。就中有滿洲正白旗人納蘭成德，字容若，有人說他是李後主轉生，為「小令之王」。每一闋必盡淒惋之致。現舉臨江仙如下：

長記紗窗窗外語，秋風吹送歸鴉。片帆從此寄天涯。一燈新睡覺，思夢月初斜。　便是欲歸歸未得，不如燕子還家。春雲春水帶輕霞，畫船人似月，細雨落楊花。

譚復堂說：「第其品格，殆叔原、方回之亞乎？」他的飲水詞（坊間刊本甚多，吾友唐圭璋校本最佳。）爲治詞者所愛好。還有一個顧貞觀字華峯號梁汾，有兩闋金縷曲寄漢槎，可謂至性流露，字字從肺腑吐出，所以傳誦於世。

季子平安否？便歸來，生平萬事，那堪回首！行路悠悠誰慰藉？母老家貧子幼，記不起從前杯酒，魑魅搏人應見慣，料輸他覆雨翻雲手。冰與雪，周旋久。　淚痕莫滴牛衣透，數天涯依然骨肉，幾家能彀？比似紅顏多薄命，更不如今還有。只絕塞苦寒難受，廿載包胥承一諾，盼烏頭馬角終相救。置此札，君懷袖。

我亦飄零久，十年來深恩負盡，死生師友。宿昔齊名非忝竊，試看杜陵消瘦，曾不減夜郎僝僽。薄命長辭知己別，問人生到此淒涼否？千萬恨，爲君剖。　兄生辛未吾丁丑，共些時冰霜摧折，早衰蒲柳。詞賦從今須少作，留取心魂相守。但願得河淸人壽，歸日急翻行戍稿，把空名料理傳身後。言不盡，觀頓首。

讀之，可使人增友朋之情。陳維崧字其年，宜興人。是比較重要一些的詞家。他的氣魄之壯，古今稱最；不獨長調如蘇辛那樣壯闊，就是小令，也豪極了。如點絳唇：「悲風吼，臨洛驛口，黃葉中原定。」好事近：「別來世事一番新，只吾徒猶昨。話到英雄失路，忽涼風索索。」有時也婉麗閑雅，與朱彝尊齊名。曹秋岳說：『其年與錫鬯並負軼世才，同舉鴻博，交又最深，其爲詞工力悉敵。』錫鬯是彝尊的字，又號竹垞，秀水人。浙派的開山，靜志居琴趣（總名曝書亭詞，掃葉山房有石印本）是他詞集中最了不得的作品。試看他自己題詞集的解珮令：

十年磨劍，五陵結客，把平生涕淚飄零都盡。老去塡詞，一半是空中傳恨，幾曾圍燕釵蟬鬢。不師秦七，不師黃九，倚新聲玉田差近。落拓江湖，且分付歌筵紅粉，料封侯白頭無分。

可見浙派所師是雙白詞。彝尊外還有同邑李良年字符曾的，嘉興李符字分虎爲他的輔翼，浙江詞學之盛可知了。作手中尤推厲鶚，鶚字太鴻，錢唐人。以他的才力很想於宋詞之外別成面目，可惜這是辦不到的事。但他詞中佳處頗多可取。樊榭山房詞（在全集中，全集坊本頗多。）不難購得，我們可取來欣賞。項鴻祚，號蓮生，也是浙中名詞家，詞少薄弱一些。至於常州派，自張惠言和他的兄弟張琦而後張目。惠言字臯文，琦字翰風，抬出溫韋來高標比、興、風、騷，以深美閎約爲準，不像浙江之守南宋。但論調太高，畢竟手不應口。惠言的茗柯詞，（附詞選後）在清詞中固有地位，以較北宋諸集，當然有媿色了。論詞家有了一個周濟，作手中有了周之琦，蔣春霖，差不多壟斷了嘉慶以來的詞壇。濟字介存，論詞雜著是詞論中佳作。吾友任二北說：世人但知惠言爲常州派，而不知介存爲變常州派，頗有要義。之琦字稚圭，他的金梁夢月詞頗有渾融深厚之致。春霖字鹿潭，有水雲樓詞。他身經洪楊之亂，很能當作「詞史」讀。我以爲近幾十年在中國文學裏，詞中的鹿潭遠勝於詩中的金和呢。到道咸時，莊譚兩人齊名。莊棫字中白，丹徒人。他的蒿庵詞是自臯文介存那般人光大而出之的。譚獻字仲修，仁和人。所錄篋中詞，搜羅富有，議論也多有獨到處。論浙江的弊病，無不中肯。所以吳瞿安先生說他是「變浙江詞」一談到我們這近三十年的詞，源出廣西。王鵬運字幼霞，臨桂人。他除校刻花間以來的詞集，自已有半塘詞，體製都備。吾鄉端木埰，吳縣許玉瑑，和他同邑人況周頤，皆其詞友，各有造作。歸安朱孝臧字古微也與之游。朱的彊邨語業，況的蕙風詞，可算清末詞集中的傑製。與王同時的鄭文焯字叔問，有樵風樂府。當時南北相持，稱兩大家。名宦中金壇馮煦也有蒿庵詞，與況朱學南宋的作風大不相同。總之，詞到這時候，作者雖然風景雲往，詞的精神已漸消失。清代詞人，詞集最多，在我所說，不過萬一；只要從此研求，自得一個系統。（自惠言以下，詞集便於購求，在此處就不詳註了。）

問題

一　南宋與北宋詞的作風底比較。

二　從歷代的背景辨別蘇辛異同。

三　姜白石的受周美成的影響如何？

四　試尋金的元好問，與元的張翥，兩家詞的出處。

五　何以明人不以長調見長？

六　清詞雖盛，爲何不能比於兩宋？

七　浙派與常州派其主旨差異何在？

參考書

這兩章可參考的書很多，有下面這幾部已足彀初步的研究。

劉毓盤：詞史，北京大學講義。

吳梅：詞學通論，東南大學講義，不久可在商務出版。

鄭振鐸：中國文學史第四五章。（商務）

徐珂：清代詞學概論。（大東）

錢基博：現代中國文學長編藁本上編，第四章。（最後這兩書，研究清詞不可不參閱。）

第五章 從詞到曲底轉變

劉熙載藝概說：『曲之名古矣，近世所謂曲者，乃金元之北曲，及後復溢爲南曲者也。未有曲時，詞卽是曲；既有曲時，曲可悟詞。苟曲理未明，詞亦恐難獨善矣。』這一段話，於曲有相當的認識。但還有些不澈底。我在論詞時，已約略說過，這種「音樂文學」講文學叫做詞，指聲音（樂譜）便是曲；所以詞的譜還是曲，而且曲的文字仍然稱詞。於此可知詞曲是對稱的名詞，而「詞」與「曲」又同時是兩種體裁，這兒說的「曲」，是指曲體而言。「曲」從何而來的呢？王世貞說得好：『曲者，詞之變。自金元入中國所用胡樂嘈雜淒緊，緩急之間，詞不能按，乃更爲新聲以媚之。』可見也是爲著音樂的關係了。不過我在此處要先給大家一個清晰的分界，然後纔好談曲的起原。大概平常見了「曲」這一個字，都要聯想到「戲劇」上去。其實戲劇的曲是「劇曲」，而詩歌的曲就是所謂「散曲。」「散曲」和詩詞同一抒情的詩體，爲韻文正統。有了情節，動作，白文，然後演成「戲劇。」我們所應研究者是「散曲，」而非「劇曲。」談「劇曲」的源流可以上溯巫尸，到宋雜劇，金院本。講到「散曲，」乾脆說就是從「詞」變出來的。何以見得曲是從詞變的呢？我們觀察曲所沿襲於詞的可知：(一)曲的宮調牌名多根據詞的。南宋時候所存七宮十二調，(見前)考核中原音韻只存六宮十一調，故有十七宮調之名。到了元又亡了歇指調，角調，宮調，於是變成十四宮調，後來南曲又失商角調，僅存十三了，因爲六宮也改稱調，所以明蔣惟忠有十三調譜之作。這北十四，南十三，皆由十七宮調而來，那麽南北曲宮調出於詞的宮調，可無疑義。至曲的調名(俗所謂曲牌)與詞相同的頗多。中原音韻所紀三百三十五章，細細分析，出於古曲的一百十章，占全數三分之一。不過在北曲中牌名雖同，句法並不一樣。到南曲裏像虞美人，謁金門，一剪梅，完全無差池。這或者因爲北人音樂與中原差異太大，而南曲正是折衷詞與北曲的緣故。(二)曲的體裁也多根據詞的。可分三種：確是一體而曲自詞變化出來的，如尋常散詞變成曲的小令，詞中成套的變成曲中套數，(不過在詞甚少見。)詞的犯調成爲北曲的過帶曲，南曲的集曲，詞的聯章變爲曲的重頭。還有雖不是一體而極相當的，如詞的「大遍」與曲的「套數；」詞的「摘遍」與曲的「摘調。」至於自詞變出而未成曲形的，如「諸宮調，」「賺詞，」這又屬於詞曲難分的一種。從以上論述可知曲之淵源所自。但這演變之理，我們也可以看得出：(一)由詞發達而爲曲。如詞的成套變成曲的成套。詞中大遍，無論法曲，大曲，皆有散序，歌頭，這不是套曲裏的散板引子麼？大曲的殺袞，這不是套曲的尾聲麼？所以法曲，大曲，雖仍認他是一詞多遍相聯，其實已有幾套的形式。換一句話說，便是套詞的一種。套在詞，起初是一詞多遍，後來是一宮多調。將變爲曲的時候，諸宮調可以聯套；已變爲曲了，一套裏還可借宮，再進一步可以聯合南北曲成套。(二)由詞退化爲曲，如詞的散詞，變爲曲的小令。在詞中雙疊，三疊，四疊的調子，必不容割去下疊或下數疊不塡，但曲的原調雖有幺篇，或者幺篇換頭的，除了黑漆弩晝夜樂幾個曲調一塡兩疊外，例多略而不塡。所以詞調有二百多字極長的，而曲除增句格帶過曲或集曲外，大都不滿一百字的。於此可見詞的進化退化便漸漸形成曲了，而在宋元之間，詞曲本不分的。從這歷史上與組織上兩種關係，可知詞曲同是合樂文學，又有相互的因果。所以詞曲合併的研究非常需要。吾友任二北先生就有此提議，主張成「詞曲備體」和「詞曲通譜」二書。假使此種工作有人完成，詞與曲的分合狀態，便十分的顯著了。他的話很可供研究詞曲者參考，並且有很好的方法，容我摘述其要：第一步，所謂「列體」，就是把詞曲中自簡到繁的一切體裁，羅列出來。每體標一名，再說明他的形式，精神，來源，變遷，創始者，盛行的時期，更舉一例。集合各體，說明完備，這「詞曲備體」一書就可成稿。但非一時所能作好的。詞曲各體，並列一表：

詞

- 尋常散詞
  - 令……引……近……慢……犯調……摘遍……序子
  - 單調……雙調……三疊……四疊……疊韻
  - 不換頭……換頭……雙拽頭
- 聯章
  - 一題聯章……分題聯章
  - 演故事者——每詞演一事……多詞演一事
- 大遍——法曲……大曲……曲破
- 成套者——鼓吹……諸宮調……賺詞
- 雜劇詞——用尋常詞調者……用法曲者……用大曲者……用諸宮調者

小令

- 尋常小令……摘調
- 重頭……一題者……分題者
- 帶過曲——北帶北……南帶南……南北兼帶
- 集曲——兼集尾聲者……不集尾聲者

- 曲
  - 演故事者——同調重頭……異調間列
  - 套數
    - 尋常散套——南北分套……南北合套
    - 重頭加尾聲
    - 無尾聲者——尋常散套無尾聲……重頭無尾聲
  - 雜劇院本傳奇
    - 四折
    - 有楔子——一用……再用（如孔文卿東窗事犯）
    - 一折……二折……三折……五折……六折
    - 用北曲……用南曲

（以上表中所列各體，有些需要解釋，可參閱任著詞曲通誼，商務發行。）

第二步，所謂「辨體，」就是因詞曲間彼此比較，而觀歷史和形式兩方面相互關係。如原是一體，或並非一體；進化的或退化的，（說見前）可以曉得消長之原。第三步，所謂「計調，」調本是詞曲所完全寄託的。詞曲皆合樂的，這調的發生和變遷，正是樂的發生和變遷。詞樂既變成曲樂，詞樂卽亡；詞樂雖亡，還有詞調。現在尋曲樂與詞樂的變遷之跡，就不能不詳究詞調與曲調。詞調在第二章曾經說過。杜文瀾刻詞律附拾遺共八百七十餘調，一千六百七十餘體，可算較完備的數目。譬如欽定詞譜，歷代詩餘，調數雖多，不大可靠。至於調名，比體調還要複雜，可以分別統計：甲、補列宋元詞調。萬樹與徐本立所編詞律，擯除明清人的創調，而容納元人的。不過元人創的調，頗多是曲。應當詞歸詞，曲另歸曲。杜萬徐幾家當時見到宋元人詞集很少，自來筆記詞話中談詞調的也不少，幾家已引未引，我們都要留意，如果有遺調，便當補列。乙、搜彙明清詞調。明清人所創調，雖不能與宋元有同等價值，但亦不應當拋棄了他。這種材料散見明清人集中。如近人懷豳雜俎裏的新聲譜就是這種工作，我們應廣而正之。丙、統計詞調別名。補列宋元人調時，往往遇着新異的調名而實際已見詞譜中的，最容易被蒙混過去。應細加考訂，何爲正名？何爲別名？這於整要詞調上很有貢獻的。至於曲調的統計，也可分三點：甲、羅列曲調數目。大概譜書愈古調愈簡，後出的愈繁。有時却於應用的曲譜，僻調删除，較舊出爲省。我們可就普通的譜書，分南北兩項。按宮排比，塡入調數，所有消長可考見出來的。乙、搜羅曲的遺調。九宮大成譜，是比較收曲調最完備的。但未收的也很多，如永樂時諸佛名歌裏北南曲都有，而未采入。其他，元明曲本中也會有的。至於犯調，集曲，可仿搜明清人所創詞調一例蒐集。丙、統計曲調別名。曲調的別名比較少得多，然而間或也有，如折桂令又作折桂回，碧梧秋即梧葉兒，梅邊就是閱金經之類，仿詞調別名例，免得搜遺調者多一重障礙。爲做這樣工作便利計，可編一辭典式的小册。遇到發現一個新異的調名，我們可據以知前人譜書收過沒有？是詞，還是曲？是詞，有幾字？是曲，在南北和宮調何屬？別名是什麽？一名數調的，也知某體如何，某體如何。這種小册的排列，可以第一字筆畫爲準。如天香，天仙子，天淨沙，凡「天」字是調名第一字，概歸「天」字下。「天」下又以調名字數排次，天香兩字在前，天仙子三字在後。同爲兩字或三字，即以第二字的筆畫順序。如此在新材料入手時，很順利的檢查着積久下來重加編排，豈不成了研究之助。舉例如下：

〔一畫〕一

一煞（曲）(一)北中呂(二)北高宮(三)北黃鐘。

一七令（詞）四十五字。

一寸金（詞）一百八字。

一片子（詞）二十字。

一片錦（曲）即十樣錦。

一疋布（曲）南越調。

一半兒（曲）北仙呂。

一年春（詞）即青玉案。

一江風（曲）南南呂。

一枝春（詞）九十四字。

一枝花（曲）（一）北南呂（二）南南呂引子。

一盆花（曲）南仙呂。

一封書（曲）南仙呂一名秋江送別。

一封歌（曲）南仙呂集曲。

一封鶯（曲）南仙呂集曲。

一秤金（曲）南仙呂集曲。

一封羅（曲）南仙呂集曲。

一捻紅（詞）（一）即一萼紅（二）即瑞鶴仙。

一痕沙（詞）（一）即昭君怨（二）即點絳脣。

一斛叉（曲）北仙呂。

一斛珠（詞）五十七字一名醉落魄，怨春風。

一絲風（詞）卽訴衷情。

一絲兒（詞）卽訴衷情之雙疊體。

一萼紅（詞）一百八字一名一捻紅。

一絡索（詞）四十五字一名玉連環，洛陽春，上林春。

一剪梅（詞）五十九字一名臘梅香。

一葉落（詞）三十一字。

一錠銀（曲）北雙角。

一撮棹（曲）南正宮。

一點春（詞）二十六字。

一機錦（曲）(一)北雙角(二)北大角石(三)南仙呂。

一叢花（詞）七十字。

一蘿金（詞）卽蝶戀花。

一封河蟹(曲)南仙呂集曲。

一緺兒麻(曲)北雙角。

至於內容條例,也可以大略如下式:

詞

(一)調名

(二)宮調 宋以前如何,宋如何,宋以後如何,明清曲譜中如何。能詳則詳。

(三)源流 或源自唐教坊曲或源自法曲,大曲:令,近,引,慢之繁衍如何;南北曲之轉變如何?

(四)名解 毋穿鑿,毋附會,毋蹈虛。毛先舒塡詞名解,汪汲詞名集解,與明清各家詞話之所載,皆宜愼審採錄。

(五)創始者 依成說爲易,自行考訂爲繁,二者宜參酌行之。

(六)別名 列其名,並明其始自何人,務詳備無遺。

（七）片數

（八）字數

（九）句數　分片說明。

（十）韻數　平仄分別說明。

（十一）別體　扼要數語不能繁。

（十二）律要　四聲不能夠易之字法，駢散不能隨便之句法，擇要述之。

曲

（一）調名

（二）宮調　用元明譜書所通屬者；大成譜所屬若與之異，亦及之。

（三）源流　與詞之關係，南與北之關係。

（四）名解　有解之必要或確有的解者，及之。

（五）創始者　集曲始見於何種傳奇，尤宜注意。

（六）別名

（七）句法　因曲盛行襯字之故，辨調者必求正襯分明，故此處有逐句指明字數之必要。集曲猶需指明所集何調？某調用某某句，句數則亦附及焉。

（八）韻數　同詞。

（九）板數　於南曲則註明，可就南詞定律所載者錄之；北曲毋庸。

（十）曲性　南曲聲音方面，分別粗細，可粗可細三種；前後二種宜注明。配搭方面分聯套，兼用，專用三種，亦宜注明。此項依曲律易知一書。

（十一）別體　同詞。大成譜所列，凡增字格概可免，蓋所增多屬襯字也；增句者或減句者，或字句迥異者，方可認爲別體。

（十二）律要　同詞。於一定之格，尤需註明。

現在就詞南北曲，各舉一例以示範：

一斛珠

詞，宋史樂志有一斛夜明珠，屬中呂；尊前集註商調；董西廂屬仙呂，嗣後譜書多從之。故大成譜列北仙呂。本唐樂府明皇封珍珠一斛賜梅妃，妃謝以七言絕句，明皇命以新聲度之，曰一斛珠，見梅妃傳。詞始於後主李煜。張先詞名怨春風。晏幾道詞名醉落魄，後多從之。雙疊五十七字，前後各五句，四仄韻。南宋人創別體：或將換頭平仄仄平不仄仄，易爲平平仄仄平平仄，而前後用去平仄作結；或將前後次句上四下三句法，易爲上三下四；或改每句叶韻。董西廂所用仍本體，惟間入平韻，參看醉落魄纏冷條。

一半兒

曲，北仙呂宮。始自元人，就詞調憶王孫改成。句法七七七三九，五句，五韻，四平一上。上韻在結句，且此句必作「一半兒口口一半兒口」，是格。調亦以此得名。第三句宜作平仄仄平平仄平，舊譜多誤。

一封歌

集曲，南仙呂。聯套用。見節孝記者爲一封書首八句，及排歌七句至末句。共十二句，九韻，六仄，三平。三十二板。見十孝記者，排歌用四句至末句，共十五句，十一韻，六仄，五平。三十八板。（按，不云「粗曲」抑可粗可細者，卽明其爲「細曲」也。集曲無不是一板三眼，細唱者。）

照這樣搜羅完備，統計精詳；再行著手探尋詞曲間的變遷。至少可看出九種關係來：一、名同調同，曲借詞用，絲毫沒有變更的。沈雄古今詞話說有六十調，或者還不止此。二、名同調同，而詞易爲曲，頗有變動的。如醉花陰詞中句法與曲便不相同。三、名同調異，而曲中借名之由，一時無可尋跡的。如南曲醉落魄，望遠行；北曲感皇恩，烏夜啼皆是。四、名相同或相似，尚可見而調之同異已不可知。如詞中大曲降黃龍前衮中衮與曲之降黃龍衮是。五、名異調同，曲借詞用，僅換一名的。如北曲柳外樓就是詞之憶王孫。六、名異調同，而曲中略增格律的。如一半兒是。七、名異調同，而曲中略減格律的。如北曲也不羅，卽詞中喜遷鶯是。八、名屬相似，而調確有關的。如南曲搗白練和詞中搗練子是。九、名雖相似，而調並無關的。如北曲川撥掉與詞中撥掉子是。照這九種關係，分類搜集，並列一處，加上說明和推解，於是完成「詞曲通譜」一書。有了「詞曲備體」和「詞曲通譜」不獨從詞到曲的轉變完全了解，而且詞與曲的形式，內容來源，體段，無不明白。根據此種合併研究法，還有三種長處：一、詞曲的異同顯著了。譬如詞曲同是長短句，何以詞有其名而曲沒有呢？因爲詞繼承詩由整齊到長短，所以得名。而詞本長短，曲承繼他，自然不必標異。又如叶韻平仄兼叶，詞曲相同。入聲分派三聲又與平上去兼叶，詞中便沒有此例。再如詞中禁「尖新，」而曲中便優容之。於是可知詞尙新而必淸新，曲尙新而不妨「尖新。」……諸如此類異同可見。二、概念可以正確。平常專治詞或曲的，其意見多偏。一經相提並論，自然可以貫悟。如貴詞賤曲之習，如知重劇曲而漠視散曲之陋，都可校正。三、討論周密。因爲比附對勘的關係，可以另得見解。譬如詞沒有襯字，但一調數體，字數就會有差異；與曲加襯字，有無因果呢？又如曲中大套，往往不得通首俱佳，我們偶採其中一二支，好像有割裂的毛病，遲疑起來；見詞中摘遍，有先例在，可證明不是自我作古了。上面所說皆空泛的理論，不過主張合併以及合併研究的方法。至詞曲的比較，再附簡明的表式。此聊供借鏡而已，未必便是完美的比較表。

綱目＼項別		詞	曲	備註
名稱	見成因者	樂府，樂章，琴趣，鼓吹。	樂府	樂章如柳永之樂章集鼓吹如夏元鼎蓬萊鼓吹
	見淵源者	詩餘	詞餘	晏幾道詞名樂府補亡黃載萬詞名樂府廣變風可參證
	見形狀者	長短句		
	見精神者	詞（意內言外）	曲（音曲，意曲，詞直。）	
	其他	歌曲，曲子，詞曲	葉兒	詞之所列三名，可證詞曲自來合一
……		……	……	……
創始		唐，宋，	宋，元，	詞除序子外，各體皆始於唐。

歷史	最盛	兩宋，	元、明	
	衰微	元、明，	近世	
	……	……	……	……
體	成套者	鼓吹，諸宮調，賺詞	南北分套，南北合套	
	不成套者	令，引，近，慢，序子	小令，重頭，帶過曲集曲	
	演故事者	雜劇	雜劇，傳奇	
	……	……	……	……
律		分陰陽平，上，去，入，五聲	北陰陽平、上，去，四聲南四聲各分陰陽	
韻		分十九部（平上去十四入五）	分二十部（平上去十二入八）	
	……	……	……	……
音調		七宮十二調	北六宮十一調，南十三調	

裁			
牌調	約九百調	北約四百五十，南約千三百五十	
……	……	……	……
源於詩	得風雅比興者多	得賦頌者多	
進度	妥溜，清新，沉鬱，渾脫	妥溜，尖新，豪辣，灝爛	
其他	深，內旋	廣，外旋	
……	……	……	……

但是詞與曲分合的大概，於此略可窺見了。

問題

一　曲在詩的傳統裏應占什麼樣的地位？

二　何以知道曲是從詞變化出來的？

三　如何可成「詞曲備體」一書？

四　有了「詞曲通譜」對於詞曲研究有什麽便利？

五　試在詞曲比較表內尋繹詞曲的不同處。

參考書

吳　梅：詞餘講義，北京大學講義本。

任　訥：詞曲研究法，廣東大學講義本。

第六章 曲各方面的觀察

「曲」這個名稱的意義，就是曲曲折折的情意，直直爽爽的說出來。因爲這個緣故，什麼在「詩」在「詞」所不能表現的，都可以從「曲」表現。又因爲曲是詞的繼承者，所以同詞名「詩餘」一樣的受了「詞餘」的命名。我們所以說「散曲」是爲着與戲劇對待而言。實際散曲是曲的「正體」，而劇曲是曲的「變體」，爲使人清晰，故標明出來。

從前章曲的分類表看來，曲的包涵甚廣，但取散曲說，只小令與套數兩種。「小令」與詞的「小令」不同，詞小令以字數計，而曲小令是指一支而言，在元人叫做「葉兒」。除了只有一支外，有五類。無論一題或者多題，有好幾支；曰「重頭」。在南曲裏有無尾的套數常同重頭混淆；其實通體一韻便成套，重頭前後異韻是無妨的。還有一種「摘調」是從一套裏摘一支出來的。所謂「帶過曲」是二支或二支以上的曲子湊合成一支。「集曲」也是節取幾支的詞句，替他另創一個調名。又有「演故事的，」紀動的如雍熙樂府中摘翠百詠，即以小桃紅一調重頭紀言的如樂府羣玉中雙漸小青問答，以天香引做問，淩波仙做答，二調相間的排列。這五類，皆屬於小令的變態。套數呢，是宮調相同的曲子聯貫而成的。王季烈的螾廬曲談上說：「套數南北曲中皆有一定之體式，在北曲雖有長套短套之別，而各宮調之套數，其首尾數曲，殆爲一定，不過中間之曲，可以增删改易及前後倒置耳。在南曲則惟引子必用於出場時，尾聲必用之於歸結處，至中間各曲，孰前孰後，頗難一定。然非無定也，蓋南曲有慢急之別，慢曲必在前，急曲必在後，欲聯南曲成套數，先當辨別何者爲慢曲，何者爲急曲，何者爲可慢可急之曲，而後體式可無誤也。」北套數或南套數，所謂通常套數，自沈和創合套，於是南北合成套數。在南曲中，又有以一調重頭加尾聲而成套。也有通常套數無尾聲，或者重頭無尾聲的，至於南曲與北曲的分別究竟何在？我想大家必定要懷疑的。這種分別大約很早。宋人胡翰說過：「晉之東，其辭變爲南北，南音多豔曲，北俗雜胡戎。」吳萊也說：「晉宋六代以降，南朝之樂，多用吳音；北國之樂，僅襲夷虜。」這種話很空泛，不如明人說南北聲律同異來得清楚一點。康海說：「南詞主激越，其變也爲流麗；北曲慷慨，其變也爲朴實。惟朴實故聲有矩度而難借，惟流麗故唱得宛轉而易調。」王元美的藝苑卮言說：「北主勁切雄麗，南主清峭柔遠，北字多而調促，促處見筋；南字少而調緩，緩處見眼。北辭情少而聲情多，南聲情少而辭情多。北力在絃，南力在板。北宜和歌，南宜獨奏。北氣易粗，南氣易弱，此其大較。」但臧晉叔在元曲選序中就駁他這些話。「予嘗見王元美之論曲曰：北曲字多而聲調緩，其筋在絃；南曲字少而聲調繁，其力在板。夫北之被索，猶南之合簫管，催藏掩抑，頗足動人；而音亦嫋嫋，與之俱流，反使歌者不能自主。是曲之別調，非其正也。若板以節曲，則南北皆有力焉。如謂北筋在絃，亦謂南力在管，可乎？惜哉元美之未知曲也。」這麽一爭論，分外烏烟瘴氣使人莫明其妙了。於是遂有人說「是固非後人所能盡明。」其實，簡單的一句話可以解釋。近來常有人來問我，我便說：「你要知道南北曲的差異，正在北曲是北曲，南曲是南曲。」好像很滑稽似的。然而這句話知者可以曉得妙處。因爲北曲與南曲完全兩事，大家不可無此觀念。假使以爲曲有北曲，再變爲南曲，便糾纏不清。這與詞中小令到長調，絲毫不相似的。

其次談曲的宮調。北曲常用的只黃鐘，正宮，仙呂，南呂，中呂，大石，商調，越調，雙調九種宮調。南曲有仙呂，正宮，中呂，南呂，黃鐘，道宮，越調，商調，雙調，仙呂入雙調，羽調，大石，小石，般涉十四種。北曲套數就在這九宮調中有下列的限制：

〔仙呂宮〕 1. 點絳唇 混江龍 油葫蘆 天下樂 那吒令 鵲踏枝 寄生草 煞尾

2. 點絳唇 混江龍 油葫蘆 天下樂 後庭花 青歌兒 賺煞

3. 點絳唇 混江龍 村裏迓鼓 寄生草 煞尾

4. 村裏迓鼓 元和令 上馬嬌 勝葫蘆 煞尾

〔南呂宮〕

1. 一枝花 梁州第七 四塊玉 哭皇天 烏夜啼 尾聲

2. 一枝花 梁州第七 牧羊關 四塊玉 罵玉郎 元鶴鳴 烏夜啼 尾聲

3. 一枝花 四塊玉 罵玉郎 感皇恩 採茶歌 草池春

4. 一枝花 梁州第七 九轉貨南兒

〔黃鍾呂〕

1. 醉花陰 喜遷鶯 出隊子 刮地風 四門子 水仙子 煞尾

2. 醉花陰 出隊子 刮地風 四門子 水仙子 尾聲

〔中呂宮〕

1. 粉蝶兒 醉春風 石榴花 鬥鵪鶉 上小樓 煞尾

2. 粉蝶兒 醉春風 迎仙客 石榴花 上小樓 幺篇 小梁州 幺篇 朝天子 煞尾

3. 粉蝶兒 醉春風 迎仙客 紅繡鞋 石榴花 鬥鵪鶉 快活三

十二月　堯民歌　上小樓　么篇　煞尾

4. 粉蝶兒　醉春風　十二月　堯民歌　石榴花　鬥鵪鶉　上小樓
么篇　煞尾

5. 粉蝶兒　上小樓　么篇　滿庭芳　快活三　朝天子　四邊靜
耍孩兒　三煞　二煞　一煞　煞尾

【正宮】

1. 端正好　滾繡球　叨叨令　脫布衫　小梁州　么篇　快活三
朝天子　煞尾

2. 端正好　滾繡球　叨叨令　脫布衫　小梁州　么篇　上小樓
么篇　滿庭芳　快活三　朝天子　四邊靜　耍孩兒　五煞　四
煞　三煞　二煞　一煞　煞尾

3. 端正好　蠻姑兒　滾繡球　叨叨令　伴讀書　笑和尚　倘秀才
滾繡球　煞尾

4. 端正好 滾繡球 俏秀才 滾繡球 俏秀才 滾繡球 俏秀才
滾繡球 煞尾

5. 端正好 滾繡球 叨叨令 俏秀才 滾繡球 白鶴子 耍孩兒
三煞 二煞 一煞 煞尾

〔大石調〕

1. 六國朝 喜秋風 歸塞北 六國朝 雁過南樓 擂鼓體 歸塞
北 好觀音 好觀音煞

〔商　調〕

1. 集賢賓 逍遙樂 上京馬 梧葉兒 醋葫蘆 么篇 金菊香
柳葉兒 浪裏來 高過隨調煞

2. 集賢賓 逍遙樂 金菊香 梧葉兒 醋葫蘆 么篇 後庭花
柳葉兒 浪裏來煞

〔越　調〕

1. 鬥鵪鶉 紫花兒序 小桃紅 金蕉葉 調笑令 禿廝兒 聖藥
王 麻郎兒 絡絲娘 尾聲

2.門鵪鶉　紫花兒序　金焦葉　小桃紅　天淨沙　么篇　禿厮兒

聖藥王　尾聲

3.看花回　綿搭絮　么篇　青山口　聖藥王　慶元貞　古竹馬

煞尾

【雙調】

1.新水令　折桂令　雁兒落　得勝令　沽美酒　太平令　鴛鴦煞

2.新水令　駐馬聽　喬牌兒　攪箏琶　雁兒落　得勝令　沽美酒

川撥棹　太平令　梅花酒　收江南　清江引

3.新水令　駐馬聽　沈醉東風　雁兒落　得勝令　挂玉鉤　川撥

棹　七弟兄　梅花酒　收江南　煞尾

4.新水令　駐馬聽　胡十八　沽美酒　太平令　沈醉東風　慶東

原　雁兒落　得勝令　攪箏琶　煞尾

5.新水令　步步嬌　沈醉東風　攪箏琶　雁兒落　得勝令　挂玉

鉤 殿前歡 煞尾

6\. 夜行船 喬木查 慶宣和 落梅風 風入松 撥不斷 離亭宴
帶歇拍煞

至於南北合套，也有定例；此處取最通常的示例如下：

〔仙呂宮〕 北點絳唇 南劍器令 北混江龍 南桂枝香 北油葫蘆 南八聲甘州 北天下樂 南解三醒 北哪吒令 南醉扶歸 北寄生草 南皁羅袍 尾聲

〔中呂宮〕 北粉蝶兒 南泣顏回 北石榴花 南泣顏回 北鬥鵪鶉 南撲燈蛾 北上小樓 南撲燈蛾 尾聲

〔黄鐘宮〕 北醉花陰 南畫眉序 北喜遷鶯 南畫眉序 北出隊子 南摘溜子 北刮地風 南滴滴金 北四門子 南鮑老催 北水仙子 南雙聲子 北煞尾

〔正　宮〕南普天樂　北朝天子　南普天樂　北朝天子　南普天樂　北朝天子　南普天樂

〔仙呂入雙調〕北新水令　南步步嬌　北折桂枝　南江兒水　北雁兒落帶得勝令　南僥僥令　北收江南　南園林好　北沽美酒帶太平令　南尾聲

南詞的套數例子更繁，因爲無一定的格式。除以上所舉合套，在散曲中用重頭最多，這兒不必詳敍。至於各宮調的聲調，其特色是：

仙呂宮清新綿邈，　南呂宮感歎傷悲，　中呂宮高下閃賺，

黃鐘宮富貴纏綿，　正宮惆悵雄壯，　道宮飄逸淸幽，（以上六宮）

大石調風流蘊藉，　小石調旖旎嫵媚，　高平調條拗滉漾，

般涉調拾掇抗塹，　歇指調急併虛歇，（已亡）　商角調悲傷宛轉，（南亡北存）

雙調健捷激裊，　商調悽愴怨慕；　角調嗚咽悠揚，（已亡）

宮調典雅沉重，（四十八調中無此不詳其理）。越調陶寫冷笑，（以上十一調）

談到曲韻，必先清楚清濁陰陽。大概天下的字，不出宮商角徵羽五音，分屬人口，就是喉齶舌齒脣五聲。喉屬宮，齶屬商，舌屬角，齒屬徵，脣屬羽。宮音最濁，羽音最清。北曲用韻是周德清的中原音韻，南曲便不同了，明人多本洪武正韻；後來范善臻的中州音韻出來，大家都用他，因爲南北曲皆可用。講韻的陰陽，平聲入聲極容易辨別，上去便比較難些，因爲上聲的陽近於去，去聲的陰近於上。周氏中原音韻只有平聲別陰陽，去上皆不辨。而范氏於上去皆一一分別。凡曲中上去去上，最重在每句末處曲之末句末字，能完全遵守上去方好，不得已時也只可多用去，勿多用上，而兩去兩上，也不宜疊用。入聲字作平上去三聲用，遇平上去三聲用字欠妥當，以入聲字代之。但韻脚以入聲代平上去總是不妥當的。

以下論曲的字法。王驥德曲律說：「下字爲句中之眼，古謂百鍊成字，千鍊成句」要新又要熟，要奇又要穩；可分幾層來解釋：一、用字。周德清作詞十法說：「不可用生硬字，太文字，太俗字」。曲律裏曲禁四十則說：「用字忌陳腐，（不新采）生造，（不現成）俚俗，（不文雅）蹇澀，（不順溜）粗鄙，（不細膩）錯亂，（無次序）蹈襲，（忌用舊曲語意若成語不妨）太文語，（不當行）太晦語，（費解說）經史語，（如西廂靡不有初鮮克有終之類）學究語，（頭巾氣）書生語。（時文氣）」二、襯字。此是曲比詞特異的地方。在北曲中除遵譜格，可加襯字。不論四聲，虛實也能並用。南曲普通加三虛字。三、務頭。吾師吳先生說：「務頭者，曲中平上去三音聯串之處也。如七字句，則第三第四第五三字，不可用同音。大抵陽去與陰上相聯，陰上與陽平相聯。或陰去與陽上相聯，陽上與陰平相聯。每一曲中必須有三音或二音相聯之一二語，此即務頭也。」四、重字上下文有重字，要勘換去。除「獨木橋體」用一韻到底，重韻也當避免。五、閉口字。如侵覃鹽咸等部撮唇收鼻之音，都閉口讀的字；在曲中只許單用。六、疊字。曲中多新異的疊字，如撲騰騰，寬綽綽，笑呷呷，疎剌剌……大半是當時俗語。七、字音。曲中字面，要先正其音讀。譬如倩這個字，屉倩之倩作淸字的去聲讀，巧笑倩兮的倩音茜兩種讀法，不可不知。這七種皆曲中的字底規範。

曲的句法，曲律說得好：「句法宜婉曲不宜直致，宜藻豔不宜枯瘁，宜溜亮不宜艱澀，宜輕俊不宜重滯，宜新采不宜陳腐，宜擺脫不宜堆垛，宜溫雅不宜激烈，宜細膩不宜粗率，宜芳潤不宜噍殺。又總之宜自然不宜生造……」作詞十法說：「可作樂府語，經史語，天下通語。不可作俗語，蠻語，謔語，市語，方語，書生語，譏誚語，全句語，构肆語，張打油語，雙聲疊韻語，六字三韻語，語病，語澀，語粗，語嫩。」黃周星製曲枝語道：「曲之體無他，不過八字盡之曰，少列聖籍，多發天然而已。」造句普通有四法：一、疊字句。如「一聲梧葉一聲秋，一點芭蕉一點愁。」二、疊句。如「我鑾輿，返咸陽；返咸陽，過宮牆；過宮牆，遶迴廊……」三、排句。如「得一會家縹緲呵，忘了魂靈；一會家精細呵，使著軀殼；一會家混沌呵，不知天地。」四、比較句。如「日長也愁更長，紅稀也信更稀。」對偶也是曲的勝處。曲律說：「

凡曲遇有對偶處，得對方見整齊，方見富麗。」作詞十法說：「逢雙必對。」而對有「扇面對」「重疊對」「救尾對」「合璧對」「連璧對」「鼎足對」「聯珠對」「隔句對」「鸞鳳和鳴對」「燕逐飛花對」……好在我們要完全研究作法，可看任二北先生作詞十法疏證，（散曲叢刊中有中華出版）此處不必詳釋。至曲體，太和正音譜分爲黃冠，承安，玉堂，草堂，楚江，香匳，騷人，俳優，丹丘，宗匠，盛元，江東，西江，東吳，淮南十五體，眉目不清；俳體如短柱，獨木橋，疊韻，犯韻，頂眞，疊字，嵌字，反覆，回文，重句，連環，足古，集古，集語，集劇名，集調名，集藥名，概括，翻譜，諷刺，嘲笑，風流，淫虐，儞梅，雪花二十五體，大部分都在纖巧上用工夫，失了曲的精神。姚華曲海一勺說：「一物之微，一事之細，嘗爲古文章家不能道，而曲獨纖微畢露，譬溫犀之照象，象禹鼎之在山。」曲是多麼自然的文體！我們應當知道。

問題

一 試論小令，套數的區別。
二 南北曲的分別，何以一般人說不淸楚？
三 各宮調聲調的特色，與曲人的情感有無關係？
四 曲中用字的標準何如？
五 試比較曲的句法與詞的句法。
六 對偶於句法有什麼影響？
七 製作北曲套數與南曲套數有何差異？
八 辨別上去的陰陽，始自何時？

參考書

許之衡：曲律易知（飲流齋刊本）
吳梅：詞餘講義（北京大學講義本）
任訥：散曲概論（中華）

盧冀野：最淺學曲法（大東）

第七章　幾個重要的曲家(上)

研究曲之難，何以較詞爲甚？一則因爲許多年來，人人以爲曲就是戲劇，而不知爲詞的承繼者正有散曲在。二則曲集的佚亡，使治曲者無從下手；幸最近發現不少向來罕見的曲集，庶乎可供我們的賞鑒。現在以我所得，取元明以來的曲家和每人的作品略爲敍述，俾知曲海之中也有傑出之士。

從來稱元曲四大家關，馬，鄭，向是指元劇而言。但四家中也有散曲。（吾友任二北有四家曲輯本，中原書局出版。）關漢卿號已齋叟，大都人，金末爲太醫院尹，金亡便不做官了。好談妖鬼，有鬼董一書；而於劇曲所作至多。楊維楨元宮詞：「開國遺音樂府傳，白翎飛上十三絃；大金優諫關卿在，伊尹扶湯進劇編。」這兒所說的關卿就是他。（伊尹扶湯是鄭德輝作，楊先生弄錯了。）他平生軼事，頗有有趣的：他曾見從嫁一婢，非常美貌，百計想得到她，但爲夫人阻止，於是不得已，作了一支小令道：「鬟鴉，臉霞，屈殺了將陪嫁。規模全似大人家，不在紅娘下；巧笑迎人，文談回話，真如解語花。若咱得她，倒了蒲桃架！」夫人見了，以詩爲答：「聞君偷看美人圖，不似關王大丈夫；金屋若將阿嬌貯，爲君唱徹醋葫蘆。」漢卿只有太息而已。他的小令四十一首，套數十一套，現在錄一半兒題情兩支如下：

雲鬟霧鬢勝堆鴉，淺露金蓮簌絳紗，不比等閒牆外花。罵你個俏冤家，一半兒難當一半兒耍。

碧紗窗外悄無人，跪在牀前忙要親，罵你個負心回轉身。雖是我話兒嗔，一半兒推辭一半兒肯。

正音譜評他的詞：「如瓊筵醉客。」我說他在諸譜之中，有人所不敢言的話，這正是當家的曲子。馬致遠字東籬，也是大都人。正音譜評他的詞：「如朝陽鳴鳳。」又「其詞典雅清麗，可與靈光景福相頡頏，有振鬣長鳴，萬馬皆瘖之意。

又若神鳳飛鳴於九霄，豈可與凡鳥共語哉！列羣英之上。」他的秋思夜行船一套，周德清評爲元人之冠，堯山堂外紀稱爲元人第一；而爲後來曲人所喜步武的。

〔雙調夜行船〕百歲光陰一夢蝶，重回首往事堪嗟。昨日春來，今朝花謝，急罰盞夜闌燈滅。〔喬木查〕想秦宮漢闕，都做了衰草牛羊野，不恁漁樵沒話說。縱荒墳斷碑，不辨龍蛇。〔慶宣和〕投至狐蹤與兔穴，多少豪傑，鼎足三分半腰折，如今是魏耶？晉耶？〔落梅風〕天教富莫太奢，沒多時好天良夜。看財奴硬將心似鐵，空辜負錦堂風月。〔風入松〕眼前紅日又西斜，疾似下坡車。曉來青鏡添白雪，上牀和鞋履相別。休笑我鳩巢計拙，葫蘆提一任粧呆。〔撥不斷〕利名竭，是非絕，紅塵不向門前惹，綠樹偏宜屋角遮，青山正補牆頭缺，更那堪竹籬茅舍。〔離亭宴帶歇拍煞〕蛩吟一覺纔寧貼，雞鳴萬事都休歇。爭名利何年是徹？密匝匝蟻排兵，亂紛紛蜂釀蜜，急攘攘蠅爭血。裴公綠野堂，陶令白蓮社；愛秋來那些：和露摘黃花，帶霜烹紫蟹，煮酒燒黃葉；人生有限杯，能幾

> 倘登高節！分付俺頑童記者：便北海探吾來，道東籬醉了也。

沈鬱蒼涼，他的胸襟是如何的高曠。還有一支越調天淨紗，所謂直空今古的：

> 枯藤老樹昏鴉，小橋流水人家，古道西風瘦馬。夕陽西下，斷腸人在天涯！

王靜庵先生說元曲文章好處是自然而已。此曲正足爲自然的代表。鄭光祖字德輝，襄陵人。他的散曲僅有小令三首，套數三首，是比較不重要的。向樸字仁甫，號蘭谷，澳州人。著有天籟集，也刊在九金人集中。集中所未刊的陽春曲二支：

> 笑將紅袖遮銀燭，不放才郎夜看書。相偎相抱取歡娛，止不過造更舉，便及第待何如？

> 百忙裏絞甚鞋兒樣！寂寞羅幃冷串香，向前摟定可憎娘。止不過趕嫁粧，便誤了又何妨？

可謂妙絕了。正音譜評：「如鵬搏九霄，」又「風骨磊塊，詞源滂沛；若大鵬之起北溟，奮翼凌乎九霄，有一舉萬里之志，宜冠於首。」和漢卿同時的有同鄉人王鼎，字和卿，最喜諧謔。和卿死時，鼻垂雙涕一尺多長，人皆歎駭，剛剛關來弔唁，問人，有人說：「這是佛家的坐化。」問鼻下所懸物，說是「玉筋。」漢卿道：「我道你不識，不是玉筋，是嗓！」（六畜勞傷，鼻中便流膿水，謂之嗓病。）聞者大笑。於是或對漢卿說：「你被和卿輕侮半世，死後纔還得一籌！」可見和卿平日滑稽佻達的程度了。在中統初，燕市有一大蝴蝶，或以為仙蝶，請他作曲，遂拈醉中天一支：

> 掙破莊周夢，兩翅駕東風，三百處名園一采一個空，難道風流種，諕殺尋芳蜜蜂；輕輕的飛動，賣花人搧過橋東。

還有些文士所不屑道的題目，而和卿為之詞，如有妓於浴房中被打，對他訴苦，他便作撥不斷道：「假胡伶，騁聰明；你本待洗腌臢，倒惹不得乾淨，精尻上勻排七道青，扇圈大膏藥剛糊定，早難道假裝無病！」這是多麼詼諧的話。說起張可久，他纔是唯一的散曲家。可久字小山，有人說他名伯遠，又有人說仲遠是他的字。慶元人，他的曲集有吳鹽，蘇堤漁唱，小山小令，北曲聯樂府等一共八種刊本。以任氏新輯爲最完善，（此書在散曲叢刊中，中華出版。）共四十二調，七百五十八首。正音譜評云：「如瑤天笙鶴，」又「其詞淸而且麗，華而不豔，有不喫烟火氣，眞可謂不羈之材矣。若被太華仙風，招蓬萊之海月，誠詞林宗匠也。當以方九皐之眼相包」李開先稱他爲詞中仙才，王驥德說：「喬多凡語，似又不如小山更勝也。徐陽初三家村老委談「北詞馬東籬張小山自應冠首。」可見小山在曲中占應的地位了。無怪錢大昕元史藝文志裏說張小山等包羅天地。張宗棣也說：「孰謂張小山不如晏小山耶？」沈德符說：「惟馬東籬百歲光陰，張小山長天落彩霞，爲一時絕唱。」但李開先評鶯穿殘楊柳枝云：「小山此曲，古今絕唱。世獨重馬東籬夜行船，人生有幸不幸耳。」這套的確如李開先的話：「韻窄而字不重，句高而情更款，通首全對尤難。」現在引錄如次：

〔南呂一枝花〕鶯穿殘楊柳枝，蟲蠹損薔薇刺，蝶搧乾芍藥粉，蜂蹙斷海棠枝；怕近花時，白日傷心事。清宵有夢思，間阻了洛浦神仙，沒亂煞蘇州刺史。〔梁州第七〕俏情緣別來久矣，巧魂靈夢寢求之。一春多少探芳使，著情疼熱，痛口嗟咨，往來迢遞，終始參差；一箇兒寫就情詞，三般兒寄與嬌姿。麝臍薰五花瓣翠羽香鈿，貓眼嵌雙轉軸烏金戒指。獺髓調百合香紫臘胭脂；念茲在茲，愁和淚須傳示。更囑付兩三次，訴不盡心間無限思，倒羞了燕子鶯兒。〔尾聲〕無心學寫鍾王字，遣興閒觀李杜詩，風月關情隨人志。酒不到半巵，飯不到半匙，瘦損了青春少年子！

與馬東籬比較起來，馬詞蒼古而張詞清勁。小山的曲可以說已成形的曲體底正宗，完全是整齊的美。他的小令也是如此的。如〔醉太平感懷〕：

人皆嫌命窘，誰不見錢親。水晶丸入麪糊盆，纔沾粘便滾。文章糊了盛錢囤，門庭改作迷魂陣，清廉貶入睡餛飩；葫蘆提倒穩。

與張並稱的是喬吉，字夢符，或作吉甫，太原人。號笙鶴翁，又號惺惺道人。美容儀，能詞章，以威嚴自飭，人多敬畏他。居在杭州太乙宮前，有題西湖梧葉兒百篇，流落四十年江湖，想把他刊印出來，始終沒有成功。我常說：「元曲的中心是杭州，明曲的中心是南京」這時候的西湖，常被曲人的讚頌。張小山的蘇堤漁唱，喬夢符的題西湖梧葉兒，是同時最著的。正音譜評喬詞「如神鰲鼓浪，若天吳跨神龍，噀沫於大洋，波濤洶湧，截斷中流之勢」夢符又論作曲之法「曰鳳頭，猪肚，豹尾六字。大概起要美麗，中要浩蕩，結要響亮。尤貴在首尾貫穿，意思清新。」李開先以張喬比如唐詩中的李杜，而王驥德說「喬張蓋長吉義山之流。」我以為拿詞來比喻：小山是溫飛卿，而夢符是韋端已，小山詞的色彩濃，夢符較淡；夢符風趣活躍，小山較嚴。（可參看拙著喬張研究）姑舉幾首小令以見他的作風。

幷刀翦龍鬚為本，玉絲穿龜背成文；襟袖清涼不染塵。汗香晴帶雨，肩瘦冷搜雲，是玲瓏剔透人。

——詠竹枕賣花聲

細研片腦梅花粉，新剝珍珠荳蔻仁；依方修合鳳團春。醉魂清爽，舌尖香嫩，這孩兒那些風韻。

——詠香茶賣花聲

鶯鶯燕燕春春，花花柳柳眞眞，事事風風韻韻。嬌嬌嫩嫩，停停當當人人。

——天淨紗疊字體

清俊秀麗，讀起來滿口生香，不能自已呢。到明朝像梁伯龍那般人以詞法入曲，其實不過喬張的餘緒而已，吾友任二北盛稱喬張而不滿意伯龍，我使做了一首小詩：「二北詞人如是說，喬張小令奪天工。盧生一事凝於汝，我愛江東梁伯龍。」此話下章再說。此處還有酸甜樂府的作者必須論及。酸齋，畏吾人，是阿里海涯之孫，父名貫只哥，所以他就姓了貫。自名小雲石海涯。甜齋姓徐名飴，又一說名再思，字德可，嘉興人。又有人說是揚州人，在當時以什麼齋做別號的，非常之多；而酸甜齊名。正音譜評「酸齋如天馬脫羈，甜齋如桂林秋月。」兩人的作風相異處，約略可知了。這時候阿里西瑛，也是一個曲人，自己新築別業，名

「懶雲窩。」一作殿前歡：「懶雲窩，醒時詩酒醉時歌。瑤琴不理拋書臥，無夢南柯，得清閒儘快活。日月似擲梭過，富貴比花開落，青春去也，不樂如何？」酸齋和道：「懶雲窩，陽台誰送與姮娥？蟾光一任來穿破，遁迹由他，蔽一天星斗多。分半榻蒲團坐，儘萬里鵬程挫，向烟霞笑傲，任世事蹉跎！」又「懶雲窩，雲窩客至欲如何？懶雲窩裏和雲臥，打會磨陀，想人生待怎麼？貴比我爭些大，富比我爭些個，呵呵笑我，我笑呵呵。」又「懶雲窩，懶雲窩裏客來多，客來時伴我閒些個，酒灶茶鍋，且停杯聽我歌。醒時節披衣坐，醉後也和衣臥，興來時玉簫綠綺，問甚麼天籟雲和？」他的曲境是這樣的超卓。並且他很善於武事，在十二三歲時，叫健兒驅三惡馬疾馳，他持槊等着，馬到便騰身上去，越一跨三，連槊生風，見者驚服。後來在仁宗朝，拜翰林學士。忽然厭倦起來，嘆道：「辭尊居卑，昔賢所尚。」於是換了冠服，變易姓名，到杭州去賣藥。有一次過梁山濼，看見有個漁父，織蘆花爲被。酸齋愛其清，想以紬和他交換，漁父說：你要被，當作一詩。他賦詩即成，取被逕去，後來便自號蘆花道人。西湖也是他每日流連的地方，那一套中呂粉蝶兒描不上小扇輕羅，就是當時得意之作。（這套在曲選中常見，北宮詞紀裏就有。）又在立春的一天，大家宴會，座上客請作清江引一支，並限每句第一字用金木水火土，而且各用春字，酸齋於是如制的題道：

金釵影搖春燕斜，木杪生春葉，水塘春始波，火候春初熱，土牛兒載將春去也。

大家都笑了起來。他有二妾，一名洞花，一名幽草。臨終作辭世詩：「洞花幽草結良緣，被我瞞他四十年，今日不留生死相，海天秋月一般圓。」張小山把他改成曲子道：「君王曾賜瓊林宴，三斗始朝天，文章懶入編修院。紅錦箋，白紵篇，黃柑傳；學會神仙，參透詩禪。厭塵囂，絕名利，逸林泉；天台洞口，地肺山前。學煉丹，同貨墨，共談玄；興飄然，酒家眠。洞花幽草結良緣，被我瞞他四十年，海天秋月一般圓。」此曲可作貫酸齋一生的小傳了。甜齋的曲，如折桂令二支，可稱絕唱：

荆山一片玲瓏，分付馮夷，捧出波中。白羽香寒，瓊衣露重，粉面冰融。知造化私加密寵，

爲風流洗盡嬌紅，月對芙蓉，人在簾櫳，太華朝雲，太液秋風。　——贈伎玉蓮

平生不會相思，才會相思，便害相思。身似浮雲，心如飛絮，氣若遊絲。空一縷餘香在此，盼千金游子何之。證候來時，正是何時？燈半昏時，月半明時。　——春情

刻骨鏤心，直開劇曲中湯玉茗一派。又水仙子詠夜雨：

一聲梧葉一聲秋，一點芭蕉一點愁，三更歸夢三更後。落燈花棋未收，嘆新豐孤館人留。枕上十年事，江南二老憂，都在心頭。

這是多麽俊逸的文章。他的兒子善長，也能繼家聲，不過不如甜齋如此情致。同時以齋名自號如楊朝英，也是名家。他所選的陽春白雪，太平樂府，是散曲的寶筏。曾請酸齋作序，貫道：「我酸則子當澹矣。」於是他便號澹齋。正音譜評楊詞「如碧海珊瑚。」還有楊立齋，他的名里不可考了。周德清字挺齋，高安人。所著中原音韻，是曲韻中的開山，自他纔把平韻分作陰陽。後來明代范善臻中州全韻分去聲，王鵕音韻輯要，周少霞中州全韻分上聲，都是從他發軔的。他的詞

所謂「玉笛橫秋，」如我下面所引的朝天子廬山便是佳作

> 早霞，晚霞，妝點廬山畫。仙翁何處鍊丹砂？一縷白雲下。客去齋餘，人來茶罷，嘆浮生指落花，楚家，漢家，做了漁樵話。

鍾嗣成字繼先，號醜齋，汴人。他的錄鬼簿，是曲人的傳紀，分上下二卷。上卷記前輩，所謂已死之鬼，下卷記並世的人，所謂未死之鬼，每人並以淩波曲一支弔之。正音譜評鍾詞如：「騰空寶氣。」實則他的詞頗多惆悵低徊之情。所作自序醜齋一套，非常詼諧。（近有任二北輯本，商務古活字本。）茲擇梁州一支爲證：

> 只為外貌兒不中抬舉，因此內才兒不得便宜。半生未得文章力，空自胸藏錦繡，口吐珠璣。爭奈灰容土貌，缺齒重頦，更兼著細眼單眉，人中短髭鬚稀稀。那裏取陳平般冠玉精神，何晏般風流面皮。潘安般俊俏容儀，自知，就裏，清晨倦把青鸞對，恨殺爺娘不爭氣。有一日黃榜招收醜陋的，准奪高魁。

可謂滑稽之至了。疏齋，姓盧名摯，字處道，涿郡人。在元初能文章者曰姚盧，姚燧字牧庵，盧就是指疏齋，論曲尤以他爲首。當時有官伎珠簾秀，疏齋送別辭：

纔歡悅，早間別，痛殺俺好難割捨。畫船兒載將春去也，空留下半江明月。

這是一支落梅風，婉約可誦。珠簾秀也作一支相答：「山無數，烟萬縷，憔悴殺玉堂人物。倚蓬窗一身兒活受苦，恨不得隨大江東去。」疏齋所作，大都小令。（有我的輯本）姚牧庵凭闌人寄征衣一支，極膾炙人口：「欲寄君衣君不還，不寄君衣君又寒；寄與不寄間，妾身千萬難。」劉逋齋名致字時中，寧鄉人。所作水仙子西湖四時漁歌，每首以西施二字爲絕句，頗著盛名。徐容齋名琰，字子方，東平人。蕭復齋名德潤，杭州人。曹以齋名鑑，字克明，宛平人。馬謙齋名九皋，畏吾人。吳克齋名仁卿，字弘道，蒲陰人。（有金縷新聲，已失傳。）鄒新齋名天挺，字維先，陵川人。這就是我所謂「元十四齋。」（甜，酸，醜，疎，澹，挺，復，克，逋，謙，容，以，新，立。）滕斌字玉霄，睢陽人，也是專作散曲，不爲戲劇的。正音譜評，「如碧漢閑雲。」鄧玉賓，正音譜評「如幽谷芳蘭。」劉庭信俗呼爲黑劉五，正音譜評，「如摩雲老鶻」周文質字仲彬，建德人。正音譜評「如平原孤隼。」朱庭玉，正音譜評「如百卉爭放。」還有孟西村，名志，盱眙人也，以散曲著，頗近小山。汪元亨字雲林，所著小隱餘音，張蒼浩字希孟，所著雲莊休居閒適小樂府，皆有足取。（兩書有新輯本，見散曲集叢。）顧均澤，名德潤，松江人，有九山樂府。曾瑞字褐夫，大興人，有詩酒餘音。在元曲中也都算得第二流的作者。褐夫春思一套頗佳，現在錄在此處：

〔南呂一枝花〕春風眼底思，夜月心間事，玉簫鸞鳳曲，金縷鷓鴣詞，燕子鶯兒，殢殺尋芳使；合歡連理枝，我爲你盼望著楚雨湘雲，擔閣了朝經暮史。〔梁州第七〕你爲我堆寶髻羞盤鳳翅，淡朱唇懶注胭脂；東君有意偷窺視，翠鸞尋夢，彩扇題詩，花箋寫怨，錦字傳詞。包藏着無限相思，思量殺可意人兒。幾時得靠紗窗偷轉秋波，幾時得整雲鬟輕舒玉指，幾時得倚東風笑撚花枝。新婚燕爾，到如今拋閃人的獨自！你那點志誠心有誰似？休把那海誓山盟作戲詞，相會何時！〔尾聲〕斷腸詞寫就龍蛇字，疊做個同心方勝兒。百拜嬌姿謹傳示，間別了許時，這關心話兒盡在這殢雨尤雲半張紙。

又王元鼎曲名很大的，這時有歌兒郭氏順時秀者是劉時中所賞識的，與元鼎交誼甚密。偶有病想吃馬版腸。元鼎於是殺他所騎的五花馬，剖腹取腸，一時都下傳做佳話。阿魯溫正官中書參政，也頗屬意於郭，有次問她：「我與王元鼎何如?」對道：「參政，宰相也。元鼎，才人也。燮理陰陽致君澤民則學士（即元鼎）不及參政，嘲風弄月惜玉憐香則參政不如學士。」可見她心中於他是如何的戀著了。嘗有折桂令詠桃花馬云：

問劉郎驥控亭槐，覺紅雨蕭蕭，亂落蒼苔。溪上籠歸，橋邊洗罷，洞口牽來，搖玉轡春風滿街，摘金鞍流水天台。錦繡毛胎，蹴過玄都，千樹齊開。

更有一件很足為怪的事，其人即號怪怪道人，姓馮名子振，字海粟。當時有白无咎作鸚鵡曲一支：「儂家鸚鵡洲邊住，是個不識字漁父。浪花中一葉扁舟，睡煞江南烟雨。（么篇）覺來時滿眼青山，抖擻綠蓑歸去。算從前錯怨天公，甚也有安排我處。」傳遍旗亭，海粟爲之續了百餘首完全步韻，是曲中聯篇之最富者。（全詞在太平樂府中可見。）雖有警語，但不免有些拼湊，費無限力氣，替他人作續貂的狗尾，又何苦呢！在無大名的曲人，有時倒還有絕妙的曲作，如臨川陳克明美人八詠，無怪周挺齋爲他擊節嘆賞。調是一半兒：

梨花雲繞錦香亭，蝴蝶春融軟玉屏，花外鳥啼三兩聲，夢初驚，一半兒昏迷一半兒醒。

——春夢

瑣窗人靜日初曛，寶鼎香銷火尚溫，斜倚繡牀深閉門，眼昏昏，一半兒微開一半兒睡。

——春困

自將楊柳品題人，笑撚花枝比較春，輸與海棠三四分，再偷勻，一半兒胭脂一半兒粉。

——春妝

厭聽野鵲語雕簷，怕見楊花撲繡簾，拈起繡針還倒拈，兩眉尖，一半兒微舒一半兒斂。

——春愁

海棠紅暈潤初妍，楊柳纖腰舞自偏，笑倚玉奴嬌欲眠。粉郎前，一半兒支吾一半兒軟。
——春醉

綠窗時有唾茸黏，銀甲頻將綵線撏，繡到鳳凰心自嫌。按春纖，一半兒端詳一半兒掩。
——春繡

柳綿撲檻晚風輕，花影橫窗淡月明，翠被麝蘭熏夢醒。最關情，一半兒溫馨一半兒冷。
——春夜

自調花露染霜毫，一種春心無處描，欲寫素心三四遭。絮叨叨，一半兒連真一半兒草。
——春情

寫女子心理，可算得細膩之至了。任昱，字則明，四明人，所作曲也不少，頗有可誦之句。樂府羣玉中選錄甚多。如寨兒令，折桂令。

錦製屏，鏡涵冰，濃脂淡粉如故情。酒量長鯨，歌韻雛鶯，醉眼看丹青。養花天雲淡風輕，勝桃源水秀山明，賦詩題下竺，攜友過西泠，撐船向柳邊行。——寨兒令盼春來又見春歸，彈指光陰，回首芳菲；楊柳陰濃，章臺路遠，漢水煙迷，綵箋誰行書眉？錦書不寄烏衣，寂寞羅幃，愁上心頭，人在天涯。

——折桂令

吳本世字中立，杭州人，有本道齋樂府小藁。錢霖字子雲，松江人，有醉邊餘興。

夢回晝長簾半卷，門掩荼蘼院。蛛絲掛柳綿，燕嘴粘花片，啼鶯一聲春去遠。

高歌一壺新釀酒，睡足蜂衙後。雲深鶴夢寒，石老松花瘦，不如五株門外柳。

春歸牡丹花下土，唱徹鶯啼序。戴勝雨餘桑，謝豹煙中樹，人困晝長深院宇。

恩深已隨紈扇歇，攢到愁時節。梧桐一葉秋，砧杵千家月，多的是斷聲兒簷外鐵。

這四支清江引就是醉邊餘興中的好曲子。高克禮，曹明善，間有佳作。至於「南北合套」始自沈和，後來曲中合套是尋常的辦法，然而追溯其源不能不說他的。

總共元代的曲人，據正音譜所載，有一百八十七家。（原書八十二家有評，一百五家無評。）其中大半是努力戲劇的，在散曲上稍有述造者，本章都約略說過了。

問題

一　張小山何以稱爲元代唯一的散曲家？
二　四大家在散曲上的貢獻何如？
三　試述喬夢符與張小山的作風不同處。
四　「十四齋」以那一家爲最重要？試論斷之。
五　如以西湖爲中心，曲人之流連與曲品之題製，其影響於元代文學者奚似？
六　「曲韻」之創作，與「曲人傳記」之刋布，其價值若何？

參考書

吳梅：顧曲麈談（商務）
盧前：散曲史（藁本）
任訥　盧前：散曲集叢（商務）

第八章 幾個重要的曲家(下)

元代曲家那麼多，使我們不得很有系統的敍述出來：但自明以來，曲家人數固然不如元之多，而散處四方，接踵而起，也很難理出頭緒。大概可以崑曲之創製，爲一溝界，在崑曲前北詞風氣之盛，以視元代有過無不及。曲的體製，沒有改變，不像崑曲以後的作者，行文既求整齊，又爲附合音律的關係，失了自然的趣味。現在還是從明初講起。明初有所謂十六家，如：王子一，劉東生，谷子敬，湯式，楊景言，賈仲名，楊文奎，楊彥華，藍楚芳，穆仲義，李唐賓，蘇復之，王文昌，陳克明，夏均政，唐以初；大部分還是就劇曲而言，如陳克明在前章談元末的曲子時已說過，而這兒所須特別論列的，就是湯式。式字舜民，號菊莊，四明人。正音譜評謂「如錦屏春風，」著有菊莊樂府。(有新輯本見散曲集叢。)試舉送王姬往錢唐一套：

〔雙調新水令〕十年無夢到京師，臥書窗坦然如是。幾償沽酒債，不惜買花資。今日個折柳題詩，又感起少年事。〔駐馬聽〕槁木容姿，對花月羞斟鸚鵡巵，扭宮商強作鷓鴣詞，我道是碧梧棲老鳳凰枝，他道是睡龍鎖定鴛鴦翅；急煎煎撚斷吟髭，只被你紫靈娘僥落殺白衣士。〔沈醉東風〕講禮教虛心兒拜辭，說艱難滿口兒嗟咨；蛾眉淺淡顰，花腮啼紅漬，向尊前留下個相思。我本是當年杜牧之，休猜做蘇州刺史。〔慶東原〕雨歇陽關至，草生南浦時；好山一路供吟眎：沈點點鶯花擠兒，穩拍拍鳩藤橋兒，乾剌剌鹿頂車兒，暫過若耶溪，趕上錢塘市。〔離亭宴帶歇指煞〕我不向風流選內求咨示；謊承望別離卷上題名字，關心爲此，閑了問花媒，荒了尋芳友，罷了追芳使；春殘小洞天，門掩閑构肆。不是我愁紅怨紫，一紙姓名留，五字簫聲去，兩地音書至。明牽雙漸情，暗隱江淹志；你從頭鑒茲，搜錦繡九迴腸，擠雲煙半張紙。

這樣的規模，可以說未改元人的法度。在明初沒有行科舉以前，完全承繼元風；科舉既興以後，八股文，傳奇都盛，而散曲亦漸漸變了原來面目。湯式外還有生于元而名於明的，如高栻，字則成，（與琵琶記作者高則誠是兩人，）所作北詞小令很多。曾有殿前歡題小山蘇堤漁唱：

> 小奚奴，錦囊無日不西湖，才華壓盡香匳句，字字清殊，光生照殿珠，價等連城玉，名重長門賦；好將如意，擊碎珊瑚。

又徐畛字仲由，淳安人。自己嘗說道：「吾詩文未足品藻，惟傳奇詞曲，不多讓古人。」他雖這樣自負，所作殺狗記却鄙陋極了。但小令有時頗好，如滿庭芳：

> 烏紗裹頭，清霜林落，黃葉山邱；淵明彭澤辭官後，不事王侯，愛的是青山舊友，喜的是綠酒新蒭；相拖逗，金尊在手，爛醉菊花秋。

王九思是比較重要的曲人。字敬夫，號渼陂，鄠縣人。他因爲劉瑾亂政時，得升吏部，後來瑾敗，降官而去；於是以劇曲洩其憤恨，但散曲集碧山樂府，雄放奔肆，頗有好評。如新水令「憶秋風遷客來天涯，喜歸來碧山亭下，水田十數畝，茅屋兩三家，暮雨朝霞，粧點出輞川畫。」又有些像學馬東籬的。與王齊名是康海，字德涵，號對山，武功人。他爲着向劉瑾救了李獻吉，後來瑾敗，落職爲民；著東郭先生誤救中山狼雜劇，有人說便是爲獻吉而作。所爲散曲小令套數都不少。集名沜東樂府，如春遊南山苦雨諸套，（見南北宮詞紀）頗負名望，且看春遊南山中調笑令一支：「說甚麼翠眉映金杯，爭似這握手臨歧我共伊，便有鶯鶯燕燕尊前立，怎如咱語話襟期，一任他笑殺山翁醉似泥，此境誰知！」情趣充溢。陳鐸字大聲，金陵人，官至指揮使，有一次進謁顯貴，問道：你就是通音律的陳鐸麼？對曰：然，隨卽從身邊取出一笛奏演一曲。當時傳爲「短笛隨身的指揮」（事見周暉金陵遺事）藝苑卮言說他淺於才情，眞是不確。他的梨雲寄傲，秋碧樂府，（有我的新刊本，與二北所輯秋碧軒樂府全本）宮商穩協，允推明曲一大家，試看下列雙調胡十八四支：

美名兒常在心，那一日恰相見。燈影下，酒筵前，臉兒微笑眼兒涎；走在我耳邊，說三言兩言，也不索央外人，各自要取方便。

天生的美臉兒，所事兒又相稱。道傾國，是傾城，腰肢嬝娜步輕盈；半晌價定睛，越教人動情，模樣兒都記的，則忘了問名姓。

纔說些好話兒，烘的早臉兒變。道不本分，使閑錢，服低坐小索從權；跪在他面前，曲膝似軟綿，所事不敢說，一千聲可憐見。

眼皮兒怕待合，好夢兒怎能彀。聽更鼓，數更籌，青鸞無信入紅樓；新月兒半鉤，印紗窗上頭，沉沉梅影兒，彷彿似玉人瘦。

覩元人無愧色。又金鑾字在衡，號白嶼，金陵人。何元朗說：「南都自徐髯仙後，惟金在衡最爲知音。」的確，他寫風情固不亞大聲，所以王元美批評他：「白嶼諸作頗是當家，爲北里所賞。」他的蕭爽齋樂府，（汪廷訥四詞宗合刊之一，近有武進董氏翻刻本。）也是曲中的寶物。北詞如水仙子廣陵夜泊，渾厚樸質之至。

城邊燈火幾家樓，江上風波一葉舟，月中簫鼓三更後；聽誰家猶喚酒，正煙花二月揚州，人已去，錦窩鴛甃。物猶存，青蒲細柳。怨難平，舞態歌喉。

海棠陰輕閃過風頭斂，沒人處款款行來。好風兒不住的吹羅帶。猜也麼猜，待說口難開，待動手難擡；淚點兒和衣暗暗的揩！

這是河西六娘子閨情中之一，可謂寫情能品。南詞亦不惡，如一封書閒適。

青溪畔小堂，四壁雖空書滿床。碧岩下小窗，半世雖貧酒滿缸。好山有意當當戶，明月多情遠過牆；伴詩狂，與酒狂，睡向西風枕簟香。

青溪畔小園，任荒蕪種幾年。黃庭畔小箋，任生疎寫半篇。分來紅藥春前好，摘去青葵雨後鮮；又不顛，又不仙，拾得榆錢當酒錢。

這種悠淡處，又是他特殊的作風。當時南京是曲的淵藪，一般曲人流連竟日，陳金固是兩大先導，繼起者如陳所聞，史廷直，陳全……可算得雲起霞蔚了。就中尤以所聞為最。所聞字藎卿，他的濠上齋樂府，（我的輯本見散曲集叢。）雖不是重要的創作，但所輯南北宮詞紀，元明曲品被他保存了不少。章邱李開先字伯華，號中麓，也是嗜曲者，所藏至富，自稱「詞山曲海。」王元美曲藻說：「北人

（天）

自康王後，推山東李伯華。伯華以百闋傍妝臺爲對山所賞；今其詞尙存，不足道也，」不過他又自許馬東籬張小山無以過呢，論這當兒曲家，楊愼夫婦是非常偉大的，愼號用修字升庵，新都人。所著陶情樂府正續（任二北校刊，見散曲集叢。）膾炙人口其中佳句，如「費長房縮不盡相思地，女媧氏補不完離恨天。」「別淚銅壺共滴，愁腸蘭燄同煎；和愁和恨，經歲經年。」「傲霜雪鏡中紫髯，任光陰眼前赤電，仗平安頭上青天」讀之可味。他的夫人黃氏在曲中的地位，如詞中之李淸照，爲曲史中放一異彩。升庵曾爲議禮事，謫戍雲南。她寄羅江怨四支，令人讀了酸鼻。

空亭月影斜，東方既白，金雞驚散枕邊蝶。長亭十里唱陽關也。相思相見，相見何年月？淚流襟上血，愁穿心上結，鴛鴦被冷雕鞍熱！

黃昏畫角歇，南樓雁疾，遲遲更漏初長夜。愁聽積雪溜松稠也，紙窗不定，不定如風射。牆頭月又斜，牀頭燈又滅，紅爐火冷心頭熱！

關山望轉賒，征途倦歷，愁人莫與愁人說。遙瞻天闕望雙環也，丹青難把，難把衷腸寫。

炎方風景別，京華音信絕，世情休問涼和熱！

青山隱隱遮，行人去急，羊腸鳥道馬蹄怯。鱗鴻不至空相憶也，惱人正是，正是寒冬節。

長空孤鳥滅，平蕪遠樹接，倚樓人冷闌干熱！

此外如高郵王磐的西樓樂府，常倫的鶯情集，王驥德的方諸館樂府，亦間有佳作。在吳中工南詞的，祝枝山字希哲，唐寅字子畏號伯虎，鄭若庸字中伯號虛舟，南宮詞紀內選錄不少。（唐子畏的六如居士曲在散曲集叢中有。）崑山梁辰魚字伯龍，是這時名望最大的。與太倉魏良輔商訂曲律，詞成即製譜，吳梅村詩所說：「里人度曲魏良輔，高士塡詞梁伯龍。」伯龍的散曲集名江東白苧，（近有曲苑石印本。）頗多情語；因此傾倒他的人很多。王元美有詩道：「吳閶白面冶游兒，爭唱梁郎絕妙詞。」不過他爲北詞有時很可笑的，有一次在一位鹽尹宴席上，觀演他自己所作的戲劇浣紗記，遇一佳句，鹽尹敬酒一杯，喝了不少

（天）

的酒，歌到打圍，那一支北朝天子中忽有「擺開擺開擺擺開」的句子。臞尹道：「此惡語也！」於是用汙水一杯，强灌伯龍口中去。他又好改古人作，頗有人譏評他。不過淸詞艷曲，整美的文章却是他的特色。（我說梁受小山影響見前。）如沈仕的唾窗絨（有任氏輯本。）施紹莘的花影集，都與此成一派別。唾窗絨是「青門體」的創始，花影集也除了言情無好曲子，這可說是曲中寫情的一路。馮惟敏的海浮山堂詞稿便不相同了，惟敏字汝行，臨朐人。他於南詞流行的時候，獨工北詞。王元美說他「板眼務頭，攛搶緊緩，無不曲盡，而才氣亦足以發之；祇恨用本色太多，北音太繁，爲白璧微纇耳。然其妙處固不可及也。」其實，他的南詞也很好。

「紅粉多薄命，青春半殘景；人去瑤亭怨，花落胭脂冷。裊娜腰圍，强把繡裙整。弓鞋淺印，淺印殘紅徑。三月韶光，背闌干無限情。情離別幾曾經？再相逢扯住衣衫，影兒般不離形。」又「玉宇明河浸，瓊窗朔風凜；展轉蝴蝶夢，寂寞鴛鴦錦。閣淚汪汪，長夜捱孤枕。從來不似，不似今番甚。一片閑愁生砣查惱碎心。心，害得死臨侵！欲待要再不思量，急煎煎怎樣禁？」

這兩支月兒高犯遠出李中麓傍粧臺之上了著南曲譜的吳江沈璟，是萬歷間曲的領導，璟字伯英號寧庵，世稱詞隱先生。他主張寧協律而詞不工；讀之不成句，而謳之始協者可見他最持曲律的，有題情一套，是寧庵樂府壓卷之作。

〔四季花〕秋雨過空墀，正人初靜更初轉，漸覺淒其。人兒多應傍著珊枕底，剛剛等咱纔睡時，覺相將投夢思。若伊無意，誰教夢迷！多情又恐相見稀，抵死恨著伊，恰又添縈繫。更憐你笑你愁你想你寃你！〔貓兒墜〕浮萍心性，只得强禁持。任你風波千丈起，到頭心性沒挪移。猜疑，又怕潑水難收，絃斷難醫。〔尾〕過犯多，櫳休罪，且幸得回嗔作喜，把今夜盟香要燒到底！

——據文梓堂原刊，此套如是。

他的姪子自晉有鞠通樂府。（最近有家刊本。）沈氏一門之盛，我們翻出南詞任何譜來，都可以看得出。崇禎時，吳縣人馮夢龍字子猶，（一作猶龍）也有不少曲子，近來大家愛讀的小曲樹枝兒，就是出他的手。劉效祖的詞臠（有石印本）也有一些小曲，但他的曲子模寫社會各種狀況，頗有可探。還有張瘦郎的步雪初聲（此集間有鈔本，我最近將刊布。）雖小小的册子，在明曲中並非下品。

以下將談淸曲。淸曲是從來沒有人論過。今日說到淸人散曲集的收藏，一般朋友都不大注意，就我所知，在此處只好略一敍述。吳江毛瑩字湛光，晚號大休老人，是明朝的遺民。他的晚宜樓集詞曲兩卷，跋中自稱好而不精，可謂有自知之明；的確繩之以律，不能無出入的。仁和沈謙字去矜，東江別集散曲極富，分北曲小令，套數，南曲小令，套數四卷。姑舉南北小令各一於下：

〔北醉高歌〕到跟前數黑論黃，背地裏眠思夢想。俺病得來全不成模樣，不信呵，多情再訪。——私寄

〔南黃鶯兒〕臨鏡强寒溫，怪鸚哥鬼混人，晚粧簾底東風緊。一回待嗔，一回又顰，畫欄

斜靠頭兒暈，豈傷春？寬衣緩帶，不稱小腰身。——春恨

雖不能邁乎前人，尙清婉可誦。朱彝尊的葉兒樂府，厲鶚的樊榭山房集南北曲，頗多佳搆。（這兩種在清曲中最易得的，散曲叢刊中有。）吳錫麒有正味齋集，南北曲長套尤繁，如喜洪北江歸等篇終嫌夾雜。尤侗的百末詞餘，滑稽之作不少，但全集平淡之中饒有情致。如駐雲飛十空曲本「黃冠體」，然其中亦有可誦的。

豎子英雄，觸鬥蠻爭蝸角中，一飯丘山重，睚眦刀兵痛。嗾世路石尤風，移山何用！飄瓦虛舟，不礙松風夢；君看爾我恩讎總是空。

至於什麼美人乳，滿粧美人，不免有傷大雅。戲懼內者雖形刻薄，却是元曲謿謔之遺。全集附湯傳楹秋夜懶畫眉一套，雖只此一套，如江兒水倒是新穎可喜的曲子：「熱揾珍珠性，低呼小玉名，香魂一縷香初定，花身一捻花還隱，鶯喉一轉鶯難佞；月下端詳小咏，澁澁閑行，手勒芭蕉持贈。」蔣士銓的忠雅堂集南

北曲僅寥寥十二題，遠不如他在戲劇上的成就。並且詞文直率，沒有生氣。大概這些人在刻集時，補此一體。而平時又往往以此贈別題圖，於是曲的精神幾乎散失了。沈清瑞的櫻桃花下銀簫譜（見沈氏羣峯集）石韞玉的花韻庵南北曲稍好一些。不過銀簫譜完全套數，花韻庵尚有幾支小令，如金絡索訪杜子美草堂舊迹：

林花著雨濃，茅屋臨溪竦。亂石成蹊，迸裂蒼苔縫。初疑是梵宮，訪幽蹤，原來杜老當年住此中。想當日門前小隊來嚴武，座上圓蒲款已公。眞尊重，高天厚地一詩翁，竹影遙峯，花颭微風，都觸我尋詩夢。

在這兩位蘇州人外，又有一位秦雲的花間臏譜。雲字膚雨，又號西脊山人。也盡是大套，如梧桐樹翁仲歎也還可看。我在臏譜外，曾發見他嬾畫眉題願爲明鏡圓一套，我最愛他江兒水一支：「願化青鸞鏡，妝臺暮復朝，把翠眉兒照見春山埽，絳脣兒照見櫻桃小，綠鬟兒照見花枝裊，照見低顰淺笑，杏臉桃腮，貪把傾城看飽。」至於范湖草堂完全以曲題畫，那是無聊之至的，這一類不必敍及。謝元淮的養默山房散套，全用舊譜，而曲中頗括時事，如一枝花感懷套中貨郎兒九轉：

> 悔平生都只爲多言遭忌，出戎幕仍居舊職。當日個憂天蠢笑杞人癡，到後來補天還虧了媧皇力；割珠崖定策原非，阻內附維州還棄，賠香港援的是澳門舊例，聽風傳粵東民勇衆志高，他呵結義社專制英夷，過年春月是進城期，恐難免爭端又起，怕只怕相逢狹路難迴避，因此上綢繆陰雨這鰓鰓計，俺已是眼睜睜見過一遭兒，試聽那號哭呻吟聲未已。

這近於以曲爲史了。和詞中蔣春霖相彷彿的。魏熙元的玉玲瓏曲存，却大都兒女之詞，或者來幾句什麼「戲場中人暮朝，夢場中潮長消，莽乾坤一個糊塗套」的達語。許寶善的自怡軒樂府，整飭有餘，但毫無活躍之趣，這終非當家之曲。幸而清人有了許光治和趙慶熹，清曲庶免記載的寂寞了。這是清曲的兩大家，所以我很謹慎的在諸家之後把他宣揚出來。光治集名江山風月譜，他序的好：「漢魏樂府降而六朝歌詞，情也。再降而三唐之詩，兩宋之詞，律也。至元曲幾謂俚音誹語矣；然張小山喬夢符散曲，猶有前人規矩在儷辭進樂府之工，散句擷宋唐之秀。惟套曲則似倍翁俳詞，不足鼓吹風雅也。」所以他曲中時有學小山之作，如水仙子海棠。

紅綿繡鳳撲華鉛，紅錦回鸞散舞錢，紅絲顫雀翹妝鈿；過清明百六天，晝牆低何處秋千？宿粉暈流霞炫，明妝洗垂露鮮；是花中第一神仙。

櫪頭船，劃開雙槳鏡中煙，船唇弄水瓊珠濺。櫂轉渦旋，望天光四岸懸，看地勢孤城轉，指人影中流見。湖山圖畫，雲水因緣。

——雙調殿前歡湖上

有時寫農家時序，非常自然。如中呂滿庭芳裏有一支就是。

綠陰野港，黃雲隴畝，紅雨村莊。東風歸去春無恙，未了蠶忙。連日提籠採桑，幾時荷鋤栽秧；連鋤響田塍，夕陽，打豆好時光。

有時較明人轉勝了。趙慶熹字秋舲，仁和人。集名香消酒醒曲。小令套數，並皆超絕。如駐雲飛沈醉一支，無一虛語，的是名雋的曲子，讀後令人有很深的印象。

等得還家，澹月剛剛上碧紗，親手遞杯茶，軟語呼名罵。他只自眼昏花，脚蹤兒亂蹁，問著些兒半晌無回話，偏生要靠住儂身似柳斜。

活活一個醉人在我們眼中也。楊恩壽在詞餘叢話中說在吳幼樵塵夢醒談，見詠月葬花寫恨，無一套不佳，僅采數語，猶有斷鳧截鶴之歎。我率性引錄於此：

〔忒忒令〕熱紅塵無人解愁，冷黃昏有儂生受；團空月亮照心兒剔透，把一個悶葫蘆，恨連環呆思想，問誰知道否？〔沈醉東風〕悶嫦娥青天上頭，憾書生下方搔首；雲影淨，露華流，中庭似畫，鬧蟲聲新涼時候。星河一團光陰不留，銀橋碧漢，又人間盡秋。〔園林好〕想誰家珠簾玉鉤，問何人香衾錦裯；任年少虛空孤負。無賴月是揚州；無賴客，是杭州。〔嘉慶子〕九迴腸生小多軟就，把萬種酸情徹底兜。空向西風談舊，寧杜若，採扶留，悲薄命，怨靈修。〔尹令〕廿年前胡牀抓手，十年前書齋回首，五年前華堂笑口；一樣銀河，今日無情做淚流。〔品令〕浮生自思，多恨事難酬，花天酒地，還說甚風流！參辰卯酉，做了天星宿。江湖蓆帽，三載阻風中酒；只落得下九初三，月子彎彎照女牛。〔豆葉黃〕清高玉宇，冷淡瓊樓，再休提霧鬢雲鬟，那裏是烏紗紅袖！生涯疎放，天涯漫游；博得個花朝月夕，博得個花朝月夕；消受了夢魔情魔，酒囚詩囚。〔月上海棠〕歸去休，一齊放下誰能彀？算山河現影，石火波漚！哭青天淚眼三秋，懺青春心魂一縷。蒲團叩，廣寒宮何處回頭？〔玉交枝〕癡頑生就，闖名場名勾利勾；瑤臺一陣罡風陡，吹落下魂靈滴溜，寒簧仍在月宮留，吳剛不合凡塵走；一年年新秋暮秋，一年年新愁舊愁。〔玉胞肚〕飛螢似豆，撲西風羅衫亂兜，看玉階景物淒涼，話碧霄兒女綢繆。我吹笙恰倚紅樓，只怕仙山不是緱。〔三月海棠〕銀匣初開，眞難得團圓，又問何年怎樣寶鏡飛丟？他愁，兔兒搗碎此生臼，蟾兒跳出清虛走；紅橋侶，鶴馭儔，有箇人無賴把紫雲偷。〔江兒水〕自古歡須盡，從來滿必收；我初三瞧你眉兒鬥，十三窺你粧兒就，廿三覷你龐兒瘦；都在今宵前後。何況人生，怎不西風敗柳！〔川撥棹〕年華壽，但相逢盃在手。要令朝檀板金甌，要明朝檀板金甌；莽思量情魂怎收！悵良宵漏幾籌，剔銀缸夢裏求。〔尾聲〕夢中萬一鈞天奏，舞霓裳仙風雙袖；我便跨上青鸞笑不休。

——詠月

〔梧桐樹〕堆成粉黛塋，掘破胭脂井；檢塊青山，放下桃花櫬。名香爇至誠，薄酒先端整；兜起羅衫，一角泥乾淨，這收場也算是羣芳幸。〔東甌令〕更紅兒誄，碧玉銘，巧製泥金直綴旌。美人題着名和姓，描一幅離魂影，再旁邊築一個小愁城，設座落花靈。〔大聖樂〕我短鋤兒學荷劉伶，是清狂，是薄倖；今生不合做司香令。黄土畔，叫卿卿，單只爲心腸不許隨儂硬。因此上風雨無端替你疼。一場夢醒，向衆香國裏，槃涅斯稱。〔解三醒〕收拾起風流行徑，收拾起慧眼聰明；收拾起水邊照你娉娉影，收拾起鏡裏空形，收拾起通身旖旎千般性，收拾起澈胆溫和一片情。荒墳冷，只怕你枝頭子滿，誰奠清明。〔前腔〕撇下了燕鶯孤另，撇下了蝴蝶伶仃，撇下了青衫紅淚人兒病，撇下了酒帳燈屏，撤下了蹄香馬踏黃金鐙，撤下了指冷鸞吹白玉笙。難呼應，就是那杜鵑哭煞你也無靈！〔尾聲〕向荒阡澆杯茗，替你打圓場證果成，叮囑你地下輪迴，莫依然薄命。

——葬花

〔嬾畫眉〕生來從不會魂消，怎被莽情絲縛牢。天公待我忒蹊蹺，做就愁圈套，把瘦骨稜稜活打熬。〔步步嬌〕合是聰明該煩惱，恨海憑空造。把風流一担挑，八字兒安排，合爲情顛倒。我何處問根苗？只的是命宮磨蝎無人曉。〔山坡羊〕冷冰冰性將人拗，好端端自將愁討。一年年越樣癡魔，一天天寫個瘋顛照。神暗銷，相思禁幾遭；我當初早是早是魂靈掉！不肯勾消，一場惱懊。無聊，溼衕香何處燒？空勞，醉笙簧何處調？〔江兒水〕白晝簾雙押，黃昏燭一條；把紙牌兒打箇鴛鴦筶，筆尖兒寫幅鴛鴦稿，夢魂兒打箇鴛鴦鳥；不許蜂囉蝶唣，怎底宵來，偏是南柯潦草。〔玉交枝〕沒頭沒腦，這章書模糊亂囂，愁城築得似天高，打不進轟天情礮。心酸好似醋梅澆，眼辛卻被蘿蔔搗；要丟開心兒越撩，不丟開心兒越焦。〔園林好〕恨知音他偏寂寥，恨閒人他偏絮叨；只算些兒胡鬧。

波底月，鏡中潮；潮莫信，月難撈。〔僥僥令〕成團飛絮，攪作陣，落花飄。我宛轉車輪腸寸絞，好比九曲三灣仄路抄。〔尾聲〕閒愁怎樣難離掉，除非做一個連環結子繫，向那沒情河丟下了！

——寫恨

此等曲品，置諸元明人集內也可算得佳作了。此外像淩霄的振檀集，陳棟的北涇草堂北樂府，吳綺的林蕙堂集塡詞，孔廣森的溫經堂戲墨，都是很少的篇章，也不是自己經意之作。楊恩壽的詞餘叢話總算一部還好的曲話，而所作坦園詞餘，並不當行。晚淸以來的曲集有顧氏勵堂樂府，陳氏等三家曲，更非當家。要以吾師吳瞿安先生的霜厓曲錄（我所編的，現在商務印行）爲曲壇生色的集子。我自己有曉風殘月曲，燈窗夜語，友人鄭振鐸先生說：「你的曲大約已是曲的尾聲了。」我就用他的話作本書的尾聲罷。

問題

一　明初曲家當以誰人爲代表？

二 陳大聲與金在衡在明曲中地位何如？

三 如以南京爲中心，曲人之流連與曲品之題製，其影響於明代文學者奚似？

四 曲中女作家有何人可與詞中李易安相擬？

五 香豔曲詞的製作，是受誰的影響？

六 清代曲之所以衰微有什麼原因？

七 清代曲家有沒有能與元明作者相抗衡的？

參考書

吳 梅：顧曲塵談（商務）

盧 前：散曲史（成都大學講義本）

任 訥：散曲概論（中華）

任 訥 盧 前：散曲集叢（商務）

盧 前：清人散曲十七家（會文堂）

附錄 一個最低度研究詞曲底書目

(甲) 總集 包含彙刻的別集與叢書

[一]金唐詞 附全唐詩後 [二]宋六十一家詞 毛晉刻 有博古齋石印本 [三]四印齋所刻詞 王鵬運刻 [四]宋元名家詞 江標刻 [五]雙照樓刻詞 吳昌綬刻 [六]彊邨叢書 朱祖謀刻 [七]詞苑英華 毛晉刻 [八]詞學全書 毛先舒 有石印本 [九]詞學叢書 秦恩復 [十]詞話叢鈔 王文濡 [以上詞]

[一]奢摩他室曲叢 吳梅 散曲有一部分 [二]散曲叢刊 任訥 中華出版 [三]散曲集叢 任訥 盧前 商務 [四]清人散曲十七家 盧前編 [五]讀曲叢刊 董康 [六]曲苑 中國書店有石印本 第二次重訂本 [以上曲]

(乙) 選集

[一]花間集 趙崇祚 本子很多. [二]尊前集 現有者疑非原書 [三]草堂詩餘 [四]

陽春白雪趙聞禮〔五〕花庵詞選黃昇〔六〕絕妙好詞周密厲鶚箋本〔七〕中州樂府元好問〔八〕花草粹編陳耀文〔九〕詞統卓人月〔十〕草堂詩餘四集沈雄〔十一〕歷代詩餘沈辰垣〔十二〕詞綜朱彝尊原編又王昶明詞綜及國朝詞綜黃燮清詞綜續編陶梁詞綜補丁紹儀詞綜補均可購置〔十三〕詞選張惠言原選董毅續選〔十四〕詞辨周濟〔十五〕宋四家詞選周濟〔十六〕宋七家詞選戈載〔十七〕唐五代詞選成肇麐商務有古活字本〔十八〕宋六十一家詞選馮煦〔十九〕宋詞三百首朱祖謀唐圭璋箋本

〔以上詞〕

〔一〕陽春白雪楊朝英徐積餘刋本〔二〕太平樂府楊朝英四部叢刋影刋本〔三〕樂府羣玉散曲叢刋本〔四〕樂府羣珠無刋本有鈔稿〔五〕樂府新聲散曲叢刋本〔六〕詞林摘豔張祿〔七〕雍熙樂府郭勛〔八〕南詞韻選沈璟〔九〕南北宮詞紀陳所聞〔十〕吳騷合編張旭初〔十一〕詞林逸響許宇〔十二〕太霞新奏顧曲散人〔十三〕曲雅〔十四〕續曲雅盧前開明書店本〔十五〕元曲三百首任訥民智書

局本

〔十六〕蕩氣迴腸曲 王悠然 大江書店本

〔以上曲〕

（丙）別集

〔一〕南唐二主詞 劉繼增箋本 盧前補正本 〔二〕陽春集 馮延巳 〔三〕珠玉詞 晏殊 〔四〕小山詞 晏幾道 〔五〕六一詞 歐陽修 〔六〕安陸集 張先 〔七〕樂章集 柳永 〔八〕東坡詞 蘇軾 〔九〕淮海詞 秦觀 〔十〕片玉詞 周邦彥 〔十一〕東山寓聲樂府 賀鑄 〔十二〕稼軒詞 辛棄疾 〔十三〕白石詞 姜夔 〔十四〕梅溪詞 史達祖 〔十五〕夢窗詞 吳文英 〔十六〕蘋洲漁笛譜 周密 〔十七〕花外集 王沂孫 〔十八〕山中白雲詞 張炎 〔十九〕漱玉集 李清照 〔二十〕遺山樂府 元好問 〔二十一〕蛻巖詞 張翥 以上各集散見各家彙刻 〔二十二〕飲水詞 納蘭成德 唐圭璋輯本 〔二十三〕曝書亭詞 朱彝尊 〔二十四〕迦陵詞 陳維崧 〔二十五〕樊榭詞 厲鶚 〔二十六〕茗柯詞 張惠言 〔二十七〕水雲樓詞 蔣春霖 〔二十八〕半塘定稿 王鵬運 〔二十九〕樵風樂府 鄭叔問 〔三十〕蕙風

詞　況周頤　〔三十一〕蒿庵類稿詞　馮煦　〔三十二〕彊村語業　朱祖謀

〔以上詞〕

〔一〕喬夢符小令　喬吉　〔二〕小山北曲聯樂府　張可久　〔三〕酸甜樂府　貫雲石徐再思　〔四〕小隱餘音　汪元亨　〔五〕醜齋樂府　鍾嗣成　〔六〕雲莊休居閒適小樂府　張養浩　〔七〕疎齋小令　盧摯　〔八〕詩酒餘音　顧君澤　〔九〕醉邊餘興　曾瑞　〔十〕沜東樂府　康海　〔十一〕碧山樂府　王九思　〔十二〕寫情集　常倫　〔十三〕王西樓先生樂府　王磐　〔十四〕海浮山堂詞稿　馮惟敏　〔十五〕菊莊樂府　湯式　〔十六〕六如居士曲　唐寅　〔十七〕蕭爽齋樂府　金鑾　〔十九〕秋碧樂府　陳鐸　〔二十〕梨雲寄傲　陳鐸　〔二十一〕江東白苧　梁辰魚　〔二十二〕花影集　施紹莘　〔二十三〕唾窗絨　沈仕　〔二十四〕濠上齋樂府　陳所聞　〔二十五〕方諸館樂府　王驥德　〔二十六〕詞臠　劉效祖　〔二十七〕步雪初聲　張瘦郎　〔二十八〕楊升庵夫婦散曲　楊慎黃氏　〔二十九〕自怡軒樂府　許寶

善　〔三十〕香消酒醒曲　趙慶熹　〔三十一〕江山風月譜　許光治　〔三十二〕霜厓曲錄　吳梅　〔以上曲〕

（丁）評記

〔一〕詞源　張炎　〔二〕作詞五要　楊纘　〔三〕樂府指迷　沈義文　〔四〕碧雞漫志　王灼　〔五〕浩然齋雅談下卷　周密　〔六〕詞旨　陸輔之　〔七〕詞品　楊愼　〔八〕詞評　王世貞　〔九〕渚山堂詞話　陳霆　〔十〕古今詞話　沈雄　〔十一〕柳塘詞話　沈雄　〔十二〕歷代詞話　沈辰垣　〔十三〕歷代詞人姓氏錄　沈辰垣　〔十四〕詞衷　鄒祗謨　〔十五〕花草蒙拾　王士禎　〔十六〕詞筌　賀裳　〔十七〕詞繹　劉體仁　〔十八〕詞苑叢談　徐釚　〔十九〕詞林紀事　張宗橚　〔二十〕西河詞話　毛奇齡　〔二十一〕窺詞管見　李漁　〔二十二〕詞名集解　汪汲　〔二十三〕詞麈　方成培　〔二十四〕詞曲概論　劉熙載　〔二十五〕樂府餘論　宋翔鳳　〔二十六〕詞選　孫麟趾　〔二十七〕塡詞淺說　謝元淮　〔二十八〕論詞雜著

周濟〔二十九〕詞學集成 江順詒〔三十〕靈芬館詞話 郭麐〔三十一〕蓮子居詞話 吳衡照〔三十二〕初白庵詞評 許昂霄〔三十三〕芬陀利室詞話 蔣敦復〔三十四〕爰園詞話 俞彥〔三十五〕賭棋山莊詞話 謝章鋌〔三十六〕聽秋聲館詞話 丁紹儀〔三十七〕白雨齋詞話 陳廷焯〔三十八〕詞源斠律 鄭文焯〔三十九〕人間詞話 王國維〔四十〕宋大曲考 王國維〔四十一〕蕙風詞話 況周頤〔四十二〕詞史 劉毓盤〔以上詞〕

〔一〕錄鬼簿 鍾嗣成〔二〕唱論 芝庵〔三〕南詞敘錄 徐渭〔四〕曲律 魏良輔〔五〕曲律 王驥德〔六〕曲藻 王世貞〔七〕曲論 何良俊 徐復祚〔八〕度曲須知 沈寵綏〔九〕絃索辨訛 沈寵綏〔十〕製曲枝語 黃周星〔十一〕顧曲雜言 沈德符〔十二〕衡曲麈談 騷隱居士〔十三〕曲品 呂天成〔十四〕韻白 王先舒〔十五〕雨村曲話 李調元〔十六〕藤花亭曲話 梁廷枏〔十七〕北涇草堂論曲 陳棟〔十八〕詞餘叢話 楊恩壽〔十九〕樂府傳聲 徐大椿〔

〔二十〕曲錄　王國維 有任氏唐氏補正本　〔二十一〕錄曲餘談　王國維　〔二十二〕顧曲塵談　吳梅　〔二十三〕霜厓曲話　吳梅　〔二十四〕曲海一勺　姚華　〔二十五〕菉漪室曲話　姚華　〔二十六〕曲律易知　許之衡　〔二十七〕蘋廬曲談　王季烈　〔二十八〕曲諧　任訥　〔二十九〕散曲概論　任訥　〔三十〕散曲史　盧前

〔以上曲〕

（戊）譜

〔一〕欽定詞譜　王弈清　〔二〕詞律　萬樹　〔三〕白香詞譜　舒夢蘭　〔四〕自怡軒詞譜　許寶善　〔五〕碎金詞譜　謝元淮

〔以上詞〕

〔一〕太和正音譜　朱權　〔二〕南曲譜　沈璟　〔三〕南詞新譜　沈自晉　〔四〕北詞廣正譜　李玉　〔五〕南詞定律　呂士雄　〔六〕南北九宮大成譜　周祥鈺　〔七〕欽定曲譜　王弈清　〔八〕納書楹曲譜　葉堂　〔九〕集成曲譜　王季烈　劉富樑

〔以上曲〕

（己）韻

〔一〕詞林正韻 戈載

〔一〕中原音韻 周德淸 〔二〕中州全韻 范善溱 〔三〕韻學驪珠 沈乘麐

〔以上詞〕

〔以上曲〕

名詞索引

（以筆畫多少爲次序）

3　名詞索引

名詞索引 二

13　名詞索引

17　名詞索引

名詞索引　21

23　名詞索引

名詞索引　25

名詞索引　27

名詞索引　29

31 名詞索引

名詞索引 35

詞曲研究終

中0415(全)　23,6,

蔣伯潛　蔣祖怡《詞曲》

蔣伯潛（1892–1956），名起龍，乳名尹耕，以字行，浙江富陽人。1915 年入北京高等師範學校國文系。1938 年後應邀赴上海大夏大學、暨南大學及無錫國學專科學校任教，兼世界書局特約編輯。1946 年赴滬任上海市立師專中文系主任。新中國成立後，任浙江圖書館研究部主任。著述甚為豐富，主要有《十三經概論》《經學纂要》《諸子通考》等。蔣祖怡（1913–1992），蔣伯潛之子，浙江富陽人。1937 年畢業於江蘇無錫國學專科學校。1948 年轉入國立浙江大學中文系任教。著有《全遼詩話》《文心雕龍論叢》《鍾嶸詩品箋證》等。

《詞曲》共分十八章，分別從詞曲的文藝價值與名稱的商榷、唐宋樂制與詞的起源、宋代大曲隊舞與北曲的關係、南北曲的淵源、所謂『散曲』、南戲北曲之比較、從格律形式文字上來辨別詩詞的不同、詞曲風格音律上的差異、題目與調名、常調中調小令及其他、詞韻和曲韻、詞的初創時期、全盛時期的詞壇概況、元曲概況、南戲之權威時期、詞的衰落時期之名作者、詞的復興、填詞與作曲等論述。後有兩種附錄：詞話曲話與詞曲集、雙聲疊韻與宮調。由於蔣伯潛在授課期間，『深覺一般大學生及高中畢業生的國文程度並沒有達到相當的水準』，故與其子蔣祖怡合編『國文自學輔導叢書』，《詞曲》為其中之一種。《詞曲》1948 年由世界書局印行，1997 年上海書店出版。本書據 1948 年世界書局初版本影印。

蔣伯潛　蔣祖怡　**詞曲**

詞曲

國文自學輔導叢書

蔣伯潛
蔣祖怡　著

世界書局印行

蔣伯潛 蔣祖怡 **詞曲**

國文自學輔導叢書

第二輯之四

詞曲

蔣伯潛
蔣祖怡
合著

世界書局印行

中華民國三十七年十二月三版

詞曲

實價國幣一元八角
外加運費匯費

編著者 蔣伯潛
蔣祖怡

發行人 張靜江

出版者 世界書局

發行所 上海及各埠 世界書局

自序

學習國文底目的有二：一是「能」的方面，一是「知」的方面。能的方面，第一須能運用本國文字、以表達自己底情意，第二，須能了解本國文字，以接受他人底情意；第三，須能欣賞本國文學，第四，更進一步，能以本國文字寫成足供他人欣賞的文學。第四項，固然不能而且不必人人都做到，前三項，卻是一般大中學生所應達到的。知的方面，第一，須知道本國文學底作法、流變底大概；第二，須知道本國學術思想底派別、變遷底大概；因爲這二者是我國固有文化底結晶。所謂文化，範圍本極廣泛，原不能盡納之於國文一科之內；但文學與學術，則爲其中最重要的部份，一般大中學生都得有一簡明的概念。一方面，國文是明瞭我國文學和學術的鑰匙；另一方面，明瞭我國底文學和學術，也可幫助國文底進步。所以現行中學課程標準也規定以此二者爲國文教學底目的。

伯潛在浙江省中等學校教授國文已二十年，主持中學畢業生國文科底會考先後四次，近來避地滬上，任教大夏大學及無錫國學專修學校，行復三年，深覺一般大學生及高中畢業生底國文程度，並沒有達到相當的水準；「能」既拙劣，「知」更貧薄。此爲教育界同人所公認的事實，無可諱掩，且亦不應諱疾忌醫者。竊思一般中等學校，教學國文，但重課內講授，不能兼顧課外閱讀，旣缺指導，又乏適當的讀物；且課內所講授者，又以選文爲主，卽有加授文法、修辭學、文學史、國學概論等選科者，亦多病其囫圇枯燥。此實一般中學國文教學之通病；伯潛任教二十餘年，每自追念，輒增愧悔。爲補救計，乃與兒子祖怡爲世界書局合編國文自學輔導叢書。第一輯分三組，曰字與詞，章與句，體裁與風格，以故事體寫述詞句之組織，文體作風之大概；冀讀者於文法、修辭學、文體論等，獲得實際應用之知識，以促進其運用、了解、欣賞的能力。第二輯分六册，曰駢文與散文，小說與戲劇，詩，詞曲，經與經學，諸子與理學，以文學與學術爲經，文學史與學術史爲緯，而文學概論，文學批評，羣經諸子及理學之內容流變，皆融會於其中；冀讀者於我國固有文化之最重要的部分，獲得確實明白的概念，以增長其應具之常識。第一輯發行已年餘，雖或病其於初中低年級生程度略嫌過高；而一般讀者，尙感興趣，且受實益。第二輯今亦印成，竊望發行以後，教育界同人能予以善意的教正！竊思本叢書旨在輔導自學，與教科書性質不同，本不限定讀者程度；一般大中學生及有志進修國文者，都可採用。祇須循序閱讀，卽使程度略嫌過高，想亦不至有大窒礙吧！

中華民國三十年十二月，伯潛序於滬西寄廬。

編輯例言

一、本叢書供初高級中學學生國文課外閱讀及一般程度相當之青年自修國文之用；定名爲國文自學輔導叢書。

二、本叢書分一二兩輯：第一輯六册，供初中三學年用；第二輯六册，供高中三學年用。各按學生程度，由淺入深，循序漸進。

三、本叢書第一輯共分三組，各自成一圓周：第一二兩册爲一組，以字與詞爲中心；第三四兩册爲一組，以章句構造爲中心；第五六兩册爲一組，以文體及作風爲中心。舉文法、修辭、文體論，及初中學生學習國文之方法，對於國文應具之常識，治於一爐，並顧到青年學習心理，以增進閱讀興趣爲宗旨。

四、本叢書第二輯，每册自成起訖，第一册爲「駢文與散文」第二册爲「小說與戲劇」第三册爲「詩」第四册爲「詞曲」第五册爲「諸子」第六册爲「經」。以文學，子學，經學爲經，以文學史學術史爲緯，而文學概論、古書校讀、文藝批評等，均融會於其中。但仍顧到讀者的興趣。

五、本叢書可分可合，如按程度，自始至終，閱完一二兩輯，固可窺其全豹，得中學國文全部知識之概要；即選讀第一輯之任何一組，或第二輯之任何一册，亦能各有所得，恰如其分。

六、編者本二十餘年教授中學國文之實際經驗，著述此書，深望各中學教師暨社會人士於試用之後，予以指正，不勝企盼！

目錄

第一章　詞曲的文藝價值與名稱之商榷

「詞」「曲」這兩種文體，我們通常聯在一處講述的。如果嚴格地分析起來也各有不同之點，但是它們從詩和樂府民歌中演化出來與音樂發生關係，這一點是完全相同的。同時它們這兩種在韻文上都佔着重要的地位。

但是，現在的「詞」和「曲」的一部份都已失樂，詞人曲家，大都只能依譜塡詞，變成文學上的遺骸了。不過就它底句調來研究，仍不失它們的文藝價值，甚至於可以說它們的價值遠超出乎詩與駢文之上。「詞」「曲」的典雅化，是後來文人所促成的，起初時正是合乎大衆的民謠。所以在現代作曲塡詞是否仍應以「當行」作標準，以「典雅」作標準，是一個很值得研究的問題。

「感情」「思想」「想像」這三者是文藝作品中的重要要素，而詞曲對於這三者，卻有充分的表現。試從這三方面來探討詞曲的文藝價值。

中國的韻文大都以抒情作中心，「詞」「曲」兩者更能盡發揮之能事。通常我們將詞曲分作「婉麗」與「豪放」兩派，可見它們在抒情之中又有了若干的小變化了。例如：

春花秋月何時了，往事知多少！小樓昨夜又東風，故國不堪回首月明中。 雕闌玉砌應猶在，只是朱顏改。問君能有幾多愁，卻似一江春水向東流。（李煜虞美人）

……憑寄離情重重，這雙燕何曾會人言語。天遙地遠，萬水千山，知他故宮何處？怎不思量，除有時夢裏曾去。——無據，和夢也新來不做！（趙佶燕山亭）

採蓮人和採蓮歌，柳外蘭舟過，不管鴛鴦夢驚破，夜如何，有人獨上江樓臥。傷心莫唱南朝舊曲，司馬淚痕多。（楊果小桃紅）

家國之悲，溢於言外，而幽怨淒涼之情，又非詩文所能表達。而婉曲不盡，又另有一種風趣。其他婉麗之中，寫男女的情愛，也可以說形容盡致。如：

欲寄君衣君不還，不寄君衣君又寒。寄與不寄間，妾身千萬難。（姚燧憑欄人）

怕黃昏不覺又黃昏，不銷魂怎地不消魂？新啼痕壓舊啼痕，斷腸人憶斷腸人。今春香肌瘦幾分，摟帶寬三分。（王實甫堯民歌）

鳳髻金泥帶，龍文玉掌梳，去來窗下笑相扶，愛道畫眉深淺入時無？ 弄筆偎人久，描花試手初。等閒妨了繡功夫，笑問「鴛鴦」兩字怎生書。（歐陽修南歌子）

晚粧初過，沈檀淺注些兒箇，向人微露丁香顆，一曲清歌，暫引櫻桃破。 羅袖裹殘殷色可，盃深旋被香醪涴，繡床斜凭

嬌無那，爛嚼紅絨，笑向檀郎唾。（李煜一斛珠）

以上諸例，都是偏於婉轉淒麗一方面的，這是詞中的「當行本色」，大都人奉它爲正宗。但是寫情的佳處，卻與「豪放」一流不分彼此；婉轉淒涼固足以動人，而「擊碎唾壺」也足以引起人們憤激哀怨的心情的。詞曲作者或因家國之悲，或有不遇之恨，以豪放出之，它們的成就並不在前一派之下。

誰思神州，百年陸沉，靑氈未還。悵晨星殘月，北州豪傑；西風斜日，東帝江山。劉表坐談，深源輕進，機會失之彈指間。傷心事，是年年冰合，在在風寒。說和說戰都難，算未必江沱堪宴安。歎封侯心在，鱣鯨失水；平戎策就，虎豹當關。渠自無謀，事猶可做，更剔殘燈抽劍看。麒麟閣，豈中興人物，不盡儒冠。（陳經國沁園春）

十年磨劍，五陵結客，把平生涕淚都飄盡。老去塡詞，一半是空中傳恨，幾曾圍燕釵蟬鬢。不師秦七，不師黃九，倚新聲，玉田差近。落拓江湖，且分付歌筵紅粉，料封侯白頭無分！（朱彝尊解佩令）

峯巒如聚，波濤如怒，山河表裏潼關路。望西都，意躊躇。傷心秦漢經行處，宮闕萬間都做了土。興，百姓苦；亡，百姓苦。（張養浩山坡羊）

亂紛紛鴉鳴鵲噪，惡狠狠豺狼當道，冗費竭民膏，怎忍見人離散！舉疾首蹙額相告，簪笏論朝，干戈載道，等閒間把山河動搖。（王守仁沉醉東風）

我們只應就文論文，不必主張婉曲與豪放的優劣！

就「詞」「曲」的想像來說，也可以說是非常成熟的，也有浪漫主義者似的非非之想，也有實際的想像，都能引起讀者心緒的共鳴。例如蘇軾水調歌頭的前半闋：

明月幾時有？把酒問青天，不知天上宮闕，今夕是何年？我欲乘風歸去，又恐瓊樓玉宇，高處不勝寒。起舞弄清影，何似在人間？

想像月宮，可謂飄逸之至。寫古代豪傑，能想像出當時情形的，如睢景臣的高祖還鄉，活現出當時的情形，如聞其聲，如見其人。他寫莊稼老見了漢高祖的情形道：

只道劉三，誰肯把你揪捽住。白甚麼改了姓，更了名，喚「漢高祖」？

其他如「細看來不是楊花，點點是離人淚。」「若到江南趕上春，千萬和春住。」「若有人知春去處，喚取歸來同住。」都是進一層的想像。至於咏物如寫「燈花」的「頻將好事，來報主人公」寫蟋蟀的「為誰頻斷續，相和砧杵；」寫燕的「還相雕梁藻井，又軟語商量不定。」寫白蓮的「輕妝照水，纖裳玉立，飄飄似舞。」寫琵琶的「子弟抱着喜優優，一隻手膊兒上摟，一隻手在肚兒上搵，搵的他百般兒聲氣有。」寫針的一寸腸鐵硬曾經鍊，小眼星昏望欲穿。」也都很有想像的意味

「詞」「曲」中的想像，往往用以幫助感情，使感情具體化，深刻化。所以在一首詞曲中，往往兩者相

兼並用。這種例子也比詩文中容易找到。同時，它們使感情深刻和具體，也往往用寫景來襯托的。這一點周美成最肯下工夫，如寫荷的「葉上初陽乾宿雨，一一風荷舉。」寫暮秋如「葉下斜陽照水，捲輕浪沈沈千里，橋上酸風射眸子，看黃昏燈火市。」寫梅花「相將見脆圓薦酒，人正在空江烟浪裏，但夢想一枝瀟洒，黃昏斜照水。」而他底少年遊一首，印象鮮明：

幷刀似水，吳鹽勝雪，纖指破新橙，錦幄初溫，獸香不斷，相對坐調笙。低聲問：向誰行宿？城上已三更，馬滑霜濃，不如休去，直是少人行。

據說，這首詞是爲宋徽宗的。美成先在李師師家，而徽宗夜幸，因匿牀下，徽宗攜新橙一顆與師師共食，美成乃作此詞。

至於思想，在「詞」「曲」中亦多有表見，但是古代文人大都以隱逸爲尚，所以多散逸的思想，而消極的悲吟也不在少數。例如史達祖的滿江紅書懷：

好領青衫，全不向詩書中得也。費區區造物，許多心力！未暇買田青穎尾，尚須索米長安陌。有當時黃卷滿前頭，多慚德。思往事，嗟兒劇；憐牛後，懷鷄肋。奈稜稜虎豹，九重九隔。三徑就荒秋自好，一錢不値貧相逼，對黃花常待不吟詩，詩成癖。

史達祖曾在韓侂胄手下做過官，後來韓氏失敗，他受黥刑。這一首是他的自白，而處處却以隱逸自高。又如馮惟敏塞鴻秋乞休：

論形容合不着公卿相看丰標也沒箇搊搜樣量衙門又省了交盟帳告尊官便准俺歸休狀。廣開方便門，大展包容量，換春衣直走到東山上。

和前首雖風度不同，但是求隱之意是一樣的。但是「詞」「曲」重在抒情，短在議論，即使有了思想，也不能直坦的表白，這正和小說戲劇小品文等等一樣，而它們文藝價值也和其他的文藝作品一樣地偉大。

依「詞」「曲」寫作上的修辭技巧來說，也是較其他文藝作品爲精緻，也比較得進步。「比喻」是詞曲中常用的東西，無論象徵暗喻明喻都非常適當。例如「柔情似水」是以具體來喻抽象的；如「舊觀如夢」是以抽象喻抽象的，如「春雲巧似山翁帽，古柳横如獨木橋」是以具體喻具體的。又如題菊的「雙朵嬭人嬌，兩相看也臉暈潮。晚妝羞向銀釭照，一個雲堆翠翹，一箇風欹紫腰，似楊妃挽住了西施笑。對妖嬈，生香活色，見影已魂消」全以比喻出之。

擬人的例，前一例已足代表「以人擬物」了。「猛思容貌勝荷花」「水是眼波横，山是眉峯聚」可以說是以物擬人，也是暗喻的好例。

詞曲中以修辭見勝者，一是「夸飾」又稱「形容，」一是「拈連」以甲名詞中所合用的性狀形容詞移於乙物上，所以能使詞曲出神入化，端賴這幾種修詞的技巧。這些，在前幾冊論修辭的地方曾舉過例子，此地不再多述了。

以上完全是就文字內容方面來論斷「詞」和「曲」的文藝價值的。除此之外，「曲」除了散曲，尙有舞台的藝術性，它們兩者又共同地有音樂性。所以說這兩者的藝術性也是多方面的，文字的技巧只不過其中的一種而已。

就中國的韻文史來講，它們的演變由簡單而趨複雜，由單純而趨於綜合，而其淵源都起於民間歌曲。由詩而樂府而詞而曲，篇什漸長，句法漸多變化，而合於音樂的需要，曲更和戲劇有了連繫，複雜性也增加了。因此，我們可以說「詞」「曲」是韻文的成熟作品，也是韻文最後的果實，其藝術性也隨之而增加，內容也日見分化。所以我們可以說「詞」「曲」的文藝價值，超出一般的文藝作品。以往，有人認爲「曲」是小道，不足論，這觀念實在是錯誤的。四庫全書簡明目錄論戲曲：「南北曲非文章正軌，故不錄其詞。」所以「曲」在清代一直被人鄙視，直到王國維，才大膽疾呼：「凡一代有一代之文學，楚之騷，漢之賦，六代之駢語，唐之詩，宋之詞，元之曲，皆一代之文學。」從此之後，才有人稍稍注意它們。

再就「詞」「曲」兩個名詞來商榷一下。

現代所謂「詞」「曲」是兩種文體的名稱。但是它們不和「樂府」「詩」「駢文」一樣專於製造這名詞出來作代表文體之用，它們各有其本義。「詞」本來同「辭」，是言辭的意思。曲，本泛指一切的樂曲。史記儒林傳「天子方好文詞，」這裏的「詞」字，是同「辭」同義的。國語周語：「瞽獻曲」此中的「曲」字也與現代稱文體的「曲」字不同。就音樂的關係言之，樂譜稱作「曲」，配樂曲的文字叫做「詞。」所以這兩個名稱乃是對立的，以區別音樂上詞與詞譜的不同。但古代「詞」「曲」同稱的時候，往往通稱作「曲。」如文選宋玉對楚王問「其曲彌高，其和彌寡。」這裏的「曲」字，乃指「詞句」「樂譜」的通稱，猶現代所稱的「調。」現在詞調之中尚有「水調歌頭」的名稱。碧雞漫志說：「今曲乃中呂調，」可見仔細分別起來，「曲」「調」又是對稱的名詞了。大概當時並沒有一定的名稱。或稱「調，」或稱「曲。」而以稱「曲」者爲最多。

清人解釋「詞」之文體所以稱爲「詞」的緣故，用「意內言外」四字來解釋「詞」的本義，因此牽連到「詞」的那一種文體，其實這一說似乎太牽強了。同將「曲」的本義解作「元曲」之「曲」一樣地不合理。原來「詞」「曲」兩種文體的名稱，起於文體已成立了之後。而當時「詞」「曲」兩個名詞卻沒有什麼顯著的分別。「詞」起於中唐，但那時也沒有「詞」的專稱，通常稱它作「曲。」例如雨淋給這一調子，碧鷄漫志所載：

明皇雜錄及楊妃外傳云「帝幸蜀，初入斜谷，霖雨彌日，棧道中聞鈴聲，帝方悼念貴妃，其聲爲雨淋鈴，因以寄恨。」

不但唐代如此，五代時也沒有「詞」的定稱。趙崇祚選花間集，歐陽炯作序，序上明明稱它作「曲子」，而和凝當時有「曲子相公」之名。所以當時「詞」「曲」通稱作「曲」或者「曲子」或者「曲子詞」的。所謂「曲子」乃是以部分代全體，所謂「曲子詞」乃是「詞章」「樂曲」的合稱，因爲在詞的初拟時期，作詞者大抵能自度曲，所以有這幾種暫行的名稱。同時「詞」體在當時還不甚通行，因此暫定一種名稱，也沒有什麽不便。這種情形，不但五代如此，到了宋代初年，還以此種文體沿稱作「曲」。我們在宋人的軼事中不難找到許多例證，如：

柳三變既以詞忤仁廟，吏部不放改官，三變不能堪，詣政府。晏公（殊）曰：「賢俊作曲子麽？」三變曰：「祇如相公亦作曲子。」公曰：「殊雖作曲子，不曾道『綵線慵拈伴伊坐。』」柳遂退。（畫墁錄）

此外或稱「小調」。晏幾道所說「先君平日小調雖多，未嘗作婦人語也。」也稱「樂府」，張文潛稱賀鑄「樂府妙絕一世」。葉夢得的避暑錄話裏有一段：

柳耆卿爲舉子時，多游狹邪，善爲歌詞。教坊每得新腔，必求永爲詞，於是聲傳一時。余仕丹徒，嘗見一西夏歸朝官云：

「凡有井水之處，即能歌柳詞。」

此處所說的「詞」明明是指歌詞而言，所歌的是詞，所作的樂是「曲」。當時所稱的「詞」也不是定稱，只是指可歌的「辭章」而已。

再總觀宋人的詞集名稱很多，除了稱「詞」以外，尚有許多另外的名稱，足見此時對於詞體尚無一定的稱呼，即「詞」的名詞尚未正式確立。試一一舉列出來：

1.「樂府」——東坡樂府蘇軾；龍雲先生樂府劉弇；惜香樂府趙長卿；松隱樂府曹勛；漢濱詩餘；王之望 誠齋樂府楊萬里；芸庵詩餘李洪；東山寓聲樂府。賀鑄

2.「長短句」——淮海居士長短句秦觀；華陽長短句張綱；澹庵長短句胡銓；龜溪長短句沈與球；稼軒長短句辛棄疾；後村長短句劉克莊；鶴山長短句。魏了翁

3.「詩餘」——范文正公詩餘范仲淹；北湖詩餘吳則禮；省齋詩餘廖行之；南澗詩集韓元吉；漢濱詩餘王之望；浮山詩餘仲并；南湖詩餘張鎡；康範詩餘汪晫；方壺詩餘汪莘；彝齋詩餘。趙孟堅

4.「樂章」——樂章集柳永；盤洲樂章洪适；苕溪樂章。劉一止

5.「琴趣」——山谷琴趣外篇黃庭堅；琴趣外篇晁補之；閑齋琴趣外篇。晁端禮

6.「歌曲」——臨川先生歌曲；王安石 白石道人歌曲。姜夔

7.不著明性質的——淸眞集；周邦彥 陽春集；米友仁 信齋集。葛郯

此外尙有許多奇突的名稱，如朱敦儒的樵歌；林正大的風雅遺音；周密的蘋洲漁笛譜；陳德武的白雪遺音；石孝友的金谷遺書；陳允平的日湖漁唱；夏元鼎的蓬萊鼓吹。趙崇嶓的白雲小稿；楊炎正的西樵語業。劉縯的隨如百詠；黃人傑的可軒曲林。

就上面所舉的來看，「詞」集的名稱異常複雜，所以如此，可見當時沒把「詞」的名詞確立起來。如史浩的詞集，簡直稱作「詞曲」「大曲」了。可見這時期，「詞」「曲」根本沒有什麽界限。作者可以隨便稱謂它。

金元時，「曲」繼詞而興，這「曲」字也有人附會說「曲」是曲折的意思，其實這也是解釋「詞」爲「意內言外」同樣的拘泥。其實「詞」和「曲」是相輔的一種東西，稱其文辭，則曰「詞」，稱其樂譜，則曰「曲」。自從這兩種文體並行爲韻文的一種之後，於是便乘便以這兩個名詞代表這兩種文體了。「詞」的名詞，到淸代才確定。「曲」的名詞元初亦無一定的稱呼。元燕南芝庵論曲：「時行小令喚葉兒。」淸代朱彝尊尙稱小令作「葉兒樂府」。合「葉兒」好幾支，稱作「重頭」，這名稱始見於晏殊詞

「重頭歌韻響琤琮」任二北散曲概論中說:

曲中應用「重頭」之名,始見於徐渭所編之楊升庵夫人詞曲內,而其體則元人自來即有之,有類詩詞中之聯章。

而元明人的曲集,亦有稱「樂府」稱「詞曲」的。可見以「曲」作爲和「詞」相對的文體之專詞,亦在明清之際。

其實,「曲」當初不過是「詞」的解放,所以用韻,用四聲,大都和「詞」相似,不過一是文人的作品,一是大衆的歌辭而已,自從「曲」經文人之手以後,也漸漸地典雅起來,就今日的「詞」「曲」表面看來,實在沒有什麽不同,尤其是「詞」的小令和「曲」的葉兒。詞的稱爲「詩餘」,也正當於「曲」的稱爲「詞餘」了。

所以「詞」「曲」兩名稱之確立,並無一定的標準,全是一般人漸漸的推崇,其實現行的「曲」稱之爲「詞」,現行的「詞」稱它爲「曲」又何嘗不可。不過「詞」「曲」既已公認爲兩種文體的代名詞,那麽我們更不必求新立異,稱之爲「歌曲」「詞曲」或「樂府」等等了。

再將元明人曲集的名稱,加以分別舉例:

1.「樂府」——小山北曲聯樂府;張可久 酸甜樂府;貫雲石 徐再思 醜齋樂府;鍾嗣成 雲莊休居閑

適小樂府；張養浩　方諸館樂府。王驥德

2.「詞」——海浮山堂詞稿；馮惟敏　詞簡。劉效祖

3.「餘音」——小隱餘音；汪元亨　詩酒餘音。顧君澤

4.不著明文體的——寫情集；常倫　花紅集。施紹莘

此外，尙有許多奇突的名稱，如曾瑞的醉邊餘興；陳鐸的梨雲寄傲；梁辰魚的江東白苧；沈仕的唾窗絨，許光治的江山風月譜等等。

關於這兩個名詞，在現代旣已確立，不必再討論它底是否適當。反正大衆已共知這兩名詞的涵義。我們研究詞曲，萬不可望文生義，強加附會。要知道文體的名稱，不過作一代表，只求其統一；是否適當是無關於宏旨的。

「詞」與「曲」的價値是如此偉大，而它們的領域又是如此廣泛，經歷史淘鍊而成的這種文體，雖然名稱確定了不久，而它的歷史卻甚複雜。有人以爲這兩種是古典文學，不必再化心力去作研究，可是文學的存在，也須研究其歷史，始能開闢出新的途徑，我們現代固然可以不必急急乎求其能寫作，不過也得有賞鑑的能力，和了解它們的內容和名稱的。

這册書裏面所述的，大致是詞曲的分別，及其背景。「韻」和「聲調」是它們底靈魂，也不可忽而不論，所以略加敍述。古代作者論詞曲的作法的地方很多，有的嫌太抽象，有的嫌太拘泥，選擇可以作初學者作標準的，舉要引述。因爲解釋「詞」「曲」的價值與「正名」是應該先決定的事，所以將這一章列作第一篇。

詞曲的樂律，現代已不能詳述其原，不過古代樂制尙有可以列舉的，我們研究詞曲，對於這一點，也不能忽略，因爲它們究竟是合樂的東西。它們之所以成爲文學上的一重要項目者，也是在此。學者更不能因爲它繁難而不理會它。

第二章　唐宋樂制與詞的起來

詞發生於唐代，因爲它是合樂的文藝，所以與當時音樂制度的複雜很有關係。唐代樂制，除了本位音樂以外，還接受了許多外來的音樂。唐代的舊樂，分做「雅樂」和「清樂」，沈括底夢溪筆談中說：

> 唐以先王之樂爲雅樂，前者新聲爲清樂，合胡部者爲宴樂。——三者截然不同。

雅樂係承隋之舊而加以改造，通典：「貞觀之初，合考隋氏所傳南北之樂，乃命太常卿祖孝孫正宮調，起居郎呂才習音韻，協律郎張文收考律呂，平其散濫，爲之折衷。」又說：「唐制，凡大朝會及國家大典則用雅樂；歲時讌饗及宮中宴會，則用俗樂。」所謂「俗樂」，指清樂而言。唐代稱之爲法曲，唐書禮樂志：

> 初隋有法曲，其音清而近雅，其器有鐃、鈸、鐘、磬、幢簫、琵琶，玄宗既知音律，又酷愛法曲，選坐部伎子弟三百於梨園，聲有誤者，帝必覺而正之，號皇帝梨園弟子。宮女數百，亦爲梨園弟子，居宜春北院。梨園法部，更置小部音聲三十餘人。

郭茂倩樂府詩集中也說到法曲：

> 唐會要曰：「文宗開成三年，改法曲爲仙韶曲。」按法曲起於唐，謂之法部，其曲之妙者，有破陣樂、一戎大定樂、長生樂、赤白桃李花，餘曲有堂堂、望瀛、霓裳羽衣、獻仙音、獻天花之類，總名法曲。

陳暘樂書也載赤白桃李花、望瀛府、獻仙音、碧天雁、獻天花、聽龍吟六曲。到了天寶間，法曲又與胡部新聲合奏，所以元稹詩裏有「女爲胡婦學胡裝伎進胡音務胡樂……胡音胡騎與胡裝五十年來競紛泊」沈括也說：

自唐天寶十三載始詔法曲與胡部合奏自此樂奏全失古法。

此外，尚有所謂「雲韶樂」也是古樂，有梁訓、萬年歡、普天獻壽、中和樂、清平樂、大宣樂、壽新春、泛清波、胡渭州等曲子。後來也改習了胡樂。至於清樂，卽魏晉以來的清商三調也是中國本位的舊樂，用的都是中國樂器。樂府雜錄稱其樂器有琴、瑟、雲箏、笙、竽、簫、管、篪、拍板等，而清梁廷堪底燕樂考原裏說裏面也有琵琶和箜篌。足見後來也與胡樂合奏了。

唐明皇時，外國的樂曲漸漸輸入到中國來，例如霓裳羽衣曲，是從西涼來的。樂府詩集引樂苑：「霓裳羽衣曲，開元中西涼府節度使楊敬述進。」又如涼州大曲是西涼府都督郭知運進的，伊州大曲是西涼節度使蓋嘉運進的。這種樂調，卽是所謂「讌樂」了。梁廷堪說：「古樂闡緩，音樂漸高，燕樂高於雅樂二律。」這是舊樂與新樂的不同點。

唐代外來樂調，除西涼樂之外，印度樂調，如婆羅門曲、食曲等等。天竺樂調，樂志所載，有沙石疆、朝天曲等；西域樂調，有龜茲樂、安國樂、疎勒樂、康國樂等。其中樂器，也大有變化，而琵琶、羯鼓、橫笛、銅鼓、觱篥、簫、笙等等爲最常用。其中的大曲，與詞很有關係。

現存之大曲有樂府雅詞中之董穎薄媚；王照新志中之曾布水調歌頭；及史浩的眞隱漫錄中的採蓮。王灼碧雞漫志中說：

凡大曲有散序、靸、排遍、正攧、入破、虛催、實催、衮遍、歇拍、殺衮，始成一大曲，謂之大遍。

而其中散序排遍，均不止一遍，故大曲遍數往往至於數十遍。樂府混成集中大曲一項，凡數百解，有譜無詞者居半。足見大曲重在聲律，而不重詞。試錄董穎薄媚作例：

怒潮卷雪，巍岫布雲，越襟吳帶如斯，有客經游，月伴風隨，値盛世觀此江山美，合放懷何事却興悲？不爲回頭舊谷天涯，爲想前君事，越王嫁禍獻西施，吳即中深機。闔廬死，有遺誓，勾踐必誅夷，吳未干戈出境，倉卒越兵投怒夫差。鼎沸鯨鯢，越遭勁敵，可嘆無計脫重圍，歸路茫然，城郭邱墟，飄泊稽山裏，旅魂暗逐戰塵飛，天日慘無輝。（排遍第八）

自笑平生，英氣凌雲，凜然萬里宣威，那知此際，熊虎塗窮，來伴麋鹿卑棲，旣甘臣妾猶不許，何爲計？爭若都燔寶器盡誅吾妻子徑將死戰決雄雌，天意恐憐之。偶聞太宰正擅權，貪賂市恩私，因將寶玩獻誠，雖脫霜戈石室囚繫憂嗟，又經時，恨不如巢燕自由歸，殘月朦朧，寒雨瀟瀟，有血都成淚。備嘗嶮厄反邦畿，冤憤刻肝脾。（排遍第九）

種陳謀，謂吳兵正熾，越勇難施，破吳策唯妖姬，有傾城妙名字西子歲方笄，算夫差惑此，須致顚危。范蠡微行，珠貝爲香餌，苧羅不釣釣溪閨。呑餌果殊姿，素肌纖弱，不勝羅綺，鸞鏡畔，粉面淡勻，梨花一朵瓊壺裏，嫣然意態嬌春。寸眸剪水，斜鬢鬆翠，人無雙，宜名動君王，繡履容易，來登玉陛。（第十攧）

㩦湘裙，搖漢珮，步步香風起，斂雙蛾，論時事，蘭心巧會君意。殊珍異寶，猶自朝臣未與，妾何人被此隆恩。雖令效死，奉嚴旨，隱約龍姿忻悅，更把甘言說。辭俊美質，娉婷天教汝，衆美兼備，聞吳重色，憑汝和親，應爲靖邊陲，將別金門，俄揮粉淚，靚粧洗。（入破第一）

飛雲駛香車，故國難回睇，芳心漸搖，迤邐吳都繁麗。忠臣子胥，預知道爲邦祟，諫言先啓，願勿容其至。周亡褒似，商傾妲已，吳王欲嫌胥逆耳。纔經眼，便深恩愛，東風暗綻嬌蕊，綵鸞翻妬伊，得取于飛共戲。金屋看承，他宮盡廢（第二虛催）

華宴夕，燈搖醉粉，菡萏籠蟾桂。揚翠袖，含風舞，輕妙處驚態，分明是瑤台瓊榭，閬苑蓬壺，景盡移此地，花繞仙步，鶯隨歌吹，寶帳煖留春，百和馥郁融鴛被。銀漏永，楚雲濃，三竿日猶褪霞衣，宿醒輕腕嗅，宮花雙帶繫，合同心時，波下比目，深憐到底。（第三袞遍）

耳盈絲竹，眼搖珠翠，迷樂事，宮闈內，爭知漸國勢陵夷，姦臣獻佞，轉恣奢淫，天譴歲屢饑。從此萬姓離心解體，越遣使陰窺虛實，蚤夜營邊備，兵未動，子胥存，雖堪伐，尚畏忠義，斯人既戮，又且嚴兵卷土，赴黃池觀釁，種蠡方云可矣（第四摧報）

如有神，征鼙一鼓，萬馬襟喉地，庭喋血，誅留守。憐屈服，斂兵還，危如此，當除禍本，重結人心；爭奈竟荒迷，戰骨方埋，靈旗又指，勢連敗，柔荑攜泣，不惡相拋棄。身在兮心先死，宵奔兮兵已前圍，謀窮計盡，唳鶴啼猿，同處分外悲，丹穴縱近，誰容再歸。（第五袞遍）

哀誠屢吐，涌東分賜，垂暮日置荒隅，心知愧，寶鍔紅委，鸞存鳳去，辜負恩憐，情不似虞姬。尙望論功，榮歸故里。降令曰吳無赦汝，越與吳何異。吳正怨越方疑，從公論合去妖類，蛾眉宛轉，竟殞鮫綃，香骨委塵泥，渺渺姑蘇，荒蕪鹿戲。（第六歇拍）

王公子，青春更才美，風流慕連理，耶溪一日，悠悠回首凝思，雲鬟烟鬢，玉佩霞裾，依約露妍姿，送目驚喜，俄迂玉趾，同仙騎洞府歸去，簾櫳窈窕戲魚水，正一點犀通，遽別恨何已。媚魄千載，教人屬意，况當時金殿裏（第七煞袞）

這曲子從排遍第七做起，詠西子的故事，此爲現在大曲之最長者，由此可知大曲乃是用幾個曲子連續來咏一件故事的，始終皆用一曲，如上例卽每節都是用「薄媚」，這個曲子的，采蓮都用采蓮；水調歌頭，都用水調。陳暘樂書說它的舞式「惟以一工獨進，但以手袖爲容，然一人舞前段，一人舞後段。」可見大曲是一人獨舞的，不過當中可以換人。這是大曲的體例。

大曲的樂器，據樂府雜錄，武林舊事，夢粱錄，可以作表如下：

- 大曲
  - 聲樂——歌板色。
  - 器樂
    - 絃樂器——琵琶、箏、稽琴、箜篌。
    - 管樂器
      - 金屬管樂器——篳篥。
      - 木製管樂器——笙、龍笛、頭管、笛、簫。
    - 擊樂器——大鼓、拍板、方響、杖鼓。

這是大曲所用的樂器。

宋史樂志稱天基聖樂所奏之大曲：

上壽 第十三盞諸部合萬壽無疆薄媚曲破（大曲）

初生 第一盞觱篥起萬歲梁州曲破齊汝賢（大曲）

舞旋色

第二盞觱篥起聖壽永歌曲子陸恩顯

第三盞唱延壽長歌曲子李文慶

第十盞諸部合齊天樂曲破

第五盞諸部合老人星降黃然曲破

第七盞鼓笛曲拜舞六么

第九盞諸部合無射宮碎錦梁州歌頭大曲

第十五盞諸合夷則羽六么

第十八盞合梅花伊州。

這是樂曲的秩序單，其中可以歌唱的，只有第二三疊兩次，可見大曲不定有歌，只奏樂器，即是只有樂譜而無樂詞。這是大曲的歌法。

大曲的體例既已知道，可以再說明大曲與詞的關係。第一詞的發生，完全是將大曲的歌譜填入文字。王灼說：

後世就大曲製詞者，類從簡省。

這就是說，後人以大曲填入文字，並且不再如大曲的聯合幾只曲子而爲一套，完全折取其中的一段一只爲詞。宋代詞中如柳永的六么令，晁無咎的梁州令，以及詞中的伊州令，石州引，大聖樂，皆是大曲中的片段而成爲詞的。所以詞的調名，有許多是出於大曲的。試取大曲和詞相同的調名列成一表：

唐代大曲	詞調名
水調歌	水調歌頭
伊州歌	伊州
陸州歌	
太和	
涼州歌	涼州
霓裳	霓裳中序
新水調	水調歌頭

宋代大曲	詞調名
梁州	梁州
齊天樂	齊天樂
萬年歡	萬年歡
劍器	劍器
薄媚	
大聖樂	大聖樂
伊州	伊州

詞	曲
石州	石州
保金枝	
延壽樂	
新水調	水調歌頭
採蓮	採蓮
大明樂	
胡渭州	胡渭州
泛清波	泛清波
賀皇恩	
六么	六么
長壽仙	長壽仙
降聖樂	
千春樂	
罷金鉦	
綵雲歸	綵雲歸
慶雲樂	
滿宮花	
道人歡	

二一

這是詞和大曲的關係，可以說詞是大曲中的一部份。此外，宋代大曲之中有二十曲爲慢曲：

帝壽昌慢　昇平樂慢　萬方寧慢　永遇樂慢　壽南山慢　戀春光慢

賞仙花慢　碧牡丹慢　上苑春慢　慶壽樂慢　柳初新慢　聖壽永慢

捧瑤卮慢　花梢月慢　福壽永康寧　慶壽新慢　長生寶宴　降聖樂慢

託嬌鶯慢　堯階樂慢　醉情花慢　縷金蟬慢　慶芳春慢　延壽曲慢

月中仙慢　壽爐香慢　慶簫韶慢

詞中的慢調，也是出於大曲的。這種慢調，夢粱錄及都城紀勝稱爲「小唱」。都城紀勝中說：

唱叫小唱，謂執板唱慢曲，曲破大率重起輕殺，故謂之淺斟低唱。

那末柳永之借慢調，也是因爲他的詞適合於「淺斟低唱」的緣故。

宋史載春秋聖節三大宴次序，第一皇帝升座，吹觱篥，衆樂和，又天基聖節所奏大曲第一盞觱篥起萬歲梁州曲破。足見觱篥是大曲中的主要樂器。大曲是合奏的，但在重要的地方卻用觱篥，而詞的音樂卻也以觱篥爲主，碧雞漫志，詞源等書都有記載，這也可以證明詞的源於大曲。

爲什麼大曲一變而爲詞呢？王灼碧雞漫志中說：「涼州排遍，予曾見一本有二十四段，後世就大曲製詞者，類從簡省，而管絃家又不肯從首至尾吹彈，甚者學不能盡。」這已解釋了大曲變爲詞的緣故了。大凡一種詞調本來和音樂有連帶關係的，它一脫離音樂，便會毀滅。詞之所以變成曲，終於成爲絕響者，也是失了音樂的緣故。

樂府已不可歌，所唱的是五七言絕句與律詩，音樂上既有變化，詩的格調再也不能適用於新的樂器之旋律，於是一變而爲長短句了。所以有一派人主張詞是詩的變體，所以稱詞做「詩餘」。朱熹在朱子語類中說：

古樂府只是詩，中間卻添許多泛聲。後來人怕失了那泛聲，逐一添個實字，遂成長短句，今曲子便是。

江順詒詞學集成引方培成香研居詞麈中底話說：

唐人所歌多五七言絕句，必雜以散聲，然後可被之管絃。……後來遂譜其散聲，以字句實之，而長短句興焉。故詞也者，所以濟近體之窮，而上承樂府之變也。

樂府之變成律詩的歌唱實在是暫時不得已的辦法，而使詩變成詞，實與當時樂制的複雜也很有關係，因爲詩的句式有一定，長短也有一定，歌唱時不易討好。所以詞變成式，一句有長短音節變成不整齊了。但是詞到後來也是有泛聲的，沈義父樂府指迷：

古曲譜多有異同，至一腔有兩三字多少者，或句法長短不等者，蓋被教師改換，亦有嘌唱一家多添了字。

所以詞的起源，乃是文人想變化樂調的一種嘗試，劉禹錫底春去也自注：「依憶江南曲拍爲句」，舊唐書中也說溫庭筠「能逐絃吹之音，爲側豔之詞」，完全隨各人自己變化。只要協律就好了。

舊說以爲李白底菩薩蠻是詞的始祖，這首詞見於尊前集，也有人說他底憶秦娥也是詞的始祖。但頗有人反對。徐釚詞苑叢談：

今詩餘名詞，江南外，菩薩蠻、憶秦娥稱最古，以草堂二詞出太白也。近世文人學士，或以爲贋作，予謂太白在當時直以風雅自任，即近體盛行，七言律鄙不肯爲，寧屑事此？且二詞雖工麗，而氣衰颯，於太白超然之致，不啻穹壤，藉令眞出青蓮，必不作如是語。詳其意調絕類溫方城輩，蓋晚唐人詞，嫁名太白耳。杜陽雜編云：「大中初，女蠻國貢雙龍犀明霞錦，其國人危髻金冠瓔絡被體，故謂之『菩薩蠻』。當時倡優遂歌菩薩蠻曲，文士亦往往效其詞。」南部新書亦載此事，則太白之世，唐尙未有斯題，何得預塡斯曲耶？又北夢瑣言云：「宣宗愛唱菩薩蠻詞，令狐相假飛卿所撰密進之，戒以勿洩，而遽言於人，由是疏之。」按大中卽宣宗年號，此詞新播，故人喜歌之。

又樂府詩集編載李白的歌辭，並收中唐的調笑憶江南等，而不及菩薩蠻與憶秦娥兩首，也是可疑之點。

此外尙有題白居易底長相思和如夢令，不見於長慶集。他序文中已說：「若集內無而假名流傳者，皆謬爲耳。」所以也不能深信。中唐詞除此之外，存於今日的，有三台調笑竹枝楊柳枝浪淘沙憶江南六調。早於此者，尙有張志和的漁歌子。但此調曲拍不可知，蘇軾說是不能歌的。李如箎也說：「漁父詞以鷓鴣天歌之，甚協音律，但語少聲多耳。」所以我們研究詞的原始形態，當以以上六調作標準。這六調之中，竹枝柳枝浪淘沙是純粹的七言絕句，不過加上了一個調名，三台也是六言絕句，可以不論。調笑一作調嘯，也作宮中調笑，或稱轉應曲：

胡馬，胡馬，遠放燕支山下。跑沙跑雪獨嘶，東望西望路迷。——迷路，迷路，邊草無窮日暮。

憶江南是白居易作的，劉禹錫依了白氏的曲拍，塡成春去也，都是以詞中字面作題目的。兩首題目雖異，而句式是同的。

江南好，風景舊曾諳，日出江花紅勝火，春來江水綠如藍。——能不憶江南？

春去也，多謝洛城人。弱柳從風疑舉袂，叢蘭挹露似霑巾。——獨坐亦含嚬。

但是詩的一變而長短句也不是白居易劉禹錫首創的，他們不過在文人中作一種提倡吧了。而民間早已有了類似詞曲的口頭文學，如六朝宋時的壽陽樂，已有長短句的格調了：

可憐八公山，在壽陽，別後莫相忘。」東臺百餘尺，凌風雲，別後不忘君。」梁長曲水流，明如鏡，雙林與郎照。」辭家遠行去，空爲君，明知歲月駛。」籠窗取涼風，彈素琴，一歎復一吟。」夜相思，望不來，人樂我獨愁。」長淮何爛漫，路悠悠，得當樂忘憂。」上我長瀨橋，望歸路，秋風停欲度。」銜淚出傷門，壽陽去，必還當幾載？」

唐代民間的曲子，在燉煌石室中所發現的，已完全如唐代末年所盛行的詞調了。寫得最好的要算雀踏枝一首：

叵耐雲鵲多滿語，送喜何曾有憑據？幾度飛來活捉取，鎖上金籠休共語。比擬好心來送喜，誰知鎖我在金籠裏。欲他征夫早歸來，騰身却放我向青雲裏。

其中描寫閨中思婦的心情非常活躍。此外尚有小令如長相思，魚歌子等等，而風歸雲偏第一首更饒婉曲的風趣：

征夫數載萍寄他邦，去便無消息，累換星霜。月下愁聽砧杵，擬塞雁行。孤眠帳裏，往勞魂夢，夜夜飛颺。想君薄行，更不思量，誰爲傳書與妾，？腸倚牖無言垂血淚，暗祝三光。萬般無奈處，一爐香盡，又更添香。（風歸雲偏之一）

蕩子他州去，已經新歲未還歸。堪恨情如水，到處輒狂迷，不思家國。花下遙祝神明，直至於今，抛妾獨守空闈。上有穹蒼在，三光也合遙知，倚幌幛坐，淚流點的金粟羅衣，自嗟薄命緣業。至於思乞求待見面，誓不辜伊。（拜新月）

春雨微，香風少，簾外鶯啼聲聲好。伴孤屏，微語笑，寂對前庭悄悄。當初去向郎道，莫保青娥花容貌。恨惶交，不歸早，教妾口在煩惱。（魚歌了）

侶客在江西，富貴世間稀，終日紅樓上口口舞著棋。頻頻滿酌醉如泥，輕輕更換金巵。盡日貪歡逐樂，此是富不歸。

哀客在江西，寂寞自家知。塵土滿面上，終日被人欺。朝朝立在市門西，風吹淚口雙垂。遙望家鄉長短，此是貧不歸。

作客在江西，得病臥毫釐。還往觀消息，看看似別離。村人曳在道傍西，耶孃父母不知。口上劉排書字，此是死不歸。

羅振玉敦煌掇拾記中說長相思雀踏枝寫心經紙背，譌字甚多。又有天仙子一闋，王國維以爲是文人之作：

燕語鶯啼三月半，煙蘸柳條金線亂；五陵原上有仙娥，攜歌扇，香爛漫。留住九華雲一片，犀玉滿頭花落面，負妾一雙偷濕眼，淚珠若得似眞珠，招不散，知何限，串向紅絲應百萬！

因爲文人不滿於民間歌詞的俚俗，於是一轉而爲文人之詞，於是詞這一體，乃被人注意。歐陽炯花間集篇序中所謂「自南朝之宮體，扇北里之倡風，何止言之不文，所謂秀而不實。」已是對於民詞的俚俗，大下攻擊了。

到了宋代民間詞與文人詞並盛，而文人詞既盛行，又將民歌大加指斥，沈義父樂府指迷說：

秦樓楚館所歌之詞，多是教坊樂工及市井做賺人所作，只緣音律不差，故多唱之。求其下語用字，全不可讀，甚至詠月却說雨，詠春却說涼。如花心動一詞，人目之爲一年景。又一詞之中，顚倒重複，如曲游春云「臉薄難藏淚，過去哭得渾無氣力」。結又云：「滿袖啼紅，」如此甚多，乃大病也。

自從文人致力於詞，自從政府命令樂官以詞作樂以後，民間的詞調漸漸沒落，而文人之作便大盛了。

第三章　宋代大曲隊舞與北曲的關係

大曲是歌舞相兼的樂曲，樂府詩集：

> 諸調曲皆有辭、有聲，而大曲又有趨、有豔、有亂。豔在曲之前，趨與亂在曲之後。亦猶吳聲西曲，前有和，後有送也。

而陳暘樂書記載更詳「優伶常舞大曲，惟一工獨進，但以手袖爲容，踏足爲節，然大曲前緩疊不舞，至入破則羯鼓、襄鼓、大鼓與絲竹合作，句拍益急，舞者入場，投節制容，變態百出。」

大曲南北朝已有這名目了。宋代大曲見於文獻通考及宋史樂志，教坊所奏，凡十八調四十大曲。他是後來詞曲的先河。大曲以舞爲主體，據武林舊事所載，可列如下表：

歌
- 『御酒』歌板色一名唱中腔
- 一遍訖，笙簫各一和之又一遍
- 衆樂齊舉，獨聞歌者之聲

舞
- 舞曲破前攧一遍舞者入場至歇
- 拍續一人入場對舞數拍，前舞者
- 退獨後舞者終其曲，謂之舞末。

大曲{樂器——箏 簫 大鼓 拍板 歌板 琵琶 箏 方響 笙 龍笛 頭管 鼓杖 嵇琴 簫
服裝——諢裹寬衫

王國維說：

齊東野語謂樂府混成集所載大曲多至百餘解，則宋之大曲，固不止此。則僅有聲調不足以饜吾人之欲，必於聲調之外，譜之以詞，而譜詞最多者，厥爲葛守誠，葛詞今已不傳，其內容不知如何。更進一步，不僅以大曲塡詞爲足，更取大曲中之某一調以譜一人或一種之故事，此即宋代譜故事之大曲。如董穎薄媚及曾有水調及壽鄉詞等是也。由有故事之大曲，更進而爲宋代雜劇。

所以北曲的遠祖，實始於大曲。試取金院本和宋雜劇與大曲作一比較，便可知其演化之迹。

大曲	宋雜劇	金院本
梁州	食店梁州	
瀛府	賭錢望瀛府	劉頁瀛府
萬年歡	喝貼萬年歡	賀貼萬年歡
劍器	霸王劍器	
薄媚	鄭生遇龍女薄媚	
延壽樂	義養娘延壽樂	撍綵延壽樂
伊州	裴少俊伊州	酒樓伊州
石州	和尚那石州	
大明樂	三爺老大明樂	
采蓮	雙孝采蓮	
胡渭州	看燈胡渭州	
泛清波	能知他泛清波	
六么	雙攔哮六么	
道人歡	大打調道人歡	送宣道人歡
彩雲歸	夢汪山彩雲歸	
長壽仙	打勘長壽仙	抹麵長壽仙

北曲受大曲的影響者是樂曲，它的組織，則是由隊舞演變而成的。所以我們先得認淸大曲與北曲的調名。

北曲的調名，有許多是出於大曲的，如黃鐘之降黃龍袞；正宮之小梁州、六么遍；大石之催拍子；小石之伊州遍；仙呂之八聲甘州、六么序、六么令；中呂之普天樂、齊天樂；南呂之梁州第七。不特北曲如此，南曲中的劍器令、八聲甘州、梁州令、齊天樂、普天樂、催拍、長壽仙、大勝樂、薄媚、梁州序、降黃龍、入破、出破、薄媚曲、新水令，也是出於大曲的。可見大曲實唐宋樂調之總匯，南北曲皆由此而變成的。

再就舞隊言之，宋史樂志：

隊舞之制，其名各十，小兒隊凡七十二人：一曰柘枝隊；二曰劍器隊；三曰婆羅門隊；四曰醉鬍騰隊；五曰諢臣萬歲樂隊；六曰兒童感聖樂隊；七曰玉兎渾脫隊；八曰異域朝天隊；九曰兒童解紅隊；十曰射雕回鶻隊。女弟子隊凡一百五十三人：一曰菩薩蠻隊；二曰感化樂隊；三曰抛球樂隊；四曰佳人剪牡丹隊；五曰拂霓裳隊；六曰採蓮隊；七曰鳳迎樂隊；八曰菩薩獻香花隊；九曰綵雲仙隊；十曰打球樂隊。

服裝則各隊不同。如佳人翦牡丹隊，穿紅生色砌衣，戴金冠，翦牡丹花。史浩鄮峯眞隱漫錄中載有劍舞的格式，有唱辭，也有動作，今錄之。

二舞者對廳立裀上……樂部唱劍器曲破，作舞一段了，二舞者同唱霜天曉角：『瑩瑩巨闕，左右凝霜雪；且向玉階掀舞，終當有用時節唱徹，人盡說，寶此剛不折，內使奸雄落膽，外須遣豺狼滅』

樂部唱曲子作舞劍器破一段。舞罷二人分立兩邊，別二人漢裝者去對坐，桌上設酒宴，竹竿子念：『伏以斷蛇大澤，逐鹿中原，佩赤帝之眞符，接蒼姬之正統。皇威既振，天命有歸，暈勢雖盛於重瞳，度德難勝於隆準。鴻門設會，亞父輸謀，徒矜起舞之雄姿，厥有解紛之壯士。想當時之賈勇，激烈飛揚，宜後世之效顰，廻翔宛轉，雙鸞奏技，四座騰歡』

樂部唱曲子，舞劍器曲破一段，一人左立者上裀舞，有欲刺右漢裝者之勢，又一人舞進，前翼蔽之，舞罷，兩舞者並退，漢裝者亦退。復有兩人唐裝者出，對坐，桌上設筆硯紙，舞者一人，換婦人裝立裀上，竹竿子念：『伏以雲裳聳着，蛙霧縠罩香肌，袖翻紫電以連軒，手握青蛇而的皪，花紅下游，白躍錦裀上，蹌鳳來儀，逸態橫生，瑰姿譎起，領此入神之技，誠爲駭月（觀）巴女心驚，燕姬色沮，豈唯張長史草書大進，抑亦杜工部麗句新成，稱妙一時，流芳萬古，宜呈雅態，以洽濃歡』

樂部唱曲子，舞劍器曲破一段，作龍蛇蜿蜒曼舞之勢，兩人唐裝者起，二舞者一男一女對舞，結劍器波徹，竹竿子念，『項伯有功扶帝業，大娘馳譽滿文場，合兹二妙甚奇特，欲使嘉賓釂一觴，霍如羿射九日落，矯如羣帝驂龍翔，來如雷霆收虎怒，罷如江海含晴光，歌舞既終，相將好去。』

念了，二舞者出隊。

可見這戲可分爲兩截，第一段是項莊舞劍，第二段是公孫大娘舞劍。這和雜劇便相去不遠。隊舞的組成，可以分作兩大類：

1. 重疊樂跳舞的——如採蓮太淸柘枝花舞。

2. 重表演的——如漁父舞、劍舞。

據宋史樂志所載，太宗自製大曲十八曲，而淸凌廷堪燕樂考原列其十二曲爲隊舞大曲：

平戎破陣樂	正宮
大宋朝歡樂	中呂宮
垂衣定八方	道調宮
平晉普天樂	南呂宮
甘露降龍庭	
宇宙荷皇恩	黃鍾宮
嘉禾生九穗	雙調
金枝玉葉春	小石調
大定寰中樂	歇指調
大惠帝恩寬	林鍾商
萬國朝天樂	越調

元劇所用之調，依周德清中原音韻所記，有黃鐘宮、正宮、大石調、小石調、仙呂、中呂、南呂、雙調、越調、商調、商調角、般涉調。雖有不同，但卻是不出於這十二調。

北曲的第一折「關目」，似大曲之「口號」。王文誥蘇東坡帖子詞口號六十五首注云：

> 口號乃樂語部內之一種（中略）內別致語口號，皆教坊詞，後有勾合曲，勾小兒隊，隊名，問小兒隊，小兒致語，勾雜劇，放小兒隊，及勾女童隊，隊名，問女童隊，女童致語，勾雜劇，放女童隊，各詞，與致語口號，合爲一部；致語口號者，乃排場之始，敍此日之樂也，口號既畢，而後勾合曲，勾者，勾出之也。既奏勾合曲，而後教坊合樂。樂畢，勾小兒隊，入隊，而後演其隊名，且問其入隊之來意？故小兒又致語：蓋因問以陳此日之煩辭，與前之致語合成章法也，既訖，事始勾雜劇，雜劇出而無所不有，科諢戲謔，寓諷寓諫，皆教坊主之，及終則放小兒隊，謂放之使還，而樂終也，如或勾女童隊，則又再起，合兩部爲一部也，故凡集中所載教坊各詞，乃一部之綱領，而教坊之般演，並不在此，惟是日之所以爲樂而因之提倡，則系乎此也

劍舞中亦有致語口號，初段中二舞者自念一段，即致語：

> 「伏以五行擢秀，百鍊呈功，炭熾紅爐，光噴星日，硎新雪刃，氣貫虹霓。斗牛間紫霧浮遊，波濤裏蒼龍締合，久因佩服，粗習迴翔，茲聞閬苑之蓬心來會瑤池之重客，輒持薄技，上侑清歡，未敢自專，伏候處分。」

實即一劇的開場白。北曲定場白先以數句詩語開始，次爲口語之獨白，述一身之經歷或心事，再接以本事，實由此演化而來。不過宋代隊舞是以駢文作致語的。蘇軾的口號帖子詞中亦有用詩句的。

與隊舞相似而同名的，尚有所謂「傳踏。」王國維氏疑與隊舞爲同一性質。傳踏之組織，實近金代之諸宮調而和北曲之組織有關係。「傳踏」亦作「轉踏」，亦作「纏達」，以若干曲連續咏故事。碧鷄漫志說石曼卿作拂霓裳轉踏，述天寶遺事。足見這是作敘述故事用的。樂府雅詞有鄭僅調笑轉踏：

良辰易失，信四者之難倂，佳客相逢，實一時之盛會。用陳妙曲，上助清歡，女伴相將，調笑入隊。

秦樓有女字羅敷，二十年未滿十五餘。金鐶約腕攜籠去，攀枝折葉城南隅。使君春思如飛絮，五馬徘徊芳草路。東風吹鬢不可親，日晚蠶飢欲歸去。

歸去，攜籠女，南陌春愁三月暮。使君春思如飛絮，五馬徘徊頻駐。蠶飢日晚空留顧，笑指秦樓歸去。

石城女子名莫愁，家住石城西渡頭。拾翠每尋芳草路，採蓮時過綠蘋洲。五陵豪客青樓上，醉倒金壺待清唱，風高江闊白浪飛，急催艇子操雙槳。

雙槳，小舟蕩，喚取莫愁迎疊浪。五陵豪客青樓上，不道風高江廣，千金難買傾城樣，那聽繞梁清唱？

繡戶朱簾翠幕張，主人置酒宴華堂，相如年少多才調，消得文君暗斷腸，斷腸初認琴心挑，么絃暗寫相思調，從來萬曲不關心，此度傷心何草草。

草草，最年少，繡戶銀屏人窈窕，瑤琴暗寫相思調；一曲關心多少，臨卬客舍成都道，苦恨相逢不早！

（放隊）「新詞宛轉遞相傳，振袖傾鬟風露前，月落烏啼雲雨散，游人陌上拾花鈿。」

夢粱錄：「在京時，只有纏令纏達，有引子尾聲爲纏令，引子後只有兩腔，迎互循環，間有纏達。」勾隊在北曲變爲引子，放隊變成了尾聲。

大曲傳踏一變而爲諸宮調。王國維說：「宋人所用大曲傳踏，不過一曲，其在同一宮調中甚明。唯此（指諸宮調）每宮調中多或十餘曲，少或一二曲，卽其他宮調，合若干宮調以咏一事，故謂之諸宮調。」董解元的絃索西廂，卽是屬於諸宮調之一種。例如

黃鐘宮：出隊子：最苦是離別，彼此心頭難棄捨，鶯鶯哭得似癡呆，臉上啼痕都是血，有千種恩情何處說？夫人道天晚教郎疾去，怎奈紅娘心似鐵。把鶯鶯扶上七香車，君瑞攀鞍空自攧，道得個寃家寧奈些。

尾：馬兒登程，坐車兒歸舍，馬兒往西行，坐馬兒往東拽，兩口兒一步離得遠如一步也。

仙呂調：點絳唇纏令：美滿生離，據鞍兀兀勞腸痛，舊歡新寵，變作高唐夢，回首孤城，依約青山擁，西風送，戍樓寒重，初品梅花弄。

瑞蓮兒：衰草淒淒一徑通，丹楓索索滿林紅。平生蹤跡無定著，如斷蓬，聽寒鴻啞啞的飛過暮雲重。

風吹荷葉：憶得枕鴛衾鳳，今宵管半壁兒沒用。觸目淒涼千萬種，見滴流流的紅葉，淅零零的微雨，率剌剌的西風。

尾：驢鞭半裊，吟肩雙聳，休問離愁輕重，向個馬兒上駝也駝不動。

仙呂調：賞花時：落日平林噪晚鴉，風袖翩翩催瘦馬，一徑入天涯，荒涼古岸，衰草帶霜滑。瞥見個孤林端入畫，籬落蕭

疏帶淺沙，一個老人們捕魚蝦，橫橋流水，茅舍映荻花。

：尾駝腰的柳樹上有魚槎，竿風旆茅上掛。淡烟簫洒，橫鎖着兩三家。

這簡直是和北曲差不多了。所以北曲的來源，一方是源於宋代雜劇，而與大曲隊舞傳踏也不無關係。我可以作一簡單的表格如下。

北曲
- 表演——源於宋雜劇。
- 組織——源於傳達及隊舞。
- 音樂——源於大曲。

第四章 南北曲的淵源

北曲盛於元，南曲盛於明但是南曲卻並不後起於北曲，兩者同起源於宋代。鹽谷溫在支那文學概論一書中說：

汴京陷落，爲中國聲曲史上劃一時期，實後世南北曲之分歧點。宋樂『汴京』流入於金，爲金元北曲之先驅，其傳於南方者，遂爲南曲之淵源。

王國維也說：「宋金之所謂雜劇院本者，其中有滑稽劇，有正雜劇，有豔段有雜班，又有種種技藝遊戲，其所用之曲，有大曲有法曲有諸宮調有詞，其名雖同，而其實頗異。至成一定之體段，用一定之曲調，而百餘年間無敢踰越者，則元雜劇是也。」又說：「南戲之淵源於宋，殆無可疑。……其淵源所自，或反古於元雜劇。」足見南北曲都自淵源於宋代的。

明李日華紫桃軒雜綴中說：「張鎡字功甫，循王之孫。豪侈有清尚，嘗來海寧，令歌兒爲新聲，所謂海寧腔也。」這是以爲南戲出於宋末的話。而徐渭南詞敍錄中有更明白的記載：

南戲始於宋光宗朝，永嘉人所作趙貞女王魁兩種。其曲則宋人詞，而益以里巷歌謠。

南北曲既淵源於宋，所以我們要知道南北曲的歷史，必先明白宋代的雜劇。夢粱錄：「教坊十三部，唯以雜劇爲正色」，所以他的內容可以分作三部：音樂有篳篥部、大鼓部、拍板部、歌板部、琵琶色、箏色、方響色、笙色、龍笛色、頭管色。跳舞有舞旋色。表演有雜劇色、參軍色。而武林舊事中說：「參軍色念致語，雜劇色念口號」，可見歌舞與雜劇到宋代已經分化。莊獄委談：

> 唐制自歌人之外，特重舞隊，此外俳優雜劇，不過以供一笑，其用與傀儡不甚遠，宋世亦然，南渡稍見淨丑之目。

又說：「崔蔡二傳奇出，演習梨園，幾半天下，雖有衆樂，無暇雜陳矣。」可見南宋以後，雜劇有了特立性，而且更繁複化了。

以後，單是與音樂脫離關係的雜劇，又分化爲兩種，假裝而無動作者叫做「雜扮」，有動作的才叫「雜劇」。武林舊事列「劉景長」「茀山重」等爲雜劇，而以「江魚頭」「兔兒頭」「小橘皮」等爲雜扮。可見前者或是有故事性的，而後者只是一種有趣的假裝而已。所以雲麓漫鈔中說：「近日優人作雜班，似雜劇而簡略」，可以證明上列論斷的不致會有什麼錯誤了。

但宋代雜劇既不全是歌舞，而故事的演出，仍係歌白，參軍色即係當時樂隊的指導，所謂「致語」，大約即係上演時的開場白。吳師賢進雜劇致語：「臣等生逢華旦，叨預伶官，輒采聲詩，恭陳口號。」即上場白也。結局有「合思意」卽北曲之「題目正名」南曲之「下場詩。」所以一劇自有起訖，夢梁錄有一段文字記載雜劇上演時的情形：

雜劇色皆諢裹各服本色紫緋綠寬衫，義襴鍍金帶自殿陛對立，直至東栅，每遇供舞戲則排立叉手，舉應右肩，動足應拍，一舉手舞，謂之按曲子。……舞曲破攧前一遍舞者入至歇拍，續一人入對舞數拍前舞者退，獨舞者終其曲謂之舞末。

此但就動作舞蹈言之，大概是指雜劇中插入的舞段而言的。武林舊事稱雜劇「爨」「四孤」「孤」「妲」「孤慘」「雙慘」「酸」「三孤慘」「雙妲」之名，其實其中只有「妲」「爨」二種名稱。參見第六章。

所以宋代雜劇演歌舞與表演動作者成爲相對的兩派。而尙是歌唱的佔多數。例如六么，碧鷄漫志：「六么」一名綠腰，雲韶部大曲及宋史樂志教坊所奏曲，皆有綠腰。」凌廷堪燕樂考源中說：

七羽一均爲么絃，楚入以小爲么，羽弦最小，故聲之繁急者爲之么絃側調七羽除高般涉調不用外，尙有六調，故謂之六么，後因以爲曲名。

白居易琵琶行中也有「初爲霓裳後六么」之句，所以這是音樂名，可見這雜劇是歌舞劇。其他如梁州也是曲名，所以四僮梁州二索梁州法事饅頭梁州四哮梁州等等也是舞劇。其他如相如文君王宗道休妻概是故事劇，而不知屬於何調。又如百花爨大孝經孫爨說月爨等，但知其爲「爨」之戲，而亦不明白它性質的如何。其他宋代雜劇依名稱來分類，尚可分作八類：

A. 爨——三十拍爨、天下太平爨、風花雪月爨等。

B. 孤——思鄉早行孤、大暮攻孤、小暮攻孤等。

C. 妲——老孤遣妲、襤哮店休妲等。

D. 孤慘——雙孤慘、三孤慘等。

E. 酸——眼藥酸、襤哮負酸、急慢酸等。

F. 淡——論淡、醫淡等。

G. 雙慘——小雙慘、大雙慘等。

H. 霸王兒——入廟霸王兒、單調霸王兒等。

宋代雜劇可考者大概如此，再看金代的「院本」。

「院本」其實和雜劇是名異實同的東西。輟耕錄中說：「金有院本雜劇諸宮調，其實一也。」且看金代的所謂院本，與宋雜劇的異同：

院本的表演，大概可以分作兩種，一種是和說書相仿的，而另一種則是動作。陶宗儀輟耕錄載有「上皇院本」大約是屬於說書一類而專述君王的故事的。有「題目院本」據高承事物紀源是記王公及閭巷的故事，也是和說書一類。「霸王院本」「衝撞引首」「拴搐豔段」則疑是注重於表演的。王國維云：「自此目觀之，甚與宋官本雜劇段數相似而複雜過之，」是的，這是金院本的進化。院本如何表演，現在很少有考據的資料，水滸傳雷橫枷打白秀英一段中卻說到「院本，」次之周憲王雜劇中也有一段記載。大概前者是說書的一種，而後者是表演的一種：

> 雷橫逕到勾欄裏來看，……看戲台上却做笑樂的院本，院本下來，只見一個老兒，裹着磕額兒項巾，穿着一件領茶褐羅衫，繫一條皂絛，拿把扇子，上來開科道：『老漢是東京人氏白玉喬的便是。如今年邁，只憑女兒秀英歌舞吹彈，普天下伏侍看官』鑼聲響處，那秀英早上戲台參拜四方，拈起鑼棒如撒豆般點動，拍下一聲界方，念出四句七言詩道：『新鳥啾啾舊鳥歸，老羊羸瘦小羊肥，人生衣食眞難事，不及鴛鴦處處飛。』……那白秀英道：『今日秀英招牌上明寫着這場話本，是一段風流蘊藉的格範喚做豫章城雙漸趕蘇卿。』說了開話又唱，唱了又說，……那白秀英唱到格頭，這白玉喬按喝道：『雖無買馬博金藝，要動聰明鑑事人。看官喝采已過去了，我兒且下來。這一面便是襯交鼓兒的院本。』

此處可注意的是「笑樂院本，」大概指滑稽戲而言的。主角是一個先拈鑼棒念七言詩開場接着唱了又說，說了又唱的女子，而另有一個人來「開科，」可見一個卽是宋代的參軍色「開科」類似「致語」而念詩卻是雜劇色的口號了。這與近日的說大鼓相似，但對於音樂卻沒有詳盡的記載，或者金代已不復如宋代的在劇中插入大段舞蹈了。至於白秀英所表演者，非口講故事，乃是「唱了又說，說了又唱」則已開南北曲「唱」「白」「科」三者分化的先聲。再看周憲王雜劇中所記：

淨同捷譏，副末末泥上相見了，做長壽仙獻香添壽院本上。捷云：「歌聲繞住。」末泥云：「絲竹暫停。」淨云：「俺四人佳戲上前，」副末云：「道甚清才謝樂。」捷云：「今日雙秀士的生日，你一人要一句添壽的詩。」捷先云：「檜柏青松長四時，」副末云：「仙鶴仙鹿獻靈芝。」末泥云：「瑤池金母蟠桃宴。」淨云：「都活一千八百歲。」副打云：「這言語不成文章，再說……」

後各唱醉太平一曲而畢。這例和白秀英的院本不同，第一是腳色的衆多，第二是有動作表演的，不但說唱。可見這是表演的院本和南北曲更多相似之處。

院本其實只是宋代雜劇的放大，雜劇的進化。據輟耕錄，院本之內容如下：

A. 以腳色言：

1.「爨」——宋代雜劇已有之，院本更多。但其中似又有各種不同，如講百花爨似爲說書式的院本。

打王樞密爨似是表演的院本，已較宋代爲複雜了。

2. 孤——輟耕錄所載之十一種皆雜劇所無。如百淺孤、喬託孤等。

3. 酸——另有謁食酸、狗皮酸等。

4. 旦——另有毛詩妲、

5. 酸孤旦——又有酸賣徠。

B. 以音調言：

1. 法曲——較宋劇多月明法曲、鬧夾棒法曲等。

2. 伊州——多背箱伊州等。

3. 新水——與宋雜劇同。

4. 熙州——同上。

5. 瀛府——列良瀛府，宋雜劇無。

6. 逍遙樂——多四皓逍遙樂、四酸逍遙樂。

7. 萬年歡　有賀貼萬年歡，與雜劇唱貼萬年歡不知是同否。

8. 降黃龍——與雜劇同。
9. 六么——鬧夾棒六么爲雜劇所無。
10. 道人歡——宋雜劇無之。
11. 延壽樂——同上。
12. 長壽仙——同上。
13. 雙聲疊韻——同上。（輟耕錄入「拴搐豔段」中，不知是何種性質。）

C. 說書式之院本：（宋雜劇不見此類）

1. 上皇院本——如春從天上來、萬歲等。
2. 題目院本——如夢周公、賀方回等。
3. 諸雜砌——梅妃、武則天、黃巢等。

D. 「衝撞引首」（宋雜劇無之，此類大概是以表演爲主的院本。）

1. 含有故事的——如說狄青、蔡伯喈等。
2. 以歌曲爲主的——如調笑令、柳青娘、搗練子等等。

3. 雜藝——學像生、歇後語、難古典等。

E. 一捻搐豔段」（宋雜劇無之，輟耕錄云：「又有豔段亦院本之意但差簡耳。」）那末，這一類實在即是院本，不必另立一類。此中演歷史故事者如罵呂布，以「豔」字作名者如打虎豔。此外尚有雜名四種：

天下太平　天長地久　春夏秋冬　鬬百草

H. 霸王（雜劇有此名稱作「霸王兒」但其中悲怨霸王范增霸王等。恐係演楚霸王之故事者。）

以上分類或以名目分，或以內容分，因爲不易知道它的內容，姑且如此分列。我們看了上面的分類，可以知院本完全是淵源於宋代雜劇而繁衍起來的。由雜劇而院本，由院本而南北曲，其間的演變之迹，不難分辨出來。

由上所論，南北曲的開場與下場在院本中已齊備了，而「表演」「說白」「歌唱」三者在院本中已逐漸分化了，再就故事的內容言之，第十四章中解釋北曲的故事，有許多是源於宋代雜劇與金代院本的。如吳昌齡的張天師斷風花雪月，宋官本雜劇中有風花雪月爨，金院本亦有風花雪月。宋末又有戲文王魁。南詞敍錄入之南戲中，宋官本雜劇有王魁三鄉題，而永樂大典南戲有趙氏孤兒報寃記，亦與北曲趙氏孤兒同出一源。大抵宋代故事之名者，無論南北曲皆取作題材，又以其所唱之歌詞而言，北曲的六么遍六么序六么令題與雜劇之六么有關。王國維又稱北曲出於諸宮調各曲者有二十八：

出隊子，刮地風，寨兒令，神仗兒，四門子，文如錦，啄木兒煞。脫布衫，荼蘼香，巨翼蟬煞，賞花時，勝葫蘆，混江龍，醉仙客，石榴花，鶻打兔，喬捉蛇，一枝花，牧羊關，攪箏琶，慶宣和，鬥鵪鶉，青山石，憑欄人，雪裏梅，耍孩兒，牆頭花，急曲子，麻婆子

其他如六國朝，曾敏行獨醒雜志稱宣和時已有此曲；憨郭郎見樂府雜錄；唐楊大年也有詩稱「鮑老當筵笑郭郎。」則宋亦有之。叫聲，出於宋京師之叫賣。快活三是宋代關撲。鮑老兒亦見楊大年詩。喬捉蛇，同金人院本，撥不斷也是宋代歌辭。足見北曲淵源於宋雜劇與金院本無疑。

又以北曲諸曲配置的方法說，王國維以爲元劇仙呂宮正宮中曲，用宋「纏達」之體。夢梁錄：「宋之纏達，引子後只有兩腔，迎互循環。」如鄭廷玉看錢奴買冤家債主第二折：

正宮端正好　滾繡球　倘秀才　滾繡球　倘秀才　滾繡球　倘秀才　滾繡球　倘秀才　塞鴻秋　隨煞

端正好即纏達中的引子，以「滾繡球」「倘秀才」相循環，至於四次，而隨煞則爲尾聲。元劇張千替殺妻亦同：

端正好　滾繡球　倘秀才　滾繡球　倘秀才　滾繡球　倘秀才　滾繡球　叨叨令　尾聲

不過將寒鴻秋改作叨叨令罷了。這也是北曲出於宋金雜劇本的一個證據。

再就南曲來說，它和古劇的關係，似比北曲爲密切。現存古南戲見於南詞敘錄中。據王國維說，南曲調名，出於金諸宮調者十三：

勝葫蘆、美中美、石榴花、古輪台、鵲打兎、痲婆子、荼蘼香傍拍、一枝花、出隊子、神仗兒、啄木兒、刮地風、山痲楷。

出於南宋唱賺者十：

賺、薄媚賺、黃鐘賺、本宮賺、梁州賺、入賺等。

其他如紫蘇丸乃北宋叫聲之遺，好女兒、縷縷金、越恁好均爲南宋賺詞。又如太平歌、劉袞、四國朝、破金歌、大迓鼓、杵歌，都是宋金的舊曲。

再以歌唱方法言之，東京夢華錄載宋雜劇吹曲吹斷送，謂之把色。以張叶狀元戲文證之，實有宋代雜劇之遺風。茲舉其第二齣用斷送把色一段：

生上白　訛末。衆喏。生　勞得謝送道呵。衆相煩那子弟。生後行子弟饒個燭影搖紅斷送。衆動樂器。　生踏場　調數　生白

（望江南）多忔戲本事實風騷，使拍超烘非樂事，築球打彈漫徒勞，沒意品笙簫。諳諢切，酢酢伎歌謠。出入須還詩斷送，中間惟有笑偏饒，教看眾樂陶陶。唱過來聽得一派樂，不知誰家調弄？眾燭影搖紅。生暫措軋色。（軋色當作「把色」。依青木正兒說）眾有生唱能學個張狀元似像，眾謝了。生畫堂俏最堪宴樂，綉簾垂隔斷春風，波豔豔盃行泛綠，夜深深燭影搖紅。

……

此例，南戲中不多見。但已足證明它與宋雜劇的關係了。王國維也說：

> 南戲之曲名，出於古曲者，其多如此。至其配置之法，一劇中不以一宮調之曲爲限，頗似諸宮調，其有一齣首尾只用一曲，終而復始者，又頗似北宋之傳踏。又琵琶記中第十六齣，有大曲一段，凡七遍，雖失其曲名，且其各篇之次序與宋大曲不盡合，要必有所出。可知南戲之曲，亦綜合舊曲而成，非出一時之創造也。

今存最古之南戲，僅荊劉拜殺琵琶記劇，但是他和元雜劇及古劇均有相當的關係。白兔記演李三娘的故事，但元劉唐卿已有李三娘麻地捧印；殺狗記，蕭德祥有王翛然斷殺狗勸夫；拜月亭，關漢卿亦有閨怨佳人拜月亭，王實甫有才子佳人拜月亭。琵琶記是宋代已有的民間傳說，陸游詩有「身後是非誰管得，滿村聽唱蔡中郎」之句，元岳伯川李鐵拐雜劇中有「你學那守三貞趙眞女，羅裙包土將墳台建」之句，可見元初已有此戲。現今存之琵琶記第一齣末了，有二句：「有貞有烈趙眞女，全忠全孝蔡伯喈，」與北曲之題目正名相同。足見南北曲是同時並起的戲曲，而它們和宋雜劇金院本有莫大的關係。

王國維以爲南曲出於南宋之戲文，與雜劇無涉。但此說據日本人青木正兒所反對。他以爲戲文一語，當爲元人初呼南宋舊雜劇之語，決非與雜劇爲別種之劇。呼南戲爲戲文，起於元代，宋人本無此稱呼。不過，南宋雜劇之變爲南戲，中間曾受金院本及諸宮調的影響，所以其中相差甚遠，而與諸宮調很相近似。但諸宮調與雜劇之接觸，宋金已有之，如宋雜劇諸宮調霸王、諸宮調劫母兒等，所以南北曲雖然由宋雜劇變來，已比前期的戲曲已進步更繁雜了。這也是戲曲演變中自然的趨勢。

第五章　所謂「散曲」

「散曲」是與「劇曲」對稱的名詞。「劇曲」有科，有白；而「散曲」卻只有「小令」和「套數」。所以散曲實在是從劇曲圈子裏跳出來的東西；宅底價值，與詩和詞一樣，有着獨立的文藝性。

曲的小令，大都是各首爲韻的，而散套不論長短，全套一定得叶律。所以散套也可說是許多同韻的小令之組合，例如馬致遠的壽陽曲山市晴風便是一首絕妙的小令：

花村外，草店西，晚霞明雨收天霽。四圍一竿殘照裏，錦屏風又添鋪翠。

宅可以各自獨立，和詞詩的各自成首一樣。但散套卻比較冗長而繁複。試舉劉東生芙蓉四時閨怨一套中夏冬二季調作例：

燕將雛，逢初夏，夢斷華胥，風弄簷馬，鬧扃了刺繡窗紗。香消寶鴨，那人在何處貪歡耍？空辜負沉李浮瓜。寂寞，厭池塘鬧蛙。庭院日長偏憐我，枕簟上夜涼。不見他多嬌姹，愛風流俊雅。猛倚闌干，猛思容顏勝荷花——四時閨怨之山漁燈犯

漸迤逗寒侵繡榻，早頃刻雪迷了鴛瓦。自恨今生分緣寡，紅爐畔共誰閒話？晚粧罷，托香腮悶加，膽瓶中懶添雪水浸梅花——四時閨怨之朱奴插芙蓉。

其中春夏秋冬四季的闋調均是同用一韻的。由此可以分別「小令」與「散套」之不同了。

散曲盛於元明之間，正是北曲的全盛時代，小令與散曲的先行發達，正如詞的小令產生於慢詞之前一樣。同時也可以說元曲的小令是淵源於詞之小令的。試錄王實甫的小令一則作例：

> 怕黃昏不覺又黃昏，不消魂怎地不消魂？新啼痕壓舊啼痕，斷腸人憶斷腸人。今春香肌瘦幾分，摟帶寬三分。

竟和五代時的小令差不多。但是也有人說「詞」雅而「曲」俚俗，後來的小令和詞的小令不同。當然，詞在後來典雅化了，而曲仍在俚俗的路上走，這也是因為曲作表演時用，不能驟改典雅的緣故。試取北宋柳耆卿（永）及南宋劉過諸人的詞來看，也有許多俗語在內的。足見詩的變為詞，一半也由於適應大衆的需要的原故。例如阮閎的洞仙歌，竟和散曲的作風差不多：

> 趙家姊妹，合在昭陽殿，因甚人間有飛燕？見伊底，盡道獨步江南；便江上，也何曾慣見？惜伊情性好，不解嗔人，長帶桃花笑時臉。向尊前酒底，見了須歸，似恁地，能得幾回細看？待不眨眼兒覷着伊，將眨眼工夫看伊幾遍！

散曲的套數，是從宋代的大曲演變出來的，元人最長的套數，如劉致上高司監正宮端正好有三十四調之多。北曲每套至少要有一正曲和一尾聲，而南曲通常分為「引子」「過曲」「尾聲」三部分。而每套之中，所用的必須同一宮調或管色相同的調子。一套之中，更需要一韻到底，不能更易。——這是散曲的體例。

散曲也是先有北曲而後有南曲的。王驥德在曲律中論散曲的藝術道：

北人尚餘天巧，今所傳打棗竿諸小曲，有妙入神品者，南人若學之，決不能入。蓋北人之打棗竿與吳人之「山歌」不必文士，皆百里之俠，或閭閻之秀，以無意得之，猶詩鄭衞諸風，修大雅者反不能作也。

可見散曲是大衆的，是普遍的東西，它從元代一直到淸代在中國的韻文史上佔有了很重要的地位。沈德符顧曲雜言曾有一段記載曲的歷史的話：

元人小令行於燕趙，後浸淫日盛。自宣正至化治後，中原又行鎖南枝、傍妝台之屬。李崆峒先生初自慶陽徙居汴梁，以爲可繼國風之後。何大復繼至，亦酷愛之。今所傳泥捏人及鞋打卦、熬䯼髻三闋，爲三牌名之冠，故不虛也。……嘉隆間乃興鬧五更、寄生草、羅江怨、哭皇天、乾荷葉、粉紅蓮、桐城歌、銀絞絲之屬，自兩淮以至江南，漸與詞曲相遠……比年以來，又有打棗竿、掛枝兒二曲，不問南北，不問老幼貧賤，人人習之，亦人人喜之，以至刊布成帙，擧世相傳，沁人心腑，其譜不知從何來，眞可駭歎。

散曲的最初作家，以關漢卿、王實甫、姚燧、元好問、白樸、盧摯等人。關氏戲曲甚多，他底散曲以清麗見長。楊朝英底陽春白雪與太平樂府中有他底散曲。如：

款將花徑踏，獨立在紗窗下，顫欽欽把不定心頭怕，不敢將小名兒呼咱，只索等候他。（喬牌兒）

碧紗窗外靜無人，跪在牀前忙要親。罵了個負心回轉身，雖是我話兒嗔，一半兒推辭，一半兒肯。（一半兒題情）

王實甫的散曲，現存者不多，但綿密婉麗，不減劇曲。例如他底山坡羊春睡卻很有風致：

雲鬆螺髻，香溫鴛被，掩春閨一覺傷春睡。柳花飛，小瓊姬，一片聲雪下呈祥瑞，把團圓夢兒生喚起。誰？不做美？呸！卻是你！

姚燧本以古文著名，但散曲卻非常有趣。周挺齋賞識他底醉高歌，吳瞿安賞識他底凭欄人。

欲寄君衣君不還，不寄君衣君又寒。寄與不寄間，妾身千萬難。（凭欄人）

十年書劍長吁，一曲琵琶暗許；月明江山別溢浦，愁聽蘭舟夜雨。（醉高歌）

元好問的散曲不多見，但曲的造詣也很深。元代曲家白樸正是他底世姪。元好問曾贈他詩道：「元白通家舊，諸郎獨汝賢。」白樸的散曲，較其劇曲更佳。兼擅豪放清新之長，例如：

黃蘆岸白蘋渡口，綠楊堤紅蓼灘頭。雖無刎頸交，卻有忘機友。點秋江白鷺沙鷗，傲殺人間萬戶侯，不識字烟波釣叟。（漁父辭沉醉東風）

孤村落日殘霞，輕烟老樹寒鴉，一點飛鴻影下，青山綠水，白草紅葉黃花。（秋天淨沙）

盧摯存小令約四十首，有令無套。其佳者如：

酒杯濃，一葫蘆春色醉疏翁（盧摯號疏齋），一葫蘆酒壓花梢重。隨我奚僮，葫蘆乾，興不窮。誰人共？一帶青山送——乘風列子，列子乘風！（殿前歡）

此外以豪放得名的散曲作家，尚有馬致遠貫雲石爲最著名。馬氏可稱作元代第一個散曲家，有東籬樂府，有小令一百〇四首，散套十七套。小令中以天淨沙最負盛名，但是寫景的小令除天淨沙外，也有不少佳作，如：

夕陽下，酒旆閑，兩三航未曾著岸。落花水香茅舍晚，斷橋頭賣魚人散。（壽陽曲遠浦帆歸）

漁燈暗，客夢回，一聲聲滴人心碎。孤舟五更家萬里，是離人幾行情淚。（壽陽曲瀟湘夜雨）

其他寫曠達之懷的，如「本是個懶散人，又無甚經濟才，歸去來。」（四塊玉）「乘車誰買長門賦，且看看長安回去。」均清新可誦。他寫兒女之情的小令也能刻劃細微，舉落梅花爲例：

雲籠月，風弄鐵，兩般助人淒切，剔銀燈欲將心事寫，長吁氣一聲吹滅。

馬致遠的套曲見於太平樂府、樂府新聲、北詞廣正譜諸書中，其中夜行船秋思一套，卓絕千古，後人曾有模擬之作，但都不及他底自然：

百歲光陰如夢蝶，重回首往事堪嗟，昨日春來，今朝花謝，急罰盞夜筵燈滅。秦宮漢闕，做衰草，牛羊野不恁漁樵無話說，縱荒墳橫斷碑，不辨龍蛇。（喬木查）

投玉狐蹤與兔穴，多少豪傑，鼎足三分半腰折，魏耶？晉耶？（慶宣和）

天教富，不待奢，無多時好天良夜，看錢奴硬將心似鐵，空辜負錦堂風月。（落梅風）

眼前紅日又西斜，疾似下坡車。曉來清鏡添白雪，上牀和鞋履相別。莫笑鳩巢計拙，葫蘆提一就裝呆。（風入松）

利名竭，是非絕，紅塵不向門外惹，綠樹偏宜屋角遮，青山正補牆頭缺，竹籬茅舍。（撥不斷）

蛩吟一覺纔寧帖，鷄鳴萬事無休歇，爭名利何年是徹。密匝匝蟻排兵，鬧攘攘蜂釀蜜，裴公綠野堂，陶令白蓮社，愛秋來那些：和露摘黃花，帶霜烹紫蟹，煮酒燒紅葉。人生有限杯，幾箇登高節。囑咐俺頑童記者，使北海探吾來，道『東籬醉了也！』（離亭宴煞）

貫雲石著有酸齋樂府，存小令八十六首，套曲九首，太和正音譜說他的曲如「天馬脫羈，」西湖遊覽志中說：有數人遊虎跑飲酒，諸人以「泉」字作韻，其中有一人急切做不出來，嘴裏只唸着「泉……泉……泉……」這時候一老叟至，聽了，便應聲道：「泉泉泉，亂迸珍珠個個圓；玉斧斫開頑石髓，金鈎搭出老龍涎。」於是大家驚問「你是貫酸齋（雲石的字）嗎？」於是邀他痛飲盡醉。據說他臨終有辭世詩：「洞花幽草（他底兩姿）結良緣，被我瞞他四十年；今日不留生死相，海天秋月一般圓。」足見他的放曠不羈了。他底小令如落梅風，風趣無窮。

新秋至，人乍別，順長江水流殘月，悠悠畫船東去也，這思量起頭兒一夜。

竟是一首絕妙好詞了。和他同時而以清麗見長的，有張可久，張和盧摯及貫雲石唱和很多，有小山北曲聯樂府一卷，近人任敏中改編爲小山樂府，正音譜評他：

張小山（張可久字）之詞如瑤天笙鶴，清而且麗，華而不豔，有不食烟火氣，可謂不羈之才。若被太華仙風，招蓬萊海月，詞林之宗匠也。

可謂推崇備至了。其曲有詩詞的風趣的，如梧葉兒：

鴛鴦浦，鸚鵡洲，竹葉小漁舟。烟中樹，山外樓，水邊鷗，扇面兒瀟湘暮秋。

這詞也有稱是徐再思作的。但他其他作品中也有可以和此首媲美的，如凭欄人暮春：

小玉闌干月半招，嫩綠池塘春幾家？鳥啼芳樹丫，燕銜黃柳花。

但是「雅潔」卻並不是曲中的要素，單是雅潔不足以示顯他曲子的能手，再試看他其他的佳作：

人老去西風白髮，蝶愁來明日黃花，回首天涯，一抹斜陽，數點寒鴉。（折桂令九月）

喚歸來，西湖山上野猿哀。二十年多少風流怪，花落花開。望雲霄拜將台，袖星斗安邦策，破烟月迷魂寨。酸齋笑我，我笑酸齋。（殿前歡次酸齋韵）

後一首小令便有曲子的意味了。至於他底散套，以一枝花最負盛名：

長天落彩霞，遠水涵秋鏡。花如人面紅，山似佛頭青。生色圍屏，翠冷松雲徑，嫣然眉黛橫。但攜將旖旎濃香，何必賦『橫斜瘦影』。（一枝花）

想當年小小閒何處卿卿？東坡才調，西子娉婷，總相宜千古留名。吾二人此地私行，六一泉亭上詩成。三五夜花前月明，十四絃指下風生。可憐有情，捧紅牙合伊川令。萬籟寂，四山靜，幽咽泉流水下聲，鶴怨猿鳴。（一枝花梁州）

岩阿禪窟鳴金磬，波底龍宮漾水精。夜氣清，酒力醒，寶篆鎖，玉漏鳴。笑歸來彷彿三更，然强似踏雪尋梅灞橋冷。（一枝花尾）

沈德符說：「若散套雖諸人皆有之，惟馬東籬『百歲光陰』張小山『長天落霞』爲一時絕唱。」而李開先以爲此曲駕馬致遠的夜航船而上之。

當時和張可久齊名的有喬吉（夢符，）近人任敏中輯有喬夢符散曲三卷。明李開先亦有喬夢符小令，開先評他「蘊藉包含風流調笑，種種出奇，而不失之怪；多多益善，而不失之繁；句句用俗，而不失其文。」例如他底折桂令丙子遊越懷古：

蓬萊老樹蒼雲，禾黍高低，狐兔紛紜，半折殘碑，空餘故址，總是黃塵。東晉亡也再難尋個右軍，西施去也絕不見甚佳人。

海氣長昏，啼鴂聲乾，天地無春！

與貫酸齋並稱而有「酸甜樂府」之名的，是徐再思，他以蟾宮曲春情一首得名：

平生不會相思，才會相思，便害相思。身似浮雲，心如飛絮，氣若遊絲，空一縷餘香在此，盼千金遊子何之？證候來時，正是何時？——燈半昏時，月半明時！

此時尚有楊朝英（澹然）鍾嗣成（醜齋）劉廷信等以豪放見稱。楊朝英與貫雲石是好友，嘗選陽春白雪與太平樂府二集，是現存元曲散曲的總集。鍾嗣成有錄鬼簿，均是現代研究曲學的重要文字。劉廷信俗呼黑劉五，詞林摘豔載他折桂令別情十餘首，係倣董解元底西廂的。

明初散曲也很盛行，有湯式高明朱有燉等作者，湯式是明初散曲十六家之一，高明以琵琶記負盛名，而能上繼元代，下開明曲的，要算朱有燉了。朱氏是明朝的宗室，封周憲王。他底曲頗爲民間所播唱。李夢陽汴梁元宵絕句：「中山孺子倚新妝，趙女燕姬總擅長；齊唱憲王新樂府，金梁橋外月如霜。」有誠齋樂府二卷。曲品評「色天散聖樂國飛仙，嗣出大漢，才行日露。」足見他是明初曲擅的大手筆了。如閨情：

湘裙睡損臙脂皺，非病酒是悲秋。自從他去了慵慵瘦瘦，多應腹內愁愁，翻起鏡裏羞羞，說起神前咒，本待要同效綢繆，誰承望被他僝僽，空想得病纏身恰盼得不在手不覺淚盈眸。去時說長安赴選這其間何處淹留？火半溫串香香門半掩燈上上，簾半捲玉鈎鈎蒼樹踏暮空稠紅葉落晚風颼颼淒涼光景甚時休。豈料相思直恁陡，悔教夫壻覓封侯

明弘治正德間，北曲作家又盛，其中最著名的是康海王九思馮惟敏與王磐金鑾沈仕，前三者遙祖馬致遠，後三者承繼張可久，而其中楊愼唐寅等均各有特色。可稱明代北曲散曲的全盛時代。康海底散曲，有沜東樂府二卷，大抵皆豪放之作：

雖是窮煞英雄，長嘯一聲天地空。祿享千鍾，位至三公。半霎過簷風。馬兒上纔會崢嶸，局兒裏早被牢籠。青山排戶闥，綠樹繞垣墉，風蕭洒明月中。（寨兒令漫興）

王九思底散曲有碧山樂府碧山拾遺碧山續稿各一卷。四庫全書總目云：「明人小令，多以豔麗擅長，九思獨敘事抒情，完轉妥協，不失元人意。」他底作風也是豪放一途，如水仙子：

紫泥封不要淡文章，白糯米偏要小肚腸，碧山有甚高名望？也只是樂昇平不妄想。聽濯一曲滄浪，瞻北闕心還壯；對南山興轉狂，地久天長。

馮惟敏有海浮山堂詞稿四卷，為康王一派的後勁。散曲如章幼安詞，蘇東坡詩。例如他底塞鴻秋乞休：

論形容合不著公卿相，看牛標也沒個搊搜樣，量衙門又省了交盤賬，告尊官便准俺歸休狀。廣開方便門，大展包容量，換春衣直走到東山上。

王磐有西樓樂府，以清麗見勝。王驥德曲律稱：「小令北調，王西樓最佳。」例如清江引浴裙：

溫泉起來權護體，帶濕雲拖地，翻嫌月色明，偷向花陰立，俏東風有心輕揭起。

他詼諧的小令也很有趣。雪濤詩話稱：「材料取諸眼前，句調得諸口頭，朗誦一過，殊足解頤。其視匠心學古，艱難苦澀者，真不啻唉哀家梨也。」如他底朝天子瓶杏為鼠所嚙：

杏花，當一幅橫披畫，毛詩中誰道「鼠無牙」，却怎生咬倒了金瓶架。水流向牀頭，瓶拖在牆下。這情理寧甘罷，那裏去告他，何處去訴他，也只索細數着猫兒罵。

金鑾有蕭爽齋樂府二卷。何元朗稱他「嘲調小曲極妙，令人絕倒。」但寫情也很工緻：

　　海棠陰輕閃過鳳頭釵，沒入處款款行來。好風兒不住的吹羅帶，猜也么猜。待說口難開，待動手難抬，淚點兒和衣暗暗的揩。（河西六娘子閨情）

楊愼散曲有陶情樂府四卷，拾遺一卷。他底夫人黃封也善製曲，唐寅有六如曲集，祝允明有新機錦，均以南曲著名。而當時能與馮惟敏爭衡者，當推沈青門（沈仕），沈年長於馮，所作有唾窗絨一卷，曲到沈仕，開香奩一派，所以張旭初吳騷合編評他：「其詞豔冶出俗，韻致和諧，入南聲之奧室矣。」如黃鶯兒佳人秉燭：

　　飲罷月朦朧，照郎歸繡戶中。銀台絳蠟含羞捧，露纖纖玉葱，映盈盈粉容，偷囘笑臉嬌波送，怕東風半途吹滅，伴細袖稍籠。

自從崑曲盛行以後，有所謂「白苧派」與「吳江派」。梁辰魚有江東白苧二卷，續江東白苧二卷。故有「白苧派」之名；沈璟爲吳江人，所以有「吳江派」之目。張旭初稱梁爲「曲中之聖」，王元美詩中也說：「吳閶白面冶遊兒，爭唱梁郎雪豔詩。」而王伯稠也有詩道：「粉毫吐豔曲，粲若春花開。斗酒靑夜歌白頭，擁吳姬，家無擔石儲，出多少年隨。」足見他底曲之風行了。舉暮秋閨怨的百鍊序爲例：

西風裏，兒點點昏鴉渡遠洲，斜陽外景色不堪回首。寒驟，慢依樓，奈極目天涯無盡頭。消魂處，淒涼水國，敗荷衰柳。

同時有鄭若庸張鳳翼馮夢龍都是這一派的中堅。吳江派首領沈璟，對於曲學很有研究，他底南九宮譜爲南曲作者的圭臬，散曲有情癡寐語詞隱新詞曲海青冰等。舉漿水令離情一首作例：

煞靜悄垂楊院，虛供養綠暗紅嫣。銀鉤屈曲指駢聯，淋漓紅袖，細草鸞箋。刪訂，相思傳遲遲月上桃花扇。香羅帕，闌珊了，舊盟新願。流蘇帳，冷落了粉露花烟。

這一派中如王驥德的方諸館樂府，成就在沈璟之上，如玉抱肚的：

蕭蕭郎馬，怎教人不提他念他。俏龐兒怕吹破春風，瘦身軀觸損桃花。不知今夜宿誰家，燈火章台處處紗。

他底曲律也和南宮譜同樣地是研究曲子的要籍。尚有呂天成的曲品，與曲律並稱。明末爲吳江派之後勁，有沈自晉，著有散曲鞠通樂府三卷，他融合湯顯祖與沈璟之長，與白苧派後勁袁于令齊名。例如他含有亡國之恨的六犯清音：

西山薇苦，東陵瓜雋，孤竹千秋難踐；青門非舊，蕭條故苑依然。寒徑邊，雲根變，望垂虹驛路誰傳？愁的我寒烟宿雨殘兵燹，愁的我愁草斜陽欲暮天。江山千古，波濤管鑣，興亡一里，歌狂酒顛，揮毫寫不盡登樓怨。

此外，尚有花朝集作者施紹莘，遠紹元人，自成一派。而散曲到了這時已是盛極難繼了。陳眉公許他底散曲道「子野（紹莘字）詞太俊，情太癡，膽太大，手太辣，腸太柔，舌太纖，抓搔痛癢，描寫笑啼，太逼眞，太曲折。」陳儀泰也說他「眼前景物，拈來便妙，而韻致遒逸。」例如步步嬌：

水際出居疑浮島，結構多精巧，垂楊隱畫橋，轉過灣兒，竹屋風花掃。門僻是誰敲？賣魚人帶雨提到。

總之，元代散曲猶多俚語，至明代而文人又有求雅的趨勢，以致漸漸消滅。明人散曲以小令見長，但自崑曲盛行以後，文人多以此爲小道而不多作。清代散曲的作家不如元明的盛，但是其中也有不少佳作，現在試作一簡略的敍述。

明末清初的時候，散曲作者有毛瑩，字湛光，號大休老人，有晚寧樓集。又有沈謙，去矜，有東江別集，作散曲頗多佳作，如：

臨鏡須寒溫，怪鸚哥鬼混人，晚粧簾底東風緊。一回待嗔，一回又顰，畫欄斜靠頭兒暈，豈傷春？寬衣緩帶，不稱小腰身。

（黃鶯兒春恨）

此外又有朱彝尊，有葉兒樂府，厲鶚的樊榭山房集南北曲，可稱清代散曲的明燈。尤侗有百末詞餘，如駐雲飛十空曲中的：

豎子英雄，觸鬭蠻爭蝸角中，一飯丘山重，睚眦刀兵痛。嗏，世路石尤風，移山何用！瓢瓦虛舟，不礙松風夢，君見爾我恩仇總是空。

蔣士詮有忠雅堂集南北曲，沈瑞淸有銀簫譜，石韞玉有花韻南北曲，秦雲有花間臘譜，其佳者如江兒水：

顧化靑鸞鏡粧台暮復朝，把翠眉兒照見春山掃，絳唇兒照見櫻桃小，綠鬟兒照見花枝裊，照見低顰淺笑杏臉桃腮，貪把傾城看飽。

魏熙元有玉玲瓏曲存，許寶善有自怡軒樂府，其中謝元淮以曲爲史，是別創的一格。如他的一枝花：

悔平生都只爲多言遭忌出戎幕仍居舊職。當日個憂天盡笑杞人癡，到後來補天還虧了媧皇力；割珠崖定策原非阻內附維州還棄，賠香港援的是澳門舊例。聽風傳粵東民勇衆志高，他呵結義社專制英夷，過年春月是進城期，恐難免爭端又起，怕只怕相逢狹路難迴避，因此綢繆陰雨這總總計。俺已是眼睜睜見過一遭兒，試聽那無哭呻吟未已。

不但以曲作史，而且在曲裏大作當時時事的議論，這是與以前的曲的作風不相同的地方。此外凌霄有振檀集，陳棟有北涇草堂樂府，吳綺有林蕙堂集塡詞，最近吳梅有霜厓曲錄。

在清代可以稱作一代巨匠的，是許光治和趙慶熹。許光治有江山風月譜，他的曲如雙調殿前歡：

紅綿繡風撲華船，紅錦同鸞散舞錢，紅絲顫雀翹妝鈿；過淸明百六天，畫牆低何處秋千？宿粉暈流霞炫，明妝洗垂露鮮，是花中第一仙

撅頭船，劃開雙槳鏡中煙。船唇弄水瓊珠濺。櫂轉渦旋，望天光四岸懸，看地勢孤城轉，指人影中流見，湖山圖畫，雲水因

緣。

他在自序中說：「漢魏樂府降而六朝歌詞，情也。再降而三唐之詩，兩宋之詞，律也；至元曲幾謂俚音俳語矣；然張小山喬夢符散曲，猶有前人規矩，在儷辭進樂府之工，散句擷宋唐之秀。惟套曲則似倍翁俳詞，不足鼓吹風雅也。」

趙慶熹字秋舲，有香消酒醒曲，他無論小令套數，皆有風致，在清代可稱獨步。例如：

等得還家淡月剛剛上，碧紗親手遞杯茶，軟語呼名罵。他只自眼昏花，腳蹤兒亂躧，問着此兒半晌無回話，偏生要任儂身似柳斜。

第六章 南戲北曲之比較

南戲北曲，雖然同是「曲」的一種，但是這兩者卻有很顯著的差異。以樂器而言，北曲以琵琶爲主體；南曲以鼓板爲主體。北曲用琵琶，不知起於何時，金元諸宮調，如董解元底絃索西廂，它底主樂是琵琶，大概已無可疑了。而明顧起元底客座贅語中談及南曲的作樂之情形：

> 歌者上用一小拍板，或以扇子代之，間有用鼓板者，今則吳人益以洞簫及月琴。

以整個劇本的長短而言，南曲往往數倍於北曲，它們體例上的不同，曾略述於小說與戲劇一書中，亦可參考。我們先就其曲調上的音樂上的分別來論列。

南北曲音調上的各異，前人有很多的議論，他們所立論的，大抵依樂器之同。徐文長的南詞敘錄裏說：

> 聽北曲使人神氣鷹揚，毛髮灑淅，足以作人勇往之志，信胡人之善於鼓怒也。……南曲則紆徐綿眇，流麗婉轉，使人飄飄然喪其所守而不自覺，信南方之柔媚也。

中國一切文藝作品，往往以「北剛南柔」作南北兩方的風格之總評的。曲也逃不出這個例子。所以王驥曲律中載明康德涵的話：

南詞主激越，其變也爲流麗，北曲主慷慨，其變也爲朴實。惟朴實故聲有矩度而難借；惟流麗故唱得宛轉而易調。

因爲「聲有矩度」和「唱得宛轉」所以南北曲的「詞」也大有不同。王世貞藝苑卮言所說：「北字多而調促，促處見筋；南字少而調緩，緩處見眼。」——這都是唱法上的關係，北曲作唱，大都是依譜的短曲；而南曲卻引聲緩歌，所以南曲裏有所謂「贈板」而北曲卻沒有。崑曲中更有「磨調」，即是引長一字，作各種的抑揚，如現代京劇中唱詞的引長一樣。徐大椿樂府傳聲有一段很明確的議論：

南曲之唱，以連爲主；北曲之唱，以斷爲主。不特句斷字斷，即一字之中，亦有斷腔，且一腔之中，又有幾斷者，惟能斷則神情方顯。此北曲第一吃緊之處也。……蓋南曲之斷，乃連中之斷，不以斷爲事。北曲未嘗不連，乃斷中之連，愈斷則愈連，一應神情皆在斷中顯出。

所以王世貞說「北則辭情多而聲情少；南則辭情少而聲情多。」南戲既是繁音縟節地歌唱，故聽者只能領略它底聲調上之美曼，而不容易了解故事中的委婉曲折。崑曲，尤其是「文其曲辭」博學如焦循，也有不懂本文，便覺茫然之感了。

南北曲的調子和歌唱有關係的，一是所用的樂器，二是所唱的板眼。樂器既有鼓板和琵琶的不同，那麼它們的附樂也因之而各異。四友齋叢說中引賴仁的話道：

> 絃索九宮曲，或用滾絃，或用花和、太和、釤絃，皆有定則，……若多一彈少一彈，即竹板矣。

南曲則崑腔未興以前，皆用鼓板，前面已說過了。崑曲盛行以後，又雜以三絃和洞簫。沈德符在顧曲雜言中說：「今吳下皆以三絃合南曲，而又以簫管叶之。」但是現代崑曲的歌唱，則單用羌笛，與古制已不相同。王世貞稱「北力在絃，南力在板」，大概是指崑曲未盛前的南曲而言的。而魏良輔也承認：

> 北曲之絃索，南曲之鼓板，猶方圓之必資於規矩，其歸一也。

琵琶有譜，不能改易，所以北曲之音促而有定準；鼓板只能調節拍子，所以南曲可以任意變化而衍其音了。

板眼，南曲較爲嚴正，北曲較爲寬大。嚴正則不能假移；寬大則可以任意襯字。所謂「板」，即是「綽板」聲，「眼」，即是鼓聲。此兩者均是拍子的記錄，有「正板」「贈板」「流水板」以及「一板一眼」「一板三眼」等區別。王季烈的螾廬曲談中說：

> 南曲惟引子、賺、入破、出破、紅衲襖、青衲襖句中不點板，僅於每句之末下一截板，此外過曲，則皆一句之中，點有數板。

又說：

> 北曲則每折之第一二支及煞尾，大都不點板，僅於句末下截板，中間各曲亦無點板者居多。

可見北曲之板眼不如南曲之嚴格，因爲琵琶只須合譜，可以允許間或不依板眼的。所以樂府傳聲中論道：

南曲之字句無一調無定格，而北曲則不拘字句之調極多。又南曲襯字甚少，少則一字幾腔，板在何字何腔，千首一律。若北曲則襯字極多，板必有不能承接之處，中間不能不增一板，此南之所以有定而北之所以無定也。

所謂「襯字」，指曲調以外隨便作者加上的字眼。元曲中這一類很多。例如元曲選中東堂老的天下樂：

〔哎兒也可道是〕人伴〔着〕賢良〔也那〕智轉高，〔你會出的〕胎〔也波〕胞，〔你娘將你那〕綳藉包，〔你娘將那〕酥蜜食養活〔得〕偌大小。先氣得〔個〕娘命夭，後併的〔你那〕爺死了。〔好也囉，好也囉，你可什麼〕養子防備老。

此外，南曲與北曲的不同，南曲爲五聲之樂，北曲爲七聲之樂，即北曲有七種音階的變化，而南曲只有五種。中國古代的七音階是宮、商、角、徵、羽、變徵、變羽。其中「變徵」「變宮」是半音階，即俗譜所謂「凡」「乙」，亦即西樂所謂「B調」「E調」。清凌廷堪燕樂考源論南北曲之源流道：

德清胡氏之樂章表微謂「今南曲不用『乙』『凡』爲雅樂之遺聲」，其說非也。字譜之「乙」「凡」即古之二變，蓋古樂有不用二變者……龜茲琵琶未入中國以前，魏晉以來相傳之俗樂，但清商三調。清商者，通典所謂清樂，唐人之法曲是也。清樂之清調平調，原出於琴之正弄，不用二變者也；清樂之側調，原出於琴之側弄，用二變者也。至隋唐，本龜茲琵琶而爲宴樂，四均共二十八調。宴樂者，即通典所謂「讌樂」，唐人之胡部是也。讌樂二十八調無不用二變，於是清樂之側調，混入讌樂，復不可辨。故以用「一」「凡」與不用「一」「凡」爲南北之分可也，以雅樂俗樂爲南北之分不可也。然則今之南曲，唐清樂之遺聲也；今之北曲，唐讌樂之遺聲也，皆爲俗樂而非雅樂也，……清樂爲梁陳之舊樂，梁陳南朝也，故謂之南曲；讌樂爲周齊之舊樂，周齊北朝也，故謂之北曲，雖隔千載，而沿革脈絡，尚隱隱可尋也。

但是以曲調而言，北曲常用九種宮調，而南曲卻有十四個調子，九種宮調是：「黃鐘」「正宮」「仙呂」「南呂」「中呂」「大石」「商調」「越調」「雙調」。十四種是除上述九種以外，再加上「仙呂入雙調」「羽調」「小石調」「般涉調」「道宮」五種。關於調子的情是，：

仙呂宮——清新綿邈。　南呂宮——感歎傷悲。　中呂宮——高下閃賺。

黃鐘宮——富貴纏綿。　正宮——惆悵雄壯。　道宮——飄逸清幽。

大石調——風流蘊藉。　小石調——旖旎嫵媚。　高平調——條拗滉漾。

般涉調——拾掇抗塹。　歇指調——急併虛歇。　商角調——悲傷宛轉。

雙調——健捷激裊。　商調——悽愴怨慕。　角調——嗚咽悠揚。

宮調——典雅沉重。　越調——陶寫冷笑。

南北曲中，在同一宮調內相同的曲牌，根據中原音韻和南宮十三調曲譜相比較，有：

仙呂宮——點絳脣、天下樂、八聲甘州、勝葫蘆、六么序、醉扶歸、村裏迓鼓。

黃鐘宮——喜遷鶯、出隊子、刮地風、神仗兒、水仙子。

商調——集賢賓、逍遙樂、梧葉兒。

正宮　叨叨令。

大石調——念奴嬌、還京樂、催拍。

中呂宮——粉蝶兒、醉春風、滿庭芳、普天樂、迎仙客、石榴花、剔銀燈、紅繡鞋、紅芍藥。

南呂宮——一枝花、梁州第七、紅芍藥、牧羊關、賀新郎、感皇恩、梧桐樹。

越調——小桃紅。

雙調——新水令、夜行船、駐馬聽、沈醉東風、步步嬌、風入松、月上海棠、川撥棹、梅花酒、荳葉黃、五供養。

其中點絳脣、八聲甘州、出隊子、念奴嬌、粉蝶兒、滿庭芳、金蕉葉、風入松、夜行船九種差不多完全相同。勝葫蘆、神仗兒、梧葉兒、迎仙客四種相似。其餘的名同而實際上完全各異的。

北曲的套數嚴制比南曲嚴格，也有南北合套的，但普通有一定的規律。通常可以見到的如：

仙呂宮——（北）點絳脣，（南）劍器令，（北）混江龍，（南）桂枝香，（北）油葫蘆，（南）八聲甘州，（北）天下樂，（南）解三醒，（北）哪吒令，（南）醉扶歸，（北）寄生草，（南）皂羅袍，尾聲。

中呂宮——（北）粉蝶兒，（南）泣顏回，（北）石榴花，（南）泣顏回，（北）鬬鵪鶉，（南）撲燈蛾，（北）上小樓，（南）撲燈蛾，尾聲。

黃鐘宮——（北）醉花陰，（南）畫眉序，（北）出隊子，（南）摘溜子，（北）刮北風，（南）滴滴金，（北）四門子，（南）鮑老催，（北）水仙子，（南）雙聲子，（北）煞尾。

正宮——（南）普天樂，（北）朝天子，（南）普天樂，（北）朝天子，（南）普天樂，（北）朝天子，（南）普天樂。

仙呂入雙調——（北）新水令，（南）步步嬌，（北）折桂枝，（南）江兒水，（北）雁兒落帶得勝令，（南）僥僥令，（北）收江南，（南）園林好，（北）沽美酒帶太平令，（南）尾聲。

以南北曲的韻而論北曲用元周德清底中原音韻；南曲用元卓從之底中州音韻。中原音韻平聲分作陰陽，以入聲分隸三聲，全書分韻爲十九部。中州音韻原名中州樂府類編，將中原音韻逐字注解，而十九韻中增益南音，平聲不分陰陽，共加添了二千多字。足見兩者的韻律又有不同。

再就其演出的種種言之，北曲只限於一人歌唱，而南曲則各種腳色均唱。北曲每一折用曲一套，每套用一宮調，全體由十數曲乃至二十曲而組成。而南曲卻由數套合成一齣，每套只有二三曲乃至六七曲。元中葉以後，有南北合套之風。一齣之首，南曲先唱「曲」，然後有「白」，而北曲通常先「白」而後唱「曲」。

北曲中有「科」而無「舞」，南曲之中間或有「舞」。如古本琵琶記第三齣有「雁兒舞」及「舞上」「舞介」等字樣。但元末明初的雜劇也有插入舞曲的。

再就角色來分別，北曲的正末（一稱末泥）相當於南曲的「生」。此外大同小異，王國維論北曲的角色道：

元劇每折唱者止限一人，若末若旦；他色則有白無唱，若唱則限於楔子中；至四折中之唱者，則非末若旦不可。而末若旦所扮者，不必皆為劇中主要之人物；苟劇中主要之人物於此折不唱，則亦退居他色，而以末若旦扮唱者，此一定之例也。……除末旦主唱，為當場正色外，則有淨有丑。而末旦二色，支派彌繁。今舉其見於元劇者，則末有外末、冲末、二末、小末，旦有老旦、大旦、小旦、旦徠、色旦、外旦、貼旦等。……元劇有外旦、外末，而又有外；外則或扮男，或扮女，當為外末外旦之省。外末外旦之省為外，猶貼旦之後省為貼也。……此外見於元劇者，以年齡言，則有若孛老、卜兒、徠兒，以地位職業言，則有若孤、細酸、伴哥、禾旦、曳刺、邦老，皆有某色以扮之，而其自身則非腳色之名。

論南戲底角色者，見於揚州畫舫錄：「梨園以副末開場為領班，副末以下老生、正生、老外、大面、二面、三面七人，謂之男腳色，老旦、正旦、小旦、貼旦四人，謂之女腳色，打諢一人謂之雜，此江湖十二腳色。」據螾廬曲談稱崑曲的角色有「老生」、「冠生」、「小生」、「老旦」、「正旦」、「刺殺旦」、「閨門旦」、「作旦」、「貼旦」「正淨」「白淨」「副淨」「丑」「外」「末」等十五種。而「旦」「小生」「老生」「丑」「淨」之中又有各有分別：

旦——「五旦」「六旦」「正旦」「作旦」「刺殺旦」。

小生——「巾生」「官生」「黑衣」「鞋皮」「雉尾」。

老生——「外」「生」「末」。

丑——「付」「丑」。

淨——「大面」「白面」「二面」。

現代京劇的腳色便從崑劇繁衍出來的。但是古代南劇的腳色卻只有「外」「生」「末」「旦」「后」「淨」「丑」等七色。茲將元北曲與元末明初之南曲中的腳色作一比較：

北曲	南曲
正末（末泥）	生
小末	小生
副末	副末
沖末（末）	小末（副末之次）
淨	淨
副淨	副淨
小旦	小旦

老旦 外 丑 正旦	老旦 外 丑 小丑 雜 正旦
貼旦 花旦 搽旦 色旦 外旦 大旦	貼旦 搽旦

附注　北曲尚有「倈兒」「孤」「孛老」「邦老」「卜兒」「梅」「婆」「虔」等名稱，皆是所扮的人物，不是角色。

第七章 從格律形式上來辨別詩詞的不同

詩一變而爲詞，詞雖源於宋代大曲唐代的民歌，但它的形式由詩而變，是毫無疑議的。這兩者在現代已是判然不同的兩種獨立之文體了，我們辨別詩詞，往往通常以爲詩是整齊的，而詞是參差的，如果仔細別來起來，卻有許多相似之點。

先從格律上來分別。

詩有律、絕、古詩、樂府的不同。律絕本是一類，古詩樂府又是一類。律絕和詞當初非常相似，唐代也以絕句作歌唱的資料的。例如竹枝詞：

楊柳青青江水平，聞郎江上唱歌聲。東邊日出西邊雨，道是無晴還有晴。

劉禹錫記建平所見說：「里中聯歌竹枝，吹短笛擊鼓以赴節，歌者揚袂睢舞，以曲多爲賢。聆其音中黃鐘之羽，卒章激訐如吳聲，雖傖傳不可分，而含思宛轉，有淇澳之豔。」唐音癸籤：

唐初歌曲，多用五七言絕句，律詩亦間有采者，想亦有賸字賸句於其字，方成腔調。其後即以所填者爲實字，填入曲中歌之，不復別用和聲。

這話是對的。試一翻唐人的集子，如劉禹錫的浪淘沙：

鸚鵡州頭浪颭沙，青樓春望日將斜，啣泥燕子爭歸舍，獨自狂夫不憶家。

白居易也有一首：

一泊沙來一泊去，一重浪滅一重生，相憶相淘無歇日，會教山海一時平。

所以碧雞漫志也說「竹枝、浪淘沙、楊柳枝，乃詩中絕句，而定爲歌曲。」所以初期的詞與七絕完全相同，當時詞即是七絕，七絕即是詞曲。例如詞中的浣溪紗，即是七絕的變體：

風壓輕雲貼水飛，乍晴池館燕爭泥，沈郎多病不勝衣。　沙上未聞鴻雁信，竹間時聽鷓鴣啼，此情惟有落花知。

生查子即是五絕：

去年元夜時，花市燈如晝，月上柳梢頭，人約黃昏後。　今年元夜時，月與燈依舊，不見去年人，淚濕春衫袖。

菩薩蠻即是七絕五絕的合體：

平陵漠漠煙如織，寒山一帶傷心碧。晚色入高樓，有人樓上愁。　玉階空佇立，宿鳥歸飛急。何處是歸程，長亭更短亭。

但是一到後來，詞調漸繁，與詩也相去日遠了。

再就樂府來說，樂府本來用以合樂的，顧名思義便可以知道。樂府失樂以後，詞體便代興了，因此也可以說，樂府和詞是一而二的東西。樂府詩本來也是民間的歌謠，經文人仿造的。漢代以後樂府往往以原來的題目，填入意思不同的歌曲。碧鷄漫志中也說：

> 古人因所感發爲歌，而聲律從之，唐虞以來是也……西漢時今之所謂古樂府者漸興，晉魏爲甚，唐中葉會有古樂府而播在聲律則少矣，士大夫作者不過以詩之一體自名耳。蓋隋以來今之所謂曲子者漸興，至唐稍盛……古歌變爲古樂府，古樂府變爲今曲子，其本一也。

樂府詩，往往以同一題目寫兩件不同的事，和詞調相彷彿。例如蒿里行，據崔豹古今注：

> 薤露蒿里並喪歌，本出田橫門人，橫自殺，門人傷之，爲作悲歌，言人命奄忽，如薤上之露易晞滅也，亦謂人死魂魄歸於蒿里。至漢武帝時，李延年分爲二曲，薤露送王公貴人，蒿里送士夫庶人，使挽者歌之，亦謂之挽歌。

但一到魏代，曹操作蒿里行，全咏董卓事，言袁紹討董卓而不能成功，已沒有挽辭的意味了。他的原文是：

> 關東有義士，興兵討羣凶。初以會盟津，乃心在咸陽。軍合力不齊，躊躇向雁行，勢利使人爭，嗣還自相戕。淮南弟稱號，刻璽於北方。鎧甲生蟣蝨，萬姓以死亡。白骨露於野，千里無鷄鳴，生民百遺一，念之斷人腸。

詞之所以有調，初咏本事，後成調名，與樂府很像。試看古代樂府與古詩，字數可以多少不定，也和詞的體製相似。不過詩以五七言較多吧了。

再以音律方面來說，詩韻和詞韻不同，詩韻較嚴而詞韻較寬，下面再詳細論列。至於內容的音節，詩但有平仄之分，而詞則在仄聲中又分出「上」「去」「入」三聲來，古詩可以換韻，也有一首不換韻的，但是詞卻以換韻的居多。如前例的菩薩蠻便是換韻的例，浣溪紗是不換韻的例。

詩有定式，尤其是律絕，分作平起仄起兩種，詞也有定式，有幾個字可以任意平仄的。試錄白香詞譜中的賀聖朝一首來作例子。

滿斟綠醑留君住(韻)莫匆匆歸去(叶)三分春色二分愁(句)更一分風雨(叶)　花開花謝(句)都來幾許(叶)且高歌休訴(叶)不知來歲牡丹時(句)再相逢何處(叶)

平仄通用的是「、」記號，平聲用「。」號，仄聲用「·」號。再如七絕的一調：

金陵津渡小山樓(韻)一宿行人自可愁(叶)潮落夜江斜月裏(叶)兩三星火是瓜州(叶)

這兩者也有相似之點。但詞學論者決不以平仄為滿足，仄聲之中必須分出三聲，而有時「去」「上」連用之字，又得加以注意。例如三姝媚結尾兩字，一定要「去」「上」作結。如史達祖的「歸來暗寫」，吳文英的「斜陽淚滿」，王沂孫的「蘋花弄晚」，「花陰夢好」，其中「暗寫」「淚滿」「弄晚」「夢好」都是「去上」兩聲。其他尚有必須「去」聲，必須「上去」隔用的，也有一定的規律。

由此看來，足見詞韻之所以較詩詞寬者，因爲詞律較嚴的緣故，不如此，便不容易着手下筆了。

再說詞詩文字上的各異。

詞詩文字上再易分別的是句語的多少與長短。絕律不過有六五七言的不同，而詞一首之中有一字甚至九字的，兩者絕不相同。古詩中唯三四言亦偶有發現，但不常用。吳梅論詞中的字句道：

（一）一字句　此種甚少，惟十六字令句有之，其他皆用作領字，而實未斷句者。

（二）二字句　此種大概用於換頭首句，其聲『平仄』者最多，又或用於句中暗韻處，用在換頭者，如王沂孫無悶云：『清致，悄無似。』周邦彥瑣窗寒：『遲暮，嬉遊處。』此用『平仄』者，又如東坡滿庭芳：『何，何處是。』張炎渡江雲：『愁余，荒洲古淑，』此用『平平』者，用在在暗韻者，如木蘭花慢，夢窗壽秋壑云『金絨，錦韉賜馬』『蘭宮，繫書翠羽』此用『平平』者。又如白石惜紅衣云：『故國，渺天北。』是用『仄仄』者。

（三）三字句　通常以『仄仄平』爲多，如多麗之『晚山青』是也。他如『平平仄』者，如萬年歡之『仁恩被』『封人祝』是也。『仄平仄』者，如滿江紅之『莫淮右』。『平平平』者，如壽樓春之『今無嘗』皆是。若『仄仄平』『仄仄仄』，大半是領頭句矣。

（四）四字句　『平平仄仄』『仄仄平平』固四字句普通句法，無須徵引古詞。然如水龍吟末句，辛稼軒云：『搵英雄淚』蘇東坡云『是離人淚，』是上一下三句法也。又如楊无咎曲江秋云：『銀漢墜懷』漸『曉夜闌，』是『平仄仄平』

也。

（五）五字句　按此亦祇有「上二下三」與「上一下四」兩種。「平平平仄仄」「仄仄仄平平」「仄仄平平仄」「平平仄仄平」此兩種皆「上二下三」句法也。若如燕歸梁云：「記一笑千金」是「上一下四」也。惟尋樓春「裁春衣尋芳」用五平聲字，則殊不多耳。

（六）六字句　此有二種，一爲普通用於雙句對下，一爲折腰句，如淸平樂之下疊風入松之末二句，則詞中不經見者，平仄無定。

（七）七字句　此亦有二種，一爲「上四下三」如詩一句者。如鷓鴣天「小窗愁黛淡秋山」玉樓春「棹沈燕去情千里」之類，一爲「上三下四」者，若唐多令「燕辭歸客尚淹留」洞仙歌「金波淡玉繩低轉」平仄無定。

又說：

至八字句，如金縷曲「枉教人夢斷瑤台月」；九字句，如江城子：「錦帽貂裘千騎卷平岡」類實皆合「三五」「四五」成句耳。句至七字，諸體全矣。

這是詩詞句法上最大的差別。詩中本有拗句，但非正格，而七字句總是「上四下三」，而詞中卻多「上三下四」，如詩中的：

A.律詩：　以李商隱的無題作例：

重帷深下莫愁堂，臥後清宵細細長，神女生涯原若夢，小姑居處本無郎。風波不信菱枝弱，月露誰教桂葉香，直道相思了無益，未妨惆悵是清狂。

B 七絕：以王昌齡閨怨作例：

閨中少婦不知愁，春日凝妝上翠樓，忽見陌頭楊柳色，悔教夫壻覓封侯。

無論那一句上四字讀完可以停頓一下，如「閨中少婦」「重帷深下」下三字又一停頓，如「不知愁」「莫愁堂」這叫做上四下三的句法，詞中也有如此一類的；如：

依前春恨鎖重樓——唐中主攤破浣溪紗

車如流水馬如龍——唐後主憶江南

雙鴛池沼水溶溶——張先一叢花

高樓殘夢五更鐘——晏殊木蘭花

舞低楊柳樓心月，歌盡桃花扇底風。——晏幾道鷓鴣天

但是上三下四的詞中可見，而詩中則無之，這是詩詞句法上最相異之點，我們試找出幾個例子：

問歲華還是重九——潘希白大有

訪中興英雄陳跡——吳文英賀新郎

燕辭歸客尙淹留——又唐多令

小樓千接大旗干——朱彝尊浪淘沙

但怪得竟夢，——周之琦鵲山

單衣減汴水自重——項廷紀蘭陵王

而詩中卻找不出這種例子來的。

詩詞文字上的不同，又有人以爲詞重婉曲，重溫柔，有寄託，而詩則不然。尤其是宋詩，往往發無盡。同是一種感慨，詩詞的表達方式各各不同，例如陸游的：

少年志欲掃胡塵，至老寧知不少伸，覺鏡已悲身潦倒，橫戈空醉膽輪囷。生無鮑叔能知己，死有要離與卜鄰，西望不須指病眼，長安冠蓋幾番新。

同是關懷國事，悲自己的身世，如黃公紹的青玉案：

年年社日停針線，爭忍見雙飛燕，今日江城春已半，一身猶在，亂山深處，寂寞溪橋畔。征衫著破誰針線，點點行行淚痕滿，落日解鞍芳草岸，花無人戴，酒無人勸，醉也無人管！

完全以幽咽淒涼之語出之。又如同寫兒女夫婦之情，詩也只能寫出一種大概的動作，而詞卻描畫入微。例如朱慶餘詩：

洞房昨夜停紅燭，待曉堂前拜舅姑。妝罷低聲問夫壻，畫眉深淺入時無？

和歐陽修的南鄉子比較：

鳳髻金泥帶，龍紋玉掌梳。去來窗下笑相扶，愛道畫眉深淺入時無。 弄筆偎人久，描花試手初。等閒妨了繡工夫，笑問「鴛鴦」兩字怎生書？

同是詠物，如駱賓王在獄詠蟬：

西陸蟬聲唱，南冠客思深。可堪玄鬢影，來對白頭吟。露重飛難進，風多響易沉。無人信高潔，誰爲表予心。

又如王沂孫齊天樂詠蟬：

一襟餘恨宮魂斷，年年翠陰庭樹。乍咽涼柯，還移暗葉，重把離愁深訴。西窗過雨，怪瑤佩流空，玉箏調柱。鏡暗妝殘，爲誰嬌鬢尚如許。 銅仙鉛淚似洗，歎移盤去遠，難貯零露。病翼驚秋，枯形閱世，消得斜陽幾度。餘音更苦，甚獨抱清高，頓成淒楚。漫想薰風，柳絲千萬縷。

一是明白，一是婉曲。又如同一句子，用在詩中不甚妥當，在詞中卻是適合的，例如晏殊的兩句名句「無可奈何花落去，似曾相識燕歸來，」一用於七言律中，同是也用在詞調浣溪紗裏。有人批評這兩句是詞句用在詩裏是不妥當的。這話很有見解。但是古人詩詞文句往往改易，而論評優劣不一，試舉幾條以作參考：

詞苑叢談：李君實曰「晁无咎評歐陽永叔浣溪紗云『綠楊樓外出秋千，』只一『出』字，自是後人道不到處」予按王摩詰詩：「秋千競出垂楊裏，」歐陽公詞意本此，豈偶忘之耶？

詞繹：「夜闌更秉燭相對如夢寐」叔原則云「今宵賸把銀釭照，猶恐相逢是夢中」此詩與詞之分疆也。

野客叢書：後山詩話載王平甫子游謂秦少游「愁如海」之句出於江南李後主「問君還有幾多愁，卻似一江春水向東流」之意。僕謂李後主之意又有所自，樂天詩曰「欲識多少高於灧澦堆」，劉禹錫詩曰「蜀江春水拍山流，水流無限似儂愁」得非祖此乎？則知好處前人已道耳，後人但翻用之耳。又少游詞有「天還知道」和「天也瘦」之語，伊川先生聞之，以爲媟黷上天，是則然矣。不知此語蓋祖李賀「天若有情天亦老」之意爾。類而推之，如晏叔原「今宵賸把銀釭照，猶恐相逢是夢中」，蓋出於老杜「夜闌更秉燭，相對如夢寐」，戴叔倫「還作江南會，翻疑夢裏逢」，司空曙「乍見翻疑夢，相悲各問年」之意，謝無逸詞「我共扁舟江上兩萍葉」，出於樂天「與君相遇知何處，兩葉浮萍大海中」之意。魯直詩「趁此花開須醉，明朝化作玉塵飛」，出於潘佑「勸君此醉直須歌，明朝又是花狼藉」之意，此類極多。

古今詞話：「寒鴉飛數點，流水遶孤村」，隋煬帝語也。少游滿庭芳引用之云「斜陽外，寒鴉數點，流水遶孤村。」

漁隱叢話後集曼錄云：「王逐客送鮑浩然之浙東長短句『水是眼波橫，山是眉峯聚，欲問行人去那邊，眉眼盈盈處。纔始送春歸，又送君歸去，若到江南趕上春，千萬和春住。』韓子蒼在海陵送葛亞卿用其意以爲詩，斷章云：『明日一盃愁送客，後日一盃愁送君，君應萬里隨春去，若得桃源記歸路。』」苕溪漁隱曰「山谷詞云『春歸何處，寂寞無行路，若有人知春去處，喚取歸來同住。』王逐客云：『若到江南趕上春，千萬和春住。』體山谷語也。」

詩話總龜：趙德麟「重門不鎖相思夢，隨意遶天涯」，徐師川「柳外重重疊疊山，遮不斷愁來路」二詞造語雖不同，其意絕相類。

古今詞話徐世俊曰：「張仲宗踏莎行『醉來扶上木蘭舟，將愁不去將人去』。引用李端詩：『青楓綠草將愁去，遠入吳雲暝不還』，此反用之而勝。」

後村詩話：雍陶送春詩云「今日已從愁裏去，明年莫更共愁來。」稼軒詞云：「是他春帶愁來；春歸何處，却不解帶將愁去。」雖用前語而反勝之。

詞苑叢談：休文「夢中不識路，何以慰相思？」，宋人反其指而用之曰：「重門不鎖相思夢，隨意遶天涯，」各自佳。

古今詞話：賀黃公曰詞家多翻詩意入詞，雖名流不免。李後主一斛珠云：「繡牀斜憑嬌無那，爛嚼紅絨笑向檀郎唾。」楊孟載春繡絕句云「閒情正在停針處，笑嚼紅絨唾碧窗。」此却翻詞入詩，彌子瑕竟效顰於南子。

足見詩詞本是相通的，但文體風格各異，有許多不能隨便移用。有人曾將清明詩一加標點，便成詞調。

清明時節雨紛紛，路上行人欲斷魂，借問酒家何處？有牧童遙指杏花村。

詩詞之變，也是如此的。

律詩之中往往以對偶見長，詞中也有此例。但只求字面上相對，而不甚求其工切。詞中作對以五言七言爲最多，和律句並沒有什麽兩樣。如五言的：

蝶舞梨園雪，鶯啼柳帶煙——唐昭宗巫山一段雲。

倭墮低梳髻，連娟細掃眉——溫庭筠南歌子。

弄筆偎人久，描花試手初——歐陽修南鄉子。

塞下秋來風景異，衡陽雁去無留意——范仲淹漁家傲。

日出江花紅勝火，春來江水綠如藍——白居易憶江南。

正是斷魂迷楚雨，不堪離恨咽湘絃——薛昭蘊浣溪紗。

和律詩絲毫沒有兩樣，但詞中相對者以四字句爲更多，如桂枝香的「澄江似練，翠峯如簇，」鵲橋仙的「纖雲弄巧，飛星傳恨，」「柔情如水，佳期似夢。」滿庭芳之「珠鈿翠蓋，玉轡紅英，」「酒空金榼，花困蓬瀛。」過秦樓之「水浴清蟾，葉喧涼吹，」瀟湘夜雨之「斜點銀釭，高擎蓮炬，」齊天樂之「露濕銅鋪，苔侵石井，」沁園春的「纍纍枯塚，茫茫夢境，」「載酒園林，尋花巷陌。」永遇樂的「清逼池亭，潤侵山閣。」綺羅香之「萬里飛霜，千山落木，」等等，詞中以兩四字句開首者往往作對，但均不如詩的加以刻畫加以煊染，求立意之異吧了。

綜上以觀，詩詞的風格文字音律，在初期並無十分差異的地方，但到後來詞調漸繁，一進而爲獨立新奇的文體，那末便和詩分道揚鑣了。詞的樂調，今已失傳，唱法不得而知，詩的唱法更無從考究，在音樂性上又有什麼不同，那是不易辨別的了。

第八章　詞曲風格音律上的差異

詞與曲雖同是協律的文字，但終於是兩種不同的文體。有人以「雅」「俗」兩字來區別它們，實在也未見允當。也有人說曲是詞變成的，所以叫做「詩餘」因此曲乃是詞的變體。這一說固然也有理由，但照文學史的目光看來，曲在宋代已有它的淵源，一定說曲是詞的變體，也未免一筆抹煞。因此，詞與曲的不同，不容易下定義式地一句話來說明它，我們可以從音律上風格文字上去辨別出來。

詞與曲的起源，留俟下章詳述，此處單就兩者本身區別它們相異之點。

(1)從音律上辨別詞曲　詞曲音律上的不同，一是「聲」的差異；二是「調」的不同。「聲」之中，又可分為「韻」和「律」兩種。「韻」的不同，留下章專論，律的不同，大抵詞分四聲，曲為「入作三聲」而每聲之中又區別陰陽。黃九烟論曲：「三仄應須分上去，兩平還要辨陰陽。」詞初起之時，只重平仄。溫庭筠詞中平仄兩聲始終不苟。晏殊作詞已重去聲，如瑞鷓鴣，其一的結尾：「特染妍華贈世人」其二的結尾「報道江南別樣春」「世」「樣」都是去聲。全集之中，去聲相對者甚多。宋沈義父說「句中用去聲字最為緊要」所以有人說詞至晏殊，而始正者，卽是為此。

詞至晏殊，在音律上，與元曲有相同之處，一爲曲中「陽上作去」之例。二爲「入派三聲」之例。晏殊訴衷情七首兩結第二字共十四字中去聲有十一字，「著」字入聲，「限」「是」乃陽上聲，此例甚多，足見「陽上」可以作去，北宋詞中已有此例，不始於元曲。又上例「著」以入聲代「去」聲，又採桑子七首兩結末第二字中有去聲八字，「日」「一」入聲，「杏」「斷」「戶」「雨」陽上聲。足見「入」聲可以派入三聲了。萬樹詞律中說：

詞之變曲，正宋元相接處，豈曲入歌當以入派三聲，而詞則不然乎。

這是主張詞曲同用「入派三聲」的話。由此可見初期的詞寬「入」聲，嚴「去」聲，和曲沒有什麼不同。詞到了柳永，分別「上」「去」而嚴守「入」，不再以「入」代三聲了。於是詞的四聲之說便告成立。因此後人論詞有必守「入」聲之說。往往以周邦彥作準，其實柳永已開其先聲，不過到邦彥更嚴格而已。

邦彥詞中往往在警句中作拗句，即曲中的「務頭」。「務頭」是「要點」的意思。中原音韻說：

要知某調某字是務頭，可施俊語於其上。

他又舉例說朝天子「人來茶罷」句，務頭在「人」字；紅繡鞋結句「功名不挂口」妙在「口」字上聲，務頭在其上。

由上可知詞曲的音律由寬而嚴，詞至淸眞，已別具規模與曲分道。至於南宋之末，音律旣亡，於是作者謹守四聲，不敢或失，但是齊律是對了，可是卻妨礙了文字的美。例如方千里楊澤民陳西麓諸家和淸眞詞，大都亦步亦趨，有詞意甚晦者，如：

一年自成落。

這是楊澤民解連環中的一句，將「落成」換作「成落」，未免有湊韻之病。

曲音分陰陽，詞中亦有此說。北宋李清照論詞：「詩分平仄，而歌詞分五音，又分六律，又分淸濁輕重。」但她自己的詞中，並未完全做到，至南宋末張炎才有更明白的說法：

先人曉暢音律，有寄閒集旁綴音譜，刊行於世，每作一詞，必使歌者按之，稍有不協，隨即改正。曾賦瑞鶴仙一詞，有云「粉蝶兒撲定花心不去」，按之歌譜，聲字皆協，惟「撲」字稍不協，遂改爲「守」字乃協，知雅詞協音，雖一字亦不放過，信乎協音之不易也。又作惜花春起早云「瑣窗深」，「深」字音不協，改爲「幽」字，又不協，再改爲「明」字乃協，此三字皆平聲，胡爲如是？蓋五音有脣齒喉舌鼻，所以有輕淸重濁之分，故平聲字可爲上入者此也。

這不過是宋代詞人的一種議論，非是嚴律。大概按之音樂，必分淸濁，這也是和曲分淸濁同樣的理由。

由詞的演變看來，當初的詞律，和曲的音律相同，而後漸趨嚴格與曲分途。所以曲詞乃是同出一源，而並非由詞變曲的。

至於「調」的不同，「題目與調名」中已說及了。詞調名有出於大曲的，也有出於諸宮調的。曲的調名也有出於詞調，出於古劇，也有以當時俗諺作調的。但其中頗有不同。大抵詞有慢調，而曲則聯許多曲子而成一套或成一劇。所以詞以首爲單位而曲或以「折」以「套」爲單位。兩者相似的，則爲「小令」。曲中有與詞同一調名而實則不同的，有調名不同而實相同的，也有調名內容完全相同的。試舉調名內容完全相同的詞曲各舉一例：

憶秦娥 又名玉交枝、秦樓月、雙荷葉、碧雲深、（詞）

簫聲咽，秦樓夢斷秦娥月，秦樓月，年年柳色，灞陵傷別。樂遊原上清秋節，咸陽古道音塵絕，音塵絕，西風殘照，漢家陵闕。

秦樓月 北曲

尋芳履，出門便是西湖路。西湖路，傍花行到，舊題詩處。瑞芝峯下楊梅塢，看松未了催歸去。催歸去，吳山雲暗，商量又雨。

完全相同，但與北曲之玉交枝，卻絕然不同。如：

休爭閑氣，都只是南柯夢裏。想功名到底成何濟，總虛華幾人知，百般乖不如一就癡。十分醒爭似三分醉，這的是人生落得，不受用圖箇甚的。

即是同爲曲子，一調之中南北曲也不相同，例如玉抱肚：

休來這裏閑嗑，俺奶奶知道罵我，逞甚麼嘍囉，當初有箇鄭元和，早收心休戀我。（北，屬商調。）

千般生受，教奴家如何措手，終不然把他骸骨沒棺槨送在荒坵，相看到此不由人淚珠流，不是冤家不聚頭。（南，屬雙調。）

這原因由於詞只一種，曲分南北。詞爲大曲中之一段片，與戲劇沒有關係，而曲卻和戲劇仍舊有密切的關連。曲調有的固然淵源於詞調，而兩者的性質卻全不相同。

再依宮調言之，詞所用者據張炎詞源所列，有七宮十二調。七宮「黃鐘宮」「仙呂宮」「正宮」「高宮」「南呂宮」「中呂宮」「道宮」。十二調：「大石調」「小石調」「般涉調」「歇指調」「越調」「仙呂調」「中呂調」「正平調」「高平調」「雙調」「黃鐘羽調」「商調」。元劇所用之曲，據周德清中原音韻：有黃鐘宮二十四章，正宮二十五章，大石調二十一章，小石調五章，仙呂四十二章，中呂三十二章，南呂二十一章，雙調一百章，越調三十五章，商調十六章，商角調六章，般涉調八章。

（2）從風格上辨別詞曲　通常人辨別詞曲的不同，以爲「詞」雅而「曲」俗。詞多典雅，重寄托，用掌故；而曲多俚俗，重明白多諺語。其實詞的初期作品，卻並非典雅弄文之作，如雲謠雜曲子所載，乃是當時的山歌。又敦煌石室所出春秋漫語有唐人的西江月：

天上月，遙望似一團銀。夜久更闌風漸緊，爲奴吹卻月邊雲，照見負心人！

而歐陽炯序花間集道：「自南朝之宮體，扇北里之倡風，何止言之不文，所謂秀而不實。」這是文人眼光中批評原始的「詞」的話。沈義父樂府指迷中也說：

秦樓楚館所歌之詞，多是教坊樂工及市井做賺人所作，只緣音律不差，故多唱之。求其下語用字，全不可讀，甚至詠月卻說雨，詠春卻說涼，如花心動一詞，人目之爲一年景；又一詞中顛倒重複，如曲游春云「臉薄難藏淚過，去哭得渾無氣力」，結又云「滿袖啼紅」。如此甚多，乃大病也。

其實這是詩的原始形態，因爲它是大衆的樂辭，便不能「言之以文」，只要音律不差便是了。試看五代文人之詞也仍保持着那種淳樸的作風。如馮延巳的長命女：

春日宴，綠酒一杯歌一遍，再拜陳三願；一願郎君千歲，二願妾身長健，三願如同梁上燕，歲歲常相見。

又如無名氏的御街行：

霜風漸緊寒侵袂，聽孤雁聲嘹唳；一聲聲送一聲悲，雲淡碧天如水，披衣告語，雁兒略住，聽我些兒心事；塔兒南畔城兒裏，第三個橋兒外，瀕河西岸小紅樓，門外梧桐雕砌，請教且與低聲飛過，那裏有人人無睡

這和曲初起時，也有重於明白流利一樣。王國維錄曲餘話中說道：

元初名公喜作小令，如劉仲晦（秉忠）杜善天（仁傑）楊正卿（里）姚牧庵（燧）盧疎齊（摯）馮海粟（子振）貫酸齊（雲石）等，皆稱擅長。然皆不作雜劇，士大夫之作雜劇者，惟白蘭谷耳。此外雜劇大家如關馬王鄭等，皆名位不著，在士人與倡優之間，故其文字誠有獨絕千古者，然學問弇陋與胸襟之卑鄙，亦獨絕千古。至明而士大夫亦多染指戲曲，前之東嘉（高則誠）後之臨川（湯顯祖）皆博雅君子也。至國朝孔季重（尚任）洪思昉（昇）出，始一掃數百年之無穢，然生氣亦略盡矣。

這議論非常正確。大衆化的曲，一入文士之手，矯揉造作，便易沒落；也由此可見曲當初是俚語，而後漸入於雅正的。例如元初關漢卿的劇曲不伏老中南呂一枝花後的「隔尾」：

子弟每是個茅草岡沙土窩初生的兔羔兒乍向圍場上走，我是箇籠罩受索網蒼翎毛老野鷄蹅踏得陣馬兒熟，經了此窩弓冷箭蠟鎗頭，不曾落人後，恰不道人到中年萬事休，我怎肯虛度了春秋！

吳梅論北曲作法說：

西廂繫春心情短柳絲長，隔花陰，人遠天涯近語妙古今，顧在當時不甚以此等豔語爲然，謂之行家生活，即明人謂案

頭之曲，非場中之曲也。實甫曲如：顚不刺的見了萬千，似這般可喜娘罕曾見。及鶻伶淥老不尋常等語，卻是當行出色。關漢卿續西廂人瑞（金聖嘆）大肆譏彈，實皆元人本色處，聖嘆不之知耳，故作南曲，詞章作者尚易動筆；若作北曲，則語語不可夾入詞賦話頭，似俚雅爲文，俗雜詞章，才子對此無所措手矣。試遍檢明清傳奇南曲佳者至多，北詞作者絕少，皆坐此病。長生殿中北曲間有佳者，顧亦不多，若如桃花扇之寄扇哀江南，直是秦柳小詞，非北詞正格也」——非饜饋於元曲者深，則不能純任自然也。（元曲有二種：一爲雜劇一爲散套；散套尚文雅，雜劇尚本色。）昔洪昉思與吳舒鳧論塡詞之法，舒鳧云：「須令人無從濃圈密點」時，昉思女之則在座，曰：「如此，則天下能有幾人可造此詣。」由此觀之，本色之難可知矣。

從來論曲者知道保存曲的俚俗，使他自然，而談詞者卻忘了詞的原始形態而漸趨典雅，反之卻以典雅作正宗了。

南宋詞較北宋更趨於典雅化，所以辛棄疾的永遇樂「千古江山，英雄無覓孫仲謀處」，有人說他用事太多；劉潛夫稱陸放翁詞「高則高矣，但時時掉書袋，要是一癖。」而張炎評吳文英詞「如七寶樓台，眩人眼目，碎拆下來，不成片段。」這都是修飾過甚的弊病，這一點北宋詞人也自難免。如花庵詞選注：

秦少遊自會稽入京見東坡，坡曰：「久別當作文甚勝，都下盛唱公『山抹微雲』之詞」秦遜謝。坡遽云：「不意別後卻學柳七作詞」秦答曰：「某雖無識，亦不至是，先生之言無乃過乎？」坡云：「『銷魂當此際』，非柳詞句法乎？」秦慚服，然已流傳不可改矣。又問：「別作何詞」秦舉「小樓連苑橫空，下窺繡轂雕鞍驟。」坡云：「十三個字只說得一個人騎馬樓前過」秦聞先生近著坡云：「亦有一詞，說樓上事乃舉『燕子樓空佳人何在空鎖樓中燕。』」晁无咎在座云：「三句說盡張建封燕子樓一段事何奇哉。」

其實詞的變爲典雅，全是蘇軾一般文人弄壞的，在這故事裏可以見到柳永平民化的詞被文人輕視，而文人之詞的重在用典重在矯俗了。以詞論之，秦觀的十三字比蘇軾的三句明白得多，不過太嫌雕琢罷了。蘇軾以後詞便傾向於用事堆砌一路，晦暗，可以名之曰寄託，用典，可以名之曰婉曲，堆砌，可以名之曰典麗。

再看曲的流變，元曲固多白描，近乎民化的文章但是一到後來無論南北，也均有典雅的傾向。例如明代金鑾的水仙子廣陵夜泊

城邊燈火幾家樓，江上風波一葉舟，月下簫鼓三更後，聽誰家猶喚酒，正烟花二月揚州。人已去錦窩鴛瓦，物猶存青浦細柳，怨難平舞態歌喉。

又如梁辰魚的詠簾櫳之醉太平：

宸遊披香半揭，天顏應近傍垂紅袖，香籠霧鎖，通幾點隔花銀漏。悠悠西風高掛漢宮秋。有人似黃花消瘦！九疑雲冷湘波映着翠蛾雙皺。

典雅化的詞曲，眞如王靜安所說「霧裏看花，終隔一層。」明代曲作者，王世貞鳴鳳記的說白全用駢文，湯

顯祖變唱曲作讀曲，清孔尚任作桃花扇自序中說：

旨趣本於三百篇，義則春秋，用筆行文則又左國太史公也。

曲至此，又有什麼趣味呢。

綜上言之，詞曲的變化的方向是相同的，詞一變而爲雅，文人皆遵守；而曲則遵守它的俚俗，其實又何嘗詞雅而曲俗呢。不過以性質分，詞是獨立的音樂文學而曲卻和戲劇有關係吧了。

（3）從詞曲的文字上來辨別　詞曲文字上的不同，普通也以爲是「雅」「俗」的各異，詞多用典，曲則用俚語。其實這也是後來的詞和曲的不同吧了。元曲中誠然有許多用俗語土話的例，如喬吉私情的一枝花：

一枝花：雲髻金雀翹，山隱青鸞鑑，藕絲輕織粉，湘水細揉藍。性子兒嚴嵌，小可的難搖撼，起初兒著莫喈，假撇清面北眉南，實怕儹紅愁綠慘。

梁州第七　不顯豁苫頭兒甚好，不尋常眼腦兒偏饞，酒席間閑話兒將他來探，都笑科兒承答，冷諢兒包含。不能夠空使，因此上雲雨羞臉老婆婆坐守行監，狠撇了暮四朝三，不能夠偷工夫恰喜喜歡歡，怕撇撒也卻忑忑忐忐，知消息早噥噥喃喃，儹起鬬喊，風聲兒惹起如何按！徒那遊，再誰敢，有等乾嗤嗤的村俫死嘴嘶忝實難就！

尾：從今將鳳凰巢鴛鴦殿遮籠教暗，將金縷鎖玉連環對勘的嚴，錦片也似前程的做來不愚濫，非是咱不甘，不是你不堪，只被這受驚怕的恩情都識破我膽。

又如含褐夫的羊訴冤中之耍孩兒：

從里河邊趕我到東吳內，我也測望前程萬里，想道是物離鄉貴有些崢嶸。撞見個主人翁少東沒西，無料喂，把腸胃都拋做糞，無水飲將脂膏盡化作尿，便似養虎豹牢監緊，從朝至暮坐守行隨。

裏面有許多的俗語土話，其他同樣的例子，俯拾卽是。而詞，卻是典雅的作品，宋代教坊之歌，沈義父樂府指迷說「哭得渾無氣力」這類話很不行，也是以爲它太俗的緣故。畫墁錄：

柳三變旣以詞忤仁廟，吏郎不放改官，三變不能堪，詣政府，晏公曰：「賢俊作曲子麼？」三變曰：「祇如相公亦作曲子。」公曰：「殊雖作曲子，不曾道『綵線慵拈伴伊坐。』」柳遂退。

當時王公貴人文人學士以爲「綵線慵拈伴伊坐」一類的詞語，不登大雅之堂，因而加以排斥。但晏殊自己的作品裏寫情的也不少，如浣溪紗的「一爲我轉回紅臉面」，婦人嬌的「一爭奈向千百萬留留不住。」而他的兒子晏幾道又公然矯飾說「先君平日小調雖多，未嘗作婦人語也。」所謂婦人乃指倡妓而言。因此以後，詞便不再加入土語，試觀唐代五代的詞，全是白描，全以口語入詞。韓偓的生查子：「那知本未眠，背面偸垂淚」皇甫松的竹枝：「劈開蓮子苦心多。」牛嶠的感恩多：「願得郎心憶家還早歸。」顧夐的荷葉杯：

「手挼裙帶獨裴回，來麼來來麼來。」皆是白描常語，侯鯖錄：

金陵人謂中酒曰「酒惡」，則知後主詩曰「酒惡時拈花蘂嗅」用鄉人語也。

這是詞中也用土話的例。南宋紹興中，有人在垂虹橋上有一詞不著姓名。當時喧傳是呂洞賓所題。宋高宗走過，見而笑曰：「這是福州秀才做的。」左右問他什麼緣故，他說：「此詞上段結句『惟有江上不老』，後段『林屋洞門無鎖。』福建人讀『鎖』作『掃』所以相協。」這並非故作笑謔，宋人的確以方音來作叶韻的，如辛棄疾的一翦梅中以「窗」叶「中」；黃山谷醜奴兒以「兒」叶「家」和「些」。都是一類。可見原始的詞和曲一樣，是最通俗最隨便的東西，後來漸漸加以束縛，便和曲有雅俗之分了。

再就詞曲的表面看，有人以為詞無襯字，曲有襯字。普通人以為詞調中大都一律，而曲中字數可以多少。這是兩者大不同之點。其實原始的詞，並不如此，後來詞的字數有了一定，與曲便不同了。曲的調子，固然可以隨便加字的，如北曲的脫布衫帶小梁州：

畫船兒滿載詩豪，問先生何處遊遨。水晶宮中間品簫，廣寒鄉盡回頭棹。——分付魚龍穩睡着，〔等閑間〕休放波濤，老夫今夜放風騷，搜詩料翻動水雲巢。一天星斗都顛倒，愛銀蟾水底光搖，〔我這裏〕用手撈，〔不覺的〕翻身落，〔也是俺〕形神俱妙，飛上紫金鰲。

南曲如江頭金桂：

五馬江兒水：〔怪得你〕終朝攧窨，〔只道你〕緣何愁悶深。〔教咱〕猜着啞謎，爲你沉吟。那籌兒沒處尋。

柳搖金：〔我和你〕共枕同衾，瞞我則甚。〔你自〕撇下爹娘媳婦，屢換光陰，他〔那裏〕須怨着〔你〕沒信音。

桂枝香：笑伊家短行，無情忒甚。到如今，〔兀自道〕且說三分話，〔不肯〕全拋一片心。

其中襯字甚多，因爲俗語土話填入，便不得不有襯字以協律了。詞既日趨典雅，自用不着這種土話，加以音律失傳，後人依譜填詞，使不敢隨便加減。但按之古代詞中往往有多字少字的，這便是也有襯字的證據。

朱熹說，詞是詩加上了泛聲，這話是對的，試取北曲陽關三疊以作證明：

渭城朝浥輕塵，更洒遍客舍青青，弄柔凝千縷。更洒遍客舍青青，弄柔凝柳色。更洒遍客舍青青，弄柔柳色新。休煩惱，勸君更進一杯酒，人生會少，富貴功名有定分。休煩惱，勸君更盡一杯酒，舊遊如夢，只恐怕西出陽關無故人，休煩惱！勸君更進一杯酒，只恐怕西出陽幽眼前無故人。

北曲將王維原詩「渭城朝雨浥輕塵，客舍青青柳色新，勸君更盡一杯酒，西出陽關無故人」加上許多的襯字，而又將他重複起來，詩之改變爲詞，大都用這種方法。那末詞體已有了之後，文人當然不忘舊法，而且詞調又無律令，自可隨意增減了。不過行之日深，律令日嚴，不能再作增減。

先以調名來作證，詞調之名有「減字」者，如「減字木蘭花」有加以「慢」字的如「惜餘春慢」所以「減字」「慢」作標題者，因爲「減字」「慢」調之格已盛行，又是另外一體，非註明不能區別。但後人只則依此老例，這可見詞調是可以隨意增減字數的。

再以古人的詞來看，例如張泌河傳兩首：

渺莽雲水，惆悵暮帆，去路迢遞，夕陽芳草，千里萬里，雁聲無限起。夢魂消斷煙波裏，心如醉，相見何處是，綺屏香冷無睡，被頭多少淚。（其一）

紅杏交枝相映，密密濛濛，一庭濃豔倚東風，香融透簾櫳。斜陽似共春光語，蝶爭舞，更引流鶯妒，魂消，千片玉樽前，神仙，瑤池醉暮天。（其二）

前一首以兩四字句起，第二首以一六字句起，第一首無兩字句，後一首有兩句兩字句，一爲平韻，一爲仄韻，同是一個人所作的作品，字數卻如此不同。這例子，在雲謠雜曲子裏也可以見到，一直到北宋柳永的樂章集中還有這例子。

上面所舉的例子，只能證明初期的詞，可以任意加減，而不能證明加減者一定是襯字，但南宋及元初作品之中，因亦多有用襯字的，如：

A.史浩浪淘沙令，上片：「拈起香來玉也如手，拈起瓊來金也如酒。」——「也」字。

下片：「松椿如此碧森森底茂，烏兔從他汨漉漉底走。」——「碧」「汨」「底」字。

B.王質滿江紅：「試側耳山常如黛，水常如帶。」——「側耳」兩字。

C.黎廷瑞大江東去：「寄詩先與遠仙說。」——「仙說」兩字。

D.王奕賀新郎：「弔錦袍公子魂何處。」——「公子」兩字。

E.吳鎮沁園春：「都只到邙山土一邱。」——「都」字。

F.黃公度卜算子：「又何況春將暮。」——「又」字。

G.張炎瑣窗寒：「料應也孤吟山鬼。」——「料」字。

H.王寂鵲橋仙：「待調元受了廟堂宣。」——「待」字。

I.王沂孫露集：「勝小紅臨水湔裙。」——「勝」字。

J.周熙賀新郎：「卻說甚官爲柱史。」——「卻」字。

K.吳文英唐多令：「縱芭蕉不雨也颼颼。」——「也」字。

此外張鎡的八聲甘州「喚汝東山歸去」少一字；劉後村漢宮春「臂如河伯，觀海盲洋」也少一個字；王弈賀新郎「又誰省此時情緒」木蘭花慢「尙年年生長兒孫，」「有淸談還有斯文」皆少一個字。楊纘八六子「幾許愁隨笑解」比秦少游詞少二字。

足見詞的襯字之增加最多兩字，而曲卻多至四五字，但其爲襯字可以增加的例是一樣的。北宋詞調可以隨便改易，變化較多，南宋變化只限虛字，變化較少，曲的襯字也大都是虛字，或代名詞。可見詞曲在文字上的變化也是差不多的。此外詞有換頭，曲也有換頭，詞句有一字至九字的，曲也有一字至九字的，詞用典，曲中也有用典的。那末就文字上來辨別，也沒有什麽顯著的差異了。

就上三點來看，無論是風格上，音律上，文字上，詞曲皆有類似之點，原始的詞，和原始的曲，幾乎沒有什麽差異。但是後來之詞與後來的之曲，卻有「雅」「俗」的不同，詞韻曲韻也有了差別，詞調與曲調更不相同了。其中最顯著的，曲有套曲，而詞卻沒有，有的，是宋代趙令畤的商調蝶戀花咏會眞記的，但也是文人偶一爲之的玩意而已。

總之，曲本是戲劇的文學，散曲不過是劇曲的支流，散曲和詞的性質是大同小異的，而劇曲有賓有白卻變成一種以詞曲作歌唱的戲劇了。

第九章　題目與調名

詩經，以詩句中的幾個字來當作這首詩的題目；如關雎的第一句是「關關雎鳩」，蒹葭的第一句是「蒹葭蒼蒼」。漢代的樂府也有如此的例如孔雀東南飛便是這詩的第一句。古詩便有了題目，但往往照作「雜詩」或稱之曰「詩×首」。自從魏不以樂府舊名題別的事實之後，題目和內容往往不發生關係但是詩卻各人擬定各人的題目，如七哀情詩等等，到了唐代詩中題目也有很詳細的，如白居易的「自河南經亂關內阻饑兄弟離散各在一處因望月有感聊書所懷寄上浮梁大兄於潛烏江十五兄兼示符離及下邽弟妹」有這許多字。而樂府詩除新製的曲調之外，其餘都是沿用舊題目，翻開郭茂倩的樂府詩集來看，一個題目，有許多人的吟咏。這便是以題目來作調名了。但是題目雖同，詩的形式卻沒有一定，可以自由選擇，如燕歌行可以作五言古詩，也可以作七言古詩，更可以作五律七律五絕七絕不等。——這是詞與以前的「題目」。

詞的起來，關於這一方面有了很大的改革。詞的題目，和樂府一樣變成了定稱，而且比樂府更嚴格，不能自由製作，有一定的句式。例如蝶戀花無論何人的製作，無論寫什麽東西，文章句式平仄一定得相同。不能隨意改易的，至於裏面所寫的什麼，這當然隨作者自己發揮了。現在試舉幾首蝶戀花來比較一下：

遙夜亭皐閑信步，纔過清明，漸覺傷春暮。數點雨聲風約住，朦朧澹月雲來去。桃李依依口暗度，誰在鞦千，笑裏輕輕語？一片芳心千萬緒，人間沒箇安排處。（李煜）

欲減羅衣寒未去，不捲珠簾，人在深深處。紅杏枝頭花幾許？啼痕止恨清明雨。盡日沉烟香一縷，宿酒醒遲，惱破春情緒。飛燕又將歸信誤，小屏風上西江路。（趙令時）

柳外輕寒花外雨，斷送春歸，直恁無憑據。幾片飛花猶繞樹，萍根不見春前絮。往事畫梁雙燕語，紫紫紅紅，辛苦和春住。夢裏屏山芳草路，夢回惆悵無人處。（況周頤）

無論是五代詞宋詞清詞，它們底句法長短平仄都是相同的。於是「蝶戀花」便成寫一個調子。而眞正的題目，只能寫在調子的下面。我們常常覺得古代詞曲不易了解，這一半也由乎不曾寫出題目的緣故。例如歐陽修的臨江仙，下面只注着「妓席」兩字：

池外輕雷池上雨，雨聲滴碎荷聲。小樓西角斷虹明，闌杆私倚處，遙見月華生。燕子飛來窺畫棟，玉鉤垂下簾旌。涼波不動簟紋平，水晶雙枕畔，猶有墮釵橫。

單是「妓席」兩字，如何能解釋全篇的意思呢。原來這詞是有一個故事的，見於野客叢談：

歐陽永叔任河南推官，親一妓，時錢文僖公爲西京留守，一日宴於後園，客集而歐與妓皆不至，移時方來，錢責妓云：

「未至何也？」妓云：「中暑往涼堂睡覺，失金釵猶未見。」錢曰：「若得歐推官一詞，當爲償汝。」歐即席賦臨江仙云……坐皆擊節，命妓滿斟送歐，而令公庫償釵。

照理上面這一段文章，便是這詞的題目了。因爲調名的關係，便只能注「妓席」兩字。可見詞調興了以後，調名與題目是兩件各不相關的事。

可是初作調名的時候，調名便是題目，後來習相沿用，於是就失了本意，單是以調名爲名了。例如溫庭筠的更漏子，共有四首，全說夜間的情形。唐人詩中多以「更漏」代夜的。可見這調子創於溫庭筠。塡詞名解中說：

唐溫庭筠作新思詞，中咏更漏，後以名詞。

他底四首更漏子是：

柳絲長，春雨細，花外漏聲迢遞，驚塞雁，起城烏，畫屛金鷓鴣。 香霧薄，透重幙。惆悵謝家池閣。紅燈背，畫簾垂，夢長君不知。

星斗稀，鐘鼓歇，簾外曉鶯殘月。蘭露重，柳風斜，滿庭堆落花。 虛閣上，倚闌望，還似去年惆悵，春欲暮，思無窮，舊歡如夢中。

相見稀，相憶久，眉淺淡烟如柳，垂翠幕，結同心，待郎重繡衾。 城上月，白如雪，蟬鬢美人愁絕，宮樹暗，鵲橋橫，玉籤初報明。

玉爐香，紅蠟淚，偏照畫堂秋思，眉翠薄，鬢雲殘，夜長衾枕寒。　梧桐樹，三更雨，不道離情正苦。一葉葉，一聲聲，空階滴到明。

沒有一首不是說夜間的。所以初創調的人所咏一定是本事，後人單取調名，再注以題目。詩和詞的不同便在此，曲的調子一半是以詞裏出來的，因音樂的關係和詞調的句法音律便不同，但是它也是「調名」「題目」不相一致的。

至於詞調名的來源，或有本事，或出於前人詩句的，或者是物名，今試一一分述舉例於後：

A．取前人之詩意的——如蝶戀花，取梁元帝「翻階蛺蝶戀花情。」點絳脣，取江淹「白雪凝瓊貌，明珠點絳脣。」鷓鴣天取鄭嵎「春遊雞鹿塞，家在鷓鴣天。」玉樓春，取白居易「玉樓宴罷醉和春。」丁香結，取古詩「丁香結恨新。」清都宴，取沈隱侯「朝上閶闔宮，夜宴清都闕」等。

B．物名——如菩薩蠻，杜陽雜論：「大中初，女蠻國貢雙龍犀明霞錦，其國人危髻金冠，纓絡被體，故謂之『菩薩蠻』。當時倡優遂歌菩薩蠻曲，文士亦往往效其辭。」蘇幕遮，新唐書：「北方坊邑相率爲渾脫隊，駿馬胡服，名曰『蘇莫遮』。」青玉案，盛酒之具，張衡四愁詩：「美人贈我錦繡段，何以報之青玉案。」

C.人名——多麗，塡詞名解：「張均妓，名多麗，善琵琶，詞采以名。」念奴嬌，元微之連昌宮詞自注：「念奴，天寶中名倡。」開元天寶遺事：「念奴有色善歌，宮妓中第一。」羅敷媚，見古樂府。昭君怨，昭君，即王嬙。河滿子，樂府雜錄：「雲武刺史李靈曜置酒，坐客姓駱，唱何滿子極妙。」而白樂天詩云「世傳滿子是人名，臨就刑時曲始成，一曲四詞歌八疊，從頭便是斷腸聲。」自注：「開元中滄州歌者姓名，臨刑進此曲以贖死，上竟不免。」虞美人，項羽妾。

D.地名——如瀟湘夜雨，瀟湘皆水名。南浦，江夏記：「在江夏縣南三里。」荊州亭，事發生於荊州。高陽台，見宋玉賦，亦地名。揚州慢，揚州地名。伊州慢，六州歌頭，石州慢，八聲甘州。

E.出於諸子詩經文集——如風流子，見文選注；解連環，見莊子。華胥引，見列子；塞垣春，見後漢書，玉燭新，出爾雅。訴衷情，取離騷；喜遷鶯，取詩經。姜白石之暗香，疏影，取林逋咏梅花詩「疏影橫斜水清淺，暗香浮動月黃昏。」

F.調名詠本意——如更漏子咏夜；醉公子，狀公子醉；河瀆神，詠河神；巫山一段雲，寫巫峽，臨江仙，詠水仙；女冠子，咏女道士。

G.記故事——如雨淋鈴，明皇雜錄：「帝幸蜀，初入斜谷，霖雨彌日，棧道中聞鈴聲，帝方悼念貴妃，采其聲爲雨淋鈴曲以寄恨。」解語花：開元天寶遺事：「太液池千葉白蓮開，帝與貴妃宴賞，指妃謂左右曰：『何如此解語花也！』」解佩令，見列仙傳：「江妃二女，游於江濱，見鄭交甫，遂解珮與之。交甫受珮而去，數十步，懷中無珮，女亦不見。」荔枝香，詞譜：「唐史樂志：帝幸驪山，貴妃生日，命小部張樂長生殿，奏新曲，未有名，會南方進荔枝，因名荔枝香。」

其中當然有許多是臆測的，也有許多是不能考源的，調名和內容不合的居多，詠本事的較少。可見詞調之繁衍，在唐宋時較多，後人但依調塡詞，不多製作了，這也由於音律在後來漸漸失傳的緣故。但是詞調傳至今日，非常繁多，有一詞有許多異名的，有一調有平仄兩韻的，也有一調字數不等而且相差甚遠的，不知道它底究竟，很不容易塡詞的。

如長相思，又名雙紅豆、山漸靑、憶多嬌、吳山靑；相見歡，又名上西樓、西樓子、秋夜月、烏夜啼、月上瓜洲；蝶戀花，又名黃金縷、一籮金、鵲踏枝、鳳棲梧、卷珠簾、魚水同歡、明月生南浦；過秦樓，又名惜餘春、惜餘春慢、蘇武慢、選冠子等。此外，擣練子即望江樓；荊州亭即淸平樂；眉峯碧即卜算子；月下留即瑣窗寒；醉思仙即醉太平；菩薩蠻引即解連環；南歌子即南柯子；十六字令即蒼梧謠；陽關曲即小秦王；三台令即調笑令；喜冲天即喜遷鶯；醉桃源即阮郎歸；烏夜啼即錦堂春；醉落魄即一斛珠；折紅英即釵頭鳳；綠腰即玉漏遲；花犯念奴即水調歌頭；金縷曲即賀新郎；買陂塘即摸魚兒；多麗即綠頭鴨；賣花聲即浪淘沙；水晶簾即江城子；柳色黃即石州慢；思佳客即鷓鴣天；上陽春即蓦山溪；西湖即西河；小闌干即少年游；步虛詞即西江月；夜行船即雨中花，玉樓春即木蘭花；南樓令即唐多令；玉連環即一落索；憶君王即憶王孫；秋波媚即眼兒媚；……

但是也有調名同而實際不同的，如浪淘沙又名賣花聲；謝池春也另名賣花聲，兩者絕然不同。試各舉如後。

簾外雨潺潺，春意闌珊！羅衾不耐五更寒，夢裏不知身是客，一晌貪歡！　獨自莫憑欄，無限江山，別時容易見時難，流水落花春去也，天上人間！（李煜浪淘沙一名賣花聲）

殘寒消盡，疏雨過清明後花經款餘紅，風沼縈新皺。乳燕穿庭戶，飛絮沾襟袖。正佳時，仍晚晝。著人滋味，眞個濃如酒。頻移帶眼，空只恁厭厭瘦，不見又思量，見了還依舊。爲問頻相見，何以長相守。天　老，人未偶，且將此恨，分付庭前柳。（李之儀謝池春又名賣花聲）

這兩調雖則異名相同，而實際上卻絕對不同。這是作詞者所應當注意的。又如憶王孫改从調增一疊，即漁家傲，再試舉這兩首以作比較：

萋萋芳草憶王孫，柳外樓高空閉門。杜宇聲聲不忍聞，欲黃昏，雨打梨花深閉門。（秦觀憶王孫）

塞下秋來風景異，衡陽雁去無留意，四面邊聲連角起，千嶂裏，長煙落日孤城閉　濁酒一杯家萬里，燕然未勒歸無計。

羌管悠悠霜滿地。人不寐，將軍白髮征夫淚。（范仲淹漁家傲）

又如同一句法，因用韻平仄的不同，名稱也因之各異。如平韻的叫做綠頭鴨，仄韻的叫多麗：

想人生，美景良辰堪惜，向其間，賞心樂事，古來難是幷得。況東城鳳台沁苑，泛晴波，淺照金碧。露洗華桐，烟霏絲柳，綠陰搖曳，蕩春色。畫堂迥，玉簪瓊佩，高會盡詞客。清歡久，重然絳蠟，別就瑤席。　有翩若驚鴻體態，暮爲行雨標格。逞朱唇，緩歌妖麗，似聽流鶯亂花隔。慢舞縈回，嬌鬟低嚲，腰肢纖細困無力。忍分散，彩雲歸後，何處更尋覓。休辭醉，明月好花，莫漫輕擲。（聶冠卿多麗，仄韻）

玉人家，畫樓珠箔臨津，託微風，彩簫流怨，斷腸馬上曾聞。宴堂開，艷妝叢裏，調琴思，認歌顰，麝蠟煙濃，玉蓮漏短，更衣不待酒初醺，繡屏掩，枕鴛相就，香氣漸暾暾，回廊影，疏鐘淡月，幾許消魂。　翠釵分，銀牋封淚，舞鴛相就，舞蹊從此生塵任蘭舟，載將離恨，轉南浦，北西曛，記取明年，薔薇謝後，佳期應未誤行雲。鳳城遠，楚梅香嫩，先寄一枝春，青門外，祇憑芳草，尋訪郎君。（賀鑄綠頭鴨，平韻。）

萬樹詞律發凡中說：

詞有調同名異者，如木蘭花與玉樓春之類，唐人即有此異名。至宋則多取詞中字名篇，如賀新郎名乳燕飛，水龍吟名小樓連苑之類，張宗瑞倚澤新語一帙皆然。然其題下自注，寓本調之名也。後人厭常喜新，更換轉多，至龐雜矇混，不可體認。所貴作譜者合而酌之，標其正名，削其巧飾，乃可遵守。而今之傳譜有二失焉：嘯餘則不知而誤複收，如望江南外又收夢江南;蝶戀花外又收一籮金,金人捧露盤外又收上西平之類,不可枚舉。甚至有一調數至四五者,更如大江東之誤作大江乘,燕台春顛倒一字而兩體,共載一詞,訛謬極矣。嘯譜既裝舊傳之語,而又狥時尚之偏,遂有明知是某調而故改新名者,如擣練子改深院月,卜算子改百尺樓,生查子改美少年之類,尤多不可枚舉。

又說:

詞有調異名同者,其辨有二:一則如長相思西江月之類,篇之長短迥異,而名則相同。一則如相見歡錦堂春俱別名烏夜啼,浪淘沙謝池春俱別名賣花聲之類……又如新雁過妝樓別名八寶妝,而另有八寶妝正調;菩薩蠻別名子夜歌,而另有子夜歌正調;一絡索別名上林春,而別有上林春正調;眉嫵別名百宜嬌,而另有百宜嬌正調;繡帶子別名好女兒,而另有好女兒正調之類。

再說曲的調名。「曲」也是和「詞」一類,「題目」與「調名」是兩件事,但是曲調名稱與內容有許多是淵源於詞的。大致曲調的來源,大抵以詞中變化者為多,而詞的名目也有與詞相同的,也有的元人的小調(山歌)的名稱。現在再試分述於下:

A.調名出於詞調——如鷓鴣天、醉落魄、卜算子、唐多令、望遠行、鵲橋仙、甘州、桂枝香、解連環、齊天樂、破陣子、梁州、喜遷鶯、洞仙歌、滿庭芳、沁園春、漁家傲、山花子、好事近、薄媚、虞美人、生查子、一翦梅、臨江仙、滿江紅、竹馬兒、賀新郎、阮郎歸、鎖窗寒、浣溪紗、西江月、點絳唇、玉漏遲、天仙子、高陽台、二郎神、憶秦娥、少年遊、念奴嬌、燭影搖紅、八月圓、易金斗、搗練子、風入松、夜行船、賀聖朝、柳梢青。

B 調名出於當時俗諺——如金雞叫、山桃桃木丫叉、拗芝麻、光光乍、皂羅袍、番鼓兒、念佛子、鵓打兔、大影戲、兩休休、麻婆子、瓦盆兒、節節高、大迓鼓、惱冤家、絮婆婆、絮蛤蟆、玉抱肚、快活三。

詞曲同名的，有的完全一樣，也有的截然不同。例如浪淘沙，詞和曲可以說是相同的。例如：

簾外雨潺潺，春意闌珊，羅衾不耐五更寒，夢裏不知身是客，一晌貪歡。獨自莫憑闌，無限江山，別時容易見時難，流水落花春去也，天上人間。（李煜浪淘沙——詞。）

遠水接天浮，渺渺扁舟，去時花雨送春愁，今日歸來黃葉鬧，又是深秋。聚散兩悠悠，白了人頭，片帆飛影下中流，載得古今多少恨，都付沙鷗。（王越浪淘沙——曲。）

但又如夜行船，詞曲的調名雖同，而內容大異，也各舉例如下：

萬里濤回，吞滔滔不斷，古今流水，千年恨都化英雄血淚。倚徙故國秋餘，遠樹雲中，歸舟天際。山勢，還依舊枕寒流，閱盡幾多興廢。（梁辰魚夜行船——曲）

爲問鬱然孤峙者，有誰來雪天月夜，五嶺南橫，七閩東距，終古江山如畫。百感茫茫交集也，憺忘歸夕陽西挂，觸許雄心，無端客淚，一十八灘流下。（顧貞觀夜行船——詞）

又如同名爲桂枝香，詞曲也各不相同：

登臨縱目，正故國晚秋，天氣初肅，千里澄江如練，翠峯如簇。征帆去棹殘陽裏，背西風，酒旗斜矗。綵舟雲淡，星河鷺起，畫圖難足。念自昔豪華競逐，嘆門外樓頭，悲恨相續，千古憑高對此，謾嗟榮辱。六朝舊事隨流水，但寒煙衰草凝綠，至今商女時時猶唱後庭遺曲。（王安石桂枝香——詞）

意中人去眼中人淚，傷心荒草新墳，腸斷亂鴉枯樹，想今番別離，郎儘相思，爲你你便相思無據。竟誰知，燭灰下空舍淚，蠶老心中枉掛絲。（施紹莘桂枝香——曲）

曲，不但有調，而且套曲中調和調的連系，差不多有一定的限制，如仙呂宮，有下列幾式：

A. 點絳唇——混江龍——油葫蘆——天下樂——那吒令——鵲踏枝——寄生草——煞尾。

B. 點絳唇——混江龍——油葫蘆——天下樂——後庭花——青歌兒——賺煞。

C. 點絳唇——混江龍——村裏迓鼓——寄生草——煞尾。

D. 村裏迓鼓——元和令——上馬嬌——勝葫蘆——煞尾。

曲詞同調，據沈雄古今詞話說有六十調。但也有內容全同而調名不相同的。如北曲柳外樓就是詞「憶王孫」。減加增減的，如北曲也不羅，就是詞中的喜遷鶯。又如名相似而實在不同的，如曲的川撥棹和詞的撥棹子。

我們對於詞曲的詞子，不能望文生訓地來塡詞，詞名到後來已與詞中本意不相連屬。例如千秋歲，似乎是很適宜於祝壽之用，但龍沐勛以爲：

> 細案此調之聲情悲抑，在於叶韵甚密，而所叶之韵，又爲「厲而舉」之上聲，與「淸而遠」之去聲，其聲韵旣促，又於不叶韵之句，亦不用一平聲字於句尾以調劑之。旣失雍和之聲，乃宜爲悲抑之作。

這話是對的，例如秦觀有「春去也，落紅萬點愁似海。」黃山谷又以此輓少游，「人已去，詞空在。」李之儀也和道：「紅日晚，仙山路隔空雲海。」周平仲也說：「遲日暮，仙山杳杳空雲海。」變成了輓歌了。又如賀新郎，似乎是最好的賀詞，但是據詞話所記載，本來是「賀新涼」，後人誤爲「賀新郎」的！

> 東坡守杭州，湖中宴會，有官妓秀蘭後至，問其故，以結髮沐浴，忽困倦。對座客頗恚恨。東坡作賀新涼以解之，即「乳燕飛華屋」一闋也。

但是到了後來，辛棄疾最喜塡此調，因此賀新郎一調宜於豪放感慨之作，並無賀新郎之意。試讀辛氏一闋：

> 聽我三章約，有談功談名者舞，談經深酌。作賦相如親滌器，識字子雲校閣。算枉把精神費卻。此會不如公榮者，莫呼來政爾妨人樂。醫俗士，苦無藥。　當年亦爲看孤鶴，意飄然，信窮愁有腳，似剪盡還生僧髮。自斷此生天休問，倩何人說與乘軒鶴。吾有志，在丘壑。

此外唐宋筆記也有記載着的，演繁露記：

> 六州歌頭本鼓吹曲也。近世好事者倚其聲爲吊古詞，音調悲壯，又以古興亡事實文之，聞其歌，使人慷慨，良不與豔詞同科。

可見六州歌頭是適宜於懷古的。這完全由於它底樂調的關係，現代樂調已亡，無從研究，只能依唐宋人的詞來作參考研究了。又，樵隱筆錄：

> 紹興初，都下盛行周清眞詠柳蘭陵王慢，西樓南瓦皆歌之，謂之渭城三疊，以周詞凡三換頭，至末段聲尤激越，惟教坊老笛師能倚之節歌者。

曲也是如此，例如山坡羊頂適宜於豪放幽默一流，黃鶯兒適宜於言情。多拗句者宜雄，多換韻者宜曲。學者對於這一點也得加以注意。

詞的音樂現已失傳，曲南曲之崑腔，尚可考見一二，但是作詞曲者未必知音律，所以選調一項，頗不考究，而現在詞曲大抵作爲應酬的東西，很少能自抒情性者，所以往往單就調名的表現來看，以爲調名即是題目，其實詞曲兩者調名與題目相去甚遠。調名與調的音律又不一致，和詩與散文是絕對不相同的。

第十章 長調、中調、小令及其他

「長調」「中調」「小令」是詞調上的變化。它們的分別是以長短作標準的。「小令」最短，「長調」最長。這個名目見於草堂詩餘。萬樹詞律發凡中說：

> 自草堂有小令中調長調之目，後人因之，但亦約略云爾。詞綜所云，以臆見分之，後遂相沿，殊屬牽率者也。錢唐毛氏云：「五十八字以內爲小令，五十九字至九十字爲中調，九十一字以外爲長調，古人定例也。」愚謂此亦就草堂所分而拘執之。所謂定例，有何所據？若少一字爲短，多一字爲長，必無是理。如七娘子有五十八字，有六十字者，將名之曰小令乎？抑中調乎？如雪獅兒有八十九字者，有九十二字者，將名之曰中調乎？抑長調乎？

徐釚詞苑叢談中也說：

> 唐人長短句皆小令，一名可演爲中調、長調，或系之以犯、近、慢，不能以字數分。

所以「長調」「小令」之別，只能約略分開，不能拘泥字數。「長調」又稱作「慢詞」，「中調」又稱「近」「引」。古人本沒有什麽限制。草堂舊刻並不曾標出這些名目，嘉靖顧從敬刻類編草堂詩餘才立出這三個名目，何良俊序中稱：

從敬家藏宋刻，較世所行本多七十餘調，明係依託；自此本行，而舊本遂廢、

那末這三種名目實無區別之必要。不過就詞的演化而言，先有小令，引詞，再有長調。這也是自簡入繁的自然律。徐釚以爲唐人長短句都是小令，這話不定對，其中也有較長的引調；不過就唐代的詞講也是先小令而漸趨繁長的。唐代的雲謠集雜曲子也是「小令」「引子」那一類東西，文人之詞，短的如白居易的花非花：

花非花，霧非霧，夜半來，天明去。來如春夢不多時，去似朝雲無覓處。

一到温庭筠便有較長的製作：

家臨長信往來道，乳燕雙飛拂煙草。油壁車輕金犢肥，流蘇帳曉春雞早。籠中嬌鳥暖猶睡，簾外落花閑不掃。衰桃一樹近前池，似惜容顏鏡中老。

到了五代，曾填出較長的曲子，但是和唐代所填者也是相去不遠的，如李煜的破陣子等：

四十年來家國，三千里地山河。鳳閣龍樓連霄漢，玉樹瓊枝作煙蘿，幾曾識干戈？一旦歸爲臣虜，沈腰潘鬢銷磨，最是蒼皇辭廟日，教坊猶奏別離歌，垂淚對宮娥！

宋初作詞者，還是多作小令近曲，至柳永而始有慢詞的創製，於是詞體便更加繁複了。

但是慢詞在唐代已有了雛形，杜牧有八六子，鍾輻有卜算子慢，後唐莊宗有歌頭，尹鶚有秋夜月，薛昭蘊有離別等等但只是試作而已，而其成功所在，卻在小令與近調，宋初歐晏兩大家集中如拂霓裳摸魚兒等等，但數量也少，成績也不佳，所以碧雞漫志雖曾說：

唐中葉始漸有慢曲，凡大曲就本宮調轉引序慢近令，如仙呂甘州有八聲慢是也。

但是我們簡直可以承認柳永以前沒有慢調，有的只是試作的初形而已。

劉過能改齋漫錄中說：

詞自南唐以來，但有小令，其慢詞起自仁宗朝。中原息兵，汴京繁庶，歌台舞榭，競賭新聲。耆卿失意無聊，流連坊曲，遂盡收俚俗言語編入詞中，以便使人傳唱，一時動聽，散佈四方，其後東坡少游山谷輩相繼有作，慢詞遂盛。

詞中的長者如柳永的戚氏和吳文英的鶯啼序：

晚秋天，一霎微雨灑庭軒，檻菊蕭疏，井梧零亂惹殘煙，淒然。望江關，飛雲黯淡夕陽間。當時宋玉悲感，向此臨水與登山，遠道迢遞，行人淒楚倦聽隴水潺湲。正蟬吟敗葉，蛩響衰草，相應喧喧。孤館度日如年，風露漸變，悄悄至更闌，長天淨，絳河清淺，皓月嬋娟。思綿綿，夜永對景那堪，屈指暗想從前。未名未祿，綺陌紅樓，往往經歲遷延。帝里風光好，當年少日，暮宴朝歡。況有狂朋怪侶，遇當歌對酒競留連。別來迅景如梭，舊游似夢，煙水程何限。念利名憔悴長縈絆，追往事空慘愁顏。漏箭移，稍覺輕寒，漸嗚咽畫角數聲殘，對閒窗畔，停燈向曉，抱影無眠。（戚氏）

殘寒正欺病酒，掩沈香繡戶，燕來晚飛入西城，似說春事遲暮。畫船載清明過卻，晴煙冉冉吳宮樹。念羈情游蕩，隨風化爲輕絮。十載西湖，傍柳繫馬，趁嬌塵軟霧。遡紅漸招入仙溪，錦兒偷寄幽素。倚銀屏春寬夢窄，斷紅溼歌紈金縷。暝隄空輕把斜陽總還鷗鷺。幽蘭旋老，杜若還生，水鄉尚寄旅。別後訪六橋無信，事往花委，瘞玉埋香，幾番風雨。長波妒盼，遙山羞黛，漁燈分影春江宿。記當時短楫桃根渡青樓彷彿臨分，敗壁題詩淚墨慘澹塵土。危亭望極，草色天涯，歎鬢侵半苧。暗點檢離痕歡唾，尚染鮫綃，嚲鳳迷歸，破鸞慵舞殷勤待寫書中長恨，藍霞遼海沈過雁，漫相思彈入哀箏柱。傷心千里江南，怨曲重招，斷魂在否？（鶯啼序春晚感懷）

這兩調可稱慢詞中的長調了。可是詞長到如此，總不易表達感情，普通不多塡它。其餘像永遇樂齊天樂賀新郎八歸玉蝴蝶等等，雖然也是慢詞，卻比較容易著筆。

詞除了這幾種調名之外，又有「單調」「雙調」「三疊」「四疊」等名稱。上面所舉的例是「三疊」，又如白居易的花非花是單調，溫庭筠的木蘭花是雙調。此外又有換頭不換頭之分。換頭即指後段的第一句而言。張玉田說：

換頭不可斷了曲意。

即是後段第一句要承接上文，若斷而續，如姜夔的齊天樂咏蟋蟀：

庾郎先自吟愁賦，淒淒更聞私語。露溼銅鋪，苔侵石井，都是曾聽伊處。哀音似訴，正思婦無眠，起尋機杼。曲曲屏山，夜涼獨是甚情緒。西窗又吹暗雨，爲誰頻斷相和砧杵？候館吟秋，離宮弔月，別有傷心無數。豳詩漫與，笑籬落呼燈，世間兒女寫入瑟絲，一聲聲更苦。

其中「西窗又吹暗雨」一句，即是似續似斷的換頭。但古人詞中不一定全照此例，有的上下兩段完全不相連屬的，如蘇軾的蝶戀花：

花褪殘紅青杏小，燕子飛時，綠水人家遶。枝上柳緜吹又少，天涯無處無芳草。　牆裏鞦韆牆外道，牆外行人，牆裏佳人笑，笑漸不聞聲漸杳，多情卻被無情惱。

上半寫春天的風景，而下半全寫牆裏女子的歡笑和牆外聽者的感想。也有分了上下半，而實際上卻仍是和不分段一樣的，如辛棄疾的賀新郎別茂嘉十二弟：

綠樹聽鵜鴂，更那堪鷓鴣聲切，杜鵑聲切；啼到春歸無啼處，苦恨芳菲都歇。算未抵人間離別，馬上琵琶關塞黑；更長門翠輦辭金闕，看燕燕送歸妾。　將軍萬戰身名裂，向河梁回頭萬里，故人長絕。易水蕭蕭西風冷，滿座衣冠如雪。正壯士悲歌未徹，啼鳥還知如許恨，料不啼清淚長啼血。誰共我醉明月。

也有上下兩段意思截然相反的，如呂本中的採桑子：

恨君不似江樓月，南北東西，南北東西，只有相隨無別離。

恨君卻似江樓月，暫滿還虧，暫滿還虧，待得團圓是幾時？

上半說它不似月，而下半又說它似月，文意完全相反。這也是一作體例。換頭的不同，大約如此，它不分小令中調長調，都是如此的。

「曲」也有所謂小令，周德淸中原音韻中說：「樂府小令兩途，樂府語可入小令，小令語不可入樂府。」同是「小令」，詞和曲不同，卽使有同一調名的，也互不相同，要先辨別它們的不同。例如一半兒和憶王孫：

碧紗窗外悄無人，跪在牀前忙要親，駡你個負心回轉身，雖是我話兒嗔，一半兒推辭一半兒肯。（關漢卿一半兒）

萋萋芳草憶王孫，柳外樓高空斷魂。杜宇聲聲不忍聞。欲黃昏，雨打梨花深閉門。（秦觀憶王孫）

這兩首前者是曲的小令，後者是詞的小令。形式差不多。此曲是從憶王孫演變出來的。詞中憶王孫共三十一字，首次兩句，卽平起七言詩。第三句與第二句同，第四句爲三字句，末句與第二三句同。一半兒第三句也應該是七字句，這裏的「個」字是襯字。下半全改爲五字九句，而一定要以「一半兒××一半兒×」作結。

「曲」除小令之外，尚有「帶過曲」和「集曲」。「帶過曲」以三調爲止，任二北散曲概論：

帶過曲初僅北曲小令中有之，後來南曲內與南北合套內亦偶而倣用。

作詞十法疏證中也說：

北曲中在同一宮調內，音律又適銜接者，兩調三調連合而作一調，謂某某帶過某調，『帶』『過』兩字，或任用一字。或稱某調兼某調，或全略去，祇寫兩調之名。如中呂十二月堯民歌之類。帶過因爲前人已用者，共不過三十餘種，其不能任意配合可知。

詞由小令而變成爲中調，曲卻由幾首小令連起來成爲帶過曲，方法雖則不同，而由淺入繁的趨向則一。

「集曲」又名「犯調」。九宮大成南北詞宮譜凡例中說：

詞家標新領異，以各宮牌名彙而成曲，俗稱犯調，其來舊矣。然於『犯』字之義何居？因更之曰集曲。

散曲概論中有更詳明的解釋：

集曲猶詞中之『犯』與『攤破』，專屬於南，可與北之帶過曲相當，而內容絕異。蓋帶過曲乃許多整個之調相連續，其名亦即用各調原名相連；集曲則擷取各調之零碎句法相連續，而另爲定一新名。江東白苧集中所載九疑山巫山十二峯等，神其名似仍爲一單調，而實則有九調十二調之句法參雜其中也。

散曲中又有「套曲」，乃合許多曲子而成，有首有尾，自成一系統，正如詞中之長調，不過詞則混爲一體，而曲尚可以分離。

劇曲之中，同一調內，有所謂「引子」與「過曲」，「引子」乃似詞非詞的唱句，而「過曲」是所唱之調，但通常所唱者不止一調。今據南九宮譜目錄中仙呂調之目錄以作一例：

1.引子——探春令、鷓鴣天、奉時春、金雞叫、小蓬萊、醉落魄、劍器令、似娘兒、卜算子、唐多令、紫蘇丸、望遠行、梅子黃時雨、鵲橋仙、天下樂。

2.過曲——甘州歌、八聲甘州、羽調排歌、三疊排歌、十五郎、一盆花、喜還京、美中美、么油核桃木丫叉、望梅花、醉扶歸、持香金童、春從天上來、胡女怨、王女兒、聚八仙、么篇、拗芝蔴、撼亭秋、尾聲、皂羅袍犯、一封書犯、勝葫蘆犯、樂安神犯、鐵馬兒、青歌兒、大齋郎、光光乍、上馬踢、攤破月兒高、蠻江令、涼草蟲、臘梅花、月兒高、西河柳。

普通北曲的調子在九種宮調內也有一定：

A.仙呂宮：

1.點絳唇　混江龍　油葫蘆　天下樂　那吒令　鵲踏枝　寄生草　煞尾

2.點絳唇　混江龍　油葫蘆　天下樂　後庭花　青歌兒　賺煞

3.點絳唇　混江龍　村裏迓鼓　寄生草　煞尾

4.村裏迓鼓　元和令　上馬嬌　勝葫蘆　煞尾

B. 南呂宮：

1. 一枝花　梁州第七　四塊玉　哭皇天　烏夜啼　尾聲
2. 一枝花　梁州第七　牧羊關　四塊玉　罵玉郎　元鶴鳴　烏夜啼　尾聲
3. 一枝花　四塊玉　罵玉郎　感皇恩　採茶歌　草池春
4. 一枝花　梁州第七　九轉貨郎兒

C. 黃鐘宮：

1. 醉花陰　喜遷鶯　出隊子　刮地風　四水仙子　尾聲
2. 醉花陰　出隊子　刮地風　四門子　水仙子　尾聲

D. 中呂宮：

1. 粉蝶兒　醉春風　石榴花　鬬鵪鶉　上小樓　煞尾
2. 粉蝶兒　醉春風　迎仙客　石榴花　上小樓　么篇　小梁州　么篇　朝天子　煞尾
3. 粉蝶兒　醉春風　迎仙客　紅繡鞋　石榴花　鬬鵪鶉　快活三　十二月　堯民歌　上小樓　么篇　煞尾

4. 粉蝶兒 醉春風 十二月 堯民歌 石榴花 鬬鵪鶉 上小樓 么篇 煞尾

5. 粉蝶兒 上小樓 么篇 滿庭芳 快活三 朝天子 四邊靜 耍孩兒 三煞 二煞 一煞 煞尾

E. 正宮:

1. 端正好 滾繡球 叨叨令 脫布衫 小梁州 么篇 快活三 朝天子 煞尾

2. 端正好 滾繡球 叨叨令 脫布衫 小梁州 么篇 上小樓 么篇 滿庭芳 快活三 朝天子 四邊靜 耍孩兒 五煞 四煞 三煞 二煞 一煞 煞尾

3. 端正好 蠻姑兒 滾繡球 叨叨令 伴讀書 笑和尚 倘秀才 滾繡球 煞尾

4. 端正好 滾繡球 倘秀才 滾繡球 倘秀才 滾繡球 倘秀才 滾繡球 煞尾

5. 端正好 滾繡球 叨叨令 倘秀才 滾繡球 白鶴子 耍孩兒 三煞 二煞 一煞 煞尾

F. 大石調:

1. 六國朝 喜秋風 歸塞北 六國朝 雁過南樓 擂鼓體 歸塞北 好觀音 好觀音煞

G. 商調：

1. 集賢賓　逍遙樂　上京馬　梧葉兒　醋葫蘆　么篇　金菊香　柳葉兒　浪裏來　高過隨調煞
2. 集賢賓　逍遙樂　金菊香　梧葉兒　醋葫蘆　么篇　後庭花　柳葉兒　浪裏來煞

H. 越調：

1. 鬬鵪鶉　紫花兒序　小桃紅　金蕉葉　調笑令　禿廝兒　聖藥王　麻郎兒　絡絲娘　尾聲
2. 鬬鵪鶉　紫花兒序　金蕉葉　小桃紅　天淨沙　么篇　禿廝兒　聖藥王　尾聲
3. 看花回　錦搭絮　么篇　青山口　聖藥王　慶元貞　古竹馬　煞尾

I. 雙調：

1. 新水令　折桂令　雁兒落　得勝令　沽美酒　太平令　鴛鴦煞
2. 新水令　駐馬聽　喬牌兒　攪箏琶　雁兒落　得勝令　沽美酒　川撥棹　太平令　梅花酒　收江南　清江引

詞曲 一二八

3. 新水令 駐馬聽 沈醉東風 雁兒落 得勝令 掛玉鈎 川撥棹 七弟兄 梅花酒 收江南 煞尾

4. 新水令 駐馬聽 胡十八 沽美酒 太平令 沈醉東風 慶東原 雁兒落 得勝令 攪箏琶 煞尾

5. 新水令 步步嬌 沈醉東風 攪箏琶 雁兒落 得勝令 掛玉鈎 殿前歡 煞尾

6. 夜行船 喬木查 慶宣和 落梅風 風入松 撥不斷 離亭宴 帶歇指煞

第十一章　詞韻與曲韻

詞人感到唐詩用韻的狹窄而別倡詞調，所以在晚唐五代宋初的詞裏，他們已不復受詩韻的束縛，而隨意塡詞，這是詩的解放。推其原因，詞的初興既由於民間歌謠，是俚人的俗曲，必無考查詩韻而塡詞的可能，好像現代山歌都是隨口協韻，以今語作標準的。依今日的讀音來看詩韻，一「東」和二「冬」既沒有什麽分別，「文」之中更有數字超出韻的關係之外者。其實所謂「韻，」乃是「叠韻字」的關係。語根既然改變，古代的叠韻字在現今便不一定叠韻了。唐代也是如此，所以就燉煌石室的漁歌子的韻來看：

洞房深空悄悄，虛把身心生寂寞，待來時，怕祈禱，休戀狂花年少。淡勻妝，周旋妙，只爲五陵正渺渺。胸上雪，從君咬。恐把千金買笑。

「寂」字是入聲，其餘都是上聲，可見這時「上」「入」通協。又如雲謠集破陣子中以「餘」叶「絃」。辛棄疾一翦梅的以「窗」叶「中」。這些大槪都是以方言來協韻的。

沈伯時樂府指迷：「平聲字可以入聲字替」李淸照論詞：「近世所謂聲聲慢，雨中花，既押平聲，又押入聲，玉樓春平聲，又押上去聲，又押入聲。」所謂「入作三聲」乃是詞曲用韻的共同之點，所以唐宋人詞，所用的韻較唐廣韻爲寬大。亦無所謂韻書的。戈載詞林正韻序云：

詞始於唐，唐時別無詞韻之書，宋朱希真嘗擬應制詞韻十六條而外，列入聲韻四部，其後張輯釋之，馮取洽增之，至元陶宗儀曾譏其淆混，欲爲改定而其書久佚，目亦無自考矣。厲鶚論詞絕句云「欲呼南渡諸公起，韻本重雕菉斐軒。」注云：『曾見紹興二年刊菉斐軒詞林要韻一冊，分東江邦陽十九韻，亦有上去入三聲作平者。』於是人皆知有菉斐詞韻，而又未之見。……又疑此書專爲北曲而設。

所以菉斐軒詞林要韻是最早的詞韻了。有人曾見此書上有元人仇山村的藏印，那末戈載之疑可以釋然。同時，也可證明詞曲一理，並無二致。但後人往往以詞曲兩途，使加區別。萬樹詞律發凡中說：

『入』之派入三聲，爲曲言之也。然詞曲一理，今詞中之作『平』者，比比而是，比『上』作『平』者更多，難以條舉，作者不可因其用入是仄聲而塡作『上』『去』者，且有以『入』叶『上』者，不可用『去』，以『入』叶『去』者不可用『上』。

又說：

詞之用韻，較寬於詩，而『眞』『侵』互施，『先』『鹽』並叶，雖古有然，終屬不妥。

戈載也說「詞韻較之詩韻爲寬，要各有界域，……異哉毛奇齡之言曰：「詞韻可任意取押，『支』可通『魚』，『魚』可通『尤』，『眞』『文』『元』『庚』『青』『蒸』『侵』無不可通，其他『歌』之與『麻』『寒』之與『鹽』無不可轉入聲則一十七韻輾轉雜通，無有定紀。」毛氏論韻，穿鑿附會，本多自我作古，不料傷心病狂，敗壞詞學，至於此極！」詞自從到了清代，紀律森嚴，既與音樂脫離關係，又與曲嚴別涇渭，所以詞家不肯將詞曲混爲一讀了。因此詞韻和曲韻也有了極端的不同。

戈載詞林正韻分爲十九部，清初沈謙有詞韻略，趙鑰曹亮武亦有詞韻，和沈氏略同。李漁詞韻有二十七部，人有譏其依鄉音分類。胡文煥文會堂詞韻平上去三聲用曲韻，入聲用詩韻。吳烺程名世等有學宋齋詞譜，鄭春波綠漪亭詞韻也未能將宋詞的用韻歸納出一個準確的結論來。吳梅氏有詞韻二十二部，較爲允當。

曲韻，北曲用周德清的中原音韻；南曲用范善臻的中州音韻。周氏之書，但別平聲的陰陽，而范氏則兼別上去。因南北曲皆可通用，所以大家都用它。兩書都分爲十九韻。

戈載論詞韻與曲韻道：

製曲用韻，可以『平』『上』『去』通叶，且無『入』聲。如周德清中原音韻，列『東』『鍾』『江』『陽』等十九部。『入』聲則以之配隸三聲，例曰廣其押韻，爲作詞而設，以予推之，『入』爲瘂音，欲調曼聲，必諧三聲，故凡『入』聲之正次清音轉『上』聲，正濁作『平』，次濁作『去』，隨音轉協，始有所歸耳。」安雖未明言其理，而予測其大略如此……

至詞林韻譯與中原音韻亦同，而標目大異。如『東』『鍾』則曰『東』『紅』，『魚』『模』則曰『車』『天』『桓』『歡』則曰『鸞』『渦』之類，要其爲十九部，以入聲配三聲則一也。此皆曲韻也。蓋中原音韻諸書『支』『思』與『齊』『微』分二部，『寒』『山』『桓』『歡』『先』『天』分三部，『家』『麻』『車』『遮』分二部，『監』『咸』『廉』『纖』分二部，於曲則然，於詞則不然。況四聲缺『入』聲，而詞則明明有必須用『入』聲之調，斷不能缺，故曲韻不可爲詞韻也。

入協三聲，詞曲中有很多的例子。隨便取董穎的薄媚西施作例：

王公子，青春更才美。風流慕連理。耶溪一日，悠悠回首凝思。雲鬟煙鬢，玉珮霞裾，依約露妍姿。選目驚喜，俄迂玉趾，同仙騎洞府歸去。簾籠窈窕戲魚水，正一點犀通，遽別恨何已，媚魄千載，教人屬意，況當時金殿裏。

其中「去」是「去」聲字，「美」是「上」聲字，「思」是平聲字，互相通協。元人曲中更多這種例子。宋詞也是如此。既然這樣，詞韻曲韻似無分開的必要。但後世詞先失樂曲，尚有音樂的連係，所以更須辨別清濁輕重等等，這也是外的關係，而不是本質的關係。又如元人的詞，大都有曲的風趣，也有調名，也是自製的，名稱上仍是詞，實際上已是曲了。像這一類作品，還是應用詞韻，應用曲韻？現在試將廣韻詞韻曲韻畫一比較表如下：

廣韻			詞韻	曲韻
平	上	去		
1東 2冬 3鍾	1董 2腫	1送 2宋 3用	第一部	第一部
4江 10陽 11唐	3講 26養 37蕩	4絳 41漾 42宕	第二部（開口音）	第二部
3支 5脂 7之	4紙 5旨 6止	5寘 6至 7志	第三部「太」一半入第三部一半入第五部	第三部
8微 12齊	7尾 11薺	8未 12霽 13祭 20廢		第四部（「微」「尾」半入第五部）
15灰	14賄	11太 18隊		第五部（「太」半入第八部）
9魚 10虞	8語 9麌	9御 10遇	第四部	第六部

			詞	曲
11模	10姥	11暮		第七部
13佳 14皆 10咍	12蟹 13駭 15海	14太 15卦 16怪 17夬 18代	第五部（「佳」半入第五部半入第十部「卦」同）	第八部（「佳」「太」「卦」之半入第十五部）
17眞 18諄 19臻 20文 21欣 23魂 24痕	16軫 17準 18吻 19隱 21混 22很	21震 22稕 23問 24焮 26慁 27恨	第六部	第九部
22元	20阮	25願	第七部	第十二部（與下十二部合）
26桓	24緩	29換		第十部
25寒 27刪 28山	23旱 25潸 26產	28翰 30諫 31襉		第十一部
1先	27銑	32霰		第十二部（與上第十二部合）

一三四

2仙	28獮	33線		
3蕭	29篠	34嘯	第八部	第十三部
4宵	30小	35笑		
5肴	31巧	36效		
6豪	32皓	37號		
7歌	33哿	38箇	第九部	第十四部
8戈	34果	39過		
13佳	35馬	15卦	第十部	第十五部（「家」「麻」「中」「車」「蛇」「斜」第音別立第十六部）
9麻		40禡		
12庚	38梗	43映	第十一部	第十七部
13耕	39耿	44諍		
14清	40靜	45勁		
15青	41迥	46徑		
16蒸	42極	47證		
17登	43等	48澄		
18尤	44有	49宥	第十二部	第十八部
19侯	45厚	50候		
20幽	46黝	51幼		
21侵	47寢	52沁	第十三部（閉口音）	第十九部

平聲	上聲	去聲	部	部
22覃 23談	48感 39敢	53勘 54闞	第十四部	第二十部(與下第二十部合)
24鹽 25添 28嚴	50琰 51忝 52儼 53豏	55豔 56掭 57釅 58陷	第十四部	第二十一部
26咸 27銜 29凡	54檻 55范	59鑑 60梵	第十四部	第二十部(與上第二十部合)

(入聲)

韻	部
1屋 2沃 3燭	第十五部
4覺 18藥 19鐸	第十六部
5質 7櫛 9迄	

22 昔　23 錫　24 職　25 德　26 緝	第十七部
6 術　8 物	第十八部
20 陌　21 麥	第十九部
11 沒　12 曷　13 末	第二十部
10 丹　14 黠　15 舝　16 屑　17 薛　29 葉　30 帖	第二十一部

入作三聲作平聲時皆爲陽平聲作去聲皆陽去聲

27合 28盍 31洽 33洽 32狎 33業 34乏	第二十二部	

上表所列，詞韻依據吳梅氏酌定的詞韻，曲韻舊只有十九部，依盧冀野的見解又增「蘇」「模」等一部及「歸」「回」等一部。由此可見曲韻詞韻現已迥不相同。詞中以「入」聲叶三聲，而曲卻以「入」聲派作三聲，這是絕對不同之點。

但是由廣韻而詞韻而曲韻，分類漸漸擴大，但曲難於詞，詞難於詩者，完全由於音一方面的衍化，例如詩，但講平仄，而詞重四聲，曲則四聲之外，又及陰陽。既然音的一方面分化了，韻腳自然不得不稍寬。這也是自然的趨勢。

以上全由詞曲的分韻而言，至於詞曲用韻的變化，也不如詩一樣的少變化，大致一律，而有平仄間用，或隔句換句，隔片換韻的。這裏不必詳加討論了。至於用韻之原則，首須擇其文意，否則便叫「落韻」，舉戈氏論韻一段，詞如此，曲亦如此：

一調有一調之起，有一調之畢。某調當用何字起，何字畢，起是始韻，畢是末韻，有一定不易之則，而住字殺聲結聲即由起以別焉。詞之諧不諧，恃乎韻之合不合。韻各有其類，亦各有其音，用之不紊，始能融入本調，收足本音耳。韻有四呼七音三十一等，呼分開合，音辨宮商，等敍清濁，而其要則有六條。一曰穿鼻，二曰展輔，三曰斂脣，四曰抵齶，五曰直喉，六曰閉口。穿鼻之韻，東、冬、鍾、江、陽、唐、庚、耕、清、登、蒸三部是也。其字必從喉間反入，穿鼻而出，作收韻，謂之穿鼻。展輔之韻，支、脂、之、微、齊、灰、佳、皆、咍二部是也。其字出口之後，必展兩輔如笑狀，作收韻，謂之展輔。斂脣之韻，魚、虞、模、蕭、宵、爻、豪、龍、侯、幽三部是也。其字在口半啓半閉，斂其脣以作收韻，謂之斂脣。抵齶之韻，眞、諄、臻、文、欣、認、痕、元、寒、桓、刪、山、先、仙二部是也。其字將終之際，以舌抵着上齶，作收韻，謂之抵齶。直喉之韻，歌、戈、佳、麻二部是也。其字直出本音，以作收韻，謂之直喉。閉口之韻，侵、覃、談、鹽、沾、嚴、咸、銜、凡二部是也。其字閉其口以作收韻，謂之閉口。凡平聲十四部，已盡於此，『上』『去』即隨之，惟『入』聲有異耳。……明此六者，庶幾韻不假借，而起畢住字無不合矣。

這論調雖然過於精細，爲持高之論，不過聲音的變化與文情語氣也不無關係，留心於這一點，對用韻也很有幫助的。吳梅詞學通論中論用韻道：

夫詞中叶韻，惟『上』『去』通用，『平』『入』兩聲，絕不相混，有必用『平』韻者，有必用『入』韻者，……韻有開口閉口之分，第二部之『江』『陽』，第七部之『元』『寒』，此開口音也。第十三部之『侵』，第十四部之『覃』『談』

此閉口音也最爲顯露作者不致淆亂。所易混者第六部之『眞』『諄』，第十一部之『庚』『耕』，第十三部之『侵』即宋詞中或有牽連混合者。張玉田『山中白雲』詞，至多此病。如瑣窗寒之『亂雨敲春』，摸魚子之『憑高露飲』，鳳凰台上憶吹簫之『水國浮家』，滿庭芳之『晴卷霜花』；憶舊遊之『問蓬萊何處』，皆混合不分。於是學者謂名手如玉田；猶不斷斷於此，不妨通融統叶，以寬韻腳，不知此三韻本非窄韻，即就本韻選字已有餘裕，何必強學古人誤處？且爲文過飾非也。即以詩論此三韻亦無通押之理，何況拘守音律之長短句哉，其他第七部與第十四部韻，詞中亦有通假者，此皆不明開閉口之道。

初看來曲以入配三聲，用韻似較詞爲寬，但是曲韻必先辨別清重陰陽而以五聲配五音；如：

1. 喉聲——宮音。
2. 顎聲——商音。
3. 舌聲——角音。
4. 齒聲——徵音。
5. 唇聲——羽音。

其中宮音最濁，羽音最清，卽喉聲濁而唇聲清。這先當辨別四聲，那末這五聲也不難辨別了。

第十二章　詞的初創時期

論詞者大都將唐代作詞史的第一頁，唐代以前，隋煬帝有清夜遊曲，侯夫人有看梅一點春，但此係樂府的遺製，同時又疑其出於僞託。趙璘因話錄載唐初柳範有江南折桂令，但此詞現已亡佚，不能知道它的體製，也不能遽斷爲詞的開山祖。李白詞也不甚可靠，其他如張志和韋應物王建等作品，不過以詩作詞，離詩體不遠。如張志和的漁歌子：

> 西塞山前白鷺飛，桃花流水鱖魚肥，青箬笠綠蓑衣，斜風細雨不須歸。

其實只不過將七言絕句的第三句改爲兩句三字句罷了。如改作「箬笠青青蓑衣綠，」不是一首很好的七絕嗎，等到溫庭筠出而詞格大備。吳梅詞學通論論詞的初期道：

> 詞之爲學，發始於唐，滋衍於五代，而造極於兩宋……惟齊梁以來，樂府之音節已亡，而一時君臣，尤喜別翻新調，如梁武帝之江南弄，陳後主之玉樹後庭花，沈約之六憶詩，已爲此事之濫觴。唐人以詩爲樂，七言律絕，皆付樂章，至玄肅之間，詞體始定，李白憶秦娥，張志和漁歌子，其最著也。或謂詞破五七言絕句爲之，如菩薩蠻是，又謂詞之瑞鷓鴣，即七律體，玉樓春即七古體，楊柳枝即七絕體，欲實詩餘之名，殊非確論。蓋開元全盛之時，即詞學將興之日，旗亭畫壁，本屬歌詩，陵闕西風，亦

承樂府，强分後先，終歸臆斷。自是以後，香山夢得仲初幼公之倫，競相藻飾，調笑轉應之曲，江南春去之詞，上擬清商，亦無多讓。及飛卿出而詞格始成，握蘭金荃，遠接騷辨，變南朝之宮體，揚北部之新聲。於是皇甫松鄭夢復司空圖韓偓張曙之徒，一時雲起，楊柳大堤之句，芙蓉曲渚之篇，自出機杼，彬彬稱盛矣。

唐代之詞，温庭筠確稱一大家，所以趙崇祚花間集，選温助教者甚多。他的握蘭金荃也是詞的專集之祖。所以黃叔暘說：

飛卿詞極流麗，宜爲花間集之冠。

張炎也說：

詞之難於令曲，如詩之難於絕句，不過十數句，一句一字閒不得，末句最當留意，有有餘不盡之意始佳。當以唐花間集中韋莊溫飛卿爲則

溫詞以菩薩蠻爲最多，亦最擅長。宣宗愛唱菩薩蠻之曲，相國令狐綯叫溫氏作詞，並使勿洩於他人，而溫庭筠卻告訴了別人，由是見黜。徐釚詞苑叢談載他五首道：

玉纖彈處眞珠落，流多暗濕鉛華薄。春露浥朝花，秋波浸晚霞。風流心上物，本爲風流出。看取薄情人，羅衣無此痕。

南園滿地堆輕絮，愁聞一霎清明雨。雨後卻斜陽，杏花零落香。無言彈睡臉，枕上屏山掩。時節欲黃昏，無寥獨倚門。

夜來皓月才當午，重簾悄悄無人語。深處麝煙長，臥時留薄妝。當年還自惜，往事那堪憶。花露月明殘，錦衾知曉寒。

雨晴夜合玲瓏月，萬枝香嫋紅絲拂。閒夢憶金堂，滿庭萱草長。繡簾垂麗罭，眉黛遠山綠，春水渡溪橋，凭欄魂欲消。

竹風輕動庭除冷，珠簾月上玲瓏影。山枕隱濃妝，綠檀金鳳皇，兩蛾愁黛淺，故國吳宮遠，春恨正關情，畫樓殘點聲。

其中第一首，趙氏花間集不取，亦有疑它是假託的。溫氏不但是塡詞能手，而且創調甚多，如歸國遙、定西番、南歌子、河瀆神、遐方怨、訴衷情、思帝鄉、河傳、蕃女怨、荷葉杯等，已與詩調迥異，自成一格，所以可以說詞至飛卿而體格大備。

溫庭筠在唐代奠定了詞的基石，到了五代更發揚光大，但多小令，斐然可觀。陸游說：

詩至晚唐五季，氣格卑陋，千人一律，而長短句獨精巧高麗，後世莫及。

這評論是對的。詞之所以盛於五代，一則因承唐代的遺緒，二則君臣的互相推崇。所以音律上有更多的進境。唐五代詞選集之最早者有趙崇祚選的花間集，崇祚蜀人，所以選錄多蜀人作品，這是他的偏處。吳梅以爲：

花間輯錄，重在蜀人，並世哲匠，頗多遺佚，後唐西蜀，不乏名言，李氏君臣，亦多奇製，而屏棄不存，一語未采，不得不謂蔽於耳目之近矣。

五代帝王之善詞者，如後唐莊宗，有憶仙姿一葉落歌頭與陽台夢，一葉落爲自度曲，歌頭分詠四季，恐係僞作。蜀後主王衍有醉妝詞及甘州曲，類似俗調。後蜀後主孟昶有木蘭花，傳卽蘇軾改作之洞仙歌。蘇氏自敍說：

僕七歲時見眉州老尼姓朱，忘其名，年九十餘，自言嘗隨其師入蜀主孟昶宮中，一日大熱，與花蕊夫人夜起避暑摩訶池上，作一詞，朱具能記之，今四十年，朱已死久矣，人無知此詞者，獨記其首兩句，暇日尋味，豈洞仙歌令乎，乃爲足之云。

陽春白雪中又說蜀師謝元明聞摩訶池曾得見全詞。而墨莊詩話云：舊題李季成作。東坡少年遇美人，喜洞仙歌，又邂逅處景色暗相似，故隱括稍協律以贈之也。蘇氏云是洞仙歌令作此敍以自晦耳。洞仙歌腔出近世，五代及國初皆未之有也。所以這詞也是僞託無疑。

五代時君王中之能詞，且自成一派者，有南唐中主李璟與後主李煜。中主詞以攤破浣溪紗兩首爲最佳：

菡萏香銷翠葉殘，西風愁起綠波間。還與韶光共憔悴，不堪看。　細雨夢回鷄塞遠，小樓吹徹玉笙寒。多少淚珠何限恨，倚闌干。

手捲眞珠上玉鈎，依前春恨鎖重樓，風裏落花誰是主，思悠悠。　靑鳥不傳雲外信，丁香空結雨中愁。回首綠波三峽暮，接天流。

據南唐書當時有王感化善謳歌，中主作此兩詞手寫賜之，中主不但作詞工手，而且頗以此鼓勵士林。詩史：

朱鰓仕江南，爲縣令，甚疏逸，有詩云：『好是晚來香雨裏，擔簦親送綺羅人』李璟聞之，處以閒曹。又有僧庭貫獻詩云：『吟中雙鬢白，笑裏一生貧。』璟曰：『詩以言志，終是寒薄，』束帛遣之。

但李璟的詞終不及乃子李煜。煜名重光，後亡國降宋，所以他的詞悲淒宛轉，當推詞中之聖手。他的生活史可分爲二段，前半是綺麗的君王生活，所以作品富麗纏綿，後半生在宋朝過着幽淒的生涯，所以他的作品，悲愁困苦。

當他位極人臣，在南唐南面的時候，宮中非常奢華，終日歌舞作詞，如詞苑叢談所載：

李後主宮中未嘗點燭，每至夜則懸大寶珠，光照一室，如日中。嘗賦玉樓春宮詞曰：『晚妝初了明肌雪，春殿嬪娥魚貫列。笙簫吹斷水雲間，按重霓裳歌遍徹。臨春誰更飄香屑，醉拍闌干情未切。歸時休照燭花紅，待放馬蹄清夜月』王阮亭南唐宮詞云『花下投籤漏滴壺，秦淮宮殿浸虛無。從兹明月無顏色，御閣新懸照夜珠』極能道其遺事

他的浣溪紗中也載着他當時生活舒適的情形：

紅日已高三丈透，金爐次第添香獸，紅錦地衣隨步皺。　佳人舞點金釵溜，酒惡時拈花蕊嗅。別殿遙聞簫鼓奏。

他因沈湎酒色，所以不能與趙宋相對抗，於是往日安閒的生涯，一變而爲愁苦之詞，但據西清詩話，他在圍

城之中尚作臨江仙一闋：

櫻桃落盡春歸去，蝶翻輕粉雙飛，子規啼月小樓西，玉鉤羅幕，惆悵暮烟垂。　別巷寂寥人散後，望殘煙草低迷，爐香閒裏裊鳳凰兒，空持羅帶，回首恨依依。

自從亡國以後，他的生活不堪想，他寫信給舊宮人道「此中日夕只以眼淚洗面。」所以他悲歌着「多少恨，昨夜夢魂中，還似舊時遊上苑，車如流水馬如龍。」悲歌着「翦不斷，理還亂，是離愁。」「故國夢重歸，覺來雙淚垂。」「往事已成空，還如一夢中。」「一旦歸為臣虜，沈腰潘鬢消磨。」「無限江山，別時容易見時難。」「夢裏不知身是客，一晌貪歡。」他的虞美人：

春花秋月何時了，往事知多少！小樓昨夜又東風，故國不堪回首月明中。　雕闌玉砌應猶在，只是朱顏改，問君還有幾多愁，卻似一江春水向東流。

可以稱盡愁苦之能事了。李煜之詞中也以這一首為最佳。據避暑漫鈔：

李煜歸朝後，鬱鬱不樂，見於詞語，在賜第七夕，命故妓作樂，聞於外，太宗怒，又傳『小樓昨夜又東風』，並坐之，遂被禍。

他的死據說是在七夕晚上賜牽機藥而死的。這偉大的詞人就此結束了悲吟的生活，然而他的詞被後人所永遠頌揚，他被尊為唐五代詞中的第一人。

五代詞臣中佳作甚多，而詞意婉直，首讓韋莊，忠厚纏綿，惟有延巳。（吳梅語）現在首先述此二人。韋莊，字端巳，世與溫飛卿並稱。陳亦峯評曰：「其詞似直而紆，似達而鬱。」他有浣花集。其詞的佳者如歸國遙：

春欲暮，滿池落花紅帶雨。惆悵玉籠鸚鵡，單棲無伴侶。　南望去程何許？問花花不語，早晚約同歸去，恨無雙翠羽。

金翡翠，爲我南飛傳我意，罷書橋邊春水，幾年花下醉。　別後只知相愧，淚珠難遠寄。羅幕繡幃鴛被，舊歡如夢裏。

馮延巳字正中，有陽春錄。陳世修稱他「思深詞麗，韻逸調新。」他的作風也和溫韋一樣。據說中主用他謁金門上的話問他：「吹皺一池春水，干卿底事？」延巳答道：「未如陛下『小樓吹徹玉笙寒』也。」謁金門是他的曾爲當世傳頌的名詞之一：

風乍起，吹皺一池春水，閒引鴛鴦芳徑裏，手挼紅杏蕊。　鬭鴨闌干獨倚，碧玉搔頭斜墜。終日望君君不至，舉頭聞鵲喜。

當時以「曲子相公」出名的有和凝，他字成績，有紅葉稿，現已亡佚，詞綜只錄他春光好、采桑子、河滿子、漁父四首，而花間集錄至二十首之多。吳梅稱「江城五支爲言情者之祖，後人憑空結構，皆本此詞。」舉喜遷鶯作例：

曉月墜，宿雲披，銀燭錦屏帷，建章鐘動玉繩低，宮漏出花遲。　春態淺，來雙燕，紅日漸長一線，嚴妝欲罷囀黃鸝，飛上萬年枝。

花間集共收十八家，五代詞人有十六人。除五代末宋初之宋人亦有不入選者，如孫光憲，字孟文，有荊台筆錄等集。陳亦峯說他「氣旨甚遒，措語亦多警鍊，然不及溫韋處亦在此，少閒婉之致。」如謁金門：

留不得，留也應無益。白紵春衫如雪色，揚州初去日。　輕別離，甘拋擲，江上滿帆風疾。卻羨綵鴛三十六，孤鸞還一隻。

此外尚有薛昭蘊牛嶠毛文錫牛希濟歐陽炯顧夐魏承班鹿虔扆閻選尹鶚毛熙震李珣張泌等等，但其詞大都殘佚，花間集載之幸得流傳於今日。其詞如：

春到長門春草青，玉階華露滴。月朧明。東風吹斷紫簫聲，宮漏促，簾外曉啼鶯。　愁極夢難成，紅妝流宿淚，不勝情。手挼裙帶遶花行，思君切，羅幌暗塵生。

秋到長門秋草黃，畫梁雙燕去，出宮牆。玉簫無復理霓裳，金蟬墜，鸞鏡掩休妝。　憶昔在昭陽，舞衣紅綬帶，繡鴛鴦。至今猶惹御爐香，魂夢斷，愁聽更漏長。（薛昭蘊小重山）

鵁鶄飛起郡城東，碧江空，半灘風。越王宮殿，蘋葉藕花中。簾捲水樓魚浪起，千片雪，雨濛濛。

極浦煙消水鳥飛，離筵分手時，送金卮。渡口楊花，狂雪任風吹。日暮空江波浪急，芳草岸，柳如絲。（牛嶠江城子）

鴛鴦對浴銀塘暖，水面蒲梢短。垂楊低拂麴塵波，蛛絲結網露珠多，滴圓荷。　遙思桃葉吳江碧，便是天河隔。錦鱗紅鬣影沉沉，相思空有夢相尋，意難任。

寶檀金縷鴛鴦枕，綬帶盤宮錦。夕陽低映小窗明，南園綠樹語鶯鶯，夢難成。　玉爐香煖頻添炷，滿地飄輕絮。珠簾不卷

度沈煙，庭前閑立畫秋千，豔陽天。（毛文錫虞美人）

春山煙欲收，天淡星稀小，殘月臉邊明，別淚臨清曉。語已多，情未了，回首猶重道，記得綠羅裙，處處憐芳草。

新月曲如眉，未有團圞意，紅豆不堪看，滿眼相思淚。終日劈桃穰，人在心兒裏，兩朵隔牆花，早晚成連理。（牛希濟生查子）

嫩草如煙，石榴花發海南天，日暮江亭春影綠，鴛鴦浴，水上遊人沙上女，回顧，笑指芭蕉林裏住。

岸遠沙平，日斜歸路晚霞明，孔雀自憐金翠尾，臨水，認得行人驚不起。洞口誰家，木蘭船繫木蘭花，紅袖女郎相引去，遊南浦，笑倚春風相對語。（歐陽炯南鄉子）

紅藕香寒翠渚平，月籠虛閣夜蛩清，塞鴻驚夢兩牽情。寶帳玉爐殘麝冷，羅衣金縷暗翠生，小窗孤燭淚縱橫。

雲淡風高葉亂飛，小庭寒雨綠苔微，深閨人靜掩屏帷。粉黛暗愁金帶枕，鴛鴦空繞畫羅衣，那堪孤負不思歸。（顧夐浣溪紗）

煙水闊，人值清明時節，雨細花零鶯語切，愁腸千萬結。雁去音徽斷絕，有恨欲憑誰說，無事傷心猶不徹，春時容易別。（魏承班謁金門）

金鎖重門荒苑靜，綺窗愁對秋空，翠華一去寂無蹤。玉樓歌吹，聲斷已隨風。煙月不知人事改，夜闌還照深宮，藕花相向野塘中，暗傷亡國，清露泣香紅。

無賴曉鶯驚夢斷，起來殘酒初醒，映窗絲□柳煙青。翠簾慵卷，約砌杏花零。一自玉郎遊冶去，蓮凋月慘儀形。暮天微

雨洒閑庭，手挼裙帶，無語倚雲屛。（鹿虔扆臨江仙）

江水沈沈帆影過，游魚到晚透寒波，渡口雙雙飛白鳥，煙嫋，蘆花深處隱漁歌。　扁舟短棹歸蘭浦，人去，蕭蕭竹徑透青莎，深夜無風新雨歇，涼月，露迎珠顆入圓荷。（閻選定風波）

月沈沈，人悄悄，一炷後庭香嫋，風流帝子不歸來，滿地禁花慵掃。　離恨多，相見少，何處醉迷三島？漏淸宮樹子規啼，愁鎖碧窗春曉。（尹鶚滿宮花）

春光欲暮，寂寞閑庭戶，粉蝶雙雙穿檻舞，簾卷晚天疏雨。含愁獨倚閨幃，玉爐煙斷香微，正是銷魂時節，東風滿院花飛。（毛熙震清平樂）

歸路近，扣舷歌，采真珠處水風多，曲岸小橋山月過，煙深鎖，豆蔻花垂千萬朶。

乘綵舫，過蓮塘，櫂歌驚起睡鴛鴦，帶香遊女偎伴笑，爭窈窕，競折團荷遮晚照。（李珣南鄉子）

鈿轂香車過柳堤，樺煙分處馬頻嘶，爲他沈醉不成泥。　花滿驛亭香露細，杜鵑聲斷玉蟾低，含情無語倚樓西。

翡翠屛開繡幄紅，謝娥無力曉妝慵，錦帷鴛被宿香濃。　微雨小庭春寂寞，燕飛鶯語隔簾櫳，杏花凝恨倚東風。（張泌浣溪紗）

以上諸家見於花間集，葉夢得嘗稱館閣諸公評庸陋之詞必稱「此仿毛司徒」，可見宋人評五代詞以毛文錫爲最劣了。此外成肇麐唐五代詞選在馮延巳後又有徐昌圖一人，而詞綜錄入於宋詞之中。案徐氏本莆陽人，後降宋，爲國子博士，遷殿中丞。則算作宋人也未始不可。如他的臨江仙：

> 飲散離亭西去，浮生長恨飄蓬，回頭烟柳漸重重，淡雲孤雁遠，寒日暮天紅。今夜畫船何處？潮平淮月朦朧。酒醒人靜奈愁濃，殘燈孤枕夢，輕浪五更風。

此外南唐潘祐亦能詞，現在僅在羅大經鶴林玉露中見其殘句，係題紅羅亭梅花殘句。「樓上春寒山四面，桃李不須誇爛漫，已失了春風一半。」據云係諫李煜之辭，後竟被殺。默記中稱李煜歸宋以後，徐鉉見之，煜歎曰：「當時悔殺了潘祐李平。」卽是此人。

綜上看來，唐五代詞的風格可以說是富麗的，溫柔的，「吟風弄月」四字足以盡之。因此詞中便有花間一派。此種風氣，一直到宋初尚是如此。歐陽修晏殊晏幾道卽是有花間的麗而易之以清者。自蘇軾出乃一變爲雄偉的作風，所以後人也有目蘇詞作野狐禪的。但是沒有蘇軾詞的領域不會擴大，沒有花間一派，詞不能在韻文中獨立一宗。這是唐五代中詞派的大略情形。

第十三章 全盛時代之詞壇概況

詞，肇端於唐末，啓蒙於五代而大盛於宋。所以兩宋可以稱作詞的全盛時代。明毛晉宋六十名家詞，清王鵬運四印齋刻詞，吳昌綬雙照樓景刊宋元本詞，朱祖謀彊村叢書及江標靈鶼閣刻詞及近人趙萬里所輯作者有八百餘人，足見這時候詞風之盛了。兩宋詞之所以如此盛行，固然由於五代的遺風，但是此外也由於：

A.帝王的提倡——如宋徽宗便是一個能詞的人，例如周邦彥爲了李師師和他底戀愛而作少年游，徽宗不但不加罪，而且叫他做「樂正。」又如宣和遺事上所記載的：

宣和間，上元張燈，許士女縱觀，各賜酒一杯，一女子竊所飲金杯，衞士見之，押至御前。女誦鷓鴣天云：「月滿蓬壺燦爛燈，與郎攜手至端門，貪看鶴陣笙歌舉，不覺鴛鴦失卻羣。天漸曉，感皇恩，傳宣賜酒飲杯巡，歸家恐被翁姑責，竊取金杯作照憑。」徽宗大喜，以金杯賜之，衞士送歸。

B.士人的風尚——如柳永的詞，爲當時士人所傳頌，又如齊東野語中所載張鎡的事：

張約齋能詩，一時名士大夫莫不交游，其園地聲妓服玩之麗甲天下，嘗於南湖園作駕霄亭於四古松間，以巨鐵絙懸之半空而飄之於身」當風月清夜，與客梯登之，飄搖雲表，眞有挾飛仙遨遊清之意。

C亡國之悲——南宋初，金兵入寇，於是大好河山，盡成焦土，人民也一變而爲離亂悲苦之吟了。如輟耕錄中所載的：

岳州徐君寶妻某氏，被掠來杭，居韓蘄王府，自岳至杭，相從數千里；其主者數欲犯之，而終以計脫。蓋某氏有令姿，主者弗忍殺之也。一日，主者怒甚，即將強焉。因告曰：「俟妾祭謝先夫，然後爲君婦不遲也。」主者喜諾，即嚴妝焚香，再拜默祝，南向飲泣，題滿庭芳於壁上，投池中死。其詞云：「漢上繁華，江南人物，尙遺宣政風流。綠窗朱戶，十里爛銀鉤。一旦刀兵齊舉，旌旗擁，百萬貔貅，長驅入歌樓舞榭，風捲落花愁。　清平三百載，典章人物，掃地都休。幸此身未北，猶客南州。破鑑徐郎何在？空惆悵，相見無由。從今後，斷魂千里，夜夜岳陽樓！」

不但平民如此，宋徽宗趙佶也感受到無窮的痛苦，他被金人擄去，和李煜同一可憐。他底燕山亭（北行見杏花）道：

裁翦冰綃，輕疊數重，淺淡胭脂勻注。新樣靚妝，豔溢香濃，羞殺蕊珠宮女。易得凋零，更多少無情風雨；愁苦！問院落淒涼，幾番春暮？　憑寄離恨重重，這雙燕何曾會人言語？天遙地遠，萬水千山，知他故宮何處！怎不思量，除夢裏有時曾去；無據！和夢也新來不做！

有此三因，宋代的詞便大放異彩。有宋一代的詞壇，大抵分爲「南宋」「北宋」兩個時期。周介存論詞雜著中說：「北宋詞下者在南宋下，以其不能空，且不知寄託也。高者則在南宋上，以其能實，且能無寄託也。南宋則下不犯北宋拙率之病，高不到北宋渾涵之詣。」其實，北宋之詞重在歌，所以聲調美而自然，南宋則重在寫物，工麗而多巧。一半也由於國事的轉變，一半也是自然的趨勢。所以周氏又說：「北宋有無謂之詞以應歌，南宋有無謂之詞以應社。」可以說明兩宋作風之所以不同了。吳梅氏詞學通論論宋代的詞道：

大抵開國之初，沿五季之舊，才力所詣，組織較工。晏歐爲一大宗，二主一馮，實資取法，顧未能脫其範圍也。汴京繁庶，競賭新聲。柳永失意無憀，專事綺語，張先流連歌酒，不乏艷辭，惟託體之高，柳不如張。蓋子野爲古今一大轉移也。前此爲晏歐，爲溫韋，體段雖具，聲色未開；後此爲蘇辛，爲姜張，發揚蹈厲，壁壘一變，而界乎其間者，獨有子野，非如耆卿專工鋪敘，以一二語見長也。迨蘇軾則得其大，賀鑄則取其精，秦觀則取其秀，邦彥則集其成——此北宋詞之大概也。

南渡以還，作者愈盛，而撫時感事，動有微言；稼軒之煙柳斜陽，幸免種豆之禍；玉田之貞芳清影（清平樂賦所南畫蘭）。獨餘故國之思。至若碧山詠物，梅溪題情，夢窗之豐樂樓頭，草窗之禁煙湖上。詞翰所寄，並有微意。又豈常人所易及哉。故謂紹興以來，聲律之文，自以稼軒白石碧山爲優，夢窗次之，玉田草窗又次之。至竹屋竹山輩，純疵互見矣——此南宋詞之大概也。

先論北宋詞壇的概況。

自從五代到宋初，一直保存着花間集的作風，自從二晏歐張出而一變爲宋人之詞。也可以說這時候是轉入詞的黃金時代的關鍵。二晏是晏殊（同叔）和他的兒子晏幾道（字叔原號小山）周介存評他們的詞說：「晏氏父子仍步伍溫韋，小晏精力尤勝。」可見他們還是繼承着五代的詞風了。晏殊詞餘似五代作風的小令外，他的詞已開宋詞之風，如蝶戀花：

南雁依稀迴側陣，雪霽將陰，偏覺蘭芽嫩，中夜夢餘消酒困，爐香捲穗燈生暈。急景流年都一瞬，往事前歡，未免縈方寸，臘後花知覺漸近，寒梅已作東風信。

叔原爲殊第七子，黃山谷稱他的詞「精壯頓挫，能動搖人心，上者高唐洛神之流，下者不減桃葉團扇。」如鷓鴣天：

彩袖殷勤捧玉鐘，當筵拚却醉顏紅，舞低楊柳樓心月，歌盡桃花扇底風。從別後，憶相逢，幾回魂夢與君同。今宵剩把銀缸照，猶恐相逢是夢中。

歐陽修不但文章和詩出名，詞也是北宋一傑。他的作風富麗婉轉，一往深情，也是受了五代詞風的影響的如蝶戀花和臨江仙。

庭院深深深幾許，楊柳堆煙，簾幕無重數。玉勒雕鞍遊冶處，樓高不見章台路。雨橫風狂三月暮，門掩黃昏，無計留春住，淚眼問花花不語，亂紅飛過秋千去。

柳外輕雷池上雨，雨聲滴碎聲。小樓西角斷虹明。闌干私倚處，遙望月華生。燕子飛來窺畫棟，玉鉤垂下簾旌，涼波不動簟紋平，水晶雙枕畔，猶有墮釵橫。

張先（字子野）因爲他的詞中名句有「雲破月來花弄影」「嬌柔嬾起，簾壓捲花影」「柳徑無人，墮飛絮無影。」所以又自稱張三影。與柳永同時。晁无咎許道「子野與耆卿齊名，而時以子野不及耆卿；然子野韻高，是耆卿所乏處。」吳梅說：「子野若倣耆卿，則隨筆可成珠玉；耆卿若效子野，則出語終難安雅。」詞至張先柳永而以慢詞見長，如他的翦牡丹舟中聞雙琵琶：

野綠連空，天靑垂水，素色溶漾都淨，柔柳搖搖，墜輕絮無影。汀洲日落人歸，修巾薄袂，擷香拾翠相競。如解凌波，泊煙渚春暝。綵絳朱索新整，宿繡屏畫船風定。金鳳響雙槽，彈出古今幽思誰省？玉盤大小亂珠迸，酒上妝面花豔眉相並。重聽，盡漢妃一曲，江空月靜。

柳永（字耆卿，初名三變，）官至屯田員外郎，所以後人又稱他柳屯田。他的詞爲當時歌妓所傳誦，但也有因此而斥他爲俚俗的。所以潦倒一生，爲晏殊一般人所看不起了。貴耳集中說：

詩當學杜詩，詞當學柳詞，蓋詞本管絃冶蕩之音，永所作旖旎近情，尤使人易入也。

那末柳詞如何會如此呢，原來他並不是從花間集尊前集出來的，乃是從一般民間歌詞所形成。古今詩話：

眞州柳永少讀書時，以無名氏眉峯碧詞題壁，後悟作詞章法，一妓向人道之，永曰：「某於此亦頗變化多方也。」然遂成屯田蹊徑。

柳永是懂得音樂的，能「逐絃吹之音爲側豔之曲。」所以在宋代詞壇上佔着一個重要的地位，決不是偶然的。他以雨霖鈴爲最負盛名：

寒蟬凄切，對長亭晚，驟雨初歇。都門帳飲無緒。方留戀處，蘭舟初發。執手相看，淚眼竟無語凝咽。念去去，千里煙波，暮靄沈沈楚天闊。多情自古傷離別，更那堪冷落清秋節？今宵酒醒何處？——楊柳岸，曉風殘月！此去經年，應是良辰好景虛設，便縱有千種風情，更與何人說？

蘇軾以前，詞都是婉轉委曲的一路，自從蘇軾出而詞有了豪放的風格。晁无咎說：「居士詞，人多謂不諧音律；然橫放傑出，自是曲子內縛不住者。」而四庫書目提要中說：

詞至晚唐五季以來，以清切婉麗爲宗，至柳永而一變，如詩家之有白居易；至軾而又一變，如詩家之有韓愈，遂開南宋辛棄疾等一派，尋源溯流，不能不謂之別格，然謂之不工則不可。

蘇軾與柳永也同時成爲極端的兩派。但也有人反對蘇詞的，如陳無已所說：「以詩爲詞，如教坊雷大使之舞，雖極天下之工，要非本色。」吹劍錄中載着一個故事：

東坡在玉堂日，有幕士善歌，因問：「我詞何如柳七？」對曰：「柳郎中詞只合十七八女郎，執紅牙板，歌『楊柳岸，曉風殘月；』學士詞須關西大漢，銅琵琶，鐵綽板，唱『大江東去。』」東坡爲之絕倒。

蘇詞的長處在豪放而不覺其粗率。如他的臨江仙：

夜飲東坡醒復醉，歸來彷彿三更。家童鼻息已雷鳴，敲門都不應，倚杖聽江聲。 長恨此身非我有，何時忘却營營？夜闌風靜縠紋平，小舟從此逝，江海寄餘生。

此外，北宋詞人之著者，有秦觀賀鑄周邦彥與李清照。秦觀（字少游）集婉約派之大成，蔡伯世稱：「子瞻辭勝乎情，耆卿情勝乎辭，辭情相稱者，唯少游一人而已。」可見對秦氏的推崇備至了。如踏莎行：

霧失樓台，月迷津渡，桃源望斷無尋處。可堪孤館閉春寒，杜鵑聲裏斜陽暮。 驛寄梅花，魚傳尺素，砌成此恨無重數。郴江幸自遶郴山，爲誰流下瀟湘去。

以豔冶之詞出名的，有賀鑄（字方回，當時稱他爲「賀鬼頭」）張文潛稱他的詞「盛麗如游金張之堂，妖冶如挽嬙施之袪。」吳梅說「北宋詞以縝密之思，得遒鍊之致者，惟方回與少游耳。」如下水船：

芳草青門路，還拂京塵東去。回想當年離緒，送君南浦，愁幾許？尊酒流連薄暮，簾捲津樓風語。 憑闌語，草草蘅皐賦分手，驚鴻不駐，燈火虹橋，難尋弄波微步。漫凝佇，莫怨無情流水，明日扁舟何處？

李清照，自號易安居士，趙明誠的妻子。她對於前期作者，都有微辭。她的名作聲聲慢，張端義稱其「乃公孫大娘舞劍手，本朝非無能詞之人，未曾有一下十四疊者。」

尋尋覓覓，冷冷清清，淒淒慘慘戚戚。乍暖還寒時候，最難將息。三杯兩盞淡酒，怎敵他晚來風急！雁過也，正傷心，却是舊時相識。滿地黃花堆積，憔悴損，而今有誰堪摘？守着窗兒，獨自怎生得黑？梧桐更兼細雨，到黃昏點點滴滴，這次第，怎一個「愁」字了得！

在宋徽宗時與李清照同時而被推爲「當行」「正宗」的詞人是周邦彥（字美成，自號清眞居士）吳梅說：「詞至美成，乃有大宗，前收蘇秦之終，後開姜史之始，自有詞人以來，爲萬世不祧之宗祖。」周氏之所以爲萬世不祧之祖的原因不外兩端：一是對於樂章的整理，如張炎詞源所載：

古之樂章、樂歌、樂曲等皆出於雅正。粵自隋唐以來，聲詩間爲長短句，至唐人則有尊前花間集。迄於崇寧，立大晟府，命周美成諸人，討論古音，審定古調，淪落之後，少得存者。由此八十四調之聲稍傳，而美成諸人又復增慢曲引近或移宮換羽，爲三犯四犯之曲。按月律爲之，其曲遂繁。

一是他的詞的清麗，有章法，工於寫物。吳氏極贊其瑞龍吟章法的美妙：

章台路，還見褪粉梅梢，試花桃樹。愔愔坊陌人家，定巢燕子，歸來舊處。黯凝佇，因記箇人癡小，乍窺門戶，侵晨淺約宮黃，障風映袖，盈盈笑語。前度劉郎重到，訪鄰尋里，同時歌舞，惟有謝家秋娘，聲價如故。吟牋賦筆，猶記燕台句，知誰伴名園露飲，東城閒步？事與孤鴻去，探春盡是傷離意緒。官柳低金縷，歸騎晚，纖纖池塘飛雨。斷腸院落，一簾風絮。

陳庚也說：「美成自號清眞，二百年來以樂府獨步，貴人、學士、市儂、伎女皆知美成詞爲可愛。」但竭力寫物，開南宋人專事瑣碎寫物之風，所以王國維在人間詞話裏批評道：

美成深遠之致不及歐秦，惟言情體物，窮工巧，故不失爲第一流之作者，但恨創調之才多，而創意之才少耳。

以上所述都是北宋巨子，其他負盛名的，如王安石李之儀周紫芝黃庭堅張耒毛滂陳師道晁補之万俟雅言等等，間有名作，亦不失爲名詞人。

南渡以後，國勢大變，因之詞到南宋，一變而爲雄放，或爲寫物之作，或者一變而有頹廢之風。這完全是政治背景的關係。所以蘇軾之作風又盛行一時。辛棄疾張孝祥就是這一派的代表。辛棄疾，（字幼安，號稼軒）劉潛夫說他「大聲鏜鎝，小聲鏗鍧，橫絕六合，掃空萬古，其穠麗綿密者，亦不在小晏秦郎之下。」四庫書目提要也稱他「慷慨縱橫，有不可一世之慨。於倚聲家爲變調，而異軍特起，能於翦紅刻翠之外，屹然別立一宗，迄今不廢。」所以辛詞的雄北者如怒濤排壑，而細膩者又盡幽咽之能事。確是南宋一大宗匠。如賀新郎：

甚矣吾衰矣，悵平生交遊零落，只今餘幾。白髮空垂三千丈，一笑人間萬事，問何物能令公喜？我見青山多嫵媚，料青山見我亦如是，情與貌，略相似。一尊搔首東窗裏，想淵明停雲詩就，此時風味。江左沈酣求名者，豈識濁醪妙理？回首叫，雲飛風起。不恨古人吾不見，恨古人不見吾狂耳。知我者，二三子。

完全以散文語氣出之，而幽怨者卻如祝英台近：

寶釵分，桃葉渡，烟柳暗南浦。怕上層樓，十日九風雨。斷腸點點飛紅，都無人管，更誰喚流鶯聲住？　鬢邊覷，試把花卜歸期，才簪又重數。羅帳燈昏，哽咽夢中語：是他春帶愁來，春歸何處，卻不解帶將愁去！

張孝祥（字安國）縱筆直書，橫放無涯，他的六州歌頭至今尚爲人們所傳誦：

長淮望斷，關塞莽然平。征塵暗，霜風勁，悄邊聲。暗銷凝，追想當年事，殆天數，非人力，洙泗上，絃歌地，亦羶腥。隔水氈鄉，落日牛羊下，區脫縱橫。看名王宵獵，騎火一川明。笳鼓悲鳴，遣人驚。　念腰間箭，匣中劍，空埃蠹，竟何成？時易失，心徒壯，歲將零。渺神京。干羽方懷遠，靜烽燧，且休兵。冠蓋使，紛馳騖，若爲情！聞道中原遺老，常南望翠葆霓旌。使行人到此，忠憤氣塡膺，有淚如傾！

南宋詞人中詞如周美成者，有姜夔（字堯章，自號白石道人。）他也曾創造過許多曲調，如暗香，疏影等等，也曾改造過許多曲調，如改滿江紅爲平韻。范成大評他的詞「有裁雲縫月之妙手，敲金戛玉之奇聲。」而其寫景之作，王國維卻說他「雖韻格高絕，然如霧裏看花，終隔一層。」錄霓裳中序第一：

亭皋正望極，亂落江蓮歸未得。多病卻無氣力，況紈扇漸疏，羅衣初索。流光過隙，歎杏梁雙燕如客。人何在？一簾淡月，彷彿照顏色。　幽寂，亂蛩吟壁，動庾信淸愁似織。沈思年少浪跡，笛裏關山，柳下坊陌，墜絲無信息。漫道水涓涓流碧，漂零久，而今何意，醉臥酒壚側。

南宋重琢句而求雅正者，尚有吳文英，史達祖（字邦卿，號梅溪）史達祖與姜白石齊名。曾作韓侂胄平章，兩韓敗遂黥。他底詞重輕盈，又與姜詞剛勁相反姜氏稱他的詞「奇秀清逸，蓋能融情景於一家，會句意於得者。」如三姝媚：

煙光搖縹瓦，望晴簷多風，柳花如灑。錦瑟橫床，想淚痕塵絲，鳳絃長下。倦出犀帷，頻夢見王孫驕馬。諱道相思，偷理綃裙，自驚腰衩。　惆悵南樓遙夜，記翠箔夜燈，枕肩歌罷。又入銅駝，徧舊家門巷，首詢聲價。可惜東風，將恨與閒花俱謝。記取崔徽模樣，歸來暗寫。

吳文英（字君特，號夢窗）詞中用事甚多，張炎評其詞「如七寶樓台，眩人眼目，折碎下來，不成片段。」但尹煥卻稱「求詞於吾宋，前有清眞，後有夢窗；此非煥之言也，天下之公言也。」吳梅氏亦力斥張炎評語之未允。所謂「雖績滿眼，而實有靈氣行乎其間。」如風入松：

聽風聽雨過清明，愁草瘞花銘。樓前綠暗分橋路，一絲柳，一寸柔情。料峭春寒中酒，交加曉夢啼鶯。　西園日日掃林亭，依舊賞新晴。黃蜂頻撲秋千索，有當時纖手香凝。惆悵雙鴛不到，幽階一夜苔生。

王沂孫（字聖與，號碧山）張炎（字叔夏，號玉田）周密（字公謹，號草窗）爲南宋末詞中三大家。吳梅說：「大抵碧山之詞，皆發於忠愛之忱，無刻意爭奇之意，而人自莫及。……其詠物諸篇，因是君國之憂，時時寄託，卻無一筆犯複字字切貼故也。」如齊天樂賦蟬：

一襟遺恨宮魂斷，年年翠陰庭宇。乍咽涼河，還移暗葉，重把離愁低訴。西園過雨，漸金鍇鳴刀，玉箏調柱。鏡掩殘妝，為誰嬌鬢尚如許。銅仙鉛淚似洗，歎移盤去遠，難貯零露。病翼驚秋，枯形閱世，消得斜陽幾度。餘音更苦，甚獨抱清商，頓成淒楚。復想薰風，柳絲千萬縷。

鄭所南評張炎的詞說「玉田先輩仰扳姜堯章史邦卿盧蒲江吳夢窗諸名人，互相鼓吹春聲於繁華世界，能令三十年西湖錦繡山水，猶生清響！」他善聲律，著有詞源一書，為今日研究詞學的要籍。他詠物的作品，非常工麗。如南浦春水：

波暖綠粼粼，燕飛來，好是蘇堤纔曉。魚沒浪痕圓，流紅去，翻喚東風難掃。荒橋斷浦，柳陰撐出片舟小，回首池塘春欲遍，絕似夢中芳草。和雲流出空山，甚年年淨洗，花香不了。新綠乍生時，孤村路，猶憶那回曾到。餘情渺渺，茂林觴詠如今悄。前度劉郎歸去，溪上碧桃多少？

周密有絕妙好詞七卷，選南宋風雅之詞。他的作品當然也是風雅一派。身當亡國之秋，亦多哀怨淒涼之作，如一萼紅：

步深幽，正雲黃天淡，雪意未全休。鑑曲寒沙，茂林煙草，俯仰今古悠悠。歲華晚，漂零漸遠，誰念我同載五湖舟。磴古松斜，崖陰苔老，一片清愁。回首天涯歸夢，幾魂飛西浦，淚灑東州。故國心眼，還似王粲登樓。最負他秦鬟妝鏡，好江山何事此時遊爲喚狂吟老監共賦消憂。

此外，如陸游的詞也頗有豪放氣，陳亮劉過有辛棄疾之風，陸游陳亮之水龍吟，劉過的沁園春，皆是一時名作。又盧祖希高觀國張榘劉克莊蔣捷朱淑眞等，雖不及辛氏吳氏之集大成，要亦自成一派時有佳作。

總之，有宋一代的詞爲詞的黃金時代。詞調的增加，詞律的加嚴，詞的作法的變化，小令之改變爲長調，都足以證明詞的完全成熟。所以唐五代只僅是詞的一個草創之基，而到了宋代，詞便特立爲韻文中文體之一種了。但是詞的格律因此而嚴，這無異是爲詞先下了一個滅亡的種子。

第十四章　元曲概況

北曲盛於元代，所以論曲，必定稱元曲，正似詞的稱爲宋詞一樣。鍾嗣成錄鬼簿以關漢卿爲首，朱權太和正音譜以馬致遠爲首。那末我們可以關漢卿的時代當作元曲初發生的時期。據王國維之考據，北曲之盛大約在金天興與元中統二三十年之間。

元人雜劇，太和正音譜，錄元人雜劇共五百三十五本，臧晉叔作元曲選，共百種，中有六種已屬明人的作品，足見元曲已佚散不少。錢遵王也是園目錄載元人作品一百四十一種，今去其重，得一百十六種。可詳見小說與戲劇。

王國維說：

有元一代之雜劇，可分爲三期：一蒙古時代：此自太宗取中原以後，至至元一統之初。錄鬼簿卷上所錄之作者五十七人，大都在此期中。（中如馬致遠、尚仲賢、戴善甫，均爲江浙行省務官，姚守中爲平江路吏，李文蔚爲江州路瑞昌縣尹，趙天錫爲鎮江府判，張壽卿爲浙江省椽史，皆在至元一統之後。侯正卿亦曾游杭州，然錄鬼簿均謂之前輩名公才人，與漢卿無別，或其游宦江浙爲晚年之事矣）其人皆北方人也。二、一統時代：則自至元後至至順後至元間，錄鬼簿所謂「已亡名公才人，與余相知或不相知者」是也。其人則南方爲多；否則北人而僑寓南方者也。三、至正時代，錄鬼簿所謂方今才人是也。此三期以第一期之作者爲最盛，其著作存者亦多。元劇之傑作，大抵出於此期中。至第二期，則除宮天挺、鄭光祖、喬吉三家之外，殆無足觀，而其劇存者亦罕。第三期則存者更罕，僅有秦簡夫、蕭德祥、朱凱、王曄五劇，其去蒙古時代遠矣。

現在依王氏所作地域表，以這三時期的區分來作一簡略的表格：

時期	大都	中書省所屬	行中書省所屬（江北）	中書省所屬（江浙）
第一期	關漢卿 王實甫 馬致遠 王仲文 楊顯之 紀君祥 張國賓	李好古 白樸 武漢臣 李文蔚 岳百川 康進之 戴善甫 吳昌齡 李壽卿 石君寶 尚仲賢 高文秀 孔文卿 張壽卿	孟漢卿	

第二期	第三期
曾瑞	
喬吉	
鄭光祖	
宮天挺	
金仁傑	蕭德祥
范康	王曄
楊梓	

茲舉上表所列的人一一論述之。

關漢卿號已齋叟大都人宋元戲曲史：

元初大名王和卿滑稽佻㒓，傳播四方，中統初燕市有一蝴蝶，其大異常王賦醉中天小令，由是其名益著。漢卿與之善，王嘗以譏謔加之，漢卿雖極意還答，終不能勝。王忽坐逝而鼻垂雙涕尺餘，人皆駭歎。漢卿來弔唁，詢其由，或曰「此釋家所謂坐化也」復問鼻懸何物？又對曰「玉筯也」。漢卿曰：「我道你不識，不是玉筯是嗓」成發一笑。或戲漢卿云「你被王和卿輕侮半世，死後方還得一籌」凡六畜勞傷則鼻中常流膿水謂之嗓，又愛訐人之過者，亦謂之嗓，故云爾。

所作有十三本：1.西蜀夢2.拜月亭3.謝天香4.金線池5.切膾旦6.救風塵7.單刀會8.玉鏡台9.調風月10.蝴蝶夢11.竇娥冤12.魯齋郎13.西廂記。韓邦奇以他的曲比司馬遷的文章可謂推崇之至例如他的謝天香第三折：

〔正宮端正好〕我往常在風塵，爲歌妓，不過多見了幾個筵席，回家來仍作箇自由鬼，今日倒落在無底磨牢籠內。

王國維稱之曰：「寫情沁人心肺，寫景則在人耳目，述事則各出其口。」

王實甫大都人，今存雜劇有麗春堂西廂記，而以西廂記爲最著名。這故事的材料，即取唐元稹的會眞記，宋趙令時有商調戀花來咏這故事，又有董解元作弦索西廂，而王實父即取此作西廂記。藤花亭曲話：

世傳實父作西廂至「碧雲天，黃葉地，西風緊，北雁南飛」，構思甚苦，思竭撲地遂死。平心論之，四語非不佳妙，然此等句法，元人所不尙，故元曲中少見之也。

又有一說，以爲關漢卿原作，而王實父足成，南濠詩話已闢其妄。又有人以爲王實父作，而關漢卿續，藤花亭曲話亦主是說，但沒有確證，頗難武斷。元周德淸觀曲雜言論西廂的音律道：

六字中三用韻，如玉宇無塵內，忽聽一聲猛驚，及玉驄嬌馬內自古相女配夫，此皆三韻爲難。余謂「古」「女」仄聲，「夫」字平聲，未爲奇也。不如雲斂星容內本宮始終不同，俱平聲，乃佳耳。然此類凡元人皆能之，不獨西廂爲然。如春景時曲云：柳絲滿天舞旋；冬景云：臂中緊封守宮；又云：醉拱玉容微紅；重會時曲云：女郎兩相對當；和情曲云：玉娘粉妝生香；擲梅香雜劇云：不妨莫慌我當……俱三韻六字，穩貼圓美。

這雖然是元人慣技，但要音文俱茂，如西廂，是很難得的。

馬致遠號東籬，有青衫淚、岳陽樓、陳摶高臥、漢宮秋、薦福碑、任風子六劇。他底散曲如秋思，周德淸以爲萬中無一。天淨沙小令，王國維以爲純是天籟，彷彿唐人絕句。他黃粱夢的第四折中的叨叨令，另有一種風趣。

我這裏穩不不土坑上迷颩沒騰的坐，那婆婆將粗剌剌陳米喜收希和的撲。那蹇驢兒柳陰下舒着足乞留惡濫的臥，那漢子去脖項上婆娑沒索的摸；你則早醒來了也麼哥，你則早醒來了也麼哥，可正是窗前彈指時光過。

鄭光祖，字德輝，平陽襄陵人。火葬於西湖靈芝寺。有㑳梅香、成王攝政、王粲登樓、倩女離魂四種。顧曲麈談：

德輝曾作王粲登樓一劇，其中迎仙客一支，亦膾炙人口，詞云：雕檐紅日低，畫棟彩雲飛，十二玉闌天外倚。望中原，思故國，感慨傷悲，一片鄉心碎。又倩女離魂一劇，有聖藥王一支云：近蓼花，纜釣槎，有枯蒲衰草綠蒹葭，過水窪，傍淺沙，遙望見烟籠寒水月籠沙，我只見茅舍兩三家。清麗流利，全是本色。至其所作情人詞，亦自合點可喜，如㑳梅香第一折寄生草，不爭琴操中單訴你飄零，卻不道窗兒外更有個人孤零。又六么序：卻原來羣花弄影，將我來嚇一驚。此等語何等蘊藉。又好觀音一支內云：上覆你個氣咽聲吞的張京兆，本待要塡還你枕剩衾薄。語不着相，情意獨至，眞得詞家三昧者。

他又說：「元人樂府盛稱關、馬、鄭、白，關爲關漢卿；馬爲馬東籬；鄭爲鄭德輝；白爲白仁甫。四家之詞，直如鈞天韶武之音，後有作者，不易及也。」

白樸，字仁甫，一字太素，天籟閣集後有摭遺一卷，卽曲錄，有牆頭馬上、梧桐雨兩種，元王博文序天籟閣集說：

元白爲中州世契，兩家子弟，每舉長慶故事，以詩文相往來，仁甫爲寓齋先生華之仲子，於元遺山爲通家姪。甫七歲，遭壬辰之難，寓齋以事遠適，明年春，京城變起，遺山遂挈以北行，自是不茹葷血，人問其故，曰：俟見吾親則如初。嘗罹疫，遺山晝夜抱持，凡六日，竟於臂上得汗而愈，蓋視親子姪不啻過之。讀書穎悟異常兒，日親炙遺山，謦欬談笑，悉能嘿記。後數年，寓齋北歸，以詩謝遺山云：顧我眞成喪家狗，賴君曾護落巢兒。居亡何，父子卜築於滹陽，時律賦爲專家之學，而仁甫有能聲，號後進之翹楚。遺山每過之，必問爲學之次第，嘗贈之云：元白通家舊，諸郎獨汝賢。未幾，生長見聞，學問博洽，然自幼經喪亂，倉皇失母，便有滿目山川之嘆。逮亡國後，恆鬱鬱不樂，以故放浪形骸，期於適意。中統初，開府史公將以所業薦之於朝，再三遜謝，棲遲衡門，視榮利蔑如也。

顧曲麈談中又補入陽春曲二支：「笑將紅袖遮銀燭，不放才郎夜看書。相偎相抱取懽娛，止不過迭應舉，便及第待何如？」「百忙裏鉸甚鞋兒樣？寂寞羅幃冷串香。向前摟定可憎娘，止不過趕嫁妝，便誤了又何妨？」

以上四人，在元曲中可謂大家，其他作者，事跡都不可考，茲擇其著者述之。

王仲文，僅存烈母不認屍一種。楊顯之，有臨江驛、酷寒亭兩種。紀君祥，有趙氏孤兒一種，亦作大報仇。張國賓，一作張國寶，平陽人，有汗衫記、衣錦還鄉、羅李郎三種。李好古，保定人，或云西平人，有張生煑海。武漢臣，濟南人，有老生兒、玉壺春、生金閣三種。李文蔚，眞定人，有燕青博魚。岳伯川，濟南人，或稱鎮江人。有李鐵拐、康進之，一作陳進之，棣州人。有李逵負荊。戴善甫，眞定人，有風光好。吳昌齡，有風花雪月、東坡夢。李壽卿，太原人，有伍員吹簫、度柳翠。石君寶，平陽人，有秋胡戲妻、曲江池、紫雲庭。孟漢卿，有魔合羅。尙仲賢，眞定人，有柳毅傳書、三奪槊、氣英布、單鞭奪槊。高文秀，東平人，有雙獻功、誶范叔、遇上皇。孔文卿，平陽人，有東窗事犯。張壽卿，東平人，有紅梨花。曾瑞，字瑞卿，大興人。錄鬼簿中說他遷居到杭州，「神采卓異，衣冠整肅，優遊於市井，洒然如神仙中人。志不屈物，故號褐夫。江湖之達者，歲時餽送不絕，遂得以徜徉卒歲。善丹青，能隱語小曲，有詩酒餘音行於世」。有留鞋記。喬吉，一作吉甫，號星鶴翁，又號惺惺道人，太原人。宋元戲曲史：

> 嘗謂作樂府亦有法，鳳頭、豬肚、豹尾是也。大概起要美麗，中要浩蕩，結要響亮，尤當在首尾貫串，意思清新，能若是，斯可以言樂府矣。

有兩世姻緣、揚州夢、金錢記三種。宮天挺，字大用，大名人，卒於常州，有生死交。金仁傑，有追韓信。范康，杭州人，有竹葉舟。楊梓，海鹽人，有霍光鬼諫。宋元戲曲史：

> 公節俠風流，善音律，與武林阿里海涯之子雲石交善。雲石翩翩公子，所製樂府散套，駿逸爲當行之冠。即歌聲高引，可徹雲漢。而公獨得其傳。雜劇中有豫讓呑炭、霍光鬼諫、敬德不伏老，皆公自製，以寓祖父之意，特去其著作姓氏耳。

蕭德祥，號復齋，杭州人。錄鬼簿中稱他：「以醫爲業，凡古文俱櫽括爲南曲，街市盛行，所作雜劇外，又有南曲戲文等。」有殺狗勸夫一種。王曄，字日華，也是杭州人。有桃花女一種。又有優戲錄，楊鐵崖爲之序。序中說這書的內容道：

> 錢唐王曄集歷代之優辭，有關於世道者，自楚國優孟而下，至金人玳瑁頭，凡若干條。

足見這書完全是輯錄而成的。

元代的著名北曲家，已如上述，大抵元代正是北曲最高峯的時期，也是元曲最成功的時期，王國維在宋元戲曲史中論元人的曲子道：

> 元曲之佳處何在？一言以蔽之，曰，自然而已矣。古今之大文學，無不以自然勝，而莫著於元曲。蓋元曲之作者，其人均非有名位學問也。其作劇也，非有藏之名山傳之其人之意也。彼以意興之所至爲之，以自娛娛人。關目之拙劣，所不問也；思想之卑陋，所不諱也；人物之矛盾，所不顧也；彼但摹寫其胸中之感想與時代情狀，而眞摯之理，與秀傑之氣，時流露於其間。故謂元曲爲中國最自然之文學，無不可也。若其文字之自然，則又爲其必然之結果，抑其次也。

元曲之所以成爲特立的一種文學，也由於它是大衆的文藝，這裏面也有許多俗諺土語，不求典雅而通俗，所以能通行，能卓然自成一家。同時它將音樂的文學和戲劇聯合起來，這也是一種文學上的變化，也是能卓然成家的原因。不過雜劇出於宋代的大曲，他的故事也有淵源於前代的，這也是自然的趨勢，例如馬致遂的竇娥冤，雖是協律的文字，但卻明白如話：

空悲戚，人生死，是輪迴，感着這般病疾，値着這般時勢，可是風寒暑溼，或是飢飽勞役，各人證候自知，人命關天關地，別人怎生替得，壽數非干一世，相守三朝五夕，說甚一家一計，又無羊酒緞匹，又無花紅財禮，把手爲活過日，撒手如同休棄，不是竇娥忤逆，生怕旁人論議，不如聽咱勸你，認個自家悔氣，割捨的一具棺材，停置幾件布帛，收拾出了咱家門裏，送入他家墳地，這不是那從小兒年紀指腳的夫妻，我其實不關親，無半點悽愴淚，休得要心如醉，意似癡，便這等嗟嗟怨怨，哭哭啼啼。

其他寫情寫景，皆能窮極其妙，明清雜劇作者亦多，但已不及元人氣度，而辭求典雅，反失了它的天眞，而元代曲家，論者多稱關、馬、鄭、白，其議論以王國維所評最近似：

元代曲家自明以來，稱關、馬、鄭、白，然以其年代及造詣論之，寧稱關、白、馬、鄭爲妥也。關漢卿一空倚傍，自鑄偉詞，而其言曲盡人情，字字本色，故當爲元人第一。白仁甫、馬東籬高華雄渾，情深文明，鄭德輝清麗芊緜，自成馨逸，均不失爲第一流。其餘曲家，均在四家範圍內。唯宮大用瘦硬通神，獨樹一幟。以唐詩喩之，則漢卿似白樂天，仁甫似劉夢得，東籬似李義山，德輝似溫飛卿，而大用則似韓昌黎。以宋詞喩之，則漢卿似柳耆卿，仁甫似蘇東坡，東籬似歐陽永叔，德輝似秦少遊，大用似張子野。雖地位不必同，而品格則略相似也。明寧獻王曲品，躋馬致遠於第一，而抑漢卿於第十，蓋元中葉以後，曲家多祖馬鄭，而祧漢卿，故寧王之評如是，其實非篤論也。

至於元劇內容與古劇相同者，據宋元戲曲史，有三十二種之多，將原表抄錄如下，以供參考：

元劇	宋官本雜劇	金院本名目	其他
進西施		范蠡	董穎薄媚大曲
蝴蝶夢		蝴蝶夢	
捧龍舟		捧龍舟	
劉盼盼		劉盼盼	
襄陽會		襄陽會	
牆頭馬上	裴少俊伊州	鴛鴦簡 牆頭馬	
崔護謁泉	崔護六么		
錦帆舟		捧龍舟	
蘭昌宮		蘭昌宮	
罵上元	封涉中和樂		
蔡逍遙		蔡逍遙	
渰藍橋		渰藍橋	
西天取經		唐三藏	
風花雪月	風花雪月爨	風花雪月	
芙蓉亭		芙蓉亭	
西廂記	鶯鶯六么		董西廂
負桂英	王魁三鄉還		宋末有王魁戲文
越娘背燈	越娘道人歡		
柳毅傳書	柳毅大聖樂		
崔護謁泉	崔護六么		注此劇白樸與尙仲賢均有之

張生煮海	張生煮海	
莊周夢	莊周夢	
曲江池	杜甫游春	
分鏡記		宋東昌分鏡記戲文
教女兵	（注一本周文質作一本趙美慶作）	宋有孫武子教女兵戲文
致女兵		
浮漚記	浮漚暮雲歸	
百花亭		宋本有王煥戲文
雙鬭醫	雙鬭醫	
十樣錦	十樣錦	

表中所列，有的是現代已亡佚的雜劇，此僅就古劇言之，此外，或取唐人小說，或取民間傳聞，並非完全自己創作的。總之，元曲自有他的淵源，而成一獨立的文學，他的價値並不在唐詩宋詞之下。

第十五章 南戲之權威時期

王國維以爲南戲出於宋代的戲文，元代的南戲，存於今日的，寥寥無幾，此時南戲至今猶存者，是：

1.永樂大典本宦門子弟錯立身有二十餘種。

2.南九宮譜刷子序一體中十餘種。

3.永樂大典中所收之戲文三十餘種。

4.徐渭南詞敍錄中宋元舊篇所列。

去其重複，共得六十九種。大都爲元雜劇所本：

1.王魁負桂英——元雜劇中有海神廟王魁負桂英。

2.孟姜女——元雜劇中有孟姜女送寒衣。

3.月下留鞋——元雜劇有王月英月下留鞋記。

4.瓊華女船浪舉臨江驛內再相會——元劇中有臨江驛瀟湘秋夜雨。

5.周勃太尉——或即元雜劇中之薄太后走馬救周勃。

6. 崔護覓水——元劇有崔護渴泉。
7. 秋胡戲妻——元劇有魯大夫秋胡戲妻。
8. 關大王獨赴單刀會——元劇有關大王單刀會。
9. 張珙西廂記——元劇有崔鶯鶯西廂記。
10. 殺狗勸大壻——元劇有王脩然斷殺狗勸夫。
11. 京娘四不知——元劇有四不知月夜京孃怨。
12. 破鏡記——元劇有徐駙馬樂昌分鏡記。
13. 馬上牆頭——元劇有鴛鴦簡牆頭馬上。
14. 孟月梅——元劇有孟月梅寫恨錦香亭。
15. 呂蒙正破窰記——元劇亦有呂蒙正破窰記。
16. 趙氏孤兒——元劇有趙氏孤兒寃報寃。
17. 雷轟子薦福碑——元劇亦有半夜雷轟薦福碑。
18. 包待制陳州糶米——元劇有陳州糶米。

19. 歡喜冤家——元劇亦有歡喜冤家。

20. 韓壽——元劇有韓壽偷香。

21. 臥冰記——元劇有王祥臥冰。

22. 曹伯明錯勘贓——元劇亦有此曲。

23. 百花亭——元劇有呈風流王渙百花亭。

24. 翫江樓——元劇有柳耆卿詩酒翫江樓。

25. 東牆記——元劇有董秀英花月東牆記。

26. 包待制判斷盆兒鬼——元劇有盆兒鬼。

27. 鄭孔目——元劇有鄭孔目風雪酷寒亭。

28. 拜月亭——元劇有閨怨佳人拜月亭。

29. 鎭山朱夫人還牢末——元劇有都孔目風雨還牢末。

30. 小孫屠——元劇亦有小孫屠。

31. 宦門子弟錯立身——元劇亦有此曲。

32. 陳光蕊——元劇有西遊記。

33. 司馬相如題橋記——元劇有昇仙橋相如題柱。

34 進梅諫——元劇有趙光普進梅諫。

35. 劉盼盼——元劇有劉盼盼鬧衡州。

36. 寃家債主——元劇有崔府君斷寃家債主。

此外，與元劇不同者尙有三十三種：薛雲卿鬼做媒、鴛鴦會卓氏女、馬踐楊妃、柳耆卿欒城驛、張協狀元、洪和尙錯下書、楊實遇韓瓊兒、劉先生跳檀溪、丙吉殺子立宣帝、老萊子斑衣、孟母三移、負心陳叔文、李勉寧王府瞽勸通神、琵琶記、劉文龍菱花鏡、王俊民休書記、陳巡檢梅嶺失妻、鴛鴦燈、唐伯亨舌曲、朱文太平錢、何推官錯認屍、朱買臣休妻記、劉孝女金釵記、劉知遠白兔記、林招得三負心、寶妝亭生死夫妻。據葉子奇的草木子中說：

俳優戲文，始於王魁……其後元朝尙盛行，及當亂，北院本特盛，南戲遂絕。

似乎南曲發達於北曲之前。明何良俊曰：「金元人呼北戲爲雜劇，南戲爲戲文。」而元周德清中原音韻例中說：南宋都杭，吳興與切隣，故其戲文如樂昌分鏡等唱念呼吸皆如約（沈約）韻。則宋金元之間已有

「戲文。」推其時期，恐和北曲的發達時期不相上下，所以「雜戲」「南戲」成爲一個對立的名稱。

元代南戲之存於今日的，如小孫屠、張協狀元、宦門子弟錯立身，及高則誠琵琶記，施惠拜月亭、荊釵記、白兔記等等，至崑曲盛而南戲遂大盛。所以明代是南戲的權威時期，而自嘉靖至淸初一段爲更盛。

現在就說這時期中南戲的大概情形。

嘉靖間，崑曲還不會大盛，海鹽弋陽餘姚諸腔也尙盛行，所以這期的南戲作者，尙不甚發達。名作者有李開先、鄭若庸、徐渭、陸采、馮惟敏、王世貞、汪道昆諸人。

李開先號中麓，有寶劍記、斷髮記、登壇記三種。寶劍記及登壇記均已亡失。沈德符顧曲雜言評他「不嫻度曲，卽如所作寶劍記，生硬不諧，且不知南曲之有入聲，自以中原音韻叶之，以致吳儂見誚。」藝苑巵言中說他的作品是改鄉先輩的舊作而成的。寶劍記完成以後，問王世貞「與琵琶記如何？」王答道：「公之辭之美不必言，第使吳中教師十人唱過，隨腔改字，妥乃可傳。」於是李大爲不悅。鄭若庸號虛舟。所作有玉玦記、大節記、五福記三種。藝苑巵言稱：「鄭所作，玉玦記最佳。」而臧晉叔評他「至鄭若庸之玉玦，始用類書爲之。」大節記與五福記僅見曲錄，現無傳本。徐復祚曲論中又責他說：

> 其好塡塞故事，未免開餖飣之門，闢堆垛之境。復未知詞中本色爲何物，是虛舟實爲之濫觴矣。

歷朝詩集記若庸曾掇集古文奇字千卷名曰類雋，足見堆砌是他的本色了。徐渭字文長號青籐又號天池，所作以四聲猿出名，其中有女狀元一劇爲南戲。係演黃崇嘏男裝事。關於戲曲之著作有南詞敍錄一卷，王驥德曲律中有一段記載文長的文字：

> 徐天池先生四聲猿，故是天地間一種奇絕文字木蘭之北，與黃崇嘏之南，尤奇中之奇，先生居，與余僅一垣，作時每了一劇，輒呼過齋頭朗歌一過，津津自得。余拈警絕處以復，則舉大白以酬，賞爲知音。

陸采亦號天池，今存者有明珠記一種，係根據唐人小說劉無雙傳而作。後人嫌其蕪蔓。又有南西廂，南音三籟說他不襲北曲一語。但終不及北西廂的動人。馮惟敏爲散曲能手，以詞曲名山東。南曲今已不見。王世貞，號鳳洲，又號弇州山人，有鳴鳳記，載嚴嵩和他兒子世蕃的劣跡。相傳王世貞完成這曲，命優人上演，邀縣令同觀，令變色起謝欲思去。弇州出邸抄示之「嵩父子已敗矣。」梁廷柟評鳴鳳記道：

> 鳴鳳記河套一折，膾炙人口，然白內多用駢儷之體，頗礙優伶搬演上場純用小詞，亦新耳目，但多改用古人名作，爲之大雅所弗尚也。

汪道昆號太函，曾官司馬，與王世貞齊名，當時有「兩司馬」之稱。有東郭記傳奇，但曲錄稱作無名氏作。或以爲明代孫仁儒所作。以孟子齊人一妻妾及陳仲子作題材，實在是一滑稽劇。

萬曆間，崑曲大行，北曲已絶蹤了，這時期是南戲的全盛時代，呂天成曲品錄當時作者七十七人名，作者有張鳳翼、梁辰魚、屠隆、沈璟、顧大典、葉憲祖、呂天成、王驥德、湯顯祖、梅鼎祚、汪廷訥、徐復祚諸人。其中以湯顯祖與沈璟爲最著名。

張鳳翼，號靈虛，所作南戲有紅拂記、祝髮記、竊符記、灌園記、扊扅記、虎符記七種。合稱陽春六集。李調元雨村曲話：「張伯起（鳳翼字。）小有俊才，而無長料，頗有一二眞語，氣亦疏通，一嵌故實，便堆砌拼湊，亦是倣伯龍（梁辰魚）使然，自恐寂寥，有意塗飾，是其病處。」梁辰魚南戲有浣紗記，寫西施故事，徐復祚曲論評云：「梁伯龍作浣紗記，無論其關目散緩，無骨無筋，全無收攝，即其詞亦出口便俗，一過後便不耐再明。然其所長亦自有在，不用春秋以後事，不裝八寶，不多出韻，平仄甚諧，宮調不失，亦近來詞家所難。」顧曲雜言中載：

> 浣紗記初出時，屠隆爲靑浦令，以上客禮待之，即命優人演其新作浣紗記爲壽。每遇佳句，輒浮大白酬之，梁亦豪飲自快，演到出獵，有所謂「擺擺開擺開擺擺擺開」者，屠厲聲曰：「此惡語當受罰」，蓋已預備涔水，以酒海灌三大盂，梁氣索強盡之，大吐委頓，次日不別竟去。

屠隆爲人放誕，自以爲南戲能手，今傳者有影毫記、曇花記。徐復祚以爲「肥腸滿腦，莽莽滔滔，有深資逢源之趣，無捉襟露肘之失……惜不守沈先生三章耳」」沈璟，以爲作曲當以音律爲主，他曾說「宜協律而詞不工，讀之不成句，而謳之始叶，是曲中之工巧。」沈號詞隱，曲律列其南戲十七種，今行者僅義俠記，係寫武松故事，曲品稱它「激烈悲壯，具英雄氣色。」但是他對於曲的成就在南九宮十三調曲譜一書，爲後人塡曲的圭臬。徐復祚說此書：

訂世人沿襲之非，剷俗師扭揑之腔，使作曲者知所向往，皎然詞林指南車也。我輩循之以爲式，庶幾可不失隊耳。

顧大典字道行，有葛衣記、靑衫記。葉憲祖，號槲園居士，有鸞鎞記、玉麟記、雙修記、四豔記、金鎖記等。呂天成，號鬱藍生，南戲今不傳，曲品一書，評元末及當時之南戲，可資後人借鏡。曲律中說：「自詞隱作詞譜，海內斐然向風，衣鉢相承，尺尺寸寸，守其矩矱者二人，曰吾越鬱藍生，曰檇李大荒甫客（卜世臣）」足見他也是一個懂音律的人。當時尙有呂天成的好友王驥德，他的南戲今亦不易見，他也有關於南戲作法的著作一書，叫曲律，詳論古今戲曲及作者事蹟，可資後人的參考。梅鼎祚的作品中以玉台記最有名，係記「樟台柳」故事。顧曲雜言評他「賓白盡用駢語，餖飣太繁，其曲半傳故事及成語，正如設色骷髏，粉揑化生，欲博人寵愛難矣」他與湯顯祖同時，他的曲之所以重文字，大概是受湯氏的影響。汪廷訥，號坐隱，傳至今日者有獅吼記，亦係一滑稽劇。徐復祚，號暮竹，錢謙益說他的小令可以比高則誠，有紅梨記。雨村曲話：

紅梨花一記，其稱琴川本者，大是當家手，佳思律句，直逼元人，惜佚其名，所作此詞乃點竄元張壽卿腔，然其文足觀也，有武林本，甚不堪

當時與沈璟相反，主文字的典雅不重音律而能自成一家，影響於後世者，是湯顯祖，他是明代南戲之聖手。字義仍，號若士，題所居曰玉茗堂。他以為「意之所至，不妨拗折天下人嗓子。」他所以作此說者，實因他的文筆妙絕當時。朱彝尊靜志居詩話評：

義仍塡詞，妙絕一時，語雖斬新，源實出於關、馬、鄭、白

他的南戲有牡丹亭（還魂記）、紫簫記、紫釵記、南柯記、邯鄲記。王驥德說：

臨川奉常之曲，當置「法」字無論，盡是案頭異書，所作五傳，紫簫紫釵第修藻豔，語多瑣屑，不成篇章。還魂妙處種種，奇麗動人，然無奈腐木敗草，時時纏繞筆頭，至南柯邯鄲二記，則漸削無類，纔就矩度，佈格既新，遣詞復俊，其掇拾本色，參錯麗語，境往神來，巧湊妙合，又視元人別一蹊徑，技出天縱，匪由人造，使其約束和鸞，稍嫺聲律，汰其膡字累語，規之全瑜，可使前無作者，後鮮來哲，二百年來一人而已

這評語可作定論。他的作品之中，尤以還魂記最膾炙人口，曲品以為「杜麗娘事，甚奇，而着意發揮懷春慕色之情，驚心動魄，且巧妙疊出，無境不新，眞塡千古。」但此故事，亦有所本，參見小說與戲劇。

自明天啓間至清康熙初，作者承前期的餘風，也不乏其人，其中可分作三派。（一）沈璟一派，重於音

律。（二）湯顯祖一派，重在文辭，但亦不廢聲律。（三）不入此兩派之中，而能獨樹一幟的。第一派，有馮夢龍、范文若、袁于令、沈自晉諸人，第二派有阮大鋮、吳炳、李玉諸人。第三派則如吳偉業、李漁、尤侗、嵇永仁等，具見於高弈的傳奇品中。

馮夢龍，字子猶，一字猶龍。有墨憨齋新曲十種，其所作雙雄記，自云：「余早歲曾以雙雄戲筆售知於詞隱先生，先生以丹頭祕訣傾懷指授」。吳梅評這書說：

曲白工妙，案頭場上兩擅其美，直在同時陸無從、袁籜庵之上。

范文若，字香令，號荀鴨，作品已不多見。衡曲麈談中說：「近之奇崛者，有范香令，結構玄暢，可追元人步武。惜乎不永，一時絕嘆。」袁于令，號籜庵，有劍嘯閣傳奇，其中以西樓記最著名。其中錯夢一齣，也有人說是馮夢龍代作的。沈自晉，號鞠通生，沈璟的姪兒，有望湖亭，即今今古奇觀中錢秀才錯占鳳凰儔的故事。

阮大鋮，號石巢，一號圓海，有石巢四種，最著名的是燕子箋和春燈謎兩種。張岱陶庵夢憶中說：

阮圓海家優，講關目，講情理，講筋節，與他班孟浪不同。然其所串院本，又皆主人自製，余在其家看十認錯（即春燈謎）、摩尼珠、燕子箋三劇，其串架鬭筍、打諢、意色、眼目，主人細細與之講明，知其義味，知其指歸，故咬嚼吞吐，尋味不盡。

池北偶談中也說：「大鋮既降本朝，在營中，諸公聞其有春燈謎諸劇，問能自度曲否？大鋮即起執板頓足唱，以侑酒。」可見他不但專重文詞，並且也懂聲律了。因爲他依附魏忠賢，欺侯方域，降清朝，所以後人都瞧不起他。論者以爲燕子箋以尖刻爲能，春燈謎前後矛盾尤甚。而張岱則說：

> 阮圓海大有才華，恨居心不淨。其所編諸劇，罵世者十之七，解嘲者十之三，多詆毀東林，辨宥魏黨，爲士君子所唾棄。故其傳奇不著。如就戲而論，則簇簇能新，不落窠臼者也。

此論似較公允。但阮氏之作，大抵摹擬湯顯祖的，雖不能說成功，但不廢聲律一點，可以矯正玉茗一派之失。吳炳號粲花主人，與阮大鋮齊名，有粲花別墅五種。吳梅說他能以臨川之筆，而協吳江之律。又說：「爲明代各傳奇之冠，雖稍過奬，然可列之入明曲第一流中，固無待言矣。」五種是：

1.綠牡丹　2.畫中人　3.療妬羹　4.西園記　5.情郵記

論者各人不同，或以爲綠牡丹最佳，或以爲情郵記最佳。李玉，字玄玉。劇說稱他的「一」「人」「永」「占」最著名。即是一捧雪、人獸關、永團圓、占花魁四種。吳梅氏說：

> 「一」「人」「永」「占」直可追步奉常，且眉山秀劇雅麗工鍊，尤非明季諸子可及。

又說，占花魁一劇爲玄玉得意之作。他並有北詞廣正譜較太和正音譜爲多而正確，爲研究北曲必讀之書。

其他一派，吳偉業本工於詩；有秣陵春傳奇，寓亡國之悲，花朝生筆記說是存古作大哀賦述南京之亡，吳梅村見之,大哭三日,乃作秣陵春。李漁,字笠翁,他的曲爲大衆所傳唱。北里南曲中,無有不知李十郎者。笠翁有笠翁十種曲。雨村曲話稱李漁音律獨擅。吳梅稱:

> 笠翁十種曲,白俱近平妥,行世已久,爲當世詞人所共認,惟詞曲則間有市井謔浪之習而已。

李漁有閒情偶寄,其中詞曲部、演習部論戲曲之上演及作法很詳細,而尤注意「賓白」。他自己說:

> 傳奇中賓白之繁,實自予始。海內知我者與罪我者半。知我者曰:從來賓白作說話觀,隨口出之即是。笠翁賓白當文章做,字字俱費推敲。從來賓白只要紙上分明,不顧口中順逆……笠翁手則握筆,口卻登場,全以身代梨園,復以神魂四繞,考其關目,試其聲音,好則直書,否則擱筆。此其所以觀聽咸宜也。

尤侗,號悔庵,又號艮齋,作有鈞天樂傳奇。嵇永仁,號抱犢山農,所作有揚州夢、雙報應,雙報應爲其絕筆。但其曲律,多不合之處。吳梅評他「於聲律之學,未能深造,舛律脫僞,往往有之。」足見他不及范文若、袁于令一般作者了。

康熙以後,至乾隆之末,雖無前期之盛,但是亦不乏名作者。如洪昇、孔尚任、萬樹、蔣士銓等,皆是一代巨匠,再略述之:

洪昇,號稗畦,以長生殿爲最著名。論者謂清曲第一。梁廷枏最賞此曲,他說「長生殿爲千百年來曲中巨擘，以絕好題目作絕大文章，學人才人一齊俯首。自有此曲，毋論驚鴻綵毫，空慚形穢，卽白仁甫秋夜梧桐雨亦不能穩占元人詞壇一席矣。」可謂推崇備至了。王季烈也說：

> 不特曲牌通體不重複，而前一折宮調與後一折宮調，前一折主要角色與後一折之主要角色，決不重複。……其選擇宮調，分配角色，布置劇情，務令離合悲歡，錯綜參伍，搬演無慮勞逸不均，觀聽者覺層出不窮之妙，自來排場之勝，無過於此。

孔尚任，號東塘，又號肯堂，詞餘叢話中述當時有「南洪北孔」之稱。所作以桃花扇爲最出名。吳梅以爲「通體佈局無懈可擊。」亦有人稱桃花扇有佳詞而無佳調。梁氏稱他：「以餘韻折作結，曲終人杳，江上峯青，留有餘不盡之意，脫盡團圓俗套」這是正確的批評。萬樹，字紅友，號山翁，有擁雙豔三種」他是吳炳的外甥，所以和湯顯祖也有間接的關係的。梁廷枬說：

> 紅友關目，於極細極碎處，皆能穿插照應，一字亦不肯虛下，有匣劍帷燈之妙也。

三種曲是風流棒、念八翻、空青石，都是風情劇，所以稱作擁三豔。蔣士銓，號淸容，又號藏園，有藏園九種曲，其中包括南戲六種：

1.空谷香 2.桂林霜 3.雪中人 4.香祖樓 5.臨川夢 6.冬青樹

他雖然能文辭，但亦謹守曲律」可稱乾隆時第一作者。李調元稱他的曲道：

蔣士詮曲爲近時第一。以腹有詩書，故隨手拈來，無不蘊藉，不似笠翁輩一味優伶俳語也。

楊恩壽詞餘叢話中也讚他道：

藏園九種爲乾隆時一大著作，專以性靈爲宗。……洋洋洒洒，筆無停機，乍讀之幾疑發洩無餘，似少餘味，究竟語無不練，意無不新，調無不諧，韻無不響。

乾隆以後，崑曲漸衰，因此南戲也一變而爲花部了。此時間作者雖然也有，但成就的卻不多。因爲這時期已過了南戲的極盛時代了。

第十六章　詞的衰落時期中的名作者

金元明三代是詞的衰落時期。金以女眞入寇中國，故文化基礎很淺。大都作者皆是漢人。元以北曲盛行，明以南戲擅長，所以詞在這時期中便一蹶不振了。

金人詞依元好問遺山樂府所錄，人才頗多。而其中以趙秉文元好問爲最。密國公璹，字仲寶，一字子瑜，自號樗軒居士，有如庵小稿。他雖貴爲公侯，殊有書生本色。劉君叔云「其舉止談笑，眞一老儒，殊無驕貴之態。」喜交遊，一時學子如元遺山王飛伯皆和他往來。飛伯曾有詩道：

宣平坊裏榆林巷，便是臨淄公子家。寂寞華堂豪貴少，時容詞客聽琵琶。

他的詞今僅存七首：朝中措、春草碧、秦樓月、西江月、臨江仙、青玉案、沁園春。錄沁園春作例：

壯歲耽書，黃卷青燈，留連寸陰。到中年贏得，清貧更甚，蒼顏明鏡，白髮輕簪。衲被蒙頭，草鞋著腳，風雨蕭蕭秋意深。淒涼否，餅中貯粟，指下忘琴。一篇梁父高吟，看谷變陵遷古又今。便離騷經了，靈光賦就，行歌白雪，愈少知音。試問先生，如何即是，布袖長垂不上襟？掀髯笑，一杯有味，萬事無心。

吳激，字彥高，建州人。有東山集。以人月圓爲最出名：

南朝千古傷心事，還唱後庭花。舊時王謝堂前燕子，飛向誰家？恍然一夢，天姿勝雪，宮鬢堆鴉。江州司馬，青衫淚濕，同是天涯。

這首詞，花庵詞選題作「宴北人張侍御家有感。」歸潛志又載它的本事道：

國初，宇文太學叔通主文盟時，吳深州彥高視宇文爲後進，宇文止呼小吳。因會飲，酒間有一婦人，宋宗室子，流落，諸公皆感歎，皆作樂章一闋。宇文作念奴嬌，有「宗室家姬，陳王幼女，曾嫁欽慈族。干戈浩蕩，事隨天地翻覆」之語。次及彥高，作人月圓云云。宇文覽之，大驚，自是人乞詞，輒曰：詣彥高也。

又評論吳激的作品說：

彥高詞集篇數雖不多，皆精微盡善，雖多用前人詩句，其翦裁點綴若天成，眞奇作也。先人嘗云：「詩不宜用前人語，若夫樂章，則翦裁古人語亦無害，但要能使翩如彥高人月圓，半是古人句，其思致含蓄甚遠，不露圭角，不尤勝于宇文自作者哉？」

蔡松年，字伯堅，有明秀集。元人雜劇中有蔡蕭閒醉寫石州慢，即是寫他的故事。此劇雖不存，但亦可見他的風度了。楊朝英選陽春白雪錄蘇軾、晏叔原等名作，也選他的石州慢，足見此詞的出色。他使高麗歸來，即賦此寄懷的原詞是：

東海蓬萊，風人霧鬢，不假梳掠。仙衣捲盡雲霓，方見宮腰纖弱。心期得處，世間言語非眞，海犀一點通寥廓。無物比情濃，覓無情相博。離索，曉來一枕餘香，酒病賴花醫却，灧灧金尊，收拾新愁重酌，片帆雲影，載將無際關山，夢魂應被楊花覺。梅子雨疎疎，滿江干樓閣。

劉仲尹，字致君，遼陽人，有龍山集。錄鷓鴣天二首：

樓宇沈沈翠幾重，轆轤亭下落梧桐。川光帶晚虹垂雨，樹影涵秋鵲喚風。　人不見，思何窮，斷腸今古夕陽中。碧雲猶作山頭恨，一片西飛一片東。

璧月池南翦木犀，六朝宮袖窄中宜。新聲蹙巧蛾眉黛，纖指移箏雁着絲。　朱戶小，畫簾低，細香輕夢隔清溪。西風只道悲秋瘦，却是西風未得知。

王庭筠，字子端，詞無集，中山樂府中有他的詞十二首。趙秉文非常看重他，曾贈他詩道：「寄語雪溪王處士，年來多病復何如？浮雲世態紛紛變，秋草人情日日疏。李白一杯人影月，鄭虔三絕畫詩書。情知不得文章力，乞與黃華作隱居。」其詞如百字令：

山堂溪色滿疏籬，寒雀煙橫高樹，小雪輕盈如解舞，故故穿簾入戶，掃地燒香，團圞一笑，不道因風絮，冰澌生硯，問誰先得佳句？　有夢不到長安，此心安穩，只有歸耕去，試問雪溪無恙否，十里淇園佳處，修竹林邊，寒梅樹底，准擬全家住，柴門新月，小橋誰掃歸路。

劉迎，字無黨，有山林長語。韓玉，字溫甫，有東浦詞。趙可，有玉峯散人集。黨懷英，有竹溪集。王澥、景覃、辛愿，詞多亡佚，這幾人也是在金源詞壇上有地位的但終嫌規模未大。趙秉文，字周臣，自號閑閑居士，有滏水集。與元遺山同稱金源詞中巨手。自負亦甚大。如他的水調歌頭序云：

昔擬栩仙人王雲鶴贈余詩云：寄與閑閑傲浪仙，枉隨詩酒墮凡緣，黃塵遮斷來時路，不到蓬山五百年。其後玉龜山人云：子前身赤城子也，余因以詩記之云：玉龜山下古仙眞，許我天台一化身，擬折玉蓮騎白鶴，他年滄海看揚塵。吾友趙禮部庭玉說丹陽子謂余再世蘇子美也。赤城子則吾豈敢？若子美則庶幾焉，尙媿詞翰微不及耳。

原詞是：

四明有狂客，呼我謫仙人。俗緣千刼不盡，回首落紅塵。我欲騎鯨歸去，只恐神仙官府，嫌我醉時嗔。笑拍羣仙手，幾度夢中身。

倚長樓，聊拂石，坐看雲。忽然黑霓落手，醉舞紫毫春。寄語滄浪流水，曾識閑閑居士，好爲濯冠巾。却返天台去，華髮散麒麟。

再後要說到元代唯一文人元好問了。好問，字裕之，有遺山樂府，張叔夏評他「元遺山極稱稼軒詞，及觀遺山詞，深於用事，精於鍊句，其風流蘊藉處，不減周秦，如雙蓮雁邱等作，妙在摹寫情態，立意高遠，初無稼軒豪邁之氣，豈遺山欲表而出之，故云爾」他在樂府自序中以爲樂府以來，東坡爲第一，以後便到辛稼軒。可見他的作風。雁邱一詞，係邁陂塘調。自序中說：「太和五年乙丑歲，赴試并州，道逢捕雁者云今日獲一雁，殺之矣，其脫網者，悲鳴不能去，竟自投於地而死。余因買得之，葬之汾水之上，累石爲識，號曰雁邱。」

問世間，情是何物，直教生死相許。天南地北雙飛客，老翅幾回寒暑。歡樂趣，離別苦，就中更有癡兒女。君應有語，渺萬里層雲，千山暮雪，隻影向誰去。 橫汾路，寂寞當年簫鼓，荒煙依舊平楚。招魂楚些何嗟及，山鬼暗啼風雨，天也妬，未信與鶯子俱黃土。千秋萬古，爲留待騷人，狂歌痛飲，來訪雁丘處。

吳梅評金代詞壇的情形說：「完顏一朝，立國淺陋，金宋分界，習尚不同。程學行於南，蘇學行於北，一時文物，亦未謂無人，惟前爲宋所掩，後爲元所壓，遂使豪俊無聞，學術未顯，識者惜之。」

元代以北曲擅長，詞已不如宋之皆可歌誦，國初有燕公楠程鉅夫楊果等等，嘗嫌未大，至仇遠趙孟頫王惲等而詞學遂盛。其中以張翥爲最傑出。其後又有張楚倪瓚顧阿瑛陶宗儀等，而以邵亨貞爲最著名，嚴格論之，元詞僅仇遠張翥邵亨貞三人而已。再分別略述於下。

燕公楠有五峯集，今不傳，程鉅夫有雪樓集，今僅存詞綜所錄的數首。楊果，詞無集，而以北令見長。仇遠，字遠儒，有山村錄，他與白斑齊名，時稱「仇白」。張翥是他的門生，他與周密趙孟頫諸人往來甚密，所作的詞也很高雅。如齊天樂賦蟬：

夕陽門巷荒城曲，清音早鳴秋樹，薄剪綃衣，涼生紅鬢，獨飲天邊風露，朝朝暮暮，奈一度淒吟，一番淒楚，尚有殘聲，驀然飛過別枝去。齊宮前事漫省，行人猶說與，當日齊女，雨歇空山，月籠古柳，彷彿舊曾聽處，離情正苦，甚嬾拂冰箋，倦拈琴譜，滿地霜紅，淺莎尋蛻羽。

王惲字仲謀，有秋澗集。吳梅稱他「精密弘博，自出機杼。」但他的詞往往有與曲相混的，如水龍吟賦秋日紅梨花：

纖苞淡貯幽香，玲瓏輕鎖秋陽麗，仙根借煖，定應不待，荊王翠被，瀟灑輕盈，玉容渾是，金莖露氣，甚西風宛轉，東闌暮雨。空點綴眞妃淚。誰遣司花妙手，又一番角奇爭異，使君高臥，竹亭閒寂，故來相慰，燕几螺屏，一枝披拂，繡簾風細，約洗妝快寫玉屛芳酒，枕秋蟾醉。

但已不及仇遠的自然流利了。趙孟頫字子昂，善書畫，有松雪齋詞。他是宋朝皇族，後來投降元朝的，所以頗爲當世所不滿，但詞卻有特長之處，邵亨貞評云：

公以承平王孫，晚姿無變，黍離之感，有不能忘情者，故長短句深得騷人意度。

看他的詩中有「同學少年今已稀，重嗟出處寸心違」足見他的處境是不得已的事。他的小令殊有花間風味。如蝶戀花：

儂是江南游冶子，烏帽青鞋，行樂東風裏。落盡楊花春滿地，萋萋芳草愁千里。扶上蘭舟人欲醉，日暮青山，相映雙蛾翠。萬頃湖光歌扇底，一聲吹下相思淚。

詹正，字可大，號天游，廣集以文章出名，詞不多見。薩都剌，字天錫，詞學東坡，頗有豪放之致，詞傳者也不多。但也有很清麗的作品。詞苑叢談載：「薩都剌西湖竹枝詞云：湖上美人彈玉箏，小鶯飛度綠窗櫺，沈郎曾病多情在，倦倚屏山不厭聽。一時北里多歌之。」他的詞如小闌干也清麗可喜，但他的成功卻在豪放一路，如爲世所讚美的滿江紅金陵懷古：

六代豪華春去也，更無消息，空悵望，山川形勝，已非疇昔，王謝堂前雙燕子，烏衣巷口曾相識，聽夜深寂寞打孤城，春潮急。思往事，愁如織，懷故國，空陳迹，但荒煙衰草，亂鴉斜日，玉樹歌殘秋露冷，胭脂井壞寒螿泣。到如今只有蔣山青，秦淮碧！

張翥，字仲舉，有蛻岩詞。四庫提要說：「翥詞婉麗風流，有南宋舊格。」他年青時，負才不羈，好蹴鞠，喜音樂，後來受業於仇遠，詞遂出名，他的一肩有病，所以韓介玉有詩嘲笑他道：「垂柳陰陰翠拂簷，倚闌紅袖玉纖纖，先生掉臂長街上，十里朱簾盡下簾。」吳梅稱他的詞「高處直與玉田草窗相驂靳，非同時諸客所及。」而尤激賞他的多麗西湖泛舟：

晚山青，一川雲樹冥冥。正參差煙凝紫翠，斜陽畫出南屏。館娃歸，吳台游鹿，銅仙去，漢苑飛螢。懷古情多，憑高望極，且將尊酒慰飄零。自湖上，愛梅仙遠，鶴夢幾時醒。空留得，六橋疏柳，孤嶼危亭。待蘇堤，歌聲散盡，更須攜妓西泠，藕花深，雨涼翡翠，菰蒲稹，風弄蜻蜓。澄碧生秋，鬧紅駐景，采菱新唱最堪聽。見一片水天無際，漁火兩三星，多情月，爲人留照，未過前汀。

倪瓚，字元鎭，有淸閟閣詞。吳梅稱他的人月圓「沈鬱悲壯，卽南宋諸公爲之，亦無以過。吳彥高以此調得盛名，實不及元鎭也。」詞云：

傷心莫問前朝事，重上越王台。鷓鴣啼處，東風草綠，殘照花開。悵然孤嘯，青山故國，喬木蒼苔。當時明月，依依素影，何處飛來？

顧阿瑛，字仲瑛，晚號金粟道人，有玉山草堂集。詞不多作，詞綜僅錄三首。他自題畫像道：「儒衣僧帽道人鞋，天下青山骨可埋。若說當時豪傑輿，五陵鞍馬洛陽街。」他的老境實在可憐極了。錄青玉案一首：

春寒惻惻春陰薄，整半月，春蕭索。晴日朝來升屋角，樹頭幽鳥，對調新語，語罷還飛却。紅入花腮青入萼，盡不爽，花期約。可恨狂風空自惡，晚來一陣，晚來一陣，難道都吹落。

後半闋已大類曲子了。當時白樸亦能詞，有天籟集。孫大雅說他「先生少有志於天下，已而事乃大謬，顧其先爲金世臣，既不欲高蹈遠行，以抗其節，又不欲使爵祿以干其身，於是屈己降志，玩世滑稽。徙家金陵，從諸遺老，放情山水間，日以詩酒優游，用示雅志，以忘天下。」吳梅也評他「其詞出語遒上，寄情高遠，音節協和，輕重穩愜，凡當歌對酒，感事興懷，皆自肺腑流出，眞如天籟」。他和元遺山的水龍吟道：

醉鄉千古人行，看來直到亡何地，如何物外華胥境界，昇平夢寐，鸞馭翩翩，蝶魂栩栩，俯觀羣蟻，恨周公不見，莊生一去，誰眞解黑甜味。聞說希夷高臥，占三峯華山重翠，尋常羨殺清風嶺上，白雲堆裏，不負平生，算來惟有，日高春睡，有林間剝啄忘機幽鳥喚先生起。

邵亨貞字復儒，號清溪，有蛾術詞選。他有「眉」「目」沁園春二詞，是詠物的，爲世人所稱，自序稱龍洲先生（劉過）有以沁園春詞詠「指甲」「小腳」，爲絕代膾炙，繼之後者獨未之見，所以這兩首可以說是學劉過的，但詞用以詠物，終嫌堆砌。吳梅評「其詞如擬古十首，凡清眞白石梅溪稼軒學之靡不神似，即此可見詞學之深。」在元末，邵亨貞自可以稱獨步了。例如他因憶王彥強而作的蘭陵王：

暮天碧，長是登臨望極，秋江上雲冷雁稀，立盡斜陽耿相憶，憑闌起太息，人隔吳王故國，年華晚，煙水正深，難折梅花寄寒驛。東風舊游歷，記草暗書簾，苔滿吟屐，無情征旆催離席，嗟月墮寒影，夜移清漏，依稀曾向夢裏識，恍疑見顏色。空惜，鬢毛白，恨莫趁金鞍，猶誤塵跡，何時彈指蘇台側，共灑酒紗帽，放歌瑤瑟，春雙燕，定到否，舊巷陌？

統觀元代的作者作品，都不及金朝之盛，元既通行北曲，於詞自少人顧問了，明代也是如此，在這模擬風氣極盛的時代，在這南戲盛行的時代，詞學已衰落到了極頂，所以明代之詞，也和元代一樣。所以吳梅說：

論詞至明代，可謂中衰之期，探其根源，有數端焉。開國作家，沿伯生仲舉之舊，猶能不乖風雅，永樂以後，兩宋諸名家詞，皆不顯於世，惟花間草堂諸集，獨盛一時，於是才士模情，輒寄言於閨闥；死定論亦揭櫫於香奩，託體不尊，難言大雅，其蔽一也。明人科第，視若登瀛，其有懷抱冲和，率不入鄉黨之月旦，聲律之學，大率扣槃，迨夫通籍以還，稍事研討，而藝非素習，等諸面牆，花鳥託其精神，贈答不出台閣，庸賓攬揆，或獻以諛詞，俳優登場，亦寵以華藻，連章累篇，不外酬應，其蔽二也。又自中葉王李之學盛行，壇坫自高，不可一世，……品題所及，淵膝隨之，諛聞下士，狂易成風，……學壽陵邯鄲之步，拾溫韋牙後之慧，……句撫字揣，神明不屬，其弊三也。……

他講明詞沒落的緣故，可以說非常賅盡了。現代姑且舉幾個略有詞名的，略述於下。

劉基字伯溫，後爲胡惟庸毒死，詞附於劉文公集中。王元美稱他的詞「穠纖有致，去宋尚隔一塵。」蓮子居詞話：

青田「蝴蝶不知身是夢，飛上花枝」翻用南華，有作熟還生之妙。

例如他的眼兒媚：

萋萋煙草小樓西（一本作「煙草萋萋小樓西」。）雲壓雁聲低。兩行疏柳，一絲殘照，萬點鴉棲。春山碧樹秋重綠，人在武陵溪。無情明月，有情歸夢，同到幽閨。

高啓字季迪，自號靑邱子，有扣舷詞。後坐魏觀蘇州府上梁文而被腰斬。或有人說因爲他題宮女詩中有：「女奴扶醉蒼苔，明月西園侍宴回。小犬隔花空吠影，夜深宮禁有誰來。」所以爲孝陵所猜忌。他的詞以疏曠見長，如沁園春之咏雁：

木落時來，花發時歸，又一年，記南樓望信，夕陽簾外，西窗驚夢，夜雨燈前，寫月書斜，戰霜陣整，橫破瀟湘萬里天，風吹斷，見兩三低去，似落箏絃。相呼共宿寒煙，想只在蘆花淺水邊。恨嗚嗚戍角，忽催飛起，悠悠漁火，長照愁眠。隴塞間關，江湖冷落，莫戀遺糧猶在田。須高舉，教弋人空慕，雲海茫然。

楊基，字孟載，詞附眉庵集中。靜志居詩話云：「孟載詩：芳草漸於歌館密，落花偏向舞筵多。細柳已黃千萬縷，小桃初白兩三花。布穀雨晴宜種藥，葡萄水煖欲生芹。雨歇風顏枝外蝶，柳遮花映樹頭鶯。燕子綠蕪三月雨，杏花春水一犂鵝。江浦荷花雙鷺雨，驛亭楊柳一蟬風。試塡入浣溪紗，皆絕妙好詞也。」楊廉夫很賞識他的詩，當時有「老楊」「小楊」之稱。他的詞如燭影搖紅的咏簾：

花枝重重，亂紋匝地無人捲，有誰惆悵立黃昏，疏映宮妝淺。只有楊花得見，解匆匆尋芳覓便。多情長在，暮雨迴廊，夜深庭院。曾記揚州，紅樓十里東風軟，腰肢半露玉娉婷，猶恨蓬山遠。閒悶如今怎遣。看草色青青似翦，且教高揭，放數點殘春，一雙新燕。

瞿祐，字宗吉，有餘情詞。當時有淩彥翀是宗吉的伯父輩，曾作梅詞霜天曉角，柳詞柳梢青各一百首，號稱梅柳爭春。而宗吉一日盡和之，彥翀大驚，稱之爲小友，足見他的敏捷了。但是吳梅氏評他「詞不多作，四聲平仄，時有舛失。」大概是一個有天才而沒有學力的人。如摸魚子：

望西湖柳煙花霧，樓台非遠非近，蘇堤十里籠春曉。山色空濛難認，風漸順，忽聽得鳴榔，驚起沙鷗陣。琤階露潤，把繡幕微拳，紗窗半啓，未審甚時分。　憑闌處，水影初浮日暈，游船未許開盡，寶花聲裏香塵起，羅帳玉人猶解困。君莫問，君不見繁華易殘光陰迅。先尋芳信，怕綠葉成陰，紅英結子，留作異時恨、

王九思，字敬夫，有碧山樂府。他有劇曲杜甫游春。相傳他塡詞時，先斥厚貲招募國工，閉門學習琵琶三弦，熟了諸曲，然後下筆。但詞不及曲，最佳者如蝶戀花：

門外長槐窗外雨，槐竹陰森，繞屋重重綠。人在綠陰深處宿，午風枕簟涼如沐　樹底轆轆聲斷續，短夢驚回，石鼎茶方熟。笑對碧山歌一曲，紅塵不到人間屋。

楊愼，字用修，有升庵集。選有詞林萬選百琲眞珍也曾著了詞品，考據流別，研討正變。據說他在永昌的時候，曾自己塗了粉，作雙丫髻，插了花，叫諸妓扶了到街上走。吳江沈自晉曾作簪花髻雜劇，卽咏此事。他的詞如水調歌頭咏牡丹：

春宵微雨後，杏徑牡丹時，雕闌十二，金刀誰翦兩三枝，六曲翠屏深掩，一架銀箏緩送，且醉碧霞巵輕寒香霧重，酒暈上來遲　席上歡，天涯恨，雨中姿向人欲訴飄泊，粉淚半低垂。九十春光堪惜，萬種心情難寫，彩筆寄相思，曉看紅濕處，千里夢佳期。

王世貞，字元美，有弇州四部稿有藝苑巵言，其中論詞諸篇，頗多可取，他自序道：「作巵言時年未四十，與于鱗輩是古非今，此長彼短，未爲定論，行世已久，不能漫祕，惟有隨時改正，勿誤後人。」可見這是他的力作了。

詞如漁家傲：

細雨輕烟裝小暝，重衾不耐春寒横，裊盡博山孤篆影，閒自省，天涯有個人同病。 十二玉峯闌晝永，黄鶯可喚梨花醒。雨點芳波指不定，臨晚鏡，眞珠簌簌胭脂冷。

張綖，字世文，有南湖集。著有詩餘圖譜，四庫提要說它底內容道：

是編攷宋人歌詞擇聲調合節者，一日十首，彙而譜之，各圖其平仄於前，而綴詞於後，有當平當仄二例，而往往不據古詞，意爲塡註，於古人故爲拗句以取抗墜之節者，多改諧詩句之律，又校讎不精，所謂黑圈爲仄，白圈爲平，半黑半白爲平仄通者，亦多混淆，殊非善本。

他的詞爲古今詞話所推崇，今僅存詞綜中所選的風流子蝶戀花兩首，風流子云：

新陽上簾幙，東風轉，又是一年華，正駝褐侵寒。燕釵春裊，句翻詞客，簪鬭宮娃，堪娛處，林鶯啼煖樹，渚鴨喔清沙。綉閣輕烟，翦燈時候，靑旗殘雪，賣酒人家。 此時應重省，瑤台畔，曾遇翠蓋香車，惆悵塵緣猶在，密約還賒，念鱗鴻不見，誰傳芳信，瀟湘人遠，空采蘋花。無奈疏梅風景，碧草天涯。

馬洪，字浩瀾，有花影集。詞品中評他說：

鶴窗善詠詩，尤工長短句，雖皓首韋布，而含吐珠玉，錦繡胸腸，居然若貴介王孫也。詞名花影，蓋取月下燈前，無中生有之意。

他的詞如東風第一枝梅花：

餌玉餐香夢雲惜月花中無此清瑩，儼然姑射仙人，華佩明當新整，五銖衣薄應怯瑤台淒冷。自駿鸞來下人間，幾度雪深烟暝。孤艷處，江波流紅憔悴也春風鉛粉。相思千種閒愁，聲聲翠禽啼醒。西湖東閣休說當時風景，但留取一點芳心，他日調羹翠鼎。

陳子龍，字臥子，有眞湘閣詞。吳梅許他風流婉麗，言內意外，已無遺議，惟長篇不足。他的小令如蝶戀花：

雨外黃昏花外曉，催得流年，有恨何時了，燕子乍來春又老，亂紅相對愁眉掃。　午夢闌珊歸夢杳，醒後思量踏遍閒庭草。幾度東風人意惱，深深院落芳心小。

明代詞人可以觀者如此而已，元明兩代作者不及金朝。這理由是各有當行，所以詞至金，尚有餘風，一到元明，便已絕跡了。上述幾個作家，也不過在當時可稱獨步的，比之兩宋，眞遠不可及了。

第十七章 詞的復興

詞自北曲盛行以後，使和音樂脫離了關係，因此，元明清三代的詞，只能依譜塡詞，不能歌唱了。於是詞使成爲古文學的一種，和詩沒有什麽兩樣。

經過了元明兩代，詞已是強弩之末，又失了它的音樂性，可以說是一蹶不振了，但到了清代，回光返照，又趨極盛，吳梅詞學通論中說：

詞至清代，可謂極盛之期，惟門戶派別，頗有不同。二百八十年中，雖各遵所尙，雖各不相合，而各具異采也。其始沿明季餘習，以花草爲宗，繼則竹垞獨取南宋，而分虎符曾佐之，風氣爲之一變，至樊榭而浙中諸士，咸稱擬焉。皋文朋甫，獨工寄託，去取之間，號爲嚴密。於是毗陵遂樹幟騷壇矣。鹿潭雄才，得白石之情，而俯仰身世，動多感喟，……駸駸入兩宋之室。幼霞與小坡，南北不相侔也，而幼霞之嚴，小坡之精，各抒稱心之言，咸負出塵之譽。……迨及季世，彊村夔笙，並稱瑜亮，而新亭故國之感，尤非烟柳斜陽所可比擬矣。

吳梅氏論淸詞，提出二十七家，茲再擇其尤著者作二十家，略論他們的作風，

淸初詞，浙派的先河，當推曹溶，他字潔躬，詞附於靜惕堂集中。朱彝尊卽奉他爲浙派之遠祖。朱說他的

詞「必崇爾雅，斥淫哇，極其能事，亦足宣昭六義，鼓吹元音。往者明三百禩，詞學失傳，先生搜輯遺傳，余曾表而出之，數千年來，浙西塡詞者，家白石而戶玉田，春容大雅，風氣之變，實由於此。」他的詞頗有空靈之處，如滿江紅錢唐觀潮：

浪湧蓬萊，高飛撼宋家宮闕，誰盪激靈胥一怒，惹冠衝髮，點點征帆都卸了，海門急鼓聲初發。似萬羣風馬驟銀鞍，爭超越。江妃笑，堆成雪，鮫人舉，圓如月。正危樓湍轉，晚來愁絕，城上吳山遮不住，亂傳穿到嚴灘歇。是英雄未死報仇心，秋時節。

王士禎字貽上，號阮亭，有衍波詞。長調不佳，他以詩名，所以小令多詩意。吳梅稱集中之冠，是鳳凰台上憶吹簫一闋：

鏡影圓冰，釵痕却月，日光又上樓頭。正羅幃夢覺，紅褪綃鉤。睡眼初瞤未起，夢裏事尋憶難休。人不見，便須含淚，强對殘秋。　悠悠斷鴻南去，便瀟湘千里，好爲儂留。又斜陽聲遠，過盡西樓。顚倒相思難寫，空望斷南浦雙眸。傷心處，青山紅樹，萬點新愁。

曹貞吉，字升六，有珂雪詞。吳氏評他「淸初諸老，惟珂雪最爲大雅，才力曾不逮朱陳，而取徑則正大也。其詞大抵風華掩映，寄託遙深，古調之中，緯以新意。」他的小令也婉麗可喜，例如木蘭花春晚：

蘼蕪一剪城南路，弱絮隨風亂如雨。垂鞭常到日斜時，送客每逢腸斷處。　愔愔門巷春將暮，樹底蔫紅愁不語。畫梁燕子睡方濃，落盡香泥却飛去。

顧貞觀，字華峯，號梁汾。有彈指詞。他的詞以金縷曲二首寄虞槎爲最著：

季子平安否？便歸來，平生萬事，那堪回首。行路悠悠誰慰藉，母老家貧子幼，記不起從前杯酒。魑魅搏人應見慣，料輸他覆雨翻雲手。冰與雪周旋久。　淚痕莫滴牛衣透，數天涯，依然骨肉，幾家能彀？比似紅顏多薄命，更不如今還有。只絕塞苦寒難受。廿載包胥承一諾，盼烏頭馬角終相救，置此札，君懷袖。

我亦飄零久，十年來深恩負盡，死生師友。宿昔齊名非忝竊，試看杜陵消瘦，曾不減夜郎僝僽。薄命長辭知己別，問人生到此淒涼否？千萬恨爲兄剖。　兄生辛未吾丁丑，共些時冰霜摧折，早衰蒲柳。詞賦從今須少作，留取心魂相守，但願得河清人壽。歸日急翻行戍稿，把空名料理傳身後。言不盡，觀頓首。

彭孫遹，字駿孫，號羨門，有延露詞。嚴繩孫說：「羨門驚才絕豔，長調數十闋，固堪獨步江左，至其小詞啼香怨粉，怯月淒花，不減南唐風格。」但他的長調，卻有深厚之致。綺羅香：

翠遠浮空，紅殘欲滴，簾捲青山無數。舊事難尋，春色半歸塵土，撲蝶會如夢光陰，研花箋相思圖譜，怪東風不爲吹愁，凝眸又見碧雲暮。　年來淪落已慣，任一身長是，飄零吳楚，珠淚緘題，恨字分明寄與，想南樓柳絮飛時，是玉人夜來憑處。應望斷遼水歸帆，濛濛江上雨。

陳維崧，字其年，有迦陵詞。與朱彝尊齊名。曹秋岳說：「其年與錫鬯，並負軼世才，同舉博學鴻詞，交又最深，其爲詞亦工力悉敵，烏帽載酒，一時未易軒輊也。」足見其爲清初的大手筆了。如過澗歇：

懷璞頹關荒烟積，悄乎無人，祇聞江聲千尺，混花梅恍見水仙海妾，采月金鰲背，吾長嘯，泉底恐驚織綃客。　春申遺壘在，古戍吹笳，亂洲伐荻，醉把闌干拍，沙草無情，不管興亡朝朝，暮暮西風只送巴船笛。

納蘭性德，原名成德，字容若，有飲水詞。他的小令，有淒婉之風，論者直稱他可以媲美南唐後主李煜。一時顧貞觀陳維崧皆和他往來。例如他的浣溪紗：

誰念西風獨自涼，蕭蕭黃葉閉疏窗，沈思往事立殘陽。　被酒莫驚春睡重，賭書消得潑茶香，當時祇道是尋常。

記綰長條欲別離，盈盈自此隔銀灣，便無風雪也摧殘。　青雀幾時裁錦字，玉蟲連夜翦春旛，不禁辛苦況相關。

腸斷斑騅去未還，繡屏深鎖鳳簫寒，一春幽夢有無間。　逗雨疏花濃淡改，關心芳草淺深難，不成風月轉摧殘。

朱彝尊，字錫鬯，號竹垞，有江湖載酒集、靜志居琴趣、茶烟閣體物集、蕃錦集。吳梅說他「靜志居琴趣一卷，盡掃陳言，獨出機杼，豔詞有此，不獨晏歐所不能，即李後主牛松卿，亦未易過之。」他自題詞集序詞中說：「不師秦七，不師黃九，倚新聲玉田差近。」可見他的詞是學張炎的。他選詞綜，於是有浙派之目。如：

衰柳白門灣，潮打城還，小長干接大長干，歌板酒旗零落盡，勝有漁竿。　秋草六朝寒，花雨空壇，更無人處一憑闌，燕子斜陽來又去，如此江山。（浪淘沙）

疏雨過輕塵，圓莎結翠茵，惹紅襟乳燕來頻，乍暖乍寒花事了，留不住，塞垣春。　歸夢苦難真，別離情更親，恨天涯芳信無因，欲話去年今日事，能幾個，去年人。（南樓令）

李良年，字符曾，有秋錦山房詞。他論詞以爲夢窗之密，玉田之疏，必兼而有之乃佳。但其詞也不能做到。李符，字分虎，有來邊詞。朱彝尊論他的詞，頗爲推崇，但詞不如其所評。厲鶚，字太鴻，有樊榭山房稿，他的詞在清代可稱能手。論者說他沐浴白石、梅溪，如齊天樂秋聲館賦秋聲：

簟凄鐙暗眠還起，清商幾催發，碎竹虛廊，枯蓮淺渚，不辨聲來何葉，桐飄又接，盡吹入潘郎，一簪愁髮，已是難聽，中宵無用怨離別。 陰蟲還更切切，玉窗挑錦倦，驚響簷鐵，漏斷高城，鐘疏野寺，遙送涼潮嗚咽，微吟漸怯，訝籬豆花間，雨飾時節，獨自開門，滿庭都是月。

史承謙，字位存，有小眠齋詞，以雅麗見長，如雙雙燕：

春愁易滿，記紅到櫻桃，乍逢歡侶，幾番攜手，醉裏聽殘杜宇，曾向花源問渡，是水國風光多處，可應酒滯香留，不記江南春雨。 南浦清陰如故。誰料得重來，暗添凄楚。月蓬烟櫂，載了冷吟人去，可惜千條弱柳，更難繫輕帆頻住，如今綠徧橋頭，盡作情絲恨縷。

任曾貽，字淡存，有矜秋閣詞。儲長源說：「淡存詞刪削靡曼，獨抒性靈，於宋人不沾沾襲其面貌，而能吸其神髓，一語之工，令人詩味無窮。」他的百字令：

短篷聽雨，共江干秋晚，幾番潮汐，不道烟帆分別浦，一水迢迢長隔，貰酒當壚，敲詩午夜，彈指成今昔，雙魚何處，飄搖尺素難覓。 又是雪壓川窗，爐溫小閣，殘臘餘今夕，想到南枝初破蕊，一點新春消息，穩臥湖林，鬢絲無恙，肯便閒吟筆，甚時花底，年曾同醉春碧。

張惠言，字皋文，有茗柯詞。又有詞選，而成常州一派，與朱彝尊所倡浙派並駕齊驅。他的詞以木蘭花慢南浦兩首爲最有名：

儘飄零了，何人解當花看？正風避重簾，雨迴深幕，護輕幨。尋他一春伴侶，只斷紅相識夕陽間。未忍無聲委地，將低又飛還。疏狂情性，算凄涼耐得到春闌。便月地和梅花天，伴雪合稱清寒。收將十分春恨，做一天愁影繞雲山。看取靑靑池畔，淚痕點點凝斑。（木蘭花慢）

驚回殘夢，起來清夜正三更。花影一枝枝瘦，明月滿中庭。道是江南綺陌，却依然小閣倚銀屛。悵海棠已老，心期難問，何處望高城？忍記當時歡聚，到花時長此託春醒。別恨而今誰訴，梁燕不曾醒。簾外依依香絮，算東風吹到幾時停。向鴛衾無奈，啼鵑又作斷腸聲。（南浦）

周濟，字保緒，有止庵詞。他論詞說：「詞非寄託不入，專寄託不出。一物一事，引伸觸類，意感偶生，假類必達，斯入矣；萬感橫集，五中無主，赤子隨母笑啼，由人緣劇悲喜，能出矣。」所以他的詞重蘊藉，尚寄託。如渡江雲之楊花：

春風眞解事，等閒吹徧無數短長亭。一星星是恨，直送春歸，替了落花聲。憑闌極目，蕩春波萬種春情。應笑人春歸幾許，便要數征程。　冥冥，車輪落日，散綺餘霞，漸都迷幻景。問收向紅窗畫篋，可算飄零？相逢只有浮萍好，奈蓬萊東指，弱水盈盈。

休更惜，秋風吹老蓴羹。

項鴻祚，字蓮生，有憶雲詞，譚仲修評他「有白石之幽澀，而去其俗，有玉田之秀折，而無其率，有夢窗之深細，而化其滯，殆欲前無古人。」黄韻甫也說「憶雲詞，古豔哀怨，如不勝情，猿啼斷腸，鵑淚成血，不知其所以然也。」錄蘭陵王一首：

晚陰薄人在酴醾院落。秋千罷，還倚瑣窗花雨和烟冷銀索。近來情緒惡，遮莫青春過却單衣減，沈水自薰酒病經年怯孤酌。 低低燕穿幕任箋綠綃紅，心事難託，柳絮繫夢輕飄泊。嘆衾鳳羞展鏡鸞空掩思量睡也怎睡着，恨依舊寂寞。 妝閣，閉魚鑰，怕唱到陽關，簫譜慵學。夜占珠喜朝靈鵲，祇月斷千里錦帆天角玲瓏簾月照見我又瘦削。

蔣春霖，字鹿潭，有水雲樓詞，譚復堂說：「文字無大小，必有正變，必有家數。水雲詞因清商變徵之聲而流別甚正，家數頗大，與成容若項蓮生二百年中分鼎三足。」吳梅亦說「鹿潭律度之細，既無與論，文筆之佳，更爲出類，而又容雍大雅，無搔頭弄姿之態，有清一代以水雲詞爲冠，亦無愧色焉。」錄卜算子，揚州慢各一首：

燕子不曾來，小院陰陰雨。一角闌干聚落花，此是春歸處。彈淚別東風，把酒澆飛絮，化了浮萍也是愁，莫向天涯去。（卜算子）

埜幕巢烏，旗門噪鵲，譙樓吹斷笳聲，過滄桑一霎，又舊日蕪城，怕雙燕歸來恨晚，斜陽頹閣，不忍重登。但紅橋風雨梅花，開落空營。 劫灰到處，便遺民見慣都驚。問障扇遮塵，圍棋賭墅，可奈蒼生，月黑流螢何處？西風黯鬼火星星，更南望，隔江無

限峯青。（揚州慢）

周之琦，字穉圭，有金梁夢月詞。黃韻甫稱：「夢月詞渾融深厚，語語藏鋒，北宋瓣香，於斯未墜。」其詞雖佳，但不及鹿潭。詞如鷓鴣天：

帕上新題問舊題，苦無佳句比紅兒，生憐桃蕚初開後，那信楊花有定時。　人悄悄，晝遲遲，殷勤好夢託蛛絲，繡幃金鴨熏香坐，說與春寒總不知。

戈載，字順卿，有翠薇花館詞，作詞頗多。錄蘭陵王一首：

畫橋直，明鏡波紋綴碧，輕烟繞歌榭舞樓，一派迷離黯春色。東風編故國，吹老關津怨客，長堤畔，千縷翠條，時見流鶯度金尺。　萍蹤半陳迹，記側帽題襟，香藹瑤席，天涯今又逢寒食。嘆攜手人遠，倦游難再。飛花飛絮，散舊驛，送潮過江北。　悲惻，亂愁積，對孤館殘燈，無限凄寂，青門望斷情何極，乍倚枕尋夢，怕聞鄰笛。那堪窗外，更細雨，夜半滴。

莊棫，字中白，有蒿庵詞，他與譚復堂齊名。他替復堂詞作序，述平生論詞的宗旨頗詳：「夫義可相附，義不即深，喻可專指，託志房帷，眷懷身世，溫韋身世有迹可尋，然而自宋及今幾九百載，少游美成而外，會者鮮矣。又或用意太深，義爲辭掩，雖多比興之旨，未發縹緲之音，近世作者，竹垞擷其華，而未芟其蕪，茗柯遡其源，而未竟其委。」詞如高陽台：

長樂渡邊，秦淮水畔，莫愁艇子曾攜，一曲西河，尊前往事依稀。浮萍綠漲前溪徧，問六朝遺跡都迷，映頹黎，白下城南，武定橋西。行人共說風光好，愛沙邊鷗夢，雨後鶯啼，投老方回，練裙十幅誰題。相思子夜春還夏，到歡聞先已悽悽。更休題，柳外斜陽，烟外長堤。

譚廷獻，字仲修，有復堂詞。浙詞至復堂，爲之一變，堂廡特大。上溯唐五代，長調亦正厚深沈，如金縷曲：

木葉飛如雨，繞空舟，誰聞唷浪悄無人語，落背新霜侵衣袂，冷壓釭花不吐，料此際微吟閉戶，三徑蕭蕭蓬蒿滿。記往前裙屐歎誰補，春去也，惜遲暮。飄零我亦泥中絮，歎明明入懷月色，夜深還去。芳草變衰浮雲改，況復美人黃土。算生作有情原誤，莫倚平生丹青手，看尋常顏面皆行路，衰與樂，等閒度。

王鵬運，字幼遐，有半塘詞稿。其賀新郎小注云：辛峯至自汴梁，出示所和稼軒詞數十篇，讀之喜不自禁，即用稼軒韻題此索和。辛峯將就鹽官於淮南，以覲事暫留度歲，離合之感，雖不能無慨於中，而風雪聯牀，歌聲相答，此樂亦平生得未曾有也。」詞云：

心事從何說？算平生等閒消盡，酒漿裘葛。回首緇衣十年恨，淚盡隴山冰雪。黯循徧絲絲華髮，何物向禽兒女累。負歸雲夢渺隴岡月。聽夜雨，共蕭瑟。暫時攜手還輕別，望江南風塵澒洞，星萍離合。一相逢一回老，冷語淒然砭骨，且莫對寒檠愁絕，四海子由眞健者，慣商歌斫地錚如鐵。霜竹冷，爲君裂。

鄭文焯，字叔問，有瘦碧冷紅、比竹餘音、苕雅諸集。又有詞源斠律，取舊刻圖表，一一釐正，又就八十四調住字，各注工尺。所以他作的詞，音律上也處處穩洽。可算淸季一偉手。舉謁金門三首：

行不得，驀地衰楊愁折，霜韉馬聲寒特特，雁飛關月黑。目斷浮雲西北，不忍思君顏色。昨日主人今日客，青山非故國。
留不得，腸斷故宮秋色，瑤殿瓊樓波影直，夕陽人獨立。見說長安如奕，不忍問君蹤迹，水驛山郵都未識，夢回何處覓。
歸不得，一夜林烏頭白，落月關山何處笛？馬嘶還向北。魚雁沈沈江國，不忍聞君消息，恨不奮飛生六翼，亂雲愁似冪。

清季足爲詞壇之後勁的，又有朱祖謀與況周頤兩人，朱氏輯有彊邨叢書，貲後人學詞者便利不少。況氏蕙風詞話論詞亦多中肯之語，茲各錄詞若干首以作參考。

鳴螿頹墟，吹蝶空枝，飄蓬人意相憐。一片離魂，斜陽搖夢成烟。香溝舊題紅處，拚禁花憔悴年年。寒信急，又神宮淒奏，分付哀蟬。終古巢鸞無分，正飛霸金井，拋斷纏綿。起舞迴風，纔知恩怨無端。天陰洞庭波闊，夜沈沈流恨湘絃。搖落事，向空山休問杜鵑。（朱祖謀聲聲慢）

無名秋病，已二年止酒，但買茱萸作重九，亦知非吾土，强約登樓，閒坐到淡淡斜陽時候。浮雲千萬態，迴指長安，卻是江湖釣竿手。哀鬢側西風，故國霜多，怕明日黃花開瘦，問暢好秋光落誰家？有獨客徘徊，憑高雙袖。（朱祖謀洞仙歌）

柳外輕寒花外雨，斷送春歸，直恁無憑據。幾片飛花猶遶樹，萍根不見春前絮。往事畫樑雙燕語，紫紫紅紅，辛苦和春住。夢裏屏山芳草路，夢回惆悵無尋處。（況周頤蝶戀花）

鐵笛倚層樓，天涯怨芳草。定巢新燕能道，畢竟無塵是壺嶠，花作伴，海流愁，人未老。竟夕聽笙歌，棖棖甚時曉。翠尊莫惜頹倒，沈醉東風夢長好。春黯黯，事茫茫，難自料。（況周頤握金釵）

第十八章　塡詞與作曲

爲什麽製詞稱作「塡」？唐代劉禹錫依白居易的憶江南節拍作春去也詞，這便是「塡詞」的濫觴。自從詞失樂以後，詞人作詞依前人的字句，某字某聲，所以叫做「塡」。普通塡詞之法，依前人的詞句，一一造句，勻其聲調。試觀方千里和周邦彥的詞，連上去入三聲也大致相同。

暮色分平野，傍葦岸征帆卸。烟深極浦，寺藏孤館，秋景如畫。漸別離味難禁也，更物象供瀟灑。念多才渾衰減，一懷出恨難寫。追念綺窗人天然自風韻閑雅，竟夕起相思，慢嗟怨遙夜，又還將兩袖珠淚，沉向寂寥寒燈下，玉骨爲多感瘦來無一把。（邦彥原詞）

四遠天垂野，向晚景雕鞍卸。吳藍滴草，塞縣藏柳，風物堪畫。對雨收霧初晴也，正陌上烟光灑。聽黃鸝啼紅樹，短長音口如寫。懷抱幾多愁，年時趁歡會幽雅。盡日足相思，奈春晝難夜。念征塵堆滿襟袖，堪更獨遊花陰下，別鬢毛減鏡中霜滿把。（方千里和）

其中四聲不同的只有「色」是入聲，「遠」字上聲，其餘「景」與「物」字，「象」與「上」字，「減」與「樹」字，「念」與「抱」字，「竟」與「盡」字，「起」與「足」字，「兩袖」與「堆滿」，「沈」與

「那」字。其餘原詞用「平上去入」四聲的他都一字不易的。

曲北曲的聲律尚存，音樂已亡，只有南曲尚有崑腔可以度曲，音樂既存，不必按舊詞塡曲，所以做曲稱作曲而不稱塡曲，其實北曲也已「塡曲」了。例如北曲仙呂寄生草。

〔長醉後〕方何礙，〔不醒時〕有甚思。糟醃兩個功名字，醅渰千古興亡事，麴埋萬丈虹霓志。〔不〕達時皆笑屈原非，〔但〕知音盡說陶潛是。

「思」「字」「事」「志」「是」。是韻脚，括弧裏的字是襯字。第三四五三句要對。「虹霓志」「陶潛」是務頭。「有甚」「盡說」兩字應作「去上」聲，「陶」字應作陽音，也得依此塡製。

先說塡詞上應注意的事項：

選擇詞調，詞調的選取應注意前人對於此調的情意，是激昂的還是幽婉的，如六州歌頭後來已爲雄壯一派所常用，便不宜再塡幽婉之詞；如蝶戀花向來塡者都是淒婉曲折之詞，不能塡入粗豪的句語。同時應注意詞調的來源，如浪淘沙則象徵豪壯，如楊柳枝則象徵纏綿的感情。選詞的應加注意。

作詞的兩大要件，一是聲，一是辭。聲求其準，辭求其當。萬樹曾說：

論聲雖以一平對三仄，論歌則當去對平上入。

這話是對的，足見我們塡詞不能單以平仄兩聲來用。依以往詞人所作的詞章「去」聲非常重要，凡是詞中用「去」聲的地方，一一不苟。萬樹說：「常用去者非去則激不起用入且不可斷斷勿用平上也。」如陸游戀繡衾。

不惜貂裘換釣篷，嗟時人誰識放翁。歸棹借風輕穩，數聲聞林外暮鐘。幽棲莫笑蝸廬小，有雲山烟水萬重。半世向丹青看喜如今身在畫中。

其中「釣」「放」「暮」「萬」「畫」均是去聲不能任意改易。

他如必須遵照的如：

(A)必須「去上」連用。萬樹云：「上聲舒徐和軟，其腔低去聲激厲勁遠，其腔高相配用之，方能抑揚有致，大抵兩上兩去在所當避。」周邦彥花犯中如「照眼」「淨洗」「勝賞」「燕喜」「更可」「素被」「望久」「薦酒」等等「上」「去」連用的例見前。

(B)必用「入」聲。詞中雖亦有「入作三聲」之例，但論詞者都不主張如此，樂府指迷中說「上聲字不得用入聲字替」敍說「平聲字都得用入聲字替」吳梅也說：

入聲叶韻處，其派入三聲本有定法，某字作上，某字作平，某字作去，一定不易，……至於句中入聲字，嚴在代平，其作上去本不多見，詞家用仄韻處，本合上去入三聲言之，即使不作去上，直讀本聲，亦無大礙，故句中入字叶作三聲，實無定法。……又詞必須用入之處，不得易用上去者，如法曲獻仙音首二句「虛閣籠寒，小簾通月」「閣」宜入；淒涼犯首句「綠楊巷陌」「綠」「陌」宜入；夜飛鵲「斜月遠墮餘輝，兔葵燕麥」「月」「麥」宜入。

其他詞中有一句用四聲的，如姜夔暗香的結尾「幾時見得。」趙以夫和他作「再調玉鼎」，吳文英作「雨堤翠匝」，張炎作「幾曾忘卻。」又有以雙聲疊韻作詞句的，王國維說：「蕩漾處多用疊韻，促節處多用雙聲，」如姜夔的「一葉猶夷」都是雙聲，史達祖「歎年端連環轉爛漫」皆是疊韻。吳梅說：

余謂小詞如點絳脣卜算子之類，凡在六十字下者，四聲儘可不拘，一則古人成作，彼此不符；二則南曲引子多用小令，上去出入亦可按歌，固無須斤斤於此，若夫長調，則宋時諸家往往遵守，吾人操管，自當確從。

詞的用韻，有詞韻，似無問題，但平仄兩韻，換韻與不換韻，又可以值得研究之處，普通可以分作全是平韻，全是仄韻，一韻到底，中途換韻（數韻夾用）等例，前面所舉的詞例中，很容易見到，不再舉例。有一種同一字兩次用韻的，詩中不易見到，如趙師俠的東坡引：

相看情未足，離觴已催促，停歌欲語眉先蹙，何期歸太速，何期歸太速。　如今歸也，無計追逐，怎忍聽陽關曲，扁舟後夜灘頭宿愁隨煙樹簇，愁隨烟樹簇。

又有三句同字用韻的，如解于樞的鵲橋仙：

青天無數，白雲無數，綠水繞灣無數。霸陵橋上望西州，動不動八千里路。來時春暮，去時秋暮，歸去又還春暮。人生七十古來稀，好相看能成幾度。

黃庭堅集中有阮郎歸自稱效福唐獨木橋體，四用「山」協韻：

烹茶留客駐雕鞍，有人愁遠山。別郎容易見郎難，月斜窗外山。 歸去後，憶前歡，畫屏金博山。一杯春露莫留殘，與郎扶玉山。

又如黃庭堅的瑞鶴仙全首都用也字協韻，係舉歐陽修的醉翁亭記：

環滁皆山也，望蔚然深秀，琅琊山也。山行六七里，有翼然泉上，醉翁亭也。翁之樂也，得之心寓之酒也。更野芳佳木，風高日出，景無窮也。 游也，山肴野蔌，酒冽泉香，沸觥籌也。太守醉也，諠譁眾賓懽也，況宴懽之樂，非樂非竹，太守樂其樂也。問當時太守爲誰？醉翁是也。

這已變成一種游戲的文字，不能效法的。楊守齋作詞五要中說：「要隨律押韻，如越調水龍吟、商調二郎神，皆合用平入聲韻，古詞俱押去聲，所以轉摺怪異，成不祥之音，昧律者反稱賞之，眞可解頤而啓齒也。」戈載詞林正韻稱許多詞調有一定的規定不能改易：

（A）必用入聲，不能改平的有：

丹鳳吟　三部樂
大酺　霓裳中序第一
蘭陵王　應天長慢
鳳凰閣　西湖月
解連環　侍香金童
曲江秋　好事近
雨霖鈴　六么令
暗香　疏影
淒涼犯　淡黃柳
惜紅衣　尾犯
白苧　玉京秋
一寸金　浪淘沙慢

(B)可以改為平聲但仄韻時一定得用入聲的有：

霜天曉角　慶宮春
憶秦娥　慶佳節
江城子　柳梢青
望梅花　聲聲慢
看花回　兩同心
南歌子　滿江紅

曲的音律依聲作曲，其中大致與詞相同，不過入作三聲，用韻較寬，但三聲之別又較詞為嚴。

次論詞曲的文字上應注意的地方。

吳梅說「作詞之難，在上不似詩，下不似曲。不碎不滯，立於兩者之間，要須辨其氣韻，大抵空疏者作詞易近於曲，博雅者塡詞不離乎詩，淺者深之，高者下之，處於才不才之間，斯詞之三昧得矣。」這樣嚴格作詞確非易事，但曲中不盡是方言俗語，亦得求其有表達力量。如此作曲也不見得比詞容易。吳梅氏又申論道：

詞中各牌，有與詩無異者，如生查子，何殊於五絕，小秦王八拍蠻，阿那曲何殊於七絕，此等詞頗難著筆，又須多讀古人舊作，得其氣味。去詩中習見辭語，便可避去。至於南北曲，與詞格不甚相遠，而欲求別於曲，亦較詩爲難。但曲之長處，在雅俗互陳，又熟語他人方言，不必以藻繢爲能也。詞則曲中俗字，如「你」「我」「這廂」「那廂」之類，固不可用，卽襯貼字如「雖則是」「却原來」等，亦當捨去。而最難之處，在上三下四對句，如史邦卿春雨詞云：「驚粉蝶重宿西園，喜泥潤燕歸南浦。」又「臨斷岸新綠生時，是落紅帶愁流處。」此詞中妙語也。湯臨川還魂云：「他還有念老夫詩句男兒，俺則有學母氏畫眉嬌女，」又「沒亂裏春情難遣，驀忽地懷人幽怨，」亦曲中佳處，然不可入詞。

詞中用字作詞的要點，可以分作幾項來說：

(1)求自然， 彭羨門說：

詞以自然爲宗，但自然不以雕琢中來，……用古人之事，則取其新僻而去其陳因，用古人之語，則取其清雋，而去其平實。用古人之字，則取其鮮麗而去其淺俗。近人好用僻典，頗覺晦澀，乃歎范贄之記雲仙，陶穀之錄清異，稍資談柄，不是仙才。

(2)不可雕琢堆砌， 吳子祥說：

詞忌堆積，堆積近縟，縟則傷意。詞忌雕琢，雕琢近澀，澀則傷氣。

(3)要有寄託， 吳梅說：

詠物須別有寄託，不可直賦，如東坡之詠雁，獨寫哀悲，如白石之詠蟋蟀，斯最善矣。至於史邦卿之詠燕，劉龍洲之詠指足，縱工摹繪，已落言銓。

(4)立意要新，　楊守齋說：

若用前人詩詞意爲之則蹈襲無足奇者，須自作不經人道語。或翻前人意，便覺出奇，或祇能煉字，誦纔數過，便無精神，不可不知也。更須忌三重四同，始爲具美。

(5)小令宜蘊藉　吳梅云：

短令宜蘊藉含蓄，令人得言外之意，方爲合格，如李後主詞，別有一般滋味在心頭，不說出「苦」字。湯飛卿詞：「楊柳又如絲，驛橋春雨時」，不說出「別」字，皆是小令作法。

(6)長調重章法，　吳梅又說：

長調布置須周密，有先將題面說過，至下疊方發議論去，如王介甫桂枝香金陵懷古。有直賦一物，寄寓感喟者，如東坡水龍吟楊花，……草窗長亭悲慢懷舊……結構布局，最是勻稱，可以爲法。

能够做到上面的這幾點，文字上便可以無大過了。

曲的作法，較詞爲難，文字上雖則雅俗互陳，但亦難加言喻，先就曲體來分，太和正音譜分曲體爲十五種：

1.黃冠　　2.承安　　3.玉堂

4.草堂　5.楚江　6.香奩
7.騷人　8.俳優　9.丹丘
10.宗匠　11.盛元　12.江東
13.西江　14.東吳　15.淮南

又將俳體分作二十五種：

1.短柱　2.獨木橋　3.疊韻
4.犯韻　5.頂真　6.疊字
7.嵌字　8.反覆　9.回文
10.重句　11.連環　12.足古
13.集古　14.集語　15.集劇名
16.集調名　17.集藥名　18.概括
19.翻譜　20.諷刺　21.嘲笑
22.風流　23.諧虐　24.簡梅

25. 雪花

前者大抵依人名地名而分派別，後者列舉曲中的變體與特殊的寫作法，我們在這裏可以知道曲的文字的複雜了，作曲時應注意的地方有：

1. 下字：曲律中說：

用字忌陳腐、俚俗、寒澀、粗鄙、錯亂、蹈襲、太文語、太晦語、經史語、學究語、書生語。

2. 務頭 吳梅說：

務頭者，曲中平上去三音聯串之處也，如七字句，則第三第四第五三字，不可用同者，大抵陽去與陰上相聯，陰上與陽平相聯，或陰去與陽上相聯，陽上與陰平相聯，每一曲中必須有三音或二音相聯之一二語，此即務頭也。

3. 句意 作詞十法中說：

可作樂府語、經史語、天下通語。不可作俗語、蠻語、謔語、市語、方語、書生語、譏誚語、全句語、拘肆語、張打油語、雙聲疊韻語、六字三韻語、語病、語澀、語粗、語嫩。

4. 句法，曲律中說：

句法宜婉曲不宜直致，宜藻豔不宜枯瘁，宜溜亮不宜艱澀，宜怪俊不宜重滯，宜新采不宜陳腐，宜擺脫不宜堆垛，宜溫雅不宜激烈，宜細膩不宜粗率，宜芳潤不宜噍殺。又總之宜自然不宜生造。

5. 對偶　曲律中說：

凡曲遇有對偶處，得對方見整齊，方見富麗。

6. 套數　螾廬曲談：

套數南北曲中皆有一定之體式，在北曲雖有長套短套之別，而各宮調之套數，其首尾數曲，殆爲一定，不過中間之曲可以增刪改易及前後倒置耳。在南曲則惟引子必用於出場時，尾聲必用之於歸結處，至中間各曲，孰前孰後，頗難一定，然非無定也。蓋南曲有慢急之別，慢曲必在前，急曲必在後，欲聯成南曲成套數，先當辨別何者爲慢曲，何者爲急曲，何者爲可慢可急之曲，而後體式可無誤也。

以上六條是作曲上必須知道的條件。其他詞曲的修詞，鍊字，夸飾等等不能一一詳說，總之，詞曲文字與文章的修辭方法是同樣的，必先研究文章的修辭技巧，才能領會到。多讀也是一個學習詞曲的好方法。

詞曲的碻是抒情寫物的好工具，通常人以爲曲總不及辭，但曲中工緻明析之處，也有超過於詞與詩的。姚華曲海一勺中論曲的藝術道：

一物之微，一事之細，嘗爲古文章家所不能道，而曲獨織微畢露，譬溫犀之照象，象禹鼎之在山。

這是一個準確的評語！

我們爲了愛好韻文，便常想塡詞作曲，但詞曲的製作是不容易的事，尤其是宅和音樂的關係，往往使作者不能下筆，音文並茂，非有素養者不能做到。如果依稀矯作，大可不必，好在詞曲是古文藝的一種，我們只要懂得它們的原理，賞鑑賞鑑，研究研究，已足引人入勝，何必一定要寫作呢？

附錄一　詞話曲話與詞曲集

在現代要知道詞曲的音樂情形和詞曲的本事，非多閱讀詞話曲話不可。因爲這種筆記，大抵是前人研究詞曲的心得的扎記。同時要了解一個詞人曲家或一時代的作風，單單看幾首書中所引的詞是不够的。本書上列十八章，只敍述詞曲的大概情形，如果愛好這兩種韻文而想進修，則非自己努力不可，第一步工作，應當將下列所寫的書名，去仔細披閱研究一下：

A. 詞話：詞話的製作，大概以王灼的碧鷄漫志爲最早，其後宋元明清四代著述甚多，現在選擇其中重要的幾部，約略介紹於後。

1. 宋王灼碧鷄漫志——詳述詞調的源流，先說唐宋聲歌的演變，再論二十八調之得名。這書做成的時候，他正住在碧鷄坊，因以爲名。

2 宋張炎詞源——上卷論五音十二律，及宮調管色。下卷論音譜拍眼，製曲、句法、字面、虛字、清空、意趣、用事、詠物、節序、賦情、離情、令曲、雜論、五要等。

3 宋楊瓚作詞五要——一、擇腔，二、擇律，三、按譜，四、押韻，五、立新意。此係一篇文章，附於今本白香詞譜之前。

4.元沈義父樂府指迷——論詞之音律及作法。

以上係元代以前論作法音律之專著，以下則爲詩話所以不復摘要了。

5.詞品 楊愼

6.詞評 王世貞

7.渚山堂詞話 陳霆

8.詞林紀事 張宗橚

9.古今詞話 沈雄

10.柳塘詞話 沈雄

11.詞苑叢談 徐釚

12.歷代詞話 沈辰垣

13.詞衷 鄒祇謨

14.蓮子居詞話 吳衡照

15.花草蒙拾 王士禎

16.詞荃 賀裳

17.存齋論詞雜著 周濟

18.窺詞管見 李漁

19.詞名集解 汪汲

20.樂府餘論 宋翔鳳

21.塡詞淺說 謝元淮

22.詞學集成 江順詒

23.賭棋山莊詞話 謝章鋌

24.白雨齋詞話 陳廷焯

25. 詞源斠律 鄭文焯　　36. 人間詞話 王國維

27. 蕙風詞話 况周頤

近人唐圭璋有詞話叢編一書，蒐輯詞話五十八種，足以盡之。但此書現不易購得。

B，曲話：曲話之製作，當以鍾嗣成之錄鬼簿為最早，此亦僅一篇文字評述元代曲家。其後製作品亦多：

1. 錄鬼簿 鍾嗣成　　2. 作法十法 周德清

3. 製曲十六觀 顧瑛　　4. 南詞敍錄 徐渭

5. 曲藻 王世貞　　6. 度曲須知 沈寵綏

7. 製曲枝語 黃周星　　8. 顧曲雜言 沈德符

9. 雨村曲話 李調元　　10. 詞餘叢話 楊恩壽

11. 涵虛子曲品 朱權　　12. 曲論 何良俊

13. 曲品 呂天成　　14. 顧曲麈談 吳梅

15. 傳奇品 高奕　　16. 霜崖曲話 吳梅

17. 曲諧 任訥
18. 錄曲餘談 王國維

C 詞譜及詞韻： 詞譜及詞韻大抵定於清代，茲舉其可從者列之：

1. 詞律 萬樹
2. 詞律拾遺 徐本之
3. 詞律補遺 林文瀾
4. 白香詞譜 舒夢蘭
5. 碎金詞譜 謝元維
6. 欽定詞譜
7. 詞林正韻 戈載

D, 曲韻曲譜及其他： 曲爲有戲劇性的文藝，而音節尚未全失，所以也有論及唱法演法的，一併附入：

1. 太和正音譜 朱維檻
2. 南宮譜 沈璟
3. 南詞新譜 沈自晉
4. 北詞廣正譜 李玉
5. 欽定曲譜
6. 曲律 魏艮輔
7. 南詞定律 呂士雄
8. 南北九宮大成譜 周祥鈺
9. 納盡楹曲譜 葉堂
10. 唱論 佚名
11. 樂府傳聲 徐大椿
12. 度曲須知 沈寵綏

13. 優語錄 王國維
14. 古劇角色考 王國維
15. 中原音韻 周德清

E 詞的總集

1. 雲謠雜曲子 唐人
2. 花間集 趙崇祚
3. 尊前集 現有者疑非原書選者亦失名
4. 樂府雅詞 曾慥
5. 唐宋諸賢絕妙詞選 黃昇
6. 陽春白雪 趙文禮
7. 絕妙好詞 周密
8. 中州樂府 元好問
9. 三朝詞綜 朱彝尊等
10. 詞選 張惠言
11. 唐五代詞選 成肇麐
12. 宋六十一家詞 馮煦
13. 唐五代二十一家詞輯 王國維
14. 宋詞三百首 朱孝臧
15. 詞莂 朱孝臧

E 曲的總集

1. 元曲選 臧晉叔
2. 汲古閣六十種曲 毛晉

3. 盛明雜劇 沈泰
4. 奢摩他寶曲叢 吳梅
5. 散曲叢刊 任訥
6. 太平樂府 楊朝英
7. 南詞韻選 沈璟
8. 南北宮詞紀 陳所聞
9. 曲雅
10. 元曲三百首 任訥

G 詞的別集：

1. 南唐二主詞
2. 陽春集 馮延巳
3. 張子野詞 張先
4. 樂章集 柳永
5. 小山詞 晏幾道
6. 東坡樂府 蘇軾
7. 淮海集 秦觀
8. 清眞集 周邦彥
9. 東山寓聲樂府 賀鑄
10. 稼軒長短句 辛棄疾
11. 白石道人歌曲 姜夔
12. 夢窗詞 吳文英
13. 花外集 王沂孫
14. 山中白雲詞 張炎
15. 漱玉詞 李清照
16. 遺山樂府 元好問

17. 蛻岩詞 張翥
18. 飲水詞 納蘭性德
19. 珂雪詞 曹貞吉
20. 曝書亭詞 朱彝尊
21. 樊榭山房詞 厲鶚
22. 迦陵詞 陳維崧
23. 茗柯詞 張惠言
24. 水雲閣詞 蔣存霖
25. 半塘定稿 王鵬運
26. 樵風樂府 鄭文焯
27. 雲起軒詞鈔 文廷式
28. 彊村語業 朱孝臧
29. 蕙風詞 況周頤

H 曲的總集：

1. 喬夢符小令 喬吉
2. 小山北曲樂府 張可久
3. 酸甜樂府 貫雲石 徐再思
4. 靈非休居閑適小樂府 張養浩
5. 疎齋小令 盧摯
6. 醜齋樂府 鍾嗣成
7. 詩酒餘音 顧君澤
8. 醉邊餘興 曾瑞
9. 沂東樂府 康海
10. 碧山樂府 王九思

詞曲

11. 寫景集 常倫
12. 王西樓先生樂府 王磐
13. 海浮山堂詞稿 馮惟敏
14. 六如居士曲 唐寅
15. 蕭爽齋樂府 金鑾
16. 秋碧樂府 陳鐸
17. 江東白苧 梁辰魚
18. 花朝集 施紹莘
19. 唾窗絨 沈仕
20. 方諸館樂府 王驥德
21. 楊升庵夫婦散曲
22. 自怡軒樂府 許寶善
23. 江山風月譜 許光治
24. 霜厓曲錄 吳梅

二三四

附錄二　雙聲叠韵與宮調

研究詞學曲學，首須辨別四聲和淸濁。詩只要知道平仄，便已夠用了，但是塡詞作曲，卻非知道四聲淸濁不可，關於四聲及淸濁的辨別，前面已經論列到過。學詞曲更得知道雙聲疊韻，兩者的辨別，本叢書第一冊已講到，現在再將上半聲作一表以供參考。又學詞者論音律先稱「宮」「調」，宮是以宮音乘十二律，得十二宮，調是以七音中除六音來乘十二律得到七十二調。但嫌涉中國古樂的關係不易說淸楚，所以又附以宮調表於后。

上半聲疊韻雙聲表

雙聲　叠韵

聲	牙音				舌	
韵	見	溪	郡	疑	端	透
1東	公弓	空穹	窮		東	通
2冬	恭	銎	蛩	喁	冬	
3江	江	腔	哯			
4支	飢規	欹虧	奇葵	疑危		
5微	幾歸		祈	沂巍		
6魚	居	墟	渠	魚		
7虞	孤俱	枯區	劬	吾虞	都	
8齊	雞圭	谿暌		倪	氐	梯
9佳	佳乖	揩闓	匩	皚		
10灰	該瑰	開魁		桅	堆	胎推
11眞	巾均	囷	墐	銀		
12文	斤君根		勤羣	垠		
13元	褌鞬	坤蹇		言元	端	呑

音頭																				
定	泥	知	徹	澄	娘	幫	滂	並	明	非	敷	奉	微	精	清	从	心	邪	照	穿
同			忡	虫				蓬	蒙	風	豐	馮		嵏	悤	叢	菘		終	充
婆			傭	重						封	峯	逢		宗	樅	從	松		鍾	衝
		椿	惷	撞		邦		龐	龎											窗
		知 追	癡	馳 鎚	尼	陂	披	皮	糜					貲 觜	雌	慈	思 雖	辭 隨	支 錐	鴟 吹
										非	霏	肥	微	且	狙		胥			
		豬	樗	除	挐										[illegible]	徂	心	徐	諸	初
徒	奴	株	貙	廚		逋	鋪	蒲	模	夫	敷	扶	無	租	趨		須			
提	泥					篦	批	鼙	迷					諏 躋	妻	齊	西		朱	梔
								牌	[illegible]										齋	釵
台 隤	能 挼					杯	醅	陪	枚					哉	猜 崔	才 摧	鰓 顋			
		珍 屯	椿	陳	紉	賓		頻	民					津 遵	親 皴	秦 鷷	新 詢	旬	眞 淳	瞋 春
										分	紛	氛	文							
屯	黁					奔	噴	盆	門	藩	翻	煩	樠	尊	村	存	孫			

牀	審	禪	曉	匣	影	喻	來	日
崇			烘	紅 雄	翁	融	籠	戎
	舂	慵	凶	碚	癰	容	龍	茸
淙	雙		[illegible]	降		瀧	瀧	
	詩	時 誰	嬉 麾		醫 委	夷 爲	離 羸	而 蕤
			希 暉		衣 威	韋		
			虛		於	余	閭	如
鋤	書	蜍	乎 吁	胡	烏 紆	于	盧	儒
雛	輸	殊	醯	奚 畦	鷖 烓		黎	
柴	縫		華	鞋 懷	娃 蛙			
			咍 灰	孩 回	哀 煨		來 雷	
神 脣	申	晨 純		礥	因 大 淵	寅 勻	鄰 倫	人
			欣 熏 昏	痕	殷 氳 恩			
			軒 暄	魂	溫 鴛	袁	論	

八十四宮的管色及殺聲（吳梅詞學通論）

（一）黃鍾（管色用「合」或「六」）

宮　正黃鍾宮用「合」字殺

商　大石調用「四」字殺

角　正黃鍾角用「一」字殺

變徵　正黃鍾宮變徵用「勾」字殺

徵　正黃鍾宮正徵用「尺」字殺

羽　般涉調用「工」字殺

變宮　高宮用「下四」殺

（二）大呂（管色用「下四」或「下五」）

- 宮　高大石調用「下四」殺
- 商　高大石調用「下一」字殺
- 角　高宮角用「上」字殺
- 變徵　高宮變徵用「尺」字殺
- 徵　高宮正徵用「下工」字殺
- 羽　高般涉調用「下凡」字殺
- 變宮　高大石角用「合」字殺

（三）太簇（管色用「四」或「五」）

- 宮　中管高宮用「四」字殺
- 商　中管高大石調用「一」字殺
- 角　中管高宮角用「勾」字殺
- 變徵　中管高宮變徵用「下工」字殺
- 徵　中管高宮正徵用「工」字殺
- 羽　中管高般涉調用「凡」字殺
- 變宮　中管高大石角用「下四」字殺

（四）夾鍾（管色用「下一」或「高五」）

- 宮　中呂宮用「下一」字殺
- 商　雙調用「上」字殺
- 角　中呂正角用「尺」字殺
- 變徵　中呂變徵用「工」字殺
- 徵　中呂正徵「下凡」字殺
- 羽　中呂用「合」字殺
- 變宮　雙角用「四」字殺

（五）姑洗（管色用「一」）

宮	中管中呂宮用「一」字殺
商	中管雙調用「勾」字殺
角	中管中呂用「下一」字殺
變徵	中管中呂變徵用「下凡」殺
徵	中管中呂正徵用「凡」字殺
羽	中管中呂調用「下四」字殺
變宮	中管雙角用「卜四」字殺

（六）中呂（管色用「上」）

宮	道宮用「卜一」字殺
商	小石調用「尺」字殺
角	道宮角用「工」字殺
變徵	道宮變徵用「凡」字殺
徵	道宮正徵用「合」字殺
羽	正平調用「四」字殺
變宮	小石角調「一」字殺

（七）蕤賓（管色用「勾」）

宮	中管道宮用「勾」字殺
商	中管小石調用「下工」字殺
角	中管道宮用「下凡」字殺
變徵	中管道宮變徵用「合」字殺
徵	中管道宮正徵用「下四」字殺
羽	中管正平調用「下一」字殺
變宮	中管小石調用「上」字殺

(八)林鍾(管色用「尺」)

宮	南呂宮用「尺」字殺
商	歇指調用「工」字殺
角	南呂角用「凡」字殺
變徵	南呂變徵用「下四」字殺
宮	南呂·徵用「四」字殺
羽	高平調用「一」字殺
變宮	歇指角用「勾」字殺

(九)夷則(管色用「下工」)

宮	仙呂宮用「下工」字殺
商	商調用「下凡」字殺
角	仙呂角用「合」字殺
變宮	仙呂變徵用「四」字殺
徵	仙呂正徵用「下一」字殺
羽	仙呂調用「上」字殺
高宮	商角用「上」字殺

(十)南呂(管色用「工」)

宮	中管仙呂用「工」字殺
商	中管商調用「凡」字殺
角	中管仙呂用「下四」字殺
變徵	中管仙呂變徵用「下一」字殺
徵	中管仙呂正徵用「一」字殺
羽	中管仙宮調用「勾」字殺
變宮	中管商角用「下工」字殺

（十一）無射（管色用「下凡」）

宮　黃鍾宮用「下凡」字殺
商　越調用「合」字殺
角　黃鍾角用「四」字殺
變徵　黃鍾變徵用「一」字殺
徵　黃鍾正徵用「上」字殺
羽　羽調用「尺」字殺
變宮　越角用「工」字殺

（十二）應鍾（管色用「凡」）

宮　中管黃鍾宮用「凡」字殺
商　中管越調用「下四」字殺
角　中管黃鍾角用「下一」字殺
變徵　中管黃鍾變徵用「上」字殺
徵　中管黃鍾正徵用「勾」字殺
羽　中管雙調用「下工」字殺
變宮　中管越角用「下凡」字殺

任中敏《詞曲通義》

任中敏(1897–1991),名訥,字中敏,後以字行,別號二北、半塘,江蘇揚州人。1918年考入北京大學國文系,得到曲學大師吳梅賞識,遂專攻詞曲。30年代後歷任廣東大學(今中山大學)、復旦大學、上海大學、四川大學教授,1980年調揚州師範學院(現揚州大學)。著名詞曲學家、戲劇理論家。著有《詞曲通義》《詞學研究法》《唐戲弄》《教坊記箋訂》《唐聲詩》《敦煌歌辭總編》等。

《詞曲通義》分別概述詞曲的大意、源流、體制、牌調、音譜、意境、性質、派別、余意、選例等。《詞曲通義》有1931年上海商務印書館版。本書據1931年商務印書館版影印。

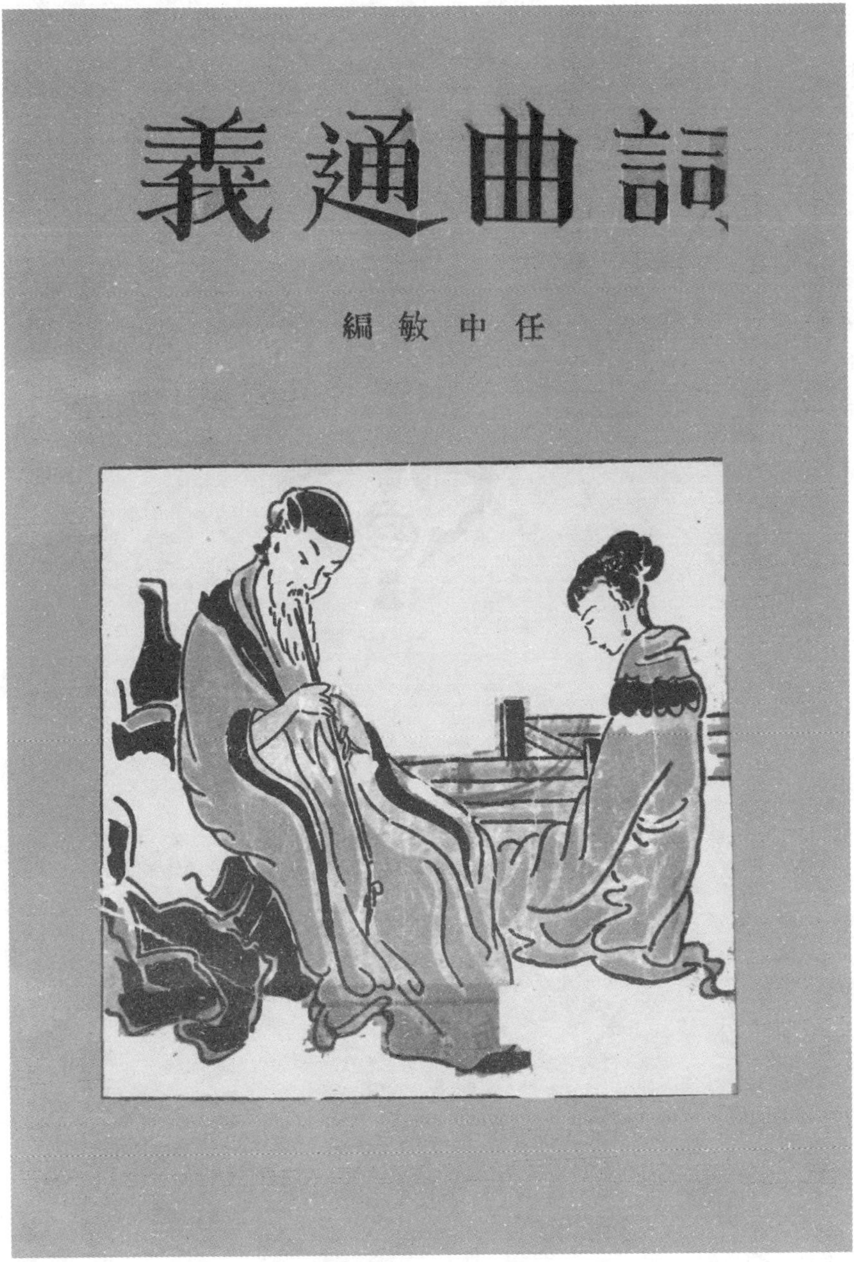
詞曲通義
任中敏編

詞曲通義

任中敏編

商務印書館發行

詞曲通義

中華民國二十年二月初版

每册定價大洋叁角
外埠酌加運費匯費

編纂者　任中敏

發行人　王雲五
上海寶山路五〇一號

印刷所　商務印書館
上海寶山路

發行所　商務印書館
上海及各埠

本書減去售價二分

GENERAL MEANING OF POETRY AND SONGS

By JÊN CHUNG MIN

Published by Y. W. WONG

1st ed., Feb., 1931

Price: $0.30, postage extra

THE COMMERCIAL PRESS, LTD., SHANGHAI

目次

詞曲通義

一　大意

研究學問，雖以分析細密爲貴，但學問本身有時乃整個的，若經不適當之分析，每每流爲破碎，不能作鳥瞰，不能得概觀，根本意義固易於遺忘，部分主張又易於偏頗。如詞曲同爲合樂之聲文，同有由詩由詞蛻化遞變之歷史，體調則小部分相同，大部分相類，二者關係之密切，殆難縷盡。雖音樂文字，性質有殊，歌者，詠者，不能强其兼顧，而研究詞曲之學者，則不宜於二者之間，再分劃鴻溝，顧彼而遺此也。故『詞曲通論』之要，實有過於『詞曲專論』者矣。

大概詞與曲合併研究，乃益得詞之用；曲與詞合併研究，乃益得曲之體。常人看詞，以爲無非嘲風弄月，感時傷世，一人之言，一人之感居多；而不知詞在昔時，固曾做到與今日之戲曲同一作用者，其言其事，並非僅涉一人而已也。常人看曲，以爲是金元人之創格，爲先代所未有；而不知其作用雖因文衍聲，因聲致容，粲然大備，爲詞所不及，若論其體製，則宮調，牌名，聯套數，演故事等等，固無一不種遠因於詞，無一不具芻形於詞，無一不從詞中轉變增衍而出也。常人以爲詞與曲同爲長短句，同爲抒情寫怨之小品文字，上與詩文別，下與小說別，若其詞與曲之彼此間，應無甚別也；而不知在風格上與作用上，二者適處於剛、柔、深、廣，相反相對之地位，有過於詩與詞間，曲與小說間之爲別也。

將詞與曲作合併之研究，但求兩方面之通解，而不涉及專論，且意取要而辭取約，俾學者於最短之時間，得最精之通義，是此篇之大旨也。

茲分源流，體製，牌調，音譜，意境，性質，派別，七端以立言；不盡之義，列爲餘論，並選名作三十二首，以爲例證。

二　源流

詞源於詩，而流爲曲；曲源於詞，而流爲小曲，爲亂彈、戲文——此詞曲源流之顯然者也。顧詞曲皆合樂之韻文，先有音樂，後有文字；樂成而文始生，樂變而文亦變，其所以成者，卽其所源，其所以變者，卽其所流，唐之中葉，邊地胡樂，漸入中土，當時所盛行之七言絕詩樂府，至是大受影響，混和雜揉，而另成新音，非七言絕詩之文字所能附，於是歌者詠者，均按新譜，多填實字，以傳泛聲，而長短句興矣。詞樂傳入金元，不合於異族之聲，不諧於北人之口。顧彼族初又本無何種樂府體裁，而長短句之制，則吻合語調，南北無間，於是變其聲音之柔曼，而沿其句法之長短，詞乃流而爲曲矣。曲樂既成於北人，自然又不諧於南人之口；南人之詞樂雖久已衰，而未盡淪廢；調和於宋詞元曲之間，而別成一格，於是乎有南曲。元人入主中華，勢在北人，故北曲盛；朱明取而代之，治權重還吾漢族，勢在南人，故南曲盛。曲之流行，遍於民間，民間變其聲詞，以暢情思，於是乎有小曲。曲有雜劇、傳奇，而吾國戲劇之體始粗具；但至明季，聲音祇囿於崑腔，過於和雅平靜，不能賅括人情，於是海鹽、弋陽，殊方而異樂，特論戲劇之製，則雖後至皮黃京戲，亦仍淵源於元明之劇曲耳。

論文字之源流：詞有詩人之詞，有詞人之詞，有伶工之詞；曲有曲家之曲，有文人之曲，有民間之曲。詩人之詞源於齊梁樂府之『靡』，五七言絕句之『逸』。『靡』者漸成詞之『婉約』；『逸』者漸成詞之『空靈』。至詞人之詞，則專趨『婉約』一途，由『凝重』而入『晦滯』，以至於不可通、不能進之境。曲家之曲，始也出於創造者多，不源於詞人之詞，而轉與詩人之詞相近。元人小令，與唐人絕句，五代小詞，每多沆瀣一氣者，是其證也。至於明人，南曲濫作，盛行『南詞』，蓋隱隱以南宋之詞，爲曲之源本，在詞已屬不可通、不可進者，而曲乃拾其餘慧，曲於是大弊矣。至於淸人，一洗元明之粗獷瑣陋，無論傳奇、小令，要以雅馴出之，所謂『文人之曲』興，而曲之全神，亦終不能復矣。至於伶工之詞，不必皆作於伶工，多由文人作之而付與伶工，以成其聲者，急就之章，本不以詞重，於源流無甚關合。若民間之曲，轉與曲家之曲，同一當行，元時倡夫綠巾之作，固不能與伶工之詞同一漠視，而許多無名氏之篇章，尤占有重要地位，俱亦足以表見曲之創造精神也。夫詩樂不能通於民間，而詞樂與詞乃興；詞樂無所合於民間，而曲樂與曲乃興；北曲不能遍於民間，而南曲乃興。「民間」者，樂府之所居也。「民間」變則樂府亦必變。「民間」又因時間而變，此音樂文字所以各有其時代；時代所以與文學之源流有關者，卽以民間之故也。

總之：論詞曲之源流，音樂在先，文字在後。於人有士大夫與民間之關係，於地有南與北之關係，於政治有漢族與異族更迭爲主之關係，均不可忽。

三 體製

詞曲體製，由簡入繁，殊爲紛雜，茲列兩表以晐之，可以各見其演變之迹，並便於詞與曲間作種種比較。

三　體製

詞
- 尋常散詞
  - 令…引…近…慢…犯調…摘遍…三臺…序子
  - 單調…雙調…三疊…四疊…疊韻
  - 不換頭…換頭…雙拽頭
- 聯章者
  - 一題聯章…分題聯章
  - 演故事者——每詞演一事者…多詞演一事者
- 大遍——法曲…大曲…曲破
- 成套者——鼓吹…諸宮調…賺詞
- 雜劇詞——用尋常詞調者…用法曲者…用大曲者…用諸宮調者

小令
- 尋常小令…摘調
- 重頭…一題者…分題者
- 帶過曲——北帶北…南帶南…南北互帶
- 集曲——兼集尾聲者…不集尾聲者
- 演故事者——同調重頭…異調間列

- 尋常散套——南北分套…南北合套

- 曲
  - 套數
    - 重頭加尾聲
    - 無尾聲者——尋常散套無尾聲……重頭無尾聲
  - 雜劇
    - 一折……二折……三折……四折……五折……六折
    - 有楔子——一用……再用
    - 用北曲……用南曲
  - 院本
  - 傳奇
  - 時劇

表內有數種體製名稱，普通不常見者，茲略釋之——

詞中『摘遍』，乃宋人從大曲之許多遍內，摘取其一，單譜而單唱之遂離開原來之大遍，而爲尋常之散詞矣。如薄媚摘遍乃摘取薄媚大曲中入破第一之一遍是也。

『序子』乃詞調中之最長者，四疊，其拍節破碎，今祇傳鶯啼序一調而已。

「疊韻」乃將尋常雙調之體，用原韻再疊一倍，成爲四疊也。如晁無咎之梁州令疊韻，四疊，一百字，乃將晏幾道二疊五十字之梁州令加倍而成者。

「雙拽頭」乃三疊之慢詞。前兩疊短。而彼此句法完全相同，不啻乃第三疊之雙頭焉。如瑞龍吟是。

「法曲」，「曲破」，「大曲」，「鼓吹」，「諸宮調」，「賺詞」，「雜劇詞」等，看宋史樂志，武林舊事，欽定詞譜末卷，宋元戲曲史第四章，及宋大曲考等書。

曲中「摘調」，乃從套曲中摘取某一調聲文並美者，單唱之如小令也。

「重頭」乃用同調之曲，重複作數首也。

小令內演故事之異調間列一種，指如王曄雙漸小青問答而言，見樂府羣玉內。用數調間隔排列，而便於文字中設成問答，彼此代言，以演故事也。

『院本』看宋元戲曲史第十三章。『時劇』看納書楹曲譜及絃索調時劇新譜。

觀於上表，可知詞與曲之體製之間，有五種關係，應注意者——

（甲）確是一體，曲由詞變者。　如詞之尋常散詞，與曲之尋常小令，詞之成套者，與曲之套數等，最爲顯著。卽詞之犯調，與曲之集曲，詞之聯章，與曲之重頭等，亦此一類，不難由比較而得也。

（乙）並非一體，而極相當者。　如詞中大遍，則當於曲中套數；詞中雜劇詞則當於曲中雜劇傳奇；詞中摘遍則當於曲中摘調等皆是。

（丙）僅是一體，詞曲難分者。　此種專指諸宮調與賺詞兩種而言。因二者發生，確在宋時，故前表中姑列在詞之範圍以內。實則宋時諸宮調失傳，所用究竟是尋常詞調與否不可知，而金元以後之諸宮調所用，乃詞曲雜揉之物，今日既不能言詞專有諸宮調，亦不能言曲專有諸宮調也。賺詞一種，體制首尾，調名字句，無一不似元曲，則其去詞甚遠可知；但元曲牌調中，又絕無賺詞所用之諸調，殆亦兩無所歸，而進退失據者也。

（丁）由詞變曲，其體發達者。　如詞之成套，變爲曲之成套是。詞中大遍，無論法曲，大曲，皆有散序，歌頭，卽等於套曲之散板引子；大曲之有殺袞，卽等於套曲之有煞尾。故法曲、大曲雖爲一調之多遍相聯，實已確具成套之形式；質言之，卽套詞之一種也。故套之在詞，初爲一調多遍者，旣爲一宮多調者；將變成曲，則諸宮調亦可聯套；已變成曲，則一套中有借宮之製；再進一步，則南北殊聲者，亦可聯合而爲套矣。

（戊）由詞變曲，其體退化者。 如詞之尋常散詞，變成曲之尋常小令是。蓋在詞中，凡體調雙疊，三疊，四疊者，必不容割去下疊或下數疊不塡；一至曲中，則雖有么篇或么篇換頭，嚮例略而不塡也（惟有少數例外）。故詞調有二百餘字極長者；至曲調則除增句格，帶過曲，或集曲外，大都不滿百字。前後相較，顯然退化也。

凡此變遷消長之間，所發生之異同繁簡，各有程限，亦各有原故，求詞曲之通解者，不可忽焉。

四 牌調

因詞曲爲純粹合樂之韻文，音樂方面既有音譜之成立與變化，故文字方面亦有牌調之成立與變化。詞樂既亡，詞樂與曲樂間之沿革，遂難詳考；但詞之牌調，固完全存在也，則與曲之牌調一經比較以後，詞樂與曲樂間之關係，亦可以得其大概矣——此牌調不可忽視者一也。更舍去歌唱，而祇專從文字方面之吟諷以言：詞曲乃極講聲律之韻文、美文，不但合樂以後，歌唱美聽，卽不明音譜，不能歌唱之人，祇調之於唇吻喉舌之間，曼聲諷誦，亦每覺有一種諧和圓融，足以激增情感者。倘作詞曲而不合牌調，卽是根本上遺棄詞曲之特長；倘讀詞曲而錯其句讀，戾其平仄，則並詞曲之形體而毀滅之矣，尙何詞曲之可云——此牌調不可忽視者二也。

杜文瀾刻詞律，附詞律拾遺，共載八百七十餘調，一千六百七十餘體，可以假設爲詞調較備之數；若欽定詞譜之二千三百二十六體，歷代詩餘之一千五百四十調，均靠不住也。北詞廣正譜載調四百四十七，南詞定律載調一千三百四十二，合計一千七百八十九調，可以假設爲曲調較備之數。但從杜書以後所發見之宋元詞集中，可以補出不少新調；益以明清詞人自度之新腔，則將詞調補足一千之數，殊非難事。而元人曲調，後世譜書所失載，如見於永樂間諸佛名歌等書者，已經可數；明清人傳奇中之新犯調，新集曲，爲已前譜書所無者，益不勝枚舉，補足曲調至二千之數，或亦在意中也，然則詞調與曲調之數目，大概爲一與二之比也。

詞曲牌調繁衍之迹，不甚相同。詞調繁衍途徑有五：（一）乃由繁入簡，先有大曲，然後有法曲，有摘遍，有慢詞。（二）乃由簡至繁，先有小令，然後有引近，有慢詞，有序子。（三）乃譜拍間之變化，如小令之有添聲，偸聲，減字，促拍，攤破等；令、引、近、慢間之有犯調，集調等。（四）乃自度腔，知音者率意吹管成腔，然後塡詞。（五）乃自製腔，善文者率意爲長短句，然後製譜。曲調繁衍，南北情形不同：北曲不過三分之一淵源於古曲與宋詞，其餘三分之二皆屬創造；南曲則三分之一源於宋詞，三分之一源於北曲，三分之一出於集曲。至於今後，詞樂既亡，如清人之用集曲辦法來集詞調者，殊覺無聊；集曲之法，惟南曲在崑腔之中，尚能沿用不輟耳。

詞調與曲調間之變遷，其顯而易見者，約有九種：（一）名同調同，曲借詞用，絲毫不變者，如點絳唇，太常引等是。（二）名同調同，而詞易爲曲，頗有變動者，如醉花陰，在詞每片句法爲七五五四五，在曲則爲七七五四五三三七。㈢名同調異，而曲中借名之由，一時無可尋跡者，如醉落魄，感皇恩等是。㈣名相同或相似尚可見，而調之同異已不可知者，如詞中大曲有降黃龍之前袞，中袞等名目，而調已失傳，不知與北曲中之降黃龍袞同異若何。（五）名異調同，曲借詞用，僅換一名者，如曲之柳外樓卽詞之憶王孫等。㈥名異調同，而曲中略增格律者，如曲之一半兒亦即詞之憶王孫，惟末句增作九字句，且必作「一半兒」云云之格耳。（七）名異調同，而曲中略減格律者，如曲中也不囉即詞中喜遷鶯，但減去換頭不用耳。（八）名既相似，而調確有關者，如曲之搗白練與調之搗練子，起處同爲三言兩句。（九）名雖相似，而調並無關者，如詞之撥棹子與曲之川撥棹，詞之三臺，伊州三臺，與曲之鬼三臺、耍三臺等是。

詞曲形式，所異於他種韻文者，有三點：（一）乃句法長短，（二）乃平仄和諧，（三）乃叶韻自然。此三者皆表現於所謂牌調中。句法既長短不齊，乃與語調接近；平仄既和諧，叶韻既自然，乃於抑揚頓挫之間，搖曳生姿。唐人短調，多用單數字之句，三言，五言，七言；間有一二雙數字之句配置其間，極爲勻稱，尤見諧婉，而宜於諷詠。至於宋人慢詞，則字數、句數，俱多駢偶，不合語調，文字遂爾艱深，而詞之生氣，乃漸薄矣。及元人之曲，句法之長短，陡然發達，且超過唐人短調；更大與襯字與一韻到底，平仄互叶之制，不但吻合語調，流利生動，且於起落振盪之間，極盡排奡馳驟之趣，逈非宋詞長調所能及矣。但易北爲南，則又入宋詞長調窠臼。集曲盛行，撏撦堆嵌，益覺餖飣破碎，音樂方面容有所取，文字方面終難振拔矣。其故誠不僅由於調式，而調式與音譜、文字間之關係，固展轉相生，互爲因果也。

更有一通義，無論塡詞譜曲不可不知者：詞曲之作用，原均在唱；不能歌唱，而祇吟諷，則遇拗句澀腔，輒覺不諧；惟拗句澀腔，調於唇吻之間，頗有別趣，每得不諧之諧，特不能人人强同耳。拈調塡詞者，果好其調則用之，不好則不用。若旣用以後，於昔人歌唱之諧，與夫體式之要，必須一一還其本來，不容隨意改抹，甚至蕩廢滅裂。固不必過阻目前一己之快，以遷就古人過去之體，亦不可混亂古人已成之體，以逞自己一時之快。不好之則不用之可，若用之而復亂之，終不足爲訓矣。

五　音譜

詞曲之特點，既在合樂，而樂之表示，端在音譜，故音譜一層，甚爲重要。詞曲事業之全部中，音樂與文字，實各占其半。欣賞詞曲者，可以僅取文而舍音，或僅取音而舍文；若在研究詞曲者之意識中，則音譜與文字，固不應有所軒輕重於其間也。惟文字乃通業，而音樂乃專藝；擅長專藝者太少，故自來從事詞曲者，率勤於文而忽於音，音於是乎將廢，殊可惜也！

音譜方面之重要情形，約有五點：（一）詞樂全亡，今日所知者太微，不能追復。（二）曲樂祇傳崑腔，元人曲樂亦亡，今亦難追。（三）崑腔之作用，不僅僅及曲，而且及詞。（四）崑腔之大概，及今後之宜加保存，勿令與宋樂元音同一淪亡。（五）詞樂曲樂之宮調，原於燕樂，而逐代簡省，至於崑腔，習用者僅九種宮調而已。茲將關於此五點者，撮陳大要如次——

昔人於音譜，僅作口傳耳受，不筆之於書，於是許多古樂譜，均隨時代以亡，不能流布後世。宋修內司有樂府渾成集之輯，一百二十七册之多，分五音，十二律以類次當時各種音譜，腔字板式均完備；惜其書失傳，自唐至北宋之詞樂，乃完全無考。南宋詞樂，有姜夔白石道人集所載之譜，與張炎詞源所載之音譜，拍眼諸說，可以省辨一二。但姜譜誤於傳寫，難於通譯，張說過於簡略，無從應用，故詞樂終於不復。茲據張及其他宋人之說，列一簡表如次，略示梗概——

名稱	創始時代	唱名	片數	樂器	拍具	聲音	音譜	拍眼
令	唐		一或二					四掯匀
引近	唐	小唱	二	啞篳篥			有頓而不疊	六均
慢曲	唐	小唱	大頭曲二疊頭曲三	啞篳篥	以手拍	清圓	有大小頓大小住掣拽等字頓不疊	有打前拍打後拍前九後十一除去四豔拍則前後八均拍
三臺	宋		三					慢二急三共三十拍
序子	宋		四		拍板			其拍頗碎
法曲	唐		與大曲相仿	倍四頭管	以手拍	清越	稱停聚慢調停音節	與大曲相類散序無拍歌頭始拍中小正合均拍
大曲	唐	曲破	十至二十四	倍大頭管	以手拍	流美	同法曲	每片不同前衮中衮六字一拍煞衮三字一拍
纏令	宋	唱賺	首尾成套	倍六頭管	以手拍	流美		多用序子之拍
諸宮調	宋	嘌吟說唱			手調兒鼓			

觀於此表，可知以音譜、拍眼等爲別，則南宋之時，在所謂詞曲範圍以內者，實有九種不同之體裁，大可注意也。

元曲盛行之時，宋詞已升至大樂之地位；當時祇有天仙子，蝶戀花等十餘調尚傳唱。觀楊朝英陽春白雪所載可知。南曲盛行以後，北曲又漸如宋詞之絕響。元時南曲，如琵琶記等，猶用弦索，以爲正音，明人唱南曲，乃改用笛管。直至正德間，金元雜劇與南戲之唱法猶傳（見何良俊三家村老委談）。嘉隆之際，魏良輔創成崑腔，風靡一世，元人之南北曲唱法，都爲掩蓋，而遂寂然遏滅，及今雖求如宋詞之姜譜張說者，以供考證，並不可得矣，惟崑腔亦非赤手空拳所能造成者，其中必有若干部分因襲於元樂；徒以元樂如何，毫無所知，今日雖欲就崑腔內辨別出之，竟無從着手也。

崑腔始興，僅用於當時新製之傳奇散曲；自後漸將前人之南曲，前人之北曲，亦皆譜成崑腔，其勢乃大盛，與其先後同時所作之海鹽弋陽諸腔，均不能抗，於是自明之嘉隆，至於淸之乾嘉，三百年間，吾國之樂府一席，惟讓崑腔獨占耳。明季猶無正式譜書。淸康熙間，呂士雄等編南詞定律，僅及南曲；乾隆間，周祥鈺等編九宮大成南北詞宮譜，不但南北曲調各具譜拍，並宋元詞調，亦羅列大半，演成崑腔，此可謂崑腔極盛之業矣。後來許寶善編自怡軒詞譜，謝元淮編碎金詞譜，卽就九宮大成譜取材，而加以改訂者。惟以崑腔唱宋詞，在崑腔固無所不可，在宋詞則終覺不倫不類，不足爲訓耳。

崑腔之音譜，卽所謂腔格也，分主腔與小腔兩種。主腔因調而異；調之句法、四聲，各各不同，故主腔亦不同。大概平聲以本爲主；上聲自低而高；去聲自高而低；入聲與平聲同。小腔所以聯絡主腔，曼聲應拍。崑腔之拍眼甚複雜：板有正、贈兩種；正板又有頭、腰、底三種；眼有中、小兩種。其應用也，有無板之調，有散板之調（卽每句斷處有一底板而已），有一板一眼之調，有一板三眼之調，有一板三眼而又加贈板之調。各調中正板之數有定，其地位因句中字數而異。崑腔之歌唱也，每一字有吐字，收聲，歸韻，三種階段；其間有種種口法，要將其字之四聲、陰陽、清濁，完全表示正確而後已。蓋吾國字音，欲說得準，近有所謂國語；欲唱得準，早有所謂崑腔，其他京調、小曲，以及外國樂譜中之唱歌等，皆不足以語此。此崑腔所具之點特，國人語言文字之聲音一日不改，崑腔有保存一日之價値也。惟其音調祇是平和純雅而已，雖北曲兼用乙凡二首，而又不用贈板者，亦未見其如何『健捷激裊』，與『惆悵雄壯』也。況人情時有遷變，今之人情已非崑腔之所能感發，其應有之時代已過，今後惟有從事國樂之人，應負其永久流傳之責；勿令與宋詞元曲之樂，同一淪廢耳。

論詞曲宮調之源流與沿革，則大概如下：古代製樂之初，理想之全聲乃以十二律乘七音，共有八十四調之多。後世省聲，僅以十二律乘四聲，得四十八調而已。宋之燕樂，又獨選夾鐘爲律本，四音各得七調，共二十八調而已——此卽宋詞宮調之本也。惟宋詞於二十八調中，祇用七宮十二調，共十九調（正宮，高宮，中呂宮，道宮，南呂宮，仙呂宮，黃鐘宮，大石調，雙調，小石調，歇指調，商調，越調，般涉調，中呂調，正平調，高平調，仙呂調，黃鐘羽）。至金元北曲，則僅存六宮十一調，共十七調（比宋詞十九調少高宮，中呂調，正平調，仙呂調，黃鐘羽，而多出角調，商角調，宮調）。至元明南曲，則十三調（比宋詞十九調少高宮，道宮，及中呂調以下五調，而多出一羽調）或九宮。至崑腔，南北兼有，亦祇餘六宮十二調共十八調（比宋詞十九調少高宮，中呂調，正平調，仙呂調，黃鐘羽，而多出羽調，商角調，宮調，角調），而常用者不過九調（正宮，中呂宮，南呂宮，仙呂宮，黃鐘宮，大石調，雙調，商調，越調）而已。

六　意境

詞之意隱；曲之意顯。隱者必需揣摩，一經揣摩，容易誤會；顯者可免思索，但不加思索，又容易忽略。誤會者失之太過，是厚誣作者；忽略者失之不及，是深負作者。看他人所爲之詞曲，若不能得其適當之度，眞實之境，則自己之作，必亦難於入彀，故意境一層，不可以不省焉。意境之於詞，較曲爲尤要，茲先述詞之意境——

詩中六義，詞得其風與比、興者多，而曲得其賦與雅、頌者多。三百篇之所以爲吾國韻文之極軌者，不必以其六義也，而實以其六義之外之一總義，『眞』是也。故後世繼起之韻文，雖用比、興之法，倘情志浮僞者，比、興終不足以增其一毫之價値也。唐五代北宋詞，皆未嘗失眞。至南宋，乃不盡然；但亦不過辭甚於意而已，並未祕奧其體，而矜炫其事也。元明乃曲之時代，詞殊不昌。清人爲學，雖能核實，而凡事求尊正統，每每反而失之偏謬。自張惠言等所謂常州詞派者興，而詞之意境，究竟如何，遂成問題矣。張氏曰：『詞必合風、騷之體，用比、興之法；不然，則蕩而不反，傲而不理，枝而不物』。所謂『蕩』與『傲』與『枝』，誠然乃詞家之三弊，但濟此三弊，一『眞』字已足。若於風、騷、比、興，泥以『必合』『必用』，則於三弊之外，又將多一『泥而不化』之弊也。後來周濟變其說曰：『夫人感物而動，興有所託，未必咸本莊雅；要在諷誦紬繹，歸諸中正。辭不害志，人不廢言，雖乖謬庸劣，纖微委瑣，苟可馳喻比類，翼聲究實，吾皆樂取，無苛責焉』。又曰：『夫詞非寄託不入，專寄託不出』。又曰：『初學詞求有寄託，有寄託則表裏相宣，斐然成章；既成格調，求無寄託，無寄託則指事類情，仁者見仁，智者見智』。蓋馳喻尤貴能比其類，翼聲要必先究其實。如此雖卑近亦可取，較之高遠而不擬其類，深美而不符其實者爲佳也。因是知詞法分明有並立者兩種在，即『有寄託』與『無寄託』是，且無所謂『初學』與『學成』之別也。周氏之旨，自較通達，必如此然後詞方不至於泥而不化，不至於失眞，不至於墮入隱語、謎語之惡趣，而詞之意境方得保其眞實與自然也。

確定一詞之意境，有三準則焉：（一）乃作者之身世，（二）乃全詞之措辭，（三）乃詞外之本事。常州詞派謂溫庭筠之菩薩蠻與離騷同一宗旨，但考溫氏並無屈原之身世，而此詞又無切實之本事，則『新貼繡羅襦，雙雙金鷓鴣』，絕非離騷初服之意，僅不過因鷓鴣之雙飛，製襦之人乃興起自身孤獨之感耳，與上文弄妝遲懶，花面交映之旨實一貫，此就全詞之措辭，可以定其意境者也。又若辛棄疾菩薩蠻：『江晚正愁予，山深聞鷓鴣』，鷓鴣愁聞，若謂僅尋常之鳴禽興感，則以副上文之行人多淚，長安可憐，豈不太覺淺率？顧當時金人確有在造口追逐隆祐御舟之事實，然後知作者感慨之所在，而可以定此詞之意境矣。至於羅大經謂鷓鴣之鳴，乃指恢復之業行不得也，又未免過矣。故擬定一詞之意境，必於以上三種標準均無所礙，方屬可信；若三者有一於此爲不合，則未容强有所執也。

曲中意境明顯，雖不成問題，但亦有兩層，必須注意：第一，元曲中每有讀去覺其平庸無味者，或過於眞率，嫌其淺陋者，或因有方言俚語，不知其用意何在者，若放開主觀，或略加細心以後，則所感便自不同，此等處不可深負古人也。第二，曲既盡情直述者多，而不尙比、興，故有嘲罵，而無諷刺。乃至明人，好藉傳奇之體，作個人尋仇洩恨之具，大者文禍一旦而興，小者疑案百年不決；於是淸明坦蕩之文章，一墮而入邪魔惡道，元人之天機一片，嫵媚爛漫之姿，眞切淳厚之志，至是乃戕斲殆盡，而曲乃於斯大敝矣！

總之：無論何種文字，皆所以達意，皆貴達作者眞意。詞雖尙沉鬱頓挫，有不能不吐，又不能盡吐之勢，要其所吐與所未吐者，確有意境在，確祇有一種意境在，則可以斷定也。曲旣是明白說話，則更宜保其眞樸而勿墜，又何必荆棘橫生，機械百出歟？至詞曲之意境，所以有隱顯之判，截然不同者，亦其性質使然，可以參閱下節。

七 性質

詞靜而曲動；詞斂而曲放；詞縱而曲橫；詞深而曲廣；詞內旋而曲外旋；詞陰柔而曲陽剛；詞以婉約爲主，別體則爲豪放；曲以豪放爲主，別體則爲婉約；詞尙意內言外；曲竟爲言外而意亦外——此詞曲精神之所異，亦卽其性質之所異也。

詞合用文言，曲合用白話。同一白話，詞與曲之所以說者，其途逕與態度亦各異。曲以說得急切透闢，極情盡致爲尙；不但不寬弛，不含蓄，且多衝口而出，若不能待者；用意則全然暴露於詞面，用比、興者並所比所興亦說明無隱：此其態度爲迫切，爲坦率，恰與詞處相反地位。爲欲極情盡致之故，乃或將所寫情致，引爲自己所有，現身說法，如其人之口吻以描摹之；或明爲他人之情致，則自己退居旁觀地位，以唱歎出之，或以調侃出之：此其途逕爲代言，爲評贊，又皆詞之所不有者也。

更詳言二者內容之一深一廣也，則有四點——

第一，詞僅宜抒情寫景，而不宜記事，曲則記敍、抒寫皆可。蓋尋常詞中，一經敘事，輒覺義止於事，有傷淺直，雖特殊之工者，其言外之意，亦終不如融情化景者之厚也。詞不但不能敘事，並議論亦不能多發，多發則易流於野放，而不見婉約沉鬱之致矣。惟曲不然：雖小令中，亦有演故事者，並不需有科白以爲引帶，但曲文本身，儘可紀言敘動，初無害於其文字之工耳。

第二，詞僅宜於悲，而不宜於喜，曲則悲喜兼至，情致極放。韻文之內容，莫大於抒情，顧詞之爲詞，非意內而言外不爲工，而歡樂之情，每每言外卽無他意可屬。大概詞中一爲情意欣喜之篇，頌禱揄揚之作，輒覺不耐咀嚼與尋繹，勉强爲之，不礙體韻，卽傷氣格。此所以大雅之詞集中，必不多存壽詞，不僅以其爲酬應之作而少之也。至於曲則不然：得機趣者卽爲工；玩味曲者，亦絕無待於咀嚼尋繹。機趣相投，一觸而得，愁固隨以蹙額顰眉，歡亦從而手舞足蹈。惟其言歡誌喜，亦初無害於文字之工，然後慶祝、頌贊，乃亦成曲家可以有爲之事矣。且元代曲家，志趣大抵樂天，雖極頹唐、極危苦之境，亦必以極放曠、極興會之語出之。滿紙豪情萬丈，令人神旺。故推崇詞體者猶可以藉源本風騷爲辭，若推崇曲者，則獨不可以此爲附會，蓋曲之內容，實有一種絕對樂天之旨趣在其中也。

第三，詞僅可以雅而不可以俗，可以純而不可以雜，曲則雅俗俱可，無所不容，意志極闊也。孫麟趾謂「牛鬼蛇神，詩中不忌，詞則大忌」，若在曲中，則大不忌。蓋曲因動機，方法，作用種種，都純任自然，故不問局面，雅俗並包，而內容遂闊。詞則一切以雅爲歸，即不啻以雅爲局面；借雅寫俗者有之，借俗寫雅者未聞。故曲係「自然化」，詞則「雅化」也。卽以題目而論：詞集中若有『春景』，『夏景』，『閨情』，『送別』等題，則鮮不爲後來作家笑者，意此類字面實淺俗不成題目也。

必也，如南宋姜夔等於撰詞之外，並刻意撰題，字斟句酌，成一種清腴峭拔之小品文字者方合。若在曲，則滿眼所見者，不但『春景』，『閨情』等俱是題目，卽『王大姐浴房中吃打』，『長毛小狗』，『右手三指』，『大桌上睡覺』，『穿破靴』等，亦俱綴於調名之下爲題，毫不爲怪也。

第四，詞僅宜於莊，而不宜於諧，曲則莊諧雜出，態度較活也。詞中最忌打油俳體，或纖巧輕滑。曲家之視俳體與非俳體，則初無軒輊；且俳體之格勢極多，製作不窮，幾占全部著述之半。所以致此者，蓋曲之初創，本屬一種遊戲文字，塡實民間已傳之音調，茶餘酒後，以資笑樂者耳，初非同於廟堂之樂章，亦無所謂風詩之比、興也。及關馬喬張之輩繼出，胡侍所謂皆終其身沉抑下僚，鬱鬱不得志者，激而憤世，放而玩世，乃利用此不關緊要之曲體，以供其喜笑怒罵，嘲譏戲謔，而俳體盛矣。詞之初興，亦同是一種游戲小文，惟創導者之時會，承襲者之人材，有別於曲，遂終形成其端謹嚴密之體，就中情態之弛，至調笑而已甚，若再進而嘲謔，則大非分矣。

魏伯子論南北曲性質之異，略謂南曲如抽絲，北曲如輪槍；南曲如南風，北曲如北風；南曲如酒，北曲如水；南曲自然者如美人淡妝素服，文士羽扇綸巾，北曲自然者如老僧世情物價，老農晴雨桑麻；南曲柳顫花搖，北曲水落石出；南曲如珠落玉盤，北曲如金戈鐵馬。諸語固深中南北曲之奥窔，若將南曲易爲詞，則亦異常貼切，夫然後詞曲間性質之別，乃益爲明著，而詞與南曲之關係，亦可以想見矣。

八 派別

求詞與曲共有之派別，則下列數種是也——

（一）南與北　詞曲在源流上，如人物、地理、政治等，均有關係；若於派別，則地理一層，尤覺有關，卽南北之分是也。曲之分別南北，音樂方面無論矣，卽文字方面，亦復與音樂相應合，顯呈剛柔兩派。曲如此無論矣，卽詞亦復如是。蓋詞以兩宋爲極盛，而兩宋之分，端在南北：一都汴梁，一都建康，風土不同，人情有異，發爲聲音，演成文字，亦隨之以殊。唐五代詞，雖不在此範圍以內，要其聲音之始，自胡樂變來；胡人北居，其文字之近於北派，亦不能掩耳。

（二）約與放　前節性質之中已言之：詞主婉約，而曲主豪放，且又互易其所主者以爲輔，於是詞中亦不免有豪放，而曲中亦不免有婉約也。詞中同一婉約，見於唐五代北宋小詞者，與見於兩宋慢詞者又不同：蓋一則辭意兼約以爲深婉，一則敷辭託意以爲深婉也，豪放之在曲，蓋有二義：一乃意境超脫，一乃遣辭馳騁，均是放也。詞中之有豪放，詞境因以闊大，蘇軾辛棄疾作，多入詞之高境，而於詞之準則，深厚含蓄，初無背偭。曲中婉約，比較爲然耳，祇見於所謂清麗一派中之一部分，於曲之大體無甚關係，不若豪放之在詞者爲足重矣。

（三）華與質　前節性質中謂詞合用文言，曲合用白話，此處所謂華與質之分，並非完全卽文言與白話之異，蓋文與話中，又各有華質之別也。溫庭筠韋莊詞之華，文言也；李煜詞之質，亦文言也；張可久曲之清疏雅俊，華也；喬吉曲之鎔鑄凡俗，亦華也。花間集之華，鏤金錯采而已；樂府補題之華，則運典使事矣。西廂記之畫工，猶是生香活色也，浣紗玉玦諸記之煊染，則濃鹽赤醬矣——華之不同，有如是者。黃庭堅石孝友之引俚語入詞，終未覺其有是處；李清照之爲白話，間有『觸著』與『自然』之妙，而終不免淺露之嫌；若小說筆記之中，間有白描之作，則又多入曲境。既入曲境，則無往而不可，祇見有不能質、不善質者，未見有傷於質者——質之不同，有如是者。

（四）律與文　以律爲重，以文就律者，一派也；以文爲重，以律就文者，又一派也。詞中蘇辛，當時人卽以爲其作多不合律，雖逞才情，於文爲盛，而究非當行。崑腔作後，沈璟專門倡律，繩墨該嚴；而湯顯祖則祗知有文字，筆意所到，寧可拗折天下人之嗓子。此其最著者也。夫『律』與『文』二者，卽詞曲之所以構成者也；於此致力有所輕重，則派別分矣。南與北者，卽律之派別也；約與放，華與質者，卽文之派別也。此處律與文之對峙，蓋又其根本上兩種不同之發達趨向耳。

總之：約者往往用華，而精細於律，此南派之大概也；放者往往用質，而馳騁於文，此北派之大概也。倘吾人視詞曲皆爲長短句之合樂韻文一個範圍中物，則何分於『詞』？何分於『曲』？亦不過南北之兩派而已。南人之曲，實近於詞，而北人之詞，實近於曲矣。

九 餘意

前人合詞曲兩事作通解者，鮮有其書。若以一人而兼究詞曲兩事，各有所表見者，則前有王世貞之詞評曲藻，繼有李漁之窺詞管見，與閑情偶寄，後有劉熙載藝概中之兼概詞曲。近人王國維宋元戲曲史出，始溝通詞曲之界，而加以一貫之叙論。王氏於戲曲以外，又兼有人間詞話錄曲餘談等作；姚華菉漪室曲話中亦有將詞曲合觀以後之所得；惜皆瑣屑陳詞，無都條理。故通解所在，前人無多發明，要學者親自體會於其間而自爲鉤稽其端緒也。

若詞曲分科，擇一而事，則最要或最易得而比較合用之書，各舉五種如下——

詞

花間集　後蜀趙崇祚選

宋詞三百首　近人朱祖謀選

詞律　清萬樹等編

詞林正韻　清戈載編

白雨齋詞話　清陳廷焯著

曲

太平樂府　元楊朝英選

元曲選　明臧懋循選

九宮大成譜　清周祥鈺等編

宋元戲曲史　近人王國維著

顧曲麈談　近人吳梅著

其他專門詞曲研究之重要書目，甚爲繁瑣，非此處所宜列。

研究詞曲，雖祇有合併研究與分別研究兩途可言，若實際從事詞曲之業，則其事業甚多。於文字有欣賞，批評，選錄，編纂，製作五事；於牌調有編纂，考證二事；於音譜有製譜，合樂，歌唱三事；於搬演有考證，演習二事。此中境界，亦正廣闊，前人每有窮畢身之力，未能盡其一端者，『小道』『末技』之見解，終是不知者之言耳。以言致用，詞則離開社會愈遠，僅供少數文人之陶寫而已；若曲因崑腔猶存，未盡絕響，而字句活潑，拍合語調，體製廣闊，無所拘限，猶能用前人之聲，洩今人之蘊，而動衆人之情，故在今後文藝上之地位，應不僅僅於欣賞舊篇，傳歌陳譜而已也，是在有志者之提倡與致力耳。

十　選例

菩薩蠻詞　唐溫庭筠

小山重疊金明滅，鬢雲欲度香顋雪。嬾起畫蛾眉，弄妝梳洗遲。　照花前後鏡，花面交相映。新貼繡羅襦，雙雙金鷓鴣。

水精簾裏玻璃枕，暖香惹夢鴛鴦錦。江上柳如烟，雁飛殘月天。　藕絲秋色淺，人勝參差翦。雙鬢隔香紅，玉釵頭上風。

梧葉兒曲　元徐再思

芳草思南浦；行雲夢楚陽；流水恨瀟湘；花底春鶯燕；釵頭金鳳凰；被面繡鴛鴦—是幾等兒眠思夢想。

鴉鬢春雲嚲；象梳秋月欹；鸞鏡曉妝遲；香漬青螺黛；盒開紅水犀；釵點紫玻璃—只等待風流畫眉。

按以上二詞二曲，可以明詞曲意境，一含情，一盡致，截然不同。

虞美人詞　南唐李煜

春花秋月何時了？往事知多少？小樓昨夜又東風，故國不堪回首月明中！雕闌玉砌應猶在，只是朱顏改。問君能有幾多愁？恰似一江春水向東流。

此首表示五代詞中有白描一體，與溫氏之作以精麗勝者，截然不同。但意境遠大，辭雖淺而含蓄愈甚，與溫氏一派，同爲詞中至境。

叨叨令曲　元鄧玉賓

一箇空皮囊包裹着千重氣，一箇乾骷髏頂帶着十分罪，爲兒女使盡了拖刀計，爲家私費盡了擔山力。您省的也麽哥？您省的也麽哥？這一箇長生道理何人會？

以上一詞一曲，略示詞曲用白話之限度。詞中白話，不過爲淺近之文言而已；眞正白話，祇有曲中可用，且毫無限制也。

長相思詞　南唐李煜

雲一緺，玉一梭，淡淡衫兒薄薄羅，輕顰雙黛螺。秋風多，雨相和。

簾外芭蕉三兩窩。夜長人奈何！

大德歌曲　　元關漢卿

風飄飄，雨蕭蕭，便做陳摶也睡不着。懊惱傷懷抱，撲簌簌淚點兒抛。秋蟬兒噪罷寒蛩兒叫，淅零零細雨灑芭蕉。

以上一詞一曲，略表五代小詞，與元人小曲，有意境相似之處。兼得唐人七絕風度，與南宋詞之凝晦滯重者，迥不相侔也。

小重山詞　　前蜀韋莊

一閉昭陽春又春，夜寒宮漏永，夢君恩。臥思陳事暗銷魂。羅衣濕，紅袂有啼痕。歌吹隔重閽。遶庭芳草綠，倚長門。萬般惆悵向誰論？凝情立，宮殿欲黃昏。

讀此首可見五代小詞，多用三五七言奇數字之句，配成全調，極盡抑揚頓挫，流利圓轉，搖曳生動之妙，迥非南宋長調，多用偶數字之句，板滯凝重者可比也。平仄之譜和，叶韻之匀稱，情意之綿遠，思致之含蓄，此詞此調，已臻極處。

塞鴻秋 元貫雲石

戰西風遥天幾點賓鴻至，感起我南朝千古傷心事。展花箋欲寫幾句知心事，空教我停霜毫半晌無才思。往常得興時，一掃無瑕玼，今日箇病懨懨剛寫下兩箇相思字。

此調表示曲中所用襯字與排句之甚，然後文字方覺馳騁，方覺飽滿，方得極情盡致。

鷓鴣天詞 北宋晏幾道

彩袖殷勤捧玉鍾，當年拚卻醉顔紅。舞低楊柳樓心月，歌盡桃花扇底風。從别後，憶相逢，幾回魂夢與君同。今宵剩把銀釭照，猶恐相逢是夢中。

蝶戀花詞 北宋歐陽修

庭院深深深幾許？楊柳堆烟，簾幕無重數。玉勒雕鞍游冶處，樓高不見章臺路。雨橫風狂三月暮，門掩黃昏，無計留春住。淚眼問花花不語，亂紅飛過秋千去。

以上二詞，表示北宋小詞神韻高處。意在流連光景，憂傷身世；辭多閑靜婉曲，明俊流利。

寄生草曲　元白樸

長醉後方何礙，不醒時有甚思！糟醃兩箇『功名』字，醅渰千古興亡事，麴埋萬丈虹霓志。不達時皆笑屈原非，但知音盡說陶潛是。

撥不斷曲　元馬致遠

菊花開，正歸來，伴虎溪僧、鶴林友、龍山客，似杜工部、陶淵明、李太白，有洞庭柑、東陽酒、西湖蟹。哎！楚三閭休怪！

以上二曲，表示初元曲家之作。意在遯世逃情，曠放歡笑；辭多排奡馳驟，奇詭豪辣。

望海潮詞　北宋秦觀

梅英疏淡，冰澌溶洩，東風暗換年華。金谷俊游，銅駝巷陌，新晴細履平沙。長記誤隨車；正絮翻蝶舞，芳思交加；柳下桃蹊，亂分春色到人家。西園夜飲鳴笳，有華燈礙月，飛蓋妨花。蘭苑未空，行人漸老，重來事事堪嗟。烟暝酒旗斜，但倚樓極目，時見棲鴉。無奈歸心，暗隨流水到天涯。

瑞龍吟詞　北宋周邦彦

章臺路。還見褪粉梅梢，試花桃樹。愔愔坊陌人家，定巢燕子，歸來舊處。黯凝竚。因念箇人癡小，乍窺門戶。侵晨淺約宮黃，障風映袖，盈盈笑語。前度劉郎重到，訪鄰尋里，同時歌舞。惟有舊家秋娘，聲價如故。吟牋賦筆，猶記燕臺句。知誰伴名園露飲，東城閒步。事與孤鴻去，探春盡是，傷離意緒。官柳低金縷，歸騎晚纖纖池塘飛雨。斷腸院落，一簾風絮。

以上二首，表示北宋慢詞至處。凡慢詞之形式精神，於此俱可概見。雖文法已甚鋪排，情景已多分敍，而條理明暢，意境圓融，祇覺其含蓄蘊藉，紆迴縣邈，非短調所能有，不傷拖沓敷衍，沉晦滯重也。

雙調夜行船秋思　曲　元馬致遠

百歲光陰，一夢蝶，重回首往事堪嗟。昨日春來，今朝花謝，急罰盞夜闌燈滅。

（喬木查）秦宮漢闕，做衰草牛羊野。不恁漁樵無話說。縱荒墳橫斷碑，不辨龍蛇。

（慶宣和）投至狐蹤與兎穴，多少豪傑！鼎足三分半腰折，魏耶？晉耶？

（落梅風）天教富，不待奢，無多時好天良夜。看錢奴硬將心似鐵，空辜負錦堂風月。

（風入松）眼前紅日又西斜，疾似下坡車。晚來清鏡添白雪，上牀與鞋履相別。莫笑鳩巢計拙，葫蘆提一就裝呆。(撥不斷)利名竭，是非絕。紅塵不向門前惹，綠樹偏宜屋角遮，青山正補牆頭缺，竹籬茅舍。(離亭宴帶歇拍煞)蛩吟罷一枕纔寧貼，雞鳴後萬事無休歇。算名利何年是徹？密匝匝蟻排兵，亂紛紛蜂釀蜜，鬧穰穰蠅爭血。裴公綠野堂，陶令白蓮社。愛秋來那些：和露摘黃花，帶霜烹紫蟹，煮酒燒紅葉。人生有限杯，幾箇登高節？囑付與頑童記者：便北海探吾來，道『東籬醉了也』。

以上示散曲套數之格式與文字，北曲聯套之法已失傳，現在惟有依照元人成法，知其然而不知其所以然。套數之文字，大抵鋪排敷衍者多，普通祇注意煞尾一調，略見精采。馬氏此作，頗爲後人傳誦，按之確有條理，實套曲中不可多得之作，不僅以辭意豪邁勝而已也。

念奴嬌　北宋蘇　軾

大江東去，浪淘盡千古風流人物。故壘西邊，人道是三國周郎赤壁。亂石崩雲，驚濤裂岸，捲起千堆雪。江山如畫，一時多少豪傑。遙想公瑾當年，小喬初嫁了，雄姿英發。羽扇綸巾談笑間，强虜灰飛煙滅，古國神游，多情應笑，我早生華髮。人間如夢，一尊還酹江月！

賀新郎　別茂嘉十二弟　北宋辛棄疾

綠樹聽鵜鴂，更那堪鷓鴣聲住，杜鵑聲切。啼到春歸無啼處，苦恨芳菲都歇。算未抵人間離別：馬上琵琶關塞黑，更長門翠輦辭金闕。看燕燕，送歸妾。將軍百戰身名裂，向河梁回頭萬里，故人長絕。易水蕭蕭西風冷，滿坐衣冠似雪。正壯士悲歌未徹，啼鳥還知如許恨，料不啼清淚長啼血。誰共我，醉明月？

以上二首，表示詞中豪放一派。詞本以婉約為主，但似此情志深厚，大氣磅礴，排奡生動之篇，有之適足以擴詞之境。若末流淺薄，面目失之叫囂惡札，見誹於人者，蘇辛原不負責也。

凭闌人曲　元張可久

屏外氤氳蘭麝飃，簾底惺忪鸚鵡嬌。暖香繡玉腰，小花金步搖。

紅繡鞋寧元帥席上　曲　元張可久

鳴玉珮凌烟圖畫，樂雲村投老生涯。少年誰識故侯家？青蛇昏寶劍，團錦碎袍花，飛龍閑廐馬。

紅繡鞋春情　曲　元任昱

暗朱箔雨寒風峭，試羅衣玉減香銷。落花時節怨良宵。銀臺燈影淡，繡枕淚痕交，團圓春夢少。

以上三首，表示曲中婉約一派。曲本以豪放爲主，似此參用詞法，於字句十分凝鍊，富有靜的韻味者，雖楚楚動人，在曲中實爲變格，無甚重要。特如張氏爲元代散曲專家，以融和詞韻入曲，而自成騷雅見長，其合作於曲體並無傷損者。亦爲介於詞曲二者之間，所不可免亦復不可少之一派也。

滿江紅詞　　北宋岳　飛

怒髮衝冠，憑闌處瀟瀟雨歇。擡望眼仰天長嘯，壯懷激烈。三十功名塵與土，八千里路雲和月。莫等閒白了少年頭，空悲切！靖康恥，猶未雪，臣子憾，何時滅！駕長車踏破，賀蘭山缺。壯志飢餐胡虜肉。笑談渴飲匈奴血。待從頭收拾舊山河，朝天闕。

此乃詞中最爲悲壯沉雄之作，在蘇辛以外，別成格局。

聲聲慢詞　　北宋李清照

尋尋覓覓，冷冷清清，淒淒慘慘戚戚。乍暖還寒時候，最難將息。三杯兩琖淡酒，怎敵他晚來風急？雁過也，最傷心，卻是舊時相識。滿地黃花堆積，憔悴損，如今有誰堪摘？守著窗兒，獨自怎生得黑？梧桐更兼細雨，到黃昏點點滴滴——者次第怎一箇愁字了得？

此詞乃北宋女詞人中特異之作。運用白話，而未反詞之體性，斯爲難得。

翠樓吟詞　南宋姜夔

淳熙丙午冬，武昌安遠樓成，與劉去非諸友落之，度曲見志。余去武昌十年，故人有泊舟鸚鵡洲者，聞小姬歌此詞。問之，頗能道其事。還吳，爲余言之。興懷昔游，且傷今之離索也。

月冷龍沙，塵清虎落，今年漢酺初賜。新翻胡部曲，聽氈幕元戎歌吹。

層樓高峙，看檻曲縈紅，檐牙飛翠。人姝麗，粉香吹下，夜寒風細。

此地宜有詞仙，擁素雲黃鶴，與君游戲。玉梯凝望久，但芳草萋萋千里。

天涯情味，仗酒祓清愁，花消英氣。西山外，晚來還捲，一簾秋霽。

此示南宋詞中姜氏之醇雅超逸一派。

鶯啼序春晚感懷詞　南宋吳文英

殘寒正欺病酒，掩沈香繡戶。燕來晚飛入西城，似說春事遲暮。畫船載清明過卻，晴煙冉冉吳宮樹。念羈情游蕩隨風，化爲輕絮。十載西湖，傍柳繫馬，趁嬌塵軟霧。遡紅漸招入仙溪，錦兒偸寄幽素。倚銀屏春寬夢窄，斷紅濕歌紈金縷。暝隄空，輕把斜陽，總還鷗鷺。幽蘭旋老，杜若還生，水鄉尚寄旅。別後訪六橋無信，事往花萎，瘞玉埋香，幾番風雨。長波妒。盼遙山羞黛，漁燈分影春江宿，記當時短楫桃耕渡。青樓彷彿臨分，敗壁題詩，淚墨慘淡塵土。危亭望極，草色天涯，歎鬢侵半苧。暗點檢離痕歡唾，尚染鮫綃，嚲鳳迷歸，破鸞慵舞。殷勤待寫，書中長恨，藍霞遼海沈過雁，漫相思彈入哀箏柱。傷心千里江南，怨曲重招，斷魂在否？

此示序子一體，爲流傳之詞調中最長者，並示吳氏詞派，極深晦凝重之致。

齊天樂蟬　詞　南宋王沂孫

一襟餘恨宮魂斷，年年翠陰庭樹。乍咽涼柯，還移暗葉，重把離愁深訴。西窗過雨，怪瑤珮流空，玉箏調柱。鏡暗妝殘，爲誰嬌鬢尙如許？銅仙鉛淚似洗，歎移盤去遠，難貯零露。病翼驚秋，枯形閱世，消得斜陽幾度？餘音更苦。甚獨抱清高，頓成凄楚。漫想薰風，柳絲千萬縷。

此示南宋末年王氏一派，好借詠物小題，暗抒憂時傷世之痛。詞中之用比興，此爲最著矣。而沉思之細，措詞之精，此作尤爲罕有。

水仙子曲　元喬吉

眼前花怎得接連枝？眉上鎖新教配鑰匙。描筆兒鈎銷了傷春事，悶葫蘆咬斷線兒。錦鴛鴦別對了箇雄雌，野蜂兒難尋覓，蠍虎兒甘害死，蠶蛹兒別罷了相思。

此示元曲於豪放之外，有清麗一派，張可久是其正宗，而喬氏以奇俊爲清麗，尤爲當行，亦最難學。

一半兒春繡 曲 元查德卿

綠窗時有唾絨粘，銀甲頻將綵線撏。繡到鳳凰心自嫌，按春纖，一半兒端相一半兒掩。

此示清麗一派中，又有細膩精緻一種。

醉中天大蝴蝶 曲 元王和卿

掙破莊周夢，兩翅駕東風，三百處名園一採一箇空。難道風流孽種，諕殺尋芳蜜蜂！輕輕的飛動，把賣花人搧過橋東。

此示元人小曲中多俳體。好拈詠物諧謔小題，以資遊戲，而工巧絕倫，後所不及。

醉太平歸隱 曲 元汪元亨

辭龍樓鳳闕，納象簡烏靴。棟梁材取次盡摧折，況竹頭木屑！結知心朋友著疼熱，遇忘懷詩酒追歡悅，見傷情光景放癡呆，老先生醉也！

此示元曲中爲草堂，楚江兩體者極多，元人意趣，元曲背景，俱於此可見。

西廂記第三本第二折省簡（紅娘唱）曲 元王實甫

（中呂粉蝶兒）風靜簾閑，透紗窗麝蘭香散，啓朱扉搖響雙環。絳臺高、金荷小、銀釭猶燦。將暖帳輕彈，先揭起這繡紅羅軟簾偷看。

（醉春風）只見他釵嚲玉斜橫，髻偏雲亂挽，日高猶自不明眸，暢好是懶！懶！半晌擡身，幾回轉側，一聲長歎。

（普天樂）曉妝殘，烏雲嚲；輕勻了粉臉，亂挽起雲鬟。將簡帖兒拈，把妝盒兒按，開拆封皮孜孜看，顛來倒去，不害心煩。（呀！決撒了也！）厭的扢皺了黛眉，忽的低垂了粉頸，氳的改變了朱顏。（鶯鶯云）小賤人！這東西那里來的？我是相國家的小姐，誰敢將這簡帖兒來戲弄我！我幾曾慣看這等東西！告過夫人，打下你箇小賤人下截來！

（快活三）分明是你過犯，沒來由把我摧殘。使別人顛倒惡心煩。你不慣誰曾慣！

（朝天子）張生近間，面顏，瘦得來實難看。不思量茶飯，怕見動彈曉夜將佳期盼，廢寢忘餐。黃昏淸旦，望東牆淹淚眼，病患，要安，只除是出幾點風流汗。（鶯鶯云）紅娘，不看你面時，我將與老夫人看，看他有何面目見夫人。雖然我一家虧他，只是兄妹之情，焉有外事？紅娘，早是你口穩哩，若別人知啊，甚麼模樣！（紅娘云）你哄着誰哩！你把這個餓鬼弄的七死八活，却要怎麼！

（四邊靜）怕人家調犯，若早晚夫人見些破綻，你我何安？問甚麼他遭危難，咱只攛斷得上竿，掇了梯兒看。

（脫布衫）小孩兒家口沒遮攔，一迷的將言語摧殘。把似你使性子，休思量秀才，做多少好人家風範。

（小梁州）他爲你夢裏成雙覺後單，廢寢忘餐。羅衣不耐五更寒，愁無限，寂寞淚闌干。

（么篇）似等辰勾，空把佳期盼。我將這角門兒世不曾牢拴，只願你做夫妻無危難。我向這筵席頭上整扮，做一箇縫了口的撮合山。

（石榴花）當日個晚妝樓上杏花殘，獨自怯衣單。那一片聽琴心淸露月明間，昨日箇向晚，不怕春寒，幾乎險被先生饌，那其間，豈不胡顏！爲一箇不酸不醋風魔漢，隔牆兒險化做了望夫山。

（鬬鵪鶉）你待用心兒撥雨撩雲，我是好意兒傳書寄簡。不肯搜自己狂爲，只管來覓別人破綻。受艾焙權時忍這番，暢好是奸！對人前巧語花言，背地裏愁眉淚眼。（以下紅娘爲鶯鶯復簡與張，向張生唱。）

（上小樓）這的是先生命慳，須不怪紅娘違慢。那簡帖兒倒做了你的招狀，他的勾頭，我的公案。若不是覷面顏，厮顧盼，擔饒輕慢，爭些兒把你娘拖犯。

（么篇）從今後相會少，見面難，月暗西廂，鳳去秦樓，雲斂巫山。你也赸，我也赸，請先生休訕，早尋個酒闌人散。（以下因張生懇求斡旋唱。）

（滿庭芳）你休要呆裏撒奸，你待要恩情美滿，卻教我皮肉摧殘。老夫人手執著檀棍兒摩挲看，粗麻線怎透過針關？待教我拄著拐幫閑鑽懶，縫合脣送暖偸寒，（待去啊，小姐性兒撮鹽入火。）消息兒踏著犯，（待不去啊，）禁不得你甜話兒熱攢，好著我兩下裏做人難！（以下張生告紅，鶯鶯簡內實已以詩相約。詩云：「待月西廂下，迎風戶半開。隔牆花影動，疑是玉人來」。）

（耍孩兒）幾曾見寄書的顛倒瞞著魚雁，小則小心腸兒轉關。寫著道西廂待月等更闌，著你跳東牆女字邊干。原來那詩句兒裏包籠著三更棗，簡帖兒裏埋伏著九里山。你著緊處將人慢。你只待會雲雨鬧中取靜，卻教我寄音書忙裏偸閑。

（四煞）紙光明玉版，字香噴麝蘭。行兒邊湮透非春汗。正是：『一緘熱淚紅猶濕，滿紙春愁墨未乾』。從今後休疑難，放心波玉堂學士，卻情取金雀鴉鬟。

（三煞）他人行別樣親，俺根前取次看，更做道孟光接了梁鴻案。別人行甜言媚你三冬暖，我根前惡語傷人六月寒。我爲頭兒看，看你箇離魂倩女，怎發付擲果潘安。

（二煞）隔花牆又底，迎風戶半拴，偷香手段今番按。怕牆高怎把龍門跳，嫌花密難將仙桂攀。放心去，休辭憚。你若不去啊，他望穿了盈盈秋水，蹙損了淡淡春山。

（尾）你雖是去了兩遭，我敢道不如這番。你那隔牆酬和都胡侃，證果的只是今番這一簡。

以上示劇曲大概，因限於篇幅，科白不能備舉。讀者但看其寫一局外人之談吐，而兼顧生旦兩面。孰詐孰眞，孰喜孰懼；冷嘲熱諷，雜遝而來，抉破人情，委曲如畫。益以新辭詭喻，絡繹不絕；機趣翻瀾，韻致濃郁，非散詞散曲所能辦矣。

任二北《詞學研究法》

任二北(1897–1991)，原名任中敏，又名任訥，曾用筆名二北、半塘，江蘇揚州人。1918年考取北京大學中文系，曾從吳梅學宋詞與金元散曲。30年代後，他歷任廣東大學(今中山大學)、上海大學、復旦大學、四川大學教授，1980年调揚州師範學院(现揚州大學)。著有《散曲概論》《曲諧》《唐戲弄》《唐聲詩》《唐大麯》《敦煌曲初探》《敦煌歌辭集》《敦煌歌曲校錄》《教坊記箋訂》《優語集》《敦煌歌辭總編》《隋唐五代燕樂雜言歌辭集》等。

《詞學研究法》分作法、詞律、詞樂、專集選集總集四章。任二北先生在歸納前人之說和前人之作的基礎上，對詞律和詞樂的研究方法進行了總結，並把詞律總結為諧於吟諷之律和諧於歌唱之律。在本書的最後一章中，任二北先生還對詞學專集、選集和總集的研究方法進行了歸納，為後人進行詞學研究提供了很大的便利。《詞學研究法》於民國二十四年(1935)由商務印書館初版。本書據商務印書館初版影印。

國學小叢書

詞學研究法

任二北著

著作者　任二北
主編者　王雲五

國學小叢書

詞學研究法

商務印書館發行

目次

詞學研究法

第一　作法

研究作詞之法，不外兩途：一揣摩前人之作，知作者確有此法，而由我立其說，一歸納前人之說，知作者確用此法，而由我定其說。

前人之說，卽前人之揣摩所得也；盡信之自不免爲其偏謬之處所誤，但究竟經過前人一番揣摩者，必有一部分爲彼所心得，由隱而之顯，由疑而之決，多寡必有足供後人繼武者也。且一空倚傍，純就古今篇章探求底蘊而自繹其端，似非資稟過人或從事既久者未必能；若中材與初學，仍宜先自步武（至少亦當參考）前人入手；及造詣略深，前人惠我誤我，不難辨剖，然後乃不必拘泥舊說，而自運靈慧，別具創獲，未爲晚也。

更有一層：作法與品藻不同，作法就大體之詞說是非，品藻就各人之詞說是非。品藻純憑各人主觀——同一人一詞也，獲我之心未必與彼之感；同一賞也，此賞其麗則，而彼賞其諧婉，甲賞其清新，而乙賞其俊雅。蓋品藻者，是於詞中已成之境，論斷其於讀者所致之果也；作法者，手段耳，境界耳。懸一果，欲致此果，當具如何之境；懸一境，欲臻此境，當由如何之途——斯作法也。前者全憑主觀，往往因人而殊；後者務求見効，故祇有一當而已。

於是茲所論列，亦先謀歸納，而後議揣摩焉。

（甲）歸納前人之説　自來論詞法者，創獲少而因襲多，而因襲者，每好貌爲創獲，凡所立説，其實多本於古人，乃必不肯明言其所本，他人一時失檢，遂爲其所欺焉。譬如「清空當以意會，又須時標新意，」所謂「清新」之説，乃元陸韶詞旨語也，而明楊慎引之，不言所本，近人又引楊語，竟曰『楊升菴曰』云云矣。「布置停勻，氣脈貫串，過疊首尾相顧，」原亦詞旨語也，而陳繼儒引之，不言所自，近人又引陳語，亦竟歸之陳氏矣。類此之訛，不勝枚舉。至於近日坊間所有「指南，」「捷徑，」「百法」等書，孰非撏撦古人之言編成章次者？乃標出處者固有之，而抹去來源，攘揄爲快者，又豈鮮乎？清人徐釚詞苑叢談，引前人書而失註其名目，深爲後人所詬病；（如蓮子居詞話卷二所言。）顧徐氏之失註，乃不暇註，非不願註也；且馮金伯之詞苑粹編，亦已補正其失矣。江順詒纂詞學集成，明引先賢言論在前，而自抒己見在後，不妄改削，亦不事混淆，雖其書有掛漏之嫌，而其立言有則，則吾人於歸納前人之說時，所宜仿效者也。故言歸納之方，應守下列五義：

（一）說明出處。有卷數者，並及卷數。　（二）直載原文。如有删節，以標點顯明之。　（三）標舉要旨。每條之前，作簡括數字。

（四）部勒異同。論點同者，列在一處。　（五）自加論斷。先綜前說，後出己意。

顧歸納之道，尤首重標題。有標題，方有綱領，而前人紛紜之說，方有以包而舉之。此處所謂（四）部勒異同，猶是就每一題目內而言，若許多題目之間，更不可不具系統，以相維繫。清沈雄嘗輯古今詞話一書，其第二種名曰詞品，實則論詞法者，雖內容簡陋，而上下兩卷，標題共四十有五，較他書之同樣標題為詳備，若删併其支與瑣者，則大概可用矣。茲略訂正分部如下，以供實際歸納作詞法者參考，謂必須如此方妥，則又不盡然矣。

（一總說）　作　改　模仿　創造　境界　取材

（二詞意）　詞意總　詞　意　用事附衍詞

（三體段）　章　片　起　過片　結　句　字　虛字　襯字

（四體調） 令 引近 慢 選調

（五題類） 情景總 情 景 詠物 節序 懷古 閑情 豔詞 壽詞 俳體

（六聲韻） 平仄 韻 協律 製調

（七雜論） 弊忌 其他

實際作此項分類歸納時，須立定主張者，尚有三端——

（一）遇新材料，當立新題目以包羅之。

（二）同一材料，而覺許多題目內皆可歸入者，則皆歸之；但詳其文字於一個題目內，餘則僅僅標舉要旨，注明『見某處』可也。如楊纘作詞五要，可全列入一總說之『作』；而五要之中：擇腔、擇律、按譜、三要，可列入六聲韻之『協律』；隨律押韻一要，又可列入六聲韻之『韻』；立新意一要，可列入二詞意之『意』。

（三）遇一材料，驟然不知何歸者，須細按其意，究竟側重何方而定之。如不能決，則應用前條辦法，各項複列；萬勿武斷，致他日檢閱時，反嫌掛漏也。

此項歸納之功既竣，可以名其所成之編曰『詞法』，與前人所謂詞律者並峙。蓋詞律言聲音之律，此則言文章之法也。茲就『第七雜論』內『弊忌』一項，略綜前人之說若干條，列以爲例——

詞法第七章雜論第一節弊忌。

凡前人所揭詞家之弊，所舉作詞之忌，及一切論詞否定之說，皆彙於此節。昔馮金伯詞苑粹編有「指摘」一卷，有類於此，而義不廣焉。

(一)六失　聲音之道關於性情，通乎造化。小其文者不能達其義，竟其委者未獲泝其源。揆厥所由，其失有六：飄風驟雨，不可終朝，促管繁弦，絕無餘蘊，失之一也；美人香草，貌託靈修，蝶雨梨雲，指陳瑣屑，失之二也；雕鎪物類，探討蟲魚，穿鑿愈工，風雅愈遠，失之三也；慘慽憯悽，寂寥蕭索，感遇不當，慮歎徒勞，失之四也；交際未深，謬稱契合，頌揚失實，遑恤譏評，失之五也；情非蘇竇，亦感迴文，慧拾孟韜，轉相聞韻，失之六也。——白雨齋詞話自序　按一失謂淺薄無寄託，二失謂情詞豔詞之泛濫，三失謂詠物之卑俗，六失謂俳體和韻之無聊。

(二)三弊　近世爲詞，厥有三蔽：義非宋玉，而獨賦蓬髮，諫謝淳于，而唯陳履舄，揣摩牀笫，汙穢中冓，是謂淫詞；其蔽一也。猛起奮末，分言析字，詼嘲則俳優之末流，叫囂則市儈之盛氣，此猶巴人振喉，以和陽春，黽蜮怒嗑，以調疏越，是謂鄙詞；其蔽二也。規模物類，依記歌舞，哀樂不衷其性，慮歎無與乎情，連章累篇，義不出乎花鳥，感物指事，理不外乎酬應，雖旣雅而不豔，斯有句而無章，是謂游詞；其蔽三也。——金應珪詞選後序。

（三）二病　近日詞家爱寫閨襜，易流狎昵，蹈揚湖海，動涉叫囂，二者交病。——白雨齋詞話卷六引尤侗語。

（四）長調三忌　長調最難工，蕪累與癡重同忌；襯字不可少，又忌淺俗。——詞繹。

（五）演湊　作長詞最忌演湊——詞筌

（六）小詞三忌　一不可入漁鼓中語；二不可涉演義家腔調；三不可像優伶開場時敘述。偶類一端，即成俗劣。——詞筌

（七）俚詞　游詞　伉詞　北宋間有俚詞，南宋則多游詞，而伉詞則兩宋皆不免。——白雨齋詞話卷八。按伉詞之意不明，大概指莽率不雅馴者。

（八）游詞　五代北宋之大詞人，……非無淫詞，讀之者但覺其親切動人，非無鄙詞，但覺其精力彌滿。可知淫詞與鄙詞之病，非淫與鄙之病，而游詞之病也。——人間詞話

（九）隔　白石寫景之作，如『二十四橋仍在，波心蕩冷月無聲。』『數峯清苦，商略黃昏雨，』『高樹晚蟬，說西風消息。』雖格韻高絕，然如霧裏看花，終隔一層。梅溪夢窗諸家寫景之病，皆在一隔字。北宋風流，渡江遂絕。抑眞有運會存乎其間耶？——人間詞話

（十）不雅　不韻　國朝諸公，……其病有二：一則扳襲南宋面目，而遺其眞，謀色揣稱，雅而不韻；一則專習北宋小令，務取濃豔，……取法乎下，弊將何極！——白雨齋詞話卷一

（十一）句讀不葺之詩　至晏元獻歐陽永叔蘇子瞻，學際天人，作爲小歌詞，直如酌蠡水於大海，然皆句讀不葺之詩耳。——漁隱叢話引李淸照語。按原文『歐陽永叔』下，必有脫文。『學際天人』以下數語，專對蘇氏一人而發。

（十二）似詩　東坡問陳無己：『我詞何如少游？』無己曰：『學士小詞似詩；少游詩似小詞。』——詞苑萃編卷九引坡仙集

(十三)長短句之詩　辛稼軒劉改之作豪氣詞，非雅詞也。於文章餘暇，戲弄筆墨，爲長短句之詩耳。——詞源卷下（按爲豪氣詞，固易流爲長短句詩，卽初學不諳詞境者，亦動成長短句。）

作詞之法……音律欲其協，不協則成長短句之詩。——樂府指迷

(十四)以曲作詞　前人有以詞而作曲者，斷不可以曲而作詞。——柳塘詞話卷三

(十五)好盡　明詞無專門名家。一二才人，楊用修王元美湯義仍輩，皆以傳奇手爲之。…其患在好盡而字面往往混入曲子。——蓮子居詞話卷二

(十六)多作俗諺　詞之源出古樂府，樂府多作俗諺，如「豨妃」「淪浮」之類。塡詞者效之而每放愈下，稍近鄙褻。又以其道之通於曲也，因而「則箇」「甚麼」「呆坐」「快活」等字，無不闌入，而詞品壞矣！——賭棋山莊詞話卷二

(十七)美刺　投贈　隸事　粉飾　人能於詩詞中不爲美刺投贈之篇，不使隸事之句，不用粉飾之字，則於此道已過半矣。——人間詞話

(十八)道學氣　書本氣　禪和子氣　詞之最忌者，有道學氣，有書本氣，有禪和子氣。…

近日之詞……所不能盡除者，惟書本氣耳。每見有一首長調中用古事以百紀，塡古人姓名以十紀者，卽中調小令，亦未嘗肯放過古事饒過古人。——窺詞管見參看（四十七）條。

（十九）腐儒氣　俗人氣　才子氣　無論作詩作詞，不可有腐儒氣，不可有俗人氣，不可有才子氣。……尖巧新穎，病在輕薄；發揚暴露，病在淺盡。腐儒氣俗人氣，人猶望而厭之，若才子氣，則無不望而悅之矣，故得病最深。——白雨齋詞話卷五參觀（三十四）（三十七）兩條。

（二十）矜　作詞最忌一『矜』字。矜之在迹者，吾庶幾免矣，其在神者，容猶在所難免。——蕙風詞話一

（二十一）作態　凡人學詞，功候有淺深，卽淺亦非疵。功力未到而已，不安於淺而致飾焉，不恤顰眉齲齒，楚楚作態，乃是大疵，最宜切忌。——蕙風詞話一

（二十二）刻意爲曲折　詞筆固不宜直率，尤切忌刻意爲曲折。以曲折藥直率，卽已落下乘。昔賢樸厚醇至之作，由性情學養中出，何至蹈直率之失？——蕙風詞話一

（二十三）有字處爲曲折　當於無字處爲曲折，切忌有字處爲曲折。——蕙風詞話一　按有

字處之曲折，卽矜持，雕琢。

（二十四）雕刻 詞不用雕刻，刻則傷氣，務在自然。——詞旨

（二十五）雕琢 詞忌雕琢，雕琢近澀，澀則傷氣。——蓮子居詞話卷一 此二條亦可列（四十二）條後。

（二十六）俗 詞家之病，首在一『俗』字。——白雨齋詞話七參看（五十）條。

（二十七）鄙俗 康伯可柳耆卿音律甚協，句法亦多有好處，然未免有鄙俗語。——樂府指迷

（二十八）俚淺 黃按黃指黃庭堅。時出俚淺，可稱傖父。——詞苑萃編卷九引陳師道語。

（二十九）率俗 昔人詠節序，……類是率俗，不過爲應時納俗之聲耳。——詞源卷下

（三十）爲風月所使……『風月』二字在我發揮，二公按二公指康與之柳永。則爲風月所使耳。——詞源卷下

（三十一）澆薄 詞欲雅而正，志之所之，一爲情所役，則失其雅正之音。耆卿伯可不必論。雖美成亦有所不免。如『爲伊淚落』如『最苦夢魂今宵不到伊行，』如『天便教人霎

時得見何妨』如『又恐伊尋消問息，瘦損容光，』如『許多煩惱只爲當時，一餉留情，』所謂淳厚日變成澆風也。——詞源卷下　按『天便教人』及『許多煩惱』兩句確然澆薄，餘句亦並列此中，未免過矣。

（三十二）以情結尾……以景結情最好，……或以情結尾亦好，往往輕而露。如淸眞之『天便教人霎時廝見何妨，』又云『夢魂凝思鴛侶』之類便無意思，亦是詞家病，卻不可學也。——樂府指迷

（三十三）市井語　孫花翁有好詞，亦善運意，但雅正中忽有一兩句市井語，可惜！——樂府指迷

（三十四）輕倩　塡詞先求凝重，凝重中有神韻，去成就不遠矣。……若從輕倩入手，至於有神韻亦自成就，特降於出自凝重者一格——蕙風詞話一　參看（四十九）等條論纖巧者。

（三十五）輕淺語　吳元可采桑子『一樣東風兩樣吹，』輕淺語，自是元人手筆，國朝陳玉璂之『欲罵東風誤向西，』愈趨愈下矣！——白雨齋詞話卷六

（三十六）輕浮　不縝密　王輔道善作一種俊語，其失在輕浮，輔道誇捷敏，故或有不縝密。

——碧雞漫志卷二

(三十七)聰明語　今人論詞，不向風騷中求門徑，徒取一二聰明語，歎為工絕。——白雨齋詞話卷五

詩詞中淺薄聰明語，余所痛惡。一染其習，動決可數十首，無論其不能傳，又徼倖傳之後世，亦不過供人唾罵耳，何足為重！——仝上卷八

(三十八)浮豔　樸實鄙陋　文采可也，浮豔不可也。樸實可也，鄙陋不可也。……情以鬱而後深，詞以婉而善諷，故樸實可施於詩，施於詞者百中獲一耳。樸實尚未必盡合，況鄙陋乎？——白雨齋詞話卷八

(三十九)用替代字　詞忌用替代字。美成解語花之『桂華流瓦』境界極妙，堵以『桂華』二字代『月』耳。夢窗以下，則用代字更多。其所以然者，非意不足，則語不妙也。蓋意足則不暇代，語妙則不必待。——人間詞話，實按此則，即前一則之概言義足，而例非。

(四十)質實　詞要清空，不要質實。清空則古雅峭拔，質實則凝澀晦昧。姜白石詞如野雲

孤飛，去留無跡。吳夢窗詞如七寶樓台，眩人眼目，碎拆下來不成片段。——詞源卷下　按此條即下數條之「晦」。

(四十一)太晦　夢窗深得淸眞之妙，其失在用事下語太晦處，人不可曉。——樂府指迷

(四十二)僻澀　陳無己……用意太深，有時僻澀。——碧雞漫志卷二

(四十三)隱晦　詩詞未論美惡，先要使人可解。……嘗有意極精深，詞涉隱晦，翻釋數過，而不得其意之所在。——窺詞管見

(四十四)滑易晦　夢窗足醫滑易之病；不善學之，便流於晦——詞選

(四十五)晦　滑　能深入不能顯出則晦，能流利不能蘊藉則滑。——詞選

(四十六)掉書袋　放翁稼軒，一掃纖豔，不事斧鑿，高則高矣，但時時掉書袋，要是一癖。——詞苑粹編引劉克莊語。按此三條，與質實最有關，故附見於此。

(四十七)多用事　辛稼軒……作永遇樂，『千古江山，英雄無覓孫仲謀處，』……岳阿曰：……『微覺多用事耳。』——詞苑粹編卷九引古今詞話。

(四十八)堆積　詞忌堆積。堆積近縟，縟則傷意。——蓮子居詞話卷一

(四十九)粗纖硬軟　詞要恰好；粗不得，纖不得；硬不得，軟不得；不然非傖父卽兒女矣。——詞概

(五十)纖　眞正作手，不愁亦工，不俗故也。不俗之道，第一不纖。——蕙風詞話（參觀二十六條）

(五十一)纖滯　能尖新不能渾成則纖，能刻畫不能超脫則滯。——詞選

(五十二)粗俗纖巧　梅溪才思，可匹竹山。竹山粗俗，梅溪纖巧。粗俗之病易見，纖巧之習難除，穎悟子弟，尤易受其熏染。——宋四家詞選序論

(五十三)生硬　姜白石清勁知音，亦未免有生硬處。——樂府指述

(五十四)軟媚　美成負一代詞名，……作詞者多效其體製，失之軟而無所取。——詞源卷下

(五十五)無骨力　謝無逸字字求工，不敢輒下一語。如刻削通草人，都無筋骨，要是力不足。——碧雞漫志卷二

（五十六）酸腐　怪誕　粗莽　詞之最醜者，爲酸腐，爲怪誕，爲粗莽。——詞筌

（五十七）寒酸語　寒酸語不可作，即愁苦之音，亦以華貴出之。飲水詞人所以爲重光後身也。——蕙風詞話一

（五十八）牛鬼蛇神　牛鬼蛇神，詩中不忌，詞則大忌。——詞逕

（五十九）蹈襲　詞以意爲主，不要蹈襲前人語意。——詞原卷下

（六十）陳陳相因　感慨所寄……隨某人之性情學問境地，莫不有由衷之言。……若乃離別懷思，陳陳相因，唾瀋互拾，便忌高揖溫韋，不亦恥乎！——介存齋論詞雜著

（六十一）套語　典雅之事，數見不鮮，亦宜愼用。如蓮子空房，人面桃花等，久已習爲套語，不必再拾人唾餘。——白雨齋詞話六

（六十二）割裂　後人以集句爲割裂，近代以襲句爲割裂。情語未圓，割強先露，是第一病。——柳塘詞話卷二

（六十三）複　詞欲婉轉，而忌複。——詞釋

（六十四）三重四同　第五要立新意，……更須忌三重四同，始爲具美。——作詞五要

（六十五）韻雜　音迭　字澀　詞宜耐讀……首忌韻雜，次忌音連，三忌字澀。……音連者何？一句之中迭句音同之數字。——窺詞管見

（六十六）忌用之字　詞中如『佳人』『夫人』『那人』『檀郎』『伊家』『香腮』『心兒』『蓮瓣』『雙翹』『鞵鈎』『斷腸天』『可憐宵』『莽乾坤』『哥』『奴』『姐』『耍』等字面俗劣已極，斷不可用。卽『老子』『玉人』『這個』『好個』『那個』『拚個』『原是』『嬌瞋』『兜鞵』『恁些』『他』『兒』等字，亦以愼用爲是。蓋措詞不雅，命意雖佳，終不足貴。——白雨齋詞話卷六　按此條所舉，不無過嚴。

以上六十六則，分爲七段：一至五爲古今通弊；六至九爲各時代之弊；十至十四爲體格上之弊；十五至十八爲關係較大之弊；十九至二十四之矜，二十五至三十二之俗，三十三至三十六之輕，與以下比較皆屬各自爲弊者；三十七至五十五，其間疏與密，浮與實，晦與滑，粗與纖，硬與軟，與以上各條比較，則皆屬相對爲弊者；五十六至六十三爲關係較小之弊；

六十四以下，則爲字句聲韻之間，益較瑣屑之弊矣。茲所舉列前人已言之例，雖尚未足云備，然詞之源流、表裏、根本、枝節之種種過失，種種不是，有此七段，各方面已大略周至，如再檢得他條，可以按此七段分別增附於其間，不至茫無頭緒也。

以上各家之論，皆旨在指迷摘謬，爲一般詞人而發，即嗤一人一篇之作者，其人亦不必與論者同時，在論者實別無作用，其心甚公，初無所蔽也。然好惡所準，稟性與識力，兩俱有關；因其見或未至，理或未眞，則所言者或立意既偏，或措辭過激，或舉例微乖，其中往往不免，學者未可以一概盲從，不予考量也。（如白雨齋詞話之絕對主張風騷，厓岸過高，途逕過仄；人間詞話之專宗北宋以前，責備南宋，言過其實等是。）

綜各家之說，詞弊之大者，不外四點：一曰不純正，二曰不雅重，三曰不自然，四曰不眞切。如（三）之叫囂，（四）之蕪累，（六）之伉詞，（十七）（十八）兩條，（四十九）之粗硬，（五十六）之怪誕，（五十八）之牛鬼蛇神等，皆不純正也；（一）之無餘蘊與瑣屑，（二）之淫詞與鄙詞（三）之狎昵，（四）之淺俗，（五）之俗劣，（六）之俚詞，（九）

與（二十五）（三十三）以下各條，（四十四）之滑，（四十九）之纖及（五十七）（六十二）等條皆不雅重也；（一）之闕韻，（二十）以下之矜，（三十九）之用替代字，（四十）之質實，（六十二）之割裂等皆不自然也，（一）之感遇不當頌揚失實情感迴文，（二）與（六）之游詞，（八）之隔，（十六）之四項，（三十八）之浮豔（五十九）以下三條等皆不眞切也。且所謂不純正者尤重在體格之弊；不雅重者，尤重在用意之弊；不自然不眞切者尤重在遣辭之弊。體格與辭意三者足以概括一切，故純正、雅重、自然、眞切之四不，亦足以籠蓋諸端也。

以上所舉之一例，於說明出處，直截原文，標舉要旨，部勒異同，自加論斷五事皆一一做到。如此於前人之每一說成立抑不成立，通行抑獨異，中肯抑偏頗，俱可看出。其不善者當不至爲其所惑，善者乃可永久信賴之。學者於前人之說，能一一羅而備之，辨而用之，則操翰臨文，孰非孰是，何去何從，胸中早有準則，其益於製作者，果何如哉！

（乙）揣摩前人之作　前項歸納前人之說者，宗旨在集思廣益，其事爲搜輯，爲分類，爲排列，爲省察，爲論斷。因前人之業中於此一事，尚未成有專書，（僅一詞學集成似之，頗嫌簡陋。）學者於今日欲享其利，必自己一切從頭做起。至于所以揣摩前人之作者，不外兩事：一乃讀選本以博其趣，一乃專一家以精其詣。選本之輯，自花間創始以來，無代無之，無派無之，或狹或宏，或偏或正，成書者已不少，重要者余昔已別有著錄。專家之集，如唐宋元人所爲詞，已經全唐詩，宋六十一家詞，四印齋刻詞，彊村叢書等編訂校讐者，不下三四百家。是吾人今日欲從事揣摩，於選本專集二者，俱有成書可用，略有採擇，即可逕爲省察論斷，不須再如歸納詞說者之從事搜輯矣。至於整理前人所未經編訂校讐之詞，其業完全屬於整理方面，另詳後文專集選集之研究一章。

「揣摩」云者，閱讀與思考耳。閱讀在求得辭意之所宜，與腔調之聲韻，轉折；思考在求得作者意境之所止，與其文章之所以成。倘於某一作家，皆攝其詞之精華，習其詞之腔韻，會其詞之意境，而於其文章所以致力之由，復了然於胸次，則退而操觚，即以此家爲準則，加以習練，尚有不就者乎？倘於諸名家皆能作如是之研求，而不限一格，胸次所積，精而且富，然後融合衆長，袪除諸弊，運以智慧，充以性靈，變化出於穩成，隱秀俱有根本，則自立一派，更有何難？茲列揣摩意境與揣摩文法之次第如次，其涉及聲韻者，詳於下文詞律之研究中。

(一)通解文字　讀詞之次序，先暢其句讀，次洞其題旨，次評其本事，次盡其典實，與所用替代之字，此所謂通解文字也。句讀固應以文意爲準，而其調之聯貫停頓，與夫叶韻之處，亦不可不先檢譜式而知之。凡有題目者，題旨自明，若無題目，苟非脫漏，即以無題爲題也。詞體初創，多以調名爲題目，唐人詞中，猶可考見，自後此制漸失，在短調語無僻澀，意無隱晦者，題目之有本同贅疣；至南宋之長調，組織全異，有題者大旨所在，尙需揣而後知，況無題者乎？又有作者於工詞之餘，兼工爲題，則其詞旨大明，無待鉤稽矣。本事多出於筆記小說，詞林紀事一書，已大略備之，亦間有當時後世，因其詞之流播人口，乃故爲曲說附會出之，以炫耳目者，則信與不信，倘不關宏旨，亦毋庸辨也。典實之求端在博洽，注釋類書，亦足爲助，然詞家每每融化詩句，其詩句之來源，不同典實，不必一一追求，求之反覺無味也。(詳下文專集之研究考訂箋釋一條)替代字，除有關典實者外，以意會之已足，膠柱鼓瑟，大可不必，如前人之用說文解詞，未免迂矣。宋胡仔漁隱叢話曰：『少游踏莎行，爲郴州旅舍作也。黃山谷曰：「此詞高絕。但(斜陽)(暮)爲重出，欲改(斜陽)爲(簾櫳)」。危元實曰：「只看(孤館閉春寒)，似無簾櫳」。山谷曰：「亭傳雖未有簾櫳，有亦無礙」。危曰：「詞本描寫牢落之狀，若曰簾櫳，恐損初意」。今郴州志竟改作「斜陽度」。余謂「斜陽」屬日，「暮」屬時，不爲累，何必改？東坡「回首斜陽暮」，美成「雁背斜陽紅欲暮」，一法也」。清宋翔鳳樂府餘論曰：「按引東坡美成語，是也；今屬「時」□□□剖析。說文：「莫，日且冥也，從日在草中」。今作「暮」者，俗。是「斜陽」爲日斜時。「暮」爲日入時，言自日昃至暮，杜鵑之聲，亦云苦矣！山谷未解「暮」字，遂作繆轕』。其實「暮」字乃動詞，謂爲「盡」字「沒」字等之替代字可矣。黃固迂，朗謂『屬時』，作名詞，不作動詞，宋謂『暮爲日入時』，仍作名詞看，不作動詞看，徒引說文，依然轇轕也。

（二）確定比與　詞法無不用比興者，惟所比所興之近遠，說者每每無定。無作者之意，祇有一也，讀者之所領會若近而不及，是深負作者；若遠而失實，是厚誣作者，二者俱有不當；必須不即其辭，而又不離其意。斯得其眞實可信之旨，斯所謂確定比與也。溫庭筠菩薩蠻：『新貼繡羅襦，雙雙金鷓鴣。』鷓鴣雙雙，若云形成繡襦之精美，是泥於辭也；若云旨同離騷之初服，見張惠言詞選。是鑿於意也；謂因見鷓鴣之雙飛，製襦之人乃興起自身之孤獨，則與上文弄粧遲懶，花面交映之旨皆合矣。辛棄疾菩薩蠻：『江晚正愁余，山深聞鷓鴣。』鷓鴣愁聞，若謂僅尋常之鳴禽興感，則以副上文之行人多淚，長安可憐，豈不太覺淺率？然後知作者於金人追逐隆祐御舟之事，確有所感，特謂鷓鴣之鳴，乃指恢復之業行不得，見羅大經鶴林玉露。則又未免臆斷耳。故比興之確定，必以作者之身世，詞意之全部，詞外之本事，三者爲準。溫氏初無屈平之身世，即難以離騷之義相比附；金人有造口逐舟之事，實則緣當年時局而與感，自屬可信；更參考以通箋解意，俱無窒礙，方足爲定論。若三者有一於此爲不合，則未容強有所執也。且學者之揣摩，與其厚誣古人，毋寧深負古人。蓋所以負者，見解未至也；始而未至，進而可以至；所以誣者，必心目有所蔽也，若所蔽不除，則愈去愈遠，迷而不返矣。因是讀詞之道，于詳盡詞中之典實與本事之外，尤須考明作者之身世境地，此實一重要之準備也。

（三）體會意境　近人況周頤蕙風詞話有曰：『讀詞之法，取前人名句意境絕佳者，將此意境，締構於吾想望中，然後澄思渺慮，以吾身入乎其中，而涵泳玩索之，與吾性靈相浹而俱化，乃眞實爲吾有而外物不能奪。』此其意謂藉古詞之意境，以感化讀者之性靈，性靈既如古詞，人亦遂如古人，是其宗旨在人而不在詞也。茲所謂「體會意境」者，乃讀詞之時，我心先得古人詞中有何意境，然後便知我心若有類似之意境時，卽可效法古人之詞而表之，宗旨在讀詞而學爲詞，不在讀詞而學爲人也。惟詞中意境，非由我體會而得者，終非我眞實所有。而「體會」云者，乃以自己之思想、感情爲根據，而與古人之思想、感情相會也。進言之，卽以我之精神，恰可與古人之精神相往還，淺言之，卽古人詞中之情如此，而我恰與之表同情耳。然則合者自合，不合者自不合，吾淺則淺合，吾深則深合，同情則同，不同情則不同，初不必有一毫勉強也。惟其眞實相合，恰切相同，毫無勉強，則我所得之意境，當然即我自己所曾有我之意境；曾如何得之，於詞則類似之者，當然即知其如何發之於詞矣。讀前人詞而不能學之者，未曾恰有所得耳；未曾恰有所得者，未曾體會耳。古今人情相去不遠，倘細爲體會，終不至無所合。所患者以耳目代心靈，而人云亦云，或掠影浮光，淺嘗輒止。此揣摩他人之作者，一面有人，一面猶貴有己；有人寓於有己之中，然後無得而不爲用矣。

(四)認眞詞法　意境如何，既纖巨皆得，則於其如何表此意境之法，可以切實體認一番。此因各家不同，各詞不同，而讀者如隨有所得，隨爲寫定，彙而總之，亦必有條理可尋，綱領所歸，不至如何繁瑣也。此種體認，大概可以分爲三層著眼：一，全部章法；二，拍拈襯副部分；三，好發揮筆力部分。後二者說見張炎詞源，即詞中「疎」與「密」兩部分也。此三層或兼有，或分有，茲略舉數例，以見其義。

(例一)溫庭筠菩薩蠻

『小山重疊金明滅，鬢雲欲度香腮雪。懶起畫蛾眉，弄粧梳洗遲。　照花前後鏡，花面交相映。新貼繡羅襦，雙雙金鷓鴣。』

此詞前闋首句寫居室服御，次句寫人，三四兩句寫情事；後闋前二句寫感喟，從上面之情事遞下，而引起下面二句情意之結穴。其全部章法，乃由地而及人，而及事，而及情，層遞而下，前後闋一貫。寫地、寫人，固屬於引起襯副，即寫情事兩句，亦尚是狀態居多，故前闋可謂全爲後闋之張本，並非全詞精粹部分。後闋言鷓鴣之雙雙，明其感喟之果，已到意境止處，若全詞深厚，實尤在感喟兩句也。蓋花面交映，淺言之，乃人面如花；進一步想，花非久榮之物，則人之朱顏憔悴，亦自在意中；再進一步，花及芳時，猶有人於鏡中簪惜，人及芳時，誰爲憐取？再進一步，正在芳時，眼前並無人留戀，則韶年易過，秋扇之捐，固足憂懼，即令駐顏有術，常得不老，豈便能博取人情之真而恆久不變？凡此種種意境，舉可從『交相映』三字中生出，是在讀者之細細體會，得深、得淺，要以我心爲主，不必強同于人耳。至於修辭之法，可以認定如下——

前闋前二句——擇舉精要。擇言山枕，以概全室服御之精；擇言鬢雲，腮雪，以概美人全體。

後二句——情事融會。「嬾」字「遲」字，本以言事，而情亦在其中。

後闋前二句——比。以花比人。

後二句——興。因鸂鶒之雙，興人之孤獨。

『轉燭飄蓬一夢歸，欲尋陳迹悵人非，天教心願與身違！　待月池臺空逝水，蔭花樓閣漫斜暉，登臨不惜更霑衣。』

（例二）李後主浣溪紗

此詞首二句敍事，三句慨言衷曲，四五兩句就「人非」之反面，景物依然作鋪敍，末句表出深情。祇首二句可視作引起襯副部分，餘皆精粹。章法於前闋立意，後闋受之。前闋陡結；後闋之結，承上兩句：二者不同。或云：首句明言『夢歸』，以下皆是夢中故國之感，乃後主囚虜以後之作，則未必然。夫悲天憫人，感時傷逝，正後主至情之人，隨在常有之心境，愈處晏安，愈念憂患，愈當繁勝，愈感衰歇也。論文字則前結沉痛，後結纏綿，尤以後結寓有千迴百折之情，哀傷之極，深厚之極。「待月」兩句，對仗精整，而語之自然，仍如觸著，亦可注意。

（例三）周邦彥六醜薔薇謝後作。

『正單衣試酒，悵客裏光陰虛擲。願春暫留，春歸如過翼，一去無迹。爲問「家何在？」夜來風雨，葬楚宮傾國。釵鈿墮處遺香澤，亂點桃蹊，輕翻柳陌，多情更誰追惜？但蜂媒蝶使，時叩窗隔。　東園岑寂，漸蒙籠暗碧。靜遶珍叢底，成嘆息。長條故惹行客，似牽衣待話，別情無極。殘英小、強簪巾幘，終不似一朵、釵頭顫裊，向人欹側。漂流處莫趁潮汐。恐斷紅尚有相思字，何由見得？』

此詞大意乃作者借謝後薔薇，自表身世。時而單說人，時而單說花，時而花與人融會一處；時而表人與花之所同，時而表人不如花之處。曰「客裏，」曰「家何在，」曰「行客，」曰「漂流，」是其意旨所在也，前後固一貫。

前闋首二句說羈人，次三句說花謝。「春歸」實「花謝」之替代語也。以上皆襯副。「爲問」三句精粹，旣謂因風雨之葬送，致傾國於無家，更謂因屬無家之物，故雖擅傾國之姿，風雨亦不見憐；含思哀惋之至，乃說花與說人融會之處也。「釵鈿」三句襯副。「多情」三句精粹，「但」字非「僅有」之意，乃轉語，「猶有」之意也。零落之餘，祇遺香澤，應無復追惜之人物，但蜂蝶癡憨，猶來叩窗尋問，墻許知己；言外謂客裏飄零，終不能得慰藉，人固不如謝後之薔薇耳。何以知其然？曰：兩處精粹皆特用問語領起，重在表示「無家」與「無人追惜」之意，甚分明也。

後闋「東園」三句，因物及人，襯副而已，引起下文牽衣話別，強簪殘英，斷紅難見三事，「成歎息」一語直貫到底，所歎息者，上三事皆在內也。落花向行客話別，自多同病之憐；殘英強簪，乃令人回想芳時姿韻，映帶謝後景況，有無限珍惜。推此珍惜之意，覺芳時固當鄭重，即謝時亦何容草草，斷紅之內，固仍寓相思無限也。前一事花與人自爲聯絡，後二事似全說花，而由花興人之處，消息只可以神會，而難于說實。末句復用一問語，以示有物無可表見之意。若於『東園』三句中，詞意即先及流水，則歇拍之『潮汐』『斷紅』，便屬有根，而組織乃益爲緻密矣。或謂殘英強簪，不爲釵頭顫裊，向人欹側之態，乃覺殘英自有殘英可貴之品格，以喻人雖爲落拓之行客，終是孤高絕俗，不作阿世醜容也。此義尤精到。

章法乃因人及物，因物及人，糾紐拍搭而成；修辭則專擇情景幽通之處，融會入細，並重用間語，以提明意旨。

（例四）辛棄疾賀新郎別茂嘉十二弟。

「綠樹聽啼鴂，更那堪杜鵑聲住，鷓鴣聲切！啼到春歸無啼處，苦恨芳菲都歇。算未抵人間離別：馬上琵琶關塞黑，更長門翠輦辭金闕，看燕燕，送歸妾。　將軍百戰身名裂，向河梁回頭萬里，故人長絕，易水蕭蕭西風冷，滿座衣冠似雪。正壯士悲歌未徹，啼鳥還知如許恨，料不啼清淚長啼血！誰伴我，醉明月？」（張惠言詞選，此詞注云：「茂嘉蓋以得罪謫徙，故有是言」。）

此詞章法乃以一氣包舉，祇作翻騰，不爲尋常停頓。一起若是閑情，「算未抵」句一轉，文情陡健，乃分別以上是時序變遷，以下是人間離別。於是歷舉王嬙、李陵、荊軻三人之事，至「正壯士」句，纔欲拍題及茂嘉，乃毫不沾滯，隨即環抱前文，仍一用啼鳥而已，作收束矣。結語與全詞，又在似聯不聯之間，歇拍換頭，種種關節，到此已全失常態；祇覺突如其來，奔騰而去，戛然以止，囫圇一片，無從判其襯副與精粹。昔人謂稼軒乃詞中之龍，眞喻得其當也。措辭能于敍述之中寓無窮感喟，字面箇箇挑動情緒，語語跳躍不凡，而聯貫一串，皆自然出之天成。

以上四例，初無系統，不過隨手拈得，疏具文法之大概，以見其文章所以致成之由。雖於古人之作，見解未必人人一致，一時領悟亦未必完全可靠，然讀詞者每讀一詞，必能如此觀察眞切，推詳盡至，剖析明白，判斷確實，此詞之法，方爲我得，方爲我用。縱今日不必以昨日揣摩者爲是，他人不必以我揣摹者爲然，要於其詞之意境詞法，既已脚踏實地，揣摩一番，而不聽其隨便混過，則其眞是非終不難見也。又所得雖不必一一筆之於書，要不可不一度深思涵詠於意表。若筆之於書，初不必立一定方式，可隨詞審察，隨手標注，祇以明晰爲歸；積之既多，試爲比較聯絡於其間，當不難得頭緒耳。惟所言者須確是章法、詞法之剖解，若尋常品藻之語，萬勿闌入；作法與品藻兩事，上文已明言之矣。

總之：揣摩前人之作者，但知有書中文字，與心內主張，由我立說，有詞爲證，其作法如何，得之親切，用之亦必透澈；所失者不免一人偏見，一時誤解，足以自陷於歧途耳。歸納前人之說者，採取須博洽，評斷須貫通，所得每較浮泛，用之亦不易入細；然其長處在所得理法，經過多人體會，必不至根本大謬也。倘二者能兼至，則於作法之研究，倘有間言乎？

第二 詞律

「律」者，呂也。「詞律」者，本意應爲詞之樂律也。觀于楊纘作詞五要之言，可知詞家每作一詞，應先按月擇律，其次按腔擇調，（此層楊氏列爲第一要，實則第二件事也。）再其次按律定韻，而終乃按譜填詞。此四事中，前三者乃音樂腔調間之事，末乃文字字句間之事，但主旨皆所以合樂者，即皆詞律範圍以內之事也。自詞樂既亡，僅存樂律之源，（即張炎詞源上卷所載。）羌無音譜之實（僅姜夔詞集附有音譜，但自宋以來，幾經傳鈔翻刻，訛舛日多，無從訂正。）舉凡擇律以至填詞四事，若僅就前人已有之明文，或既定之程式中，奉行故事則可，若欲活動應用，形成合樂之詞，或表見詞之合樂，則詞律一事——詞之樂律——處今世詞樂淪亡之日，實已無可爲言矣。雖然，音譜云亡，不過不能歌唱而已，若各調之句法自在，固猶可以吟諷也。一經吟諷，則亦有所謂諧與不諧，協與不協者判焉。故詞樂亡後，音樂間歌唱之律，雖無可言，若文字間吟諷之律，尚得藉所有句調，以詳言之也。「詞律」二字，宋金以後，元明以來，所以仍能繼續不斷于詞人之口者，正以此耳。至清人考據之學大成，事事綜核名實，不肯與前人苟同，所硜硜以言詞律者乃尤甚。觀其操持之堅，與夫鍥合之密，宋人反不如焉，何論元明！然一按其所謂詞律之範圍與意義，則擇律，擇調，定韻三事，早已完全舍去，所存者僅按譜塡詞之一端而已；至其所以言者，雖處處必推宋人歌唱之律以爲準繩，而其所言者雖逐字逐聲周詳審愼，但于勘定以後，亦祇供吟諷而已，吟諷以外，實無能爲力也。清初詞人，間有藉南曲崑腔之譜，以復詞之歌唱之業者，結果仍是曲樂，並非詞樂，張冠李戴，畫虎類犬，徒然蒙譏，不足爲訓，前人早有定論矣。卽一般講求詞律者，甚至主張今日爲詞，宜通首全用宋人四聲，若試問其宗旨何在，亦初不爲求合于崑腔之譜也。

詞律之大概情形，既如上述，然後于研究詞律之法，可以得其端倪矣。蓋詞律既分歌唱之律與吟諷之律兩種，則所以研究詞律者，當然亦可分爲兩途，卽考訂古人諧于歌唱之律，與習知今人諧于吟諷之律是也。研究諧于吟諷者，因吟諷之事，無論何人何時，皆優爲之，此種研究，固常得實際之應用，卽彼研究諧于歌唱者，因詞既諧于歌唱，亦可謂其卽諧于吟諷，故此種研究，亦同樣可以致用，並非考訂之餘，僅供保存而已。如唐五代之詞調，祇分平仄，不分去上，而又三五七言爲多者，既諧于昔人歌唱，卽諧于今人吟諷，此種固然是諧，卽南宋詞調，多所謂拗句澀腔者，其于吟諷之間，亦往往別成奇趣，得不諧之諧也。惟所謂「不諧之諧，」所謂「別趣，」感覺上不能人人強同，得之則得之，不得則不得。塡詞者果於其調有所嗜好，則用之，不好之則不用；若旣已用之，則于昔人歌唱之諧，與夫體調之本，皆必須一一歸還古人規矩準繩所在，必不容隨意改抹，甚至蕩廢滅裂，畫虎類犬，而復指鹿爲馬也。故研究詞律者，始也習知吟諷與考訂歌唱，雖旨各有歸，而終也投合所好，與保存詞體，必用不相犯。固不必勉強目前一己之快，以遷就古人過去之體，亦不可混亂古人已成之體，以逞自己一時之快。不好之則不用之可，用之而復亂之則不可，此乃研究詞律上根本之一義，學者所不可不省者也。

(甲)諧于吟諷之律　吟諷之律，知之甚易。其內容不過(一)句讀之抑揚行止，(二)字之平仄相間，(三)韻之疏密順口，其事則不過誦讀而已。未塡一調，宜先頻頻諷誦此調古人之作，將其首尾起落，筋節轉換，俱會于意，長短頓挫，聲氣開合，悉融于口，而後再就題選韻，以試塡之，自得聲韻之諧。蓋讀詞之時，于揣摹其文字與作法而外，本應兼習其詞之腔韻，一舉固可以兩得耳。

論句法，則有行有止，有抑有揚。長言以行者，往往短言以止；短言以行者，往往長言以止：要成參差錯落之美而已。一、三、五、七言之句多揚，而二、四、六言之句多抑。每一句中，上下之連與斷，如五言之上一下四，或上二下三，或上三下二，六言之上二下四，或一字領頭，或三字折腰，七言之上三下四，或上四下三，其間亦以單言在下者爲揚，而雙言在下者爲抑。論平仄則一句之中，不宜三平三仄相連，第二、第四、第六字必平仄相間，一、三、五往往平仄可通。數句之間，彼此之末字，除叶韻外，在唐調多平仄相間，在宋詞則無準焉。論叶韻則凡連者密者爲諧，否則較遜，故唐調換韻而又間叶者之「隔」（如酒泉子前闋一三四句，及後闋末句叶一平韻，而前闋次句，與後闋一二四句另叶一仄韻）與夫宋調四句五句始一叶韻之「疏」，（如西平樂後闋十六句祇三叶韻）于歌唱之時，容或成爲別調，若于吟諷之間，則皆無取焉。

雖然，此特其大概耳。若意義之隱顯，字面之生熟，往往亦影響於聲韻。同一調中，在他詞某一字原可平可仄，某一韻原可去可上者，在此詞則覺平不如仄，或仄不如平，或並平之陰陽，仄之上去入，亦覺有宜有不宜，而不可通假，此即由於意義隱顯，字面生熟，均有關也。此種隨詞而異，捉摸無定之律，須于平日多所揣摩，以養成其標準於心目之中，臨時有此標準，再沉吟調協于唇吻之際，然後自判其諧與不諧耳。

惟因人人有脣吻，人人能吟諷，人人能判別孰諧孰不諧，自來作家，遂以其易也而忽之，不加深思，結果失之于知其然而不知其所然。學者倘於誦讀之餘，再取諧於口吻之長短諸調，就句法平仄，叶韻三方面分途考證，各加以分析綜合，稽得條例，推出原因，彰而著之，庶幾足以完成此學，而昭示來者；若上文所論及者一二，不過見其端緒，聊以示例而已。

（乙）諧於歌唱之律　歌唱之律，如上文所舉楊纘之言，原應包含擇律，擇調，定韻，塡詞，四事在內。自宋人所遺留之詞業中，樂字之譜不傳，所傳者僅有文字之調，於是擇律、擇調二端，學者對之，皆失所憑藉，乃統歸之于詞樂範圍以內，置諸不聞不問之列；惟定韻、塡詞兩項，與文字鍥合爲一，後人有所準繩，有所依據，故詞家尙昌言研討，而刻意遵從。論其實則僅此兩端，雖從事盡善精密無間，起宋人而令之歌唱，宋人必猶以爲小處多拘而大處反略也。茲因下文有論詞樂研究之一節，故畫擇律、擇調等說入下文；若本節所論，則僅及定韻與塡詞部分而已。

所謂研求定韻與塡詞之律者，不過求得各調中句讀、片段、四聲、叶韻之一定標準而已；標準以外，能再詳其例外，則其事畢矣。前人之爲此事者，首推張綖之詩餘圖譜，及賴以邠之塡詞圖譜。顧兩家皆所見者狹窄，所思者淺陋，而所爲者方法又拙劣，故所訂者舛謬百出，向爲詞林所詬病。自萬樹之詞律出，始一切推陷而廓清之，所謂音調字句之律，規模斯具矣。惟萬氏之時，宋人詞集，書林尙多未曾發見，萬氏編訂詞律之時，採書亦不甚廣，故所訂每每不足賅括，即不足以爲標準，因而例外亦紛雜無當；徐本立之拾遺補調而已，杜文瀾之校訂，又瑣屑不關緊要，皆未足以饜人之意。今日詞家，亟應據今日所能見之全部宋詞，就萬書而修補之，爲宋詞作一總存案，爲今後詞家謀一形式上至善之範本，此其功固甚大，而務固甚急也。（余有「增訂詞律之商榷」一文，載東方雜誌二十六卷一號，言之較詳。）

學者欲竟此功，第一須明範圍，孰爲詞調，孰非詞調，孰爲音律方面所應訂，孰非全關音律者；第二須定條例，如何方足爲標準，如何祇算例外；第三須分步驟，先句讀，後片段，再四聲，終叶韻，而實地進行，材料則須先集調，後集說，手續則須先考訂倡和，次校讎文字，次比勘異同，次斟酌主從。其事固極繁瑣，若不有堅忍之性，恆久之功，則宋集數百家，宋調數百首，必不能悉底於完成；於以知萬氏之書，蓋已從十分勞苦之中而來，斷非一朝一夕，一舉手一投足所能就；今欲超萬氏而過之，談何容易乎？茲擇以上所舉之要者，略見其大概如次——

（一）考訂倡和　歌唱之律，必以首先創造音調者爲標準；其後賡和之人，於音調曾加更改，若有明文可稽者，方足取信，否則字句必依首倡者爲式也。如周邦彥創詞若干，姜夔創調若干等，各有專集可查，訂律者展其書而錄之，即是最爲便利，亦最爲可信，且毋庸有所考訂也。若某調首創之人不明，則須就許多作者之中，推求其時代之先後，最先見於某集者，即可假定其爲某調首創之作；若時代先後難辨，則字句較簡者，大抵發生在前，其中亦可分出倡和。總之：倡和既定，標準即得，舉凡襯字之有無，平仄之正變，體格之主從，皆不難立定，即其他一切糾紛，亦皆有解決之頭緒矣。某調爲某人創作，記載最多者，爲欽定詞譜，當時必曾經一番考訂，非妄爲指陳者。此書若不得見，則碎金詞譜，亦足供參考。詞律中於此層不甚注意，每調並未標明，是其失也。

葉申薌天籟軒詞譜發凡云：『選詞自應以原製之詞，及名人佳作爲譜。如憶秦娥應選李詞，憶江南應選白詞之類。詞律往往捨原詞，而別收他作。如夢令別名宴桃源，本以原詞「曾宴桃源深洞」之句立名，即「如夢」二字，亦原詞中語，詞律不收原詞，而收秦詞。他如漁家傲不收晏同叔，暗香不收姜白石，不勝枚舉。最可笑者，雨霖鈴調不收柳耆卿，而收黃勉仲，又注云：「多情自古傷離別如七言詩句，應從柳詞，」此非徒費筆墨而何？』此其所言確係萬氏之失，引之以當例證。惟葉譜之爲書，具詞以外，僅注字數韻數，他概不及，雖多用原詞，並不注明某詞誰創，尚非眞有志於分辨倡和者也。

（二）校讎文字　此應與後一事「比勘異同」同時並舉。蓋唐宋人詞，流傳至今，每多脫誤，已非作者本來之面目，必須根據較精之本，訂其訛謬，而後方可據以定式；不然，所據者若先爲訛傳之文，則所定者尚足取信乎？凡一調時代較後之人所有和作，許多首相同，而較先之倡作一首獨嶄然爲異者，對於此類倡作，尤當精校，以其所獨異者，往往並非原文，不足依據耳。校讎之事，更屬纖瑣，若不耐分寸以進，襞積爲功者，則又無以奏效也。

謝氏詞話卷二引馮登府語云：『考詞綜脫誤甚多，如蔡伸侍香金童「更柳下人家似相識」脫「相」字，詞律另收趙長卿多一字爲別體。張先塡于飛樂「怎只教花解語，草解宜男，」脫「花解語」三字，詞律不知而以毛滂多此三字，另立一體。周邦彥荔枝香近「香澤方薰，」脫「偏」字，是韻，詞律作四字句，而謂自「鳥履」起二十八字，直至「遠」字方叶，必無是理，遂誤認「卷」字是韻。……』足見所據之本，若字句不精，則不但所訂者不實，難作標準，且因有誤會，而致橫生枝節，愈陷歧途。然後知校讎之勞，有志於此者，終不可省也。

（三）比勘異同 凡整理一調，若其首創之人不明，首創之詞難指，或標準調式既得以後，而例外之式甚多，其間如何訂定，如何取舍，則全賴比勘之功矣。比勘之前，須先將同調之詞，廣爲搜集。如歷代詩餘之書，類調列詞，內容又極豐富者，最爲現成合用；有所不足，更以花草粹編，詞統，草堂詩餘四集等選，及今日可見之宋人諸集爲輔。每列一調，必遍考宋人之作，無遺而後對於句讀四聲種種方面，始下斷語。或先擬要作，有所擬定，再必以所擬者，覈核餘詞，有若干例外，務統爲網羅歸納，不如此固不足以補正萬氏之漏略也。此層工作，最爲繁瑣，但極緊要，無可苟免，從事於此者，必先有以耐之，過此難關，方得坦途也。

賭棋山莊詞話云：『詞有一闋兩叶者，如何傳酒泉子，上行盃，紗窗恨等類是也；然大抵平仄各自爲韻，歸於同部都少。近讀賀方回詞，見其水調，六州兩歌頭，獨備此體。考之詞律，則水調歌頭失載，而六州歌頭又引韓元吉作，逐段自相爲叶，凡五換韻，而未知尚有此不換韻者。……更釵頭鳳有轉平韻者，紅友亦未采及。……」紅友識明人塡惜分釵，（即釵頭鳳）第三句用仄仄起爲失調，今檢此詞，（指賀氏詞：「世情薄，人情惡，雨送黃昏花自落……」。）則已先之矣。』據此，萬氏於歌頭等調，因未遍勘宋詞之故，致有種種別體之遺漏，且錯識前人自己反失依據。夫賀鑄之東山寓聲樂府並非僻書，乃一經失察，則於詞之分別體韻俱失精詳，人且難予原諒。世之製譜訂體者，取材可以不博，而比勘可以不周乎？舉此一端，餘可知矣。

（四）斟酌主從　上文所以考訂倡和比勘異同者，其目的皆欲於每調許多體格之中，分別主從也。訂譜家爲作者應用計，每調若訂出某體爲主，則作者知所取法；爲詞調著錄計，每調若訂出某體爲主，則排列有序，而論說有歸：兩方面皆覺主從之分爲不可少。萬氏詞律，乃以字數多寡爲序者，每調皆推一至簡之體當前，不問其爲正格與否；雖其說明之中，間或亦表示其調以某體爲主，而有時爲表明正格起見，甚且不惜自亂其字數爲序之例，將字多之體，反列在前（如下文所引該書目錄內之所見者）但凡此在萬氏皆附帶及之，偶然有之而已，若其全書並無此項具體之計畫也。

所謂主從者，如欲定之，其途逕標準各調殊難一致，此所以分別主從非經過一番斟酌不可。試展詞律目錄以觀之，所謂「又一體」者，其下面或注「雙調」「另格」「起異」「結異」「前後整齊」等，乃體式之異也；或注「平仄異」「平韻」「仄韻」等，乃平仄之異也；此外尚有注「作者多宗此體」或「各家多用此格」或「宋人體」或「此體整齊可從」或說明某也正體，某也正調，字數雖較多仍以前列。——凡此種種體別之觀察與衡量，舉可使吾人知除上文所謂「倡和」者考訂明白以外，於每一調之多體者，究應以作家多數所宗者爲主乎？抑應以體格整齊者爲主乎？抑應以體格最簡者爲主乎？是不可以鹵莽從事，必一一權其輕重，審其情勢，而後定之也。

且詞律中各調之排列，除字數爲序之原例以外，又有附列與類列之例。目錄中所見調名之首，有橫標「變格」二字者，乃其前一調之添聲攤破偷聲減字之類也；有橫標「犯調」二字者，乃用其前一調之數句爲起拍，又另取他調之句法以足成之者也；有橫標「合調」二字者，乃與前一調實爲一調，特名異體異者也——凡此皆附列也。所謂「類列」者，則爲令、近、引、慢間變化關連之諸體，大抵長者類列於短者之後。總之：無論類列、附列，要皆非體與體間之關係，而爲調與調間之關係也。（除上附列中之合調一種。此種既是同調異體，應即視爲「又一體」，不當另作一調。）

故所謂主從者，除上文諸體間之主從以外，又有諸調間之主從。惟諸調間之主從，有當分者，有不當分者，亦非斟酌不可。如類別一項，有一種令、近、引、慢，調名雖相關，而實際句法平仄，絕對無關者，萬氏書亦類而列之，適自亂其體例矣。蓋今日所能從事於詞律者，祇有字句之調爲據，並無聲音之調爲據；令、近、引、慢、大曲、散詞間之繁衍變化，本爲詞樂範圍以內之事，且每每非字句長短平仄間所能見者，因其名目有關，特懸想其聲音源委之間，當日必亦有關耳，非今日尚有實際可以考查也。則將考查之事，與懸想之事，混在一書之中，可乎？詞律于甘州曲之後，類別甘州令、八聲甘州等調，而天籟軒詞譜則改依其本調字數，另爲編列，于發凡中明其故曰：『以清眉目。』誠以今日吾人于詞律之所爲，與所可爲者，原不過眉目形式間事耳；若其他者，倘有所得，別爲一書，以極盡其測度懸想之能，則可。昔人于萬氏之書，倘有覺其專論四聲，取逕太窄，以萬氏不明詞樂爲憾者，不知萬氏之書，原非明詞樂之書，有此類列一層，正猶嫌其界限不清，而體例不嚴耳。

（五）標注　以上四事爲根本方法；若倡和既明，文字既確，別體既備，主從既分，則全部之大體已立，所餘者，逐調逐體之標注與說明而已。標注之中，包含句讀、平仄、叶韻三事，至於片段之分，從來空一格以明之並不標注。但其事宜為之于句讀既明之後，而叶韻未定之前，故亦可屬之于標注手續之內。詞律中于句讀、叶韻，皆為積極之注，（即凡句讀叶韻之字方注，否則不注。）而於平仄獨為消極之注，（即可平可仄者方注，應平應仄者反不注。）將平仄不可移易之字見之於詞後說明之中，似不若一律標注於詞中者為顯著也。

句讀之分，須注意文意與調式不能一致之處；為標準之式者，必不容其有此種情形發生也。片段之分，於文意以外，與歇拍換頭之整齊與否，極有關係，每有一句屬上屬下都可者，必須廣徵博考，以定其是。不可草草。四聲之分固應留心平與去上而入之作三聲用，或平上入之代用，尤須細勘注明。叶韻一層，於句末之韻外，又須考及句中之韻，及平仄互叶之韻，及似韻而非韻者。凡確係襯字者，可特作小字以別之。凡起拍換頭，與前後闋相同部分之間，可畫橫線以別之。

（十六）說明　凡不使標注于詞內字旁者，概於詞之前後說明之。宜簡要而不辭費。萬氏書詞後駁難圖譜之處，過於辭費；杜氏所校勘者，多可就詞中實行改正，則校勘之語可免。若詞前之說明，則片數、字數、韻數、宮調、創始人或最早見之書，別名，名解，皆當備之。此外如所列之文字依據何本，及用何本參訂，別體之若干，及其大概，亦應述及。而每一別體之前，尤須說明此體所別者何在，要以一望而知，眉目清朗爲貴。

以上六事，爲修正萬氏詞律者必不可少之計畫。前人有志修正者，除徐杜二家以外，原有王敬之，戈載，秦玉笙三人。王秦徐三家之說，大都爲杜氏所收取；惟戈氏曾有詞律訂詞律譜之輯，惜未刊行，杜氏今未得見。他如清人淩廷堪馮登甫鄭文焯等之詞集，吳衡照丁紹儀謝章鋌蔣敦復之詞話，江順詒之詞學集成等書中，均有校訂詞律之處。雖諸人所言皆未及校訂之大體計畫如何，要必各有見地，方能翹萬氏之短。故無論其說之纖宏詳略，均足供今日從事於此者之參考。類此諸書諸說，事前宜廣爲搜羅，臨事宜細爲考按，以備採取引用。

至於全譜次序，萬氏之依字數多寡者固不妥，許寶善謝元淮等之依南北曲中宮調，及引子，隻曲，過曲等先後者尤不足爲訓。如今重編，最好斷代爲序：唐詞先於宋詞，而金元明清之調，亦附於宋詞之後；至於每一代中，又依創始人或始見之書之先後爲序。如此庶幾全書一面既得爲詞譜，一面亦可當詞史觀。而書前復應就調名全部，另作種種索隱及檢查之目錄，（依調名首字筆畫檢查，依調名末字分韻檢查依全調字數多寡檢查等）務使用其書者，從任何方面著手，均可立時檢得所需之調。如此雖採斷代之排列，於檢查應用方面，仍不覺有不便之處也。

茲就唐調、宋調，各舉一例，以略見以上諸說——

采桑子

（創始）始見南唐中主李璟詞。

（調略）雙疊四十四字，前後各七四四七，四句，三平韻。

（宮調）唐大曲屬太簇角；尊前集注羽調；樂府雅詞注中呂宮；九宮大成譜屬南大石調。

（名解）唐教坊大曲有名采桑者，名楊下采桑；一作涼下采桑。詞名本此。

（別名）有四：南唐李後主詞名醜奴兒令；馮延已詞名羅敷豔歌；宋賀鑄詞名醜奴兒；陳師道詞名羅敷媚。

（變格）有攤破醜奴兒，列入本調；至于黃庭堅之名促拍醜奴兒者，朱敦儒之名促拍采桑子者，乃攤破南鄉子之誤，及辛棄疾之醜奴兒近，潘元質之醜奴兒慢，均不過與本調之別名有關，與本調其實無涉。

亭可仄前春可仄逐紅英盡句舞可平態徘徊韻細可平雨霏霏叶不可平放雙眉時可仄暫開叶

綠(可平)窗(可仄)冷靜芳音斷句香(可仄)印成灰叶可(可平)奈情懷叶(可平)欲睡朦朧(可平)入夢來叶錄尊前集。

攤破醜奴兒　唐調采桑子之變格

（創始）宋趙長卿。

（調略）就采桑子前後闋各加助語及和聲之句。雙疊六十字。前後各七四四九六五句，四平韻。

（名解）因宋人稱采桑子爲醜奴兒，故得此名。

（別名）有二：趙氏惜香樂府題作一翦梅，註云：『或刻攤破醜奴兒。』一翦梅一名，另有本調，故不用之，以免混淆，欽定詞譜名攤破采桑子，蓋改用醜奴兒本名也，宋人實未有之。

（律要）助語必爲「也囉」二字，和聲之句，亦必前後闋相同。

樹(可平)頭(可仄)紅葉都飛盡句景(可平)物淒涼(可平)韻秀出羣芳叶又見江梅(可平)淺淡粧句中叶也囉句眞

箇讀是可人香叶

蘭(可仄)魂(可平)蕙魄應羞死句獨(可平)占風光叶夢(可平)斷高唐叶月(可平)送疏枝(可平)過女牆句中叶也囉句眞

讀 箇是可人香叶 錄惜香樂府。

欽定詞譜云：『楚詞押韻句或用助語詞，漢賦亦多如此，故此詞第四句當於「也」字點句，坊本或于「妝」字點句，及「也囉」二字相連點句者皆非。金詞高平調唐多令兩結句俱有「也囉」字。南北曲水紅花結句亦有「也」字「囉」字。又廣韻七歌云「囉，歌詞也。」此詞兩結「香」字重押，其爲歌時之和聲無疑。』按「也囉」乃連聲，若于「也」字點句，則「囉」一字獨立恐非歌時情形，故仍將「也囉」二字相連點句。

水調歌頭

（創始）始見宋蘇軾詞，製于熙寧九年。（民國前八三六年）

（調略）兩片九十五字。前爲五五十一、六六五、五五共八句六韻四平二仄；後爲三三三十一、六六五五、五五共九句、六韻亦四平二仄。前後平韻一貫，而仄韻則各別。

（宮調）碧雞漫志屬中呂。

（名解）「水調」乃宮調之名。唐時水調有大曲，此就水調大曲之歌頭變化而得者，故名。

（別名）有五去「頭」字，稱水調歌，見張炎詞源；毛滂詞名元會曲；張榘詞名凱歌；姜夔詞名花犯念奴；吳文英詞名江南好。

（律要）凡五言兩句相連者，上句不叶，其尾三字必「仄平仄。」凡通體叶平韻之句，尾三字必「仄平平。」仄韻四句，不叶亦可。

（別體）有平仄互叶一體。

明月幾時有（句）把酒問青天（平韻）不知天上宮闕今夕是何年（叶平）我欲乘風

可仄　㊅　㊉　㊅可平　日平　可仄　可仄　可仄　可平　可仄

歸去（仄韻）又恐瓊樓玉宇（叶仄）高處不勝寒（叶平）起舞弄清影（句）何似在人間（叶平）

可仄　可平　可仄　㊅　㊉　㊅可仄

轉朱閣（句）低綺戶（句）照無眠（叶平）不應有恨何事長向別時圓（叶平）人有悲歡離

可平可仄可平可平可仄　可平　可平　可仄可平可仄　可仄　可仄　可仄

（換仄韻）合月有陰晴圓缺（換叶仄）此事古難全（叶平）但願人長久（句）千里共嬋娟（叶平）錄東坡樂府。

可平　可仄　可平　可平　宜仄㊉　可仄

前後片一字之句，或於六字作一讀，或于四字作一讀，無定。前之「闕」後之「事」，雖有作平者，實宜仄。前之「舞」後之「願」，亦宜仄。

王灼碧雞漫志卷四，說水調甚詳。大意謂水調乃宮調之名，非牌調名也。其創始甚古。就水調中作曲最早而可考見者爲隋煬帝鑿汴河時所製水調歌，幸江都時所製水調河傳。至唐水調卽南呂商。明皇將幸蜀李嶠進水調歌，七言四句；又有五言者，見白居易聽水調詩；又有多遍爲大曲者見脞說。至五代蜀王衍巡閬中自製水調銀漢曲。至宋有水調歌，乃中呂調，雖首尾亦各有五言兩句，但決非白氏所聽者也。（據此，水調歌頭在宋時確有水調歌三字之稱，並非自張炎始爲簡略也。）王明清玉照新志載曾布于元祐中作水調大曲，有排遍第一至第七，共七遍，而排遍第一之句調卽水調歌頭云。據漫志所云，足見水調歷史之大略。惟曾布所爲大曲據玉照新志所載，卽名水調歌頭。「水調」者，一種大曲全部之名也；水調歌頭者，因此大曲僅存歌頭之部分而名之也。今曾詞有排遍七遍，可見「歌頭」二字，乃指排遍七遍之全部而言，非指排遍第一之一遍而言也。考之本調起拍三句，與曾詞排遍第一首三句合；換頭四句，與曾詞排遍第四首四句合；其餘句法，則又散見于各遍中。是蘇詞此調，乃就大曲排遍之七遍內取材，剪裁連綴而成，絕非摘取某一整遍也明矣。漫志謂排遍第一之句調，卽水調歌頭，尙微有訛誤，不可不辨。

別體平仄三叶。

（創始）始見宋賀鑄詞。

（詞略）與正體同，惟正體十一字之句，茲分爲上四下七兩句。又正體不叶之句，除換頭首句外，茲概叶仄，且通體平仄韻一貫。

南國本瀟灑韻六代浸豪奢厶叶——臺城遊冶仄叶襞箋能賦屬宮娃平叶雲觀登臨清夏仄叶碧月留連長夜仄叶吟醉送年華平叶回首飛鴛瓦仄叶卻羨井中蛙平叶

訪烏衣句成白社仄叶不容車平叶舊時王謝仄叶堂前雙燕過誰家平叶樓外河橫斗掛仄叶淮上潮平霜下仄叶檣影落寒沙平叶商女篷窗罅仄叶猶唱後庭花厶叶錄東山寓聲樂府。

以上第一例采桑子，第二例水調歌頭。采桑子有變體，作類列；水調歌頭有別體，作附列。變體自成一調，故類列與原列同式；別體仍是前調，故附列者用較小之字書之。若別體多，可用「別體一」「別體二」……以標明之。——此所以分別主從也。調前之各項說明均有標題，語極簡要；調後之說明，則或爲疏解，或爲考證，皆所以補充調前說明之不足者，不妨詳細。「創始」，「調略」，「宮調」「名解」「別名」「律要」「別體」「變體」共八項，大概可以包括一切；惟除「創始」「調略」兩項外，餘皆不必每調全具，例如「宮調」，別體變體之宮調，皆已見於正體，則別體變格方面者即毋庸重複再見矣。即正體之宮調，亦失考者居多，不能每調皆列也。采桑子前後片句法全同，故爲「雙疊」；水調歌頭前後不全同，故稱「兩片」，此等分別，亦昔書所未及。調旁作(平)(仄)者，示必平必仄也作「宜平」者，應當如此而原詞未合也。——此所以說明與標注也。

大概於唐調，祇有吟諷之律可求；若攤破醜奴兒之有助語及和聲，乃是關歌唱，但編譜者於此，不過存其體格之形式已足，其事甚簡。若宋調則吟諷之律與歌唱之律須兩面俱到。且自來言詞律者，均認爲以古人所以歌唱者，調協于今人之吟諷，練成今人之喉舌，使諧于昔人之絃管，乃詞家應負責之任，於是吟諷與歌唱兩律，益覺顯然並峙。此章所以言詞律扼要一語，學者無論循考吝以修譜，爲詞苑之功臣，或僅因塡詞而用譜，傳前人之絕藝，於宋調之律，皆不可不三致意也。

第三　詞樂

處今日而研究詞樂，殆不免於暗中摸索，扣盤捫燭之失矣。其人苟非於曲樂或一般音樂有基本知識及相當技能者，更無澈底於此事之希望。余非知音之人，且不足以言研究，更何從指導方法！雖然，凡指導一事者，于方法以外，兼應及其事之途逕；途逕之粗者，卽其事之範圍也，如何研究詞樂，吾不能言；若詞樂之範圍如何，研究詞樂者應注意何事，何事爲必不可忽者，猶能撮舉所知，示學者以門徑也。

大概研究詞樂者，可分其事爲兩部分：一乃詞樂之本身，一乃詞樂之源流。詞樂之流是爲曲樂其源則古樂也，「燕樂」也，唐宋時之外國樂也，今之所言，皆從此始。

（一）詞樂之始　詞爲樂府，先有其音樂，後方有其文字。文字所以由詩變而爲詞者，實因樂府詩之音樂先有變化也。然則唐中葉後樂府詩之音樂，究如何乎？當時何以不能保持故態而必變化？其變化之迹又如何？——此三問題，實爲研究詞樂者首需解決者。此三問題決，則詞樂初起之情形明矣。今人從句法形式方面推求，覺唐詩五七言最盛，而詞則長短言也，料想由詩樂之變爲詞樂，必與此層有關。于是考得唐人樂府原用律絕諸體，而漸雜和聲以歌。如朱子語錄云『古樂府只是詩，中間卻添許多泛聲，從來怕失了泛聲，逐一添個實字，遂成長短句，今曲子便是』是其明證。又推求此種樂府詩之音樂，何以添出許多泛聲？我國古歌譜之傳者，如朱子儀禮經傳通解所載之風雅十二詩譜，說者雖不信爲成周原音，但已認爲開元遺調，固一字一音，並無泛聲也。乃唐書五行志謂天寶以後，『樂曲亦多以邊地爲名，有伊州、甘州、涼州等，至其曲遍繁聲，皆謂之入破。』然則開元國樂，雖一字一音無繁聲者，而當時由邊地傳來之胡樂，則繁聲甚多。彼樂府詩之所以有泛聲，豈即受此影響乎？顧無泛聲與有泛聲之一端，尚不足以盡詩樂末造與詞樂初興之況；而僅受胡樂影響之一端，恐亦不足以盡二者變化之故。特有此端倪，可作進一步之探求，必于上列三問皆得完滿解決，而後爲止，是學者之任耳。

(二)律呂之源　宋人論詞，動云「協律」「擇律」。夫不知律，何從言協與擇？不知律源，何從盡知詞樂之律？故律呂之源，亦卽詞樂之源之一部分，不可不考明也。考律呂之源，至少須及三事：一爲十二律三分損一之相生；二爲七音隔八相生之分配；三爲八十四調之旋宮。張炎詞源上卷於此三事已具說明，鄭文焯詞源斠律，復一一詳其說之來歷，並考訂刻本之訛。學者據此，已可得其大意與研究之資料。他若陳澧之聲律通考，方成培之詞麈，近人童斐之中樂尋源等書，各示人以簡明扼要者，並可參覽，茲不覼縷焉。

(三)宮調　研究詞樂之本身，當從其宮調始。盡八十四調乃理想之全聲；後世省七音爲宮、商、角、羽四音，而祇餘四十八調；自宋時燕樂，獨選夾鍾爲律本，四音各得七調，祇餘二十八調；（見宋史樂志）而雅俗通行者，又祇十九調，見詞源上卷，卽所謂七宮十二調是也。學者研究，第一宜考宋人詞集，曾註宮調者有越出詞源所謂十九宮調之外者否；第二宜考唐詞之中，究有若干牌調，尚有宮調可屬者；第三宜考唐詞宮調，與此十九宮調異同出入如何。惟唐宋雅樂，比俗樂相差兩律：雅樂律低，俗樂律高，因而宮調於律名之外，又有俗名；加以胡樂浸入，音程相同者每改用胡樂宮調之譯音，如大石、小石、般涉、歇指之類。故未嘗考訂以上三事之前，又須先探明唐宋宮調名稱中，雅樂、俗樂、胡樂間同異之處，而後方不至爲其種種異名所迷惑混亂也。

（四）律　律者，樂律之總稱也。前之所謂律呂、宮調，後之所謂腔、韻、譜、拍，本者包含其中。平常曰協律者，謂於以上諸事一一皆合規矩也。其實諸事應分別研究，分究既畢，則其協律之總，自可見矣。分別研究，首及擇律。擇律者，意在使所歌之樂，其聲情與當時之氣候相應，乃益覺其和美。故楊纘曰：『律不應月則不美』也。夫聲音之微，與氣候之漸，果有何種密切之關係，是另一問題，今姑不究。今所當注意者：第一，宋人之爲調，是否實行按月擇律？普通詞家皆實行，抑僅精於音律者始實行？僅于節序之詞始實行，抑于一切之詞皆實行？第二，十二律之配月，見月令、宋史樂志及詞源，三者皆同；唐俗樂二十八調之配月，見通雅者，僅二十四調；宋俗樂十九宮調之配月，前人獨無論載。若就詞源所列八十四調中，取其十九宮調俗名之配月，則有數月中無一宮調者，有一月中有數宮調者，參差不齊，頗難取信，此何以故？第三，若就宋人節序之詞中，曾注宮調者，（如各家專集及草堂詩餘等選集所載）以求其宮調配月之情形，則又如何？總之，大晟樂府之製調，或長短增演，或三犯、四犯，乃按月律以爲之，張炎詞源曾有明文，是其事固宋人詞樂上之一種綱領，今日既究詞樂，終不可以其荒略難明，遂置而不問也。

（五）腔　腔之研究有二：一爲擇腔，一爲製腔。擇腔者，實乃擇調，特以腔爲標準耳。蓋欲作一詞，先按月以擇定一律；須就此律所屬之諸調中再擇定一調，然後再按此調之聲譜以塡詞。顧於諸調之中，必擇其腔之韻者，而舍其衰颯、不順、寄煞、無味者，此楊纘之說也。惟唐宋詞調之聲譜，今皆不傳，腔之如何，不得而知。今日欲實行楊氏之說固不可能，卽欲硏究宋人之曾如何實行，舍楊氏數言而外，亦鮮資料也。後人雖亦有擇調之說，如鄧廷楨之雙硯齋筆記，吳衡照、孫麟趾、謝章鋌諸人之詞話中所見，皆以句調四聲爲標準，而非以腔律聲譜爲標準，應當別論。詞律、詞麈、詞學集成、於楊氏擇腔之說均有疏解，而皆有誤會。學者取諸家之說而衡訂之，殆卽研究擇腔之事業耳。至於製腔，方成培詞麈卷五「宮調發揮」一章，已詳其線索。所謂過腔、斷句、定板、起韻、結聲，與此處所列前後各節，皆有關係，須作總括之研究。學者分析方說，而別求論證，以確定之，可也。

（六）韻　此所謂韻，非指韻部之分合，乃楊纘所謂隨律押韻也。卽某律之調，於四聲之中，應押某聲之韻，方覺調協也。唐段安節樂府雜錄久有其說，淸方成培解之，而戈載詞林正韻復歸納宋詞之用韻，按其宮調，已辯段氏之說。戈氏研究之法，最合吾人模仿；惟除集證以外，尙須推求其所以然。

觀段氏定二十八調之用韻，全用五音爲之綱，以上下平、及上、去、入，配徵、羽、及角、宮商，可知四聲與五音間之關係，實爲某宮調應用某聲爲韻之故。顧四聲與五音間之關係，究屬如何乎？段方戈諸人俱未說明，是待後來學者研討而補足之者。

（七）譜　譜之傳者，惟姜夔自度之腔而已，然依其譜字，以簫管吹之，不但無拍節不成樂，且亦拗戾不成腔。因知今日於譜字所認識者，究竟誤否，尚屬疑問。研究宋詞譜字，當然以詞源及白石道人歌曲所見者爲主，而以朱子全集宋史樂志及干騤德曲律所見之宋樂俗譜參考焉。惟詞源所載，刻本多訛，且古今字譜以外，又有管色應指字譜及宮調應指譜，其與古今字譜複見者，每前後不一，糾紛異常。此可以鄭文焯詞源斠律所校者斟酌畫一之；其終不能畫一者，共有若干，已畫一者與今日俗用之譜字，如何譯合，亦均爲研究詞樂者所當整頓。再譜字原所以代表七聲及其變化者，而宋人又兼用以標律呂，故詞源列八十四調，每調之下，必綴一譜字以表之，殊足令人眩惑。中樂尋源曾明此意，亦研究譜字所不可不知者。

（八）起結　起結者，音譜之起與結也。調有幾片，則有幾起幾結。所謂「起」者，非首字，乃首韻也。全譜之宮調，皆由起結兩韻以定，故全詞之四聲，本與全譜皆有關者，而起結兩韻之四聲，乃尤與有關，作者不可以不愼其用字焉。自詞源有「結聲正訛」一節，乃知起結之間結字又與犯調有關，尤爲要緊。學者之究此：第一，可先確定起結於全譜宮調、犯調、製腔各方面之作用；第二，詳明前人所謂起調、畢曲、殺聲、住字、走腔、落韻諸說；第三，再搜羅宋人足以詳明音律之詞例，以爲諸說之證明；第四，則鄭重表明塡詞家於全調起結之處，何以必須格外謹愼守律。

（九）拍眼　有詞無譜不能歌，有譜無拍亦不能歌，而樂終無以形成。詞樂之拍眼，惟詞源中有所論載，自大曲以至令詞，各種拍法不同。於官拍、豔拍以外，又有丁、抗、掣、拽、折、頓、住、打、敲、揩。其中如打、揩、敲，頗類拍外之眼；其餘七字，則不過爲音之形狀，故如掣、折等皆有符號，並不類拍眼之符號，而爲吹管指法之符號也。惟據姜夔詞集，宋人詞譜，祇一字一音，而雅歌又不容有纏聲，則似乎拍節以外，更無需乎有眼。究竟拍外有眼與否，拍與眼之名稱、符號、性質、用途如何，各體詞之拍法——尤其如慢之八均，引近之六均爲要——究竟如何解釋，倘除詞源以外，能多集宋人筆記雜書中說，而一一考訂之，當有功於詞樂不少也。

（十）樂器　詞樂只用簫管。惟據詞源，各詞體所用之管，粗細長短不同，有倍四頭管，倍六頭管，篳篥，啞篳篥之分；其聲音亦有淸圓、淸越之別。而拍具之中，亦有拍板與手調兒兩種。其他書中，於詞樂用具直接記載者雖少，但頭管篳篥，如何製度，「四」「六」何指，如何倍法，啞與不啞何謂，若向各方面探求，當亦不乏材料也。

（十一）歌唱　詞源有「謳曲旨要」一節，專論詞之歌法。但其文乃歌訣體裁，辭簡而意晦，又雜吹管之指法及拍眼於其間，益爲糾繞難明。鄭氏之詞源斠律，雖有疏解，終未貫通。他如雅歌、纏令之分，善歌者之如何融化字面，聲情與文情之如何互相宣發，歌時有無舞之容態表現，亦皆可附及焉。此事比較途逕愈狹窄，材料愈枯澀，特亦研究詞樂者萬不可少之一端，當與拍眼一事，連同進行。

（十二）詞調之繁衍　以上自（三）至（十一），詞樂本身之問題也。若詞調之繁衍，則就各箇詞調，先爲歸納門類，後就各門類，討論其發生之先後，源流與方法，亦詞樂本身之事業，特自別一方面觀察而得者耳。詞調之門類，乃根據詞樂以分者，可以由此進一步，求各體之成因與歷史。詩樂受胡樂之影響，由添泛聲而得長短句，此詞樂之總成因也，亦諸詞調中，大曲與小令，發端兩體之成因也。有大曲則有法曲，有摘遍，有慢詞，有小令，則有引，有近詞，有慢詞，有序子；小令又由添聲，偸聲，減字，促拍，攤破，互相繁衍；令、引、近、慢間又由犯調，集調，互相繁衍；知音者又率意吹管成新腔，然後塡詞，或率意爲長短句，然後製譜，所謂自度腔與自製腔是也。——凡此諸端，有長短句法可作列證者，應兼備其例證；若無實際可按而僅存名目，可供懸想揣測者，亦當推詳其理解。一切要以詞樂方面，爲發論之點，足補詞律等書之所不及。至於製樂專家，如宋太宗、丁仙現、周邦彥、万俟雅言、姜夔等人，歷略如何，成績如何，並當考訂附及焉。

總之：詞曲同爲合樂之藝，本來樂與文並重，樂且先於文，而爲文之所附，故詞樂雖多失傳，仍爲今日研究全部詞學者，所不可廢置不問。凡本身不可通解之處，即藉曲樂爲參考，他山之助，所獲必多，此亦一根本之方法也。

第四 專集選集總集

詞中專集至夥，選集次之，總集最少。總集之中，有專集合編與叢書兩種。叢書無可研究，所應留意者，祇專集之合編耳。

（甲）專集 詞之專集，可分兩種：一乃專家之別集，一乃尋常之別集。研究專家詞集，須兼考據、整理、批評等事；若于普通詞人之集，則就其全書有一大體之觀察，而爲之作提要足矣。專家詞集既經考據整理批評以後，其結果在求得此家著作之全部，全部之精華，及其文字中思想情志之異，藝術上造詣特長之至。可依下列數端，次第爲之：——

（一）搜集材料 認定研究某一家，當先搜集此家著作之全部。宋元以來之詞人，凡屬專家，大抵皆已有專集。此其集或爲作者當時所手訂，或後人之代爲編纂者。然一人之作，傳本若有數種，則多寡異同，往往各別；學者第一須羅致此家之各種專集，及每集之各種版本，以內容最豐者一種爲主，而以餘本別見者增補之。如周邦彥集，片玉詞與清眞集較，清眞集少五十餘闋；陳允平集，日湖漁唱以外，另有西麓繼周集，多出一百二十餘闋，是其例也。更有宋元專家，當時未有專集，或雖有而後世已佚，或後人雖爲編纂，並未得大段之材料，則其所纂實殘缺不完，而宋以來較古較大之選本，如樂府雅詞陽春白雪花草粹編歷代詩餘等書中，反於其詞多所錄載，可一一加以考核，從事增補。故第二層又須羅致諸選本筆記雜書，廣爲蒐輯，以得一家一集之全。如晏氏父子小山珠玉二集，先有汲古閣本，後有小山詞鈔珠玉詞鈔本。後者據歷代詩餘所輯補，幾倍于前者之所有，卽彊村叢書于小山詞用趙氏星鳳閣藏明鈔本，但較之小山詞鈔所輯者，仍少五闋；近人吳昌綬于殘宋本東山詞一卷，明抄本賀方回詞二卷以外，又據樂府雅詞陽春白雪絕妙詞選草堂詩餘全芳備祖花草粹編等書，補得賀鑄之作三十餘闋，是其例也。

惟有名之詞，往往屬甲屬乙，選本之傳載不一，而筆記雜書所載，又每多依託之僞詞。搜集材料者，不可不加以精確之鑒別與考訂；明知其僞者，不容不删，傳說不一而互見或疑似之間而難定者，不可不注明意見。如明人所傳之温庭筠金奩集，其中韋莊張泌歐陽炯之詞甚多，何能盡信以爲温作？卷末附張志和作漁父詞十首，曹元忠謂爲當時人和張之作，並非張作，考訂之確，直揭千百年前宋人之誤，其精審殊可效法也。

（二）校勘字句　專家詞集之傳刻傳鈔，有精有不精。精者如近來四印齋及彊村所刻，不精者莫過於汲古閣之宋六十一家詞。及汪氏之翻刻此書，乃益「帝虎」「烏烏」不能卒讀——此整理名家詞集者所以貴校勘也。惟板本既多，字面歧出，若一首之中，此字從甲本，彼字從乙本，隨意取舍，毫無標準，則終不足以得前人之眞，而饜後人之意，其失與妄爲竄改者相埒——此校勘名家詞集者，又所以貴訂條例也。淸人王鵬運朱祖謀於夢窗一集，校勘再四而後始定，其所訂條例，足以成說，亦足以見例，茲引如次，——

一曰正誤　按夢窗詞，世祇虞山毛氏秀水杜氏二刻。毛刻失在不校，舛謬至不可勝乙；杜刻失在妄校，每並毛刻之不誤者而亦改之。是刻據二本對勘，參以諸家總集，凡譌字之確有可據者，皆一一爲之是正。若「向」誤「丙」，「梅」誤「悔」之類，必臚舉原文，則「亥豕」縱橫，觸目生厭，故卷中不復標明，另爲箚記附後，以備參考。可疑者，或注「句疑」字於本句下；其訛字之未經諸本校出者，依傍形聲，推尋意義，時亦間得一二。已改者注曰，「毛作某，」或「毛誤某，」未改者曰「疑作某，」或「疑某誤，」並列行間，以待商榷，不敢自信以爲必然。至毛本不誤，而相承以爲譌，經杜刻校改者，間分注證明于本闋之末，雖不免掛漏之譏，或有資于隅反，亦毛刻片玉詞例也。

一曰校異　校勘家體例，最重臚列異文，以備考訂。此集世祇毛杜二刻，唯有毛刻以前選本，可據以爲異同，又不少概見……他如御選歷代詩餘，欽定詞譜，萬氏詞律，朱氏詞綜，周氏詞錄，所錄夢窗詞，大都本之毛刻。其校訂譌字之可信者，業已據正原文。此外無甚出入。若「幽芬」之一作「幽芳，」「繡被」之一作「翠被，」浪費楮墨，何關校讐，故祇惟是之求，不能備列。亦有因兩疑而並存者……其有明知改詞以就韻律，避重文，凡一切選家所妄易者，則去之，惟恐不盡，不得以校對之說相繩矣。

一曰補脫　毛刻闕文極夥，有已經空格者，當是原闕，然祇十之三四，不逮脫簡之多；杜刻次第擬補，樂成完書。是刻惟間補一二虛襯字，皆于空格之下注曰「某本作某，」不令與原文相雜；三四字以上則悉從蓋闕。唯甲稿塞翁吟毛闕『綠幕蕭蕭』四字，據詞旨補入正文，以出宋人論著，非後來選本所可例也。其有不空格，注曰「某本多某字」者，按之句律，多寡皆合，不得以闕文論也。又如甲稿浪淘沙慢有『新燕簾底□說』句，……杜刻……于「簾上補畫」字，又改「底」爲「低」，平側大謬。……乙稿木蘭花慢『步屧邱翠莽□□處更春寒』句，……杜刻以「翠莽」處爲句，而補「直上」字于「屧邱」下，遍檢夢窗此調，次句第二字無用側者。此類至多，不可枚舉，故卷中脫簡，不但不敢妄補，即空格處亦詳審而後定。至毛刻原空，則悉仍其舊；間有移易，亦必有說。

一曰存疑　夢窗工於鍛鍊，亦有致成晦澀者，淺人讀之，往往驟不能解，以毛刻之多誤字，遂歸咎于校勘之不精，任情點竄。是以戈載七家詞選，于夢窗塗抹尤甚，稍掉輕心，即蹈此失。如掃花遊換頭，『天夢春枕被』句，杜校謂「天夢」疑「香夢」之僞，初頗謂然。繼思詞爲題瑞圃萬象皆春堂圃，爲嗣榮王別墅。見癸辛雜志。王乃理宗之母弟，度宗之本生父，蓋用秦穆公上天事，語不誤也。又塞垣春起句，『漏瑟侵瓊管』，初以爲必有譌字，嗣讀秋思耗詞，『漏侵瓊瑟，丁東敲斷』云云，始悟爲用溫助教詩，『丁東細漏侵瓊瑟』句。他如疏影之『占春壓一』，一寸金之『醉擘靑露菊，』絳都春之『漫客請傳芳卷』定風波之『離骨漸塵橋下水，』約十許處，不敢謂其不誤，亦不敢謂其必誤，疑而存之，以俟高明鑒定，顧千里云『天下有譌書，然後天下無譌書』，殆有見於存疑之義云。

一曰刪複　夢窗四稿，毛氏刻非一時，故有一詞兩見之失。……皆從杜刻，刪後見者。又有誤收他人之作，毛跋已詳言之。其杜刻……未刪者，玉蝴蝶一闋，見梅溪詞；絳都春一闋，見草堂詩餘，玉漏遲二闋，一見草堂，一見陽春白雪及絕妙好詞。按梅溪，草堂，皆出夢窗前；陽春，絕妙二選出夢窗同時人，且收夢窗詞不少，不應誤將所作他屬——故皆據刪之。惟好事近秋飯一闋，互見蒲江詞，係據中興詞選補錄，未刪。

以上五條中義例之要者，概已用套圈標出。毛氏跋語中又有曰：『夫校詞之難易，有與他書異者：詞最晚出，其託體也卑，又句有定字，字有定聲，不難按圖而索，但得孤證，即可據依，此其易也；然其爲文也，精微要眇，往往片詞懸解，相喻在語言文字之外，有非尋行數墨得其端倪者，此其難也。』觀於上文，「存疑」一條，知所謂難者，誠非無故矣；即所謂易者，證既孤出，眞贗之辨，亦安在其易歟?

（三）編纂與整理　集非出於作家手訂，而板本來歷，又不足信從，或原編特爲凌亂，無可保存者，則重行編纂之功，爲不可少。若完全出於一時新輯者，則事前更須決定一種排比之法。大抵特殊之編次，有設計用意於其間者，（如吳文英之分甲、乙、丙、丁四稿，姜夔之分自度曲、自製曲等）苟非出於作家親手，他人要不宜妄爲主張。若尋常之編次，按字數列調，按調名類詞者，詞集有同詞譜，最爲呆板，能避而弗用爲是。若按宮律類詞者，則宋詞未嘗徧注宮調，即已注者，亦各家不能一致，難於決定，且詞樂既亡，分別宮調何用？大可不必矣。他如朱祖謀之編東坡樂府，用編年體，自成善本。特詞家之作，能如蘇集年代大半可考者，殊不多耳。若全出於新輯者，當然以所據書籍之時代先後爲序，不必按詞類調，較爲活動。更須注意者：新編則新編，舊編則舊編；若既用舊編，則應存其本來面目，毋又參加新意以亂之；至於卷數，用舊編則勿有增改，出於新編，亦宜從簡省，若無改多分，徒亂人意，無當於事。

每一專家有若干集，若干卷，若干調，若干詞，以及下文之所謂創調若干，創名若干，宜概爲統計，而存其數，以作他日增補參訂之準。

（四）考訂與箋釋　考訂有三方面：第一，作者生平，第二，集之板本，第三，詞中創調創體及創名。作者生平，除正史本傳以外，宜兼及野史筆記、雜書，王國維輯清眞先生遺事，可爲模範。惟專爲研究其詞起見，除條列事跡以外，並應鉤稽其爲人之思想與境遇，足以發明詞旨者，供下文所謂評論之用。板本無論存佚，並宜著錄，尤貴明其源流，判其得失，以見某本可用以閱讀，某本可用以整理。創調創體之考均甚要緊，因知某家曾經創調若干，即可見其于音律上之創造如何；雖用舊調而有創體，亦可見其于音律上之變化如何。至于調猶是也，體猶是也，而僅創用新名，事雖瑣屑，實則考明以後，于上文搜集、校勘、編纂、整理等事，均不無應用之處，亦不可忽也。

箋釋之功，於詞學爲尤著，其目的要在發明詞旨而已。宋人之所事者，僅文字典實一方面，如東坡美成之作，注者不止一家；及今所傳，尙有陳元龍之片玉集注一種，惟釋而不箋，明義有限，是其淺者也。金人魏道明之明秀集注，則于字句之外，兼及大義與本事，範圍已較廣。後人於筆記詞話之多載本事者，好爲錄附詞後，以明題旨，藉成專集之箋本，如劉繼增之南唐二主詞箋，是其明例。然詞有本事可按者，終屬少數，若舉題目或文字中所見之時地，及交遊倡和之人，一並爲考訂之材料，則其途逕廣闊，而發明詞旨之功益著矣。蓋所謂題旨與詞旨有異：題旨僅得全詞之原由與大義，是其粗者；詞旨則纖宏並至，無隱不發，是其精者也。南宋諸家之作，寄託深遠，而措詞沈晦，讀者尤賴有箋釋之本，以省推詳揣測之煩。前人所爲，如江昱之疏證山中白雲詞，於功最著，玆略引其敍言如次，以見義例——

『詞自白石後，惟玉田不愧大宗，而用意之密，適有題分，尤稱極詣，率爾讀之，雖擊節歎賞，而作者苦心，或未出也。夫集中之題，但云「某人」「某地」，讀者亦僅就其詞，臆爲人如是，地如是，是人與地因詞而見，而不知詞實有以確洽其人與地，何啻目眩珊瑚木難，而不能名耶？其或實有所指，而本題未能注明，則又往往忽略，甚且以爲寬泛之語，而曾不經意，可勝三歎！間與弟燕畦涉獵之餘，遇可相發明者，輒筆之簡端，垂二十年，繙書不下萬卷，蓋已得十之七八。……率從卷籍不相涉之處，參考互證，觸類旁通而出，既矜剏獲，覆繹詞意，愈覺神觀飛越，恍親歷其時，身入其境，聆其談笑，而罄其曲折。向之平淡無奇者，今皆見其切事愜心，分刌合度，而非隨手塡寫，僅求好句成篇可比。爰加節葺，列於各詞之左；鄙見則以「昱按」二字別之，至其詞之取撫宏富蘊釀深純，則所謂『無一字無來處』者，讀者當自得之，不待鰓鰓爲之詮釋。觀於江氏所言，可知直接之材料無多，且未必完全得用；間接之材料雖搜集費時，而其用往往非前者所可比。用直接之材料，其事稗販而已；用間接之材料，則非有抉擇思考，觸悟不爲功，其可貴也，何待言乎！

至若字句來歷之注釋，有時反覺多事，足以引起讀者之厭惡者，不可不戒。蓋詞家自周邦彥始，好隱括唐人詩句入詞。南宋諸家，長調舍此途逕，幾不足以成闋，即因此故，每每使全詞生氣索然，實一大弊！江氏所謂『無一字無來處』者，實詞家之短處，並不足以效法也。然作者之修辭，每於無意之中與成語偶合，並非有心運用成語者，注釋家若偶有所見，自矜創獲，亦爲之一一點明，則無論其字面之新舊，讀者將意其皆爲成語而發；並非爲詞之眞境而發；反覺機械乏味矣。故詞之注釋，必不能泛泛，則毋寧其缺也。

（五）精讀與選錄　每家專集既經過以上之各項整理考訂以後，可以應用上文所謂「揣摩前人之作」者，潛心精讀一番矣。除句讀以外，遇詞中精粹部分，俱可標出。讀者意之所到，則錄爲卷頭之評語更隨手作箚記，於各方面之懷疑與領悟者，皆一一記入，徐圖決斷爲整理。又下文所謂選錄者既成以後，更可以供朝夕諷詠，前人謂學塡詞先學讀詞，於聲調抑揚頓挫之間，得心領神會之用，然後試爲下文之所謂和作，則詞旨之間，自得丰神諧鬯也。

精讀之際，可憑一時之審察，或一己之嗜好，就全集中定一選目；並據此目，錄成選本。選錄宜首先訂明選旨：第一精選抑粗選；第二，所錄者標準如何；第三，所刪者標準如何；第四，編次如何。大概粗選僅爲消極之削刪，精選始爲積極之表彰。凡可以表見作者爲人之身世與思想者，可以表見作者文章之特長與派別者，皆爲普通選錄之標準也。反此者，固應在刪削之列，即有於此而缺於彼，不爲完璧者，亦非精選之所應納。若字句之殘者，音律之疏者，詞格之降者，則又皆普通刪削之標準也。既有選本，則上文箚記所有，可以移而繫於選錄各詞之後，即下文之所謂評論，亦以與選錄合見爲便焉。

（六）集評與定評　對於每一作家之評論，可先集前人之意見，羅而列之；更總諸說爲數派，合之於詞，以定其是非；益以其他之見解與發揮，是爲定評。評專家之詞，固應集中其思想，顯著其特長，亦常明其淵源，審其學力，與夫受時代之影響如何。所論斷者，須得大體與概況，毋硜硜細處。主客觀宜並用，毋全憑主觀。前人詞論之弊，多在出語不著邊際，不關痛癢，態度不懇切，若不負責者。倘持說偏激於一方，祇要能於自圓，固猶較模稜兩可者有益也。

（七）詳別流派　每一專家以後，必有繼承風派之人：或深入堂廡，或略借蹊徑。彼論者覺察不眞，或有意附會，謂某人屬某派，某人從某家者，固不足道；若後起作者，確於當時或前輩有所師承，有實際情形，明白可按者，則前之定評，已窮其源，兹之沿流，不妨再盡其委。推而至於末流之衰弊何似，亦牽連及之，則於某家詞派本身之利病，所體會者，必能益眞也。張鑑之擬姜夔傳，並列張輯、盧祖皋、史達祖、吳文英、蔣捷、王沂孫、張炎、周密、陳允平九人之歷略，以爲其詞皆宗姜氏，是舉姜氏以後所有之南宋名家，悉係之於姜氏之門也，未免泛矣。諸人既較姜氏爲晚出，詞境受其影響，勢所必然；應另爲著論，分別輕重，而不便一視同仁。若如此以詳流派，將詳不勝詳矣。故所謂詳別流派者，嫡派則詳之，其他者「流」而已矣，爲說以別之已足。至若周濟之宋四家詞選，立周、辛、王、吳四家爲中心，領袖一代，以其餘各若干家爲附庸，則另有機軸，非尋常之言源流派別者可比也。然其入主出奴之處，牽強附會者多，確切投合者少。集百十八而議之，恐亦難得兩人之全同也。蓋指出領袖數家，其法甚巧，若設立門戶，標榜旗號，將其餘者強爲系屬，一若確然無可通融者，則其事甚拙也。

（八）擬作與和作　周邦彥一集出，後人全部屬和者，於宋代知有方千里、楊澤民、陳允平三家；後來之爲全部和晏和姜集者，亦常有之。張炎詞源論學詞，早有『精加玩味，象而爲之』之語。蓋凡事模仿先于創造，學者于名集精讀之餘，得其眞境，體會之，推廣之，自覺胸中有許多詞，須筆之于紙，有欲罷不能之勢矣。前人之言初學作詞，以爲聯句與和韻同是習練之法；惟聯句難得其人，不如和韻。和今人猶或不免于勉強酬應之弊，不如和古人爲妙。和古人不必和其全集，亦不必和其題、韻，習其法而用其境，以自抒情志之所鬱，是亦和也。研究專家詞集者，兼盡此功，庶乎可以斷手而告全業之底成矣。

以上八端，約爲考據、整理、閱讀、批評、撰作五事，乃研究專集者全部之業。或謂實際應用，難于周至；考據與整理，足以阻塞性靈，不如去之，可以極盡欣賞陶寫之樂。如況周頤蕙風詞話之不樂校讎，一則曰：『昔人塡詞，大都陶寫性情，流連光景之作，行間句裏，一二字之不同，安在執是爲得失？』再則曰：『詞以和雅溫文爲主旨，心目中有譬之見存，雖甚佳勝，非吾意所專注。彼昔賢曷能詔余而牖之，則亦終于無所得而已。』不知考據與習讀，原應分別從事，不能同時並舉于一次開卷之間也。先粗讀而省知某家爲有價値之作，値得爲之竭校訂之勞，然後方爲校訂；校訂既至盡善，然後再作精讀，何礙于欣賞之趣乎？且一人一時之勞苦煩悶，足以嘉惠後人後日于無窮。詞果不必箋校，則使今日習夢窗者，仍守毛本而拒王篇，肯乎？使習玉田者，仍止原詞而遺江爵，安乎？此以上八端，應次第以進，不能參雜躐等，學者又不可不省也。

至於尋常別集，非專家之作，習讀批評，種種皆不値得，則各爲形式方面之提要，俟積聚既多，總成考據可矣。

（乙）選集　選集情形，已略見于上文詞法「揣摩前人之作」一節內。選集之用，原有二：一資欣賞，一資考據。研究選集者，亦卽由此兩途以進可也。

（一）編列總目　自五代之花間集起，迄于今日之宋詞三百首止，古今選本共有若干，或存或佚，總列一目。有名必登，搜羅務盡。其數雖多，要不過以百計，非如別集之以千計者，非一二紙所能盡也。此目可依時代爲序。書名以外，並系卷數與作者。能據總目，進而各爲提要最佳，且宜較別集之提要詳盡，因選集之關係較大也。其名存書亡，無要可提者，則爲考證；無可考證者，亦必著明其名目之出處。

(二)分別性質 選本性質各種不同，大別之爲因詞而選，因人而選，因時而選，因地而選，因題而選，因調而選六種。第一種乃純粹以詞之優劣爲準，選集之正者也；欣賞考據，兩得其用，而不相妨。有出于坊間者，有出于專家者，不可不辨。第二種以下，皆先有其他目標，其次方及詞之優劣，如是考據欣賞之兩用，在同一書中，此長則彼消矣。因人而選者，或專選女子，或專選同人，其失每在標榜。因時而選者，關係較大，有正統與非正統兩種，當詳之於詞史之研究中。因地而選者，無非爲存鄉邦文獻起見，可考其體例善否。因題而選者，宋黃大輿梅苑開其端。題小近於戲玩之文；若就大題目彙爲一編者，古今尚少見焉。因調而選者：或因宮調，如明李開先之歇指調古今詞；或因牌調，如百蓴紅詞選一蓴紅百首，皆極僻。又有詞譜兼詞選者，如白香詞譜亦應屬因調而選之列。又有因總集而選者，如宋六十一家詞選，因他書體裁而選者，如宋詞三百首，則又情形各別。總之：一選在手，性質如何，應先審定，方可以及其餘也。

（三）考訂選旨　一選之中，詞之優劣取舍，以何爲標準，不可不察。選家眼光當然隨其人之學識、主張、嗜好而定，故選集有可以代表某一詞派者，如宋周密之絕妙好詞，清朱彝尊之詞綜，張惠言之詞選，其最著者，學者不可失之也。即清綺軒詞選向以纖豔爲人詬病者，但選旨惟一，而分明，選材俱符其選旨，論選集之體例，則甚覺其合，較之無一定宗旨，踳駁淩亂者，固有作用矣。更如周濟之詞辨，及宋四家詞選，以詞評而兼詞選，選之前各自具說，標明選旨，學者自覺其便利。然則遇名選而不具條例說明者，學者固可以就其書中求之，而試爲代訂，此厲鶚輩于絕妙好詞，祇知爲考據方面之箋釋，而不知爲欣賞方面代古人訂明選旨，思之猶屬缺憾也。

（四）編製分目　此就每部選本以內編製分人、分調、分題之目錄也，與（一）編列總目者不同，特亦供考據之用爲多耳。此事僅合向宋元選集，及明以後大部之選集爲之，其餘可以不必。蓋分人目錄之作用，所以便于編訂名家專集時之補佚詞也；分調目錄之作用，所以便于修詞譜時之補調，補體，校勘字句也；分題目錄之作用，所以便于作詞時之有參考，同於一般類書之爲助也。

以上四事，于考據、欣賞、兩用，參互有之。此外研究選集，有同于上文研究專集者：如梅苑、佚詞之待校勘增補，絕妙好詞、尊前集之待考訂，草堂詩餘之已經箋證注釋，是其著者，前舉諸法，學者可以觸類運用。

(丙)總集　玆所以列總集于研究範圍以內者，僅有一意，編纂全宋詞。宋詞之不可以不一全者，猶之漢文唐詩之所以全，蓋三者同爲時代之文學也。以漢文唐詩著作之繁，前人尚且全之，則宋詞篇章比較有限，全之何難？觀于唐五代詞，既已附全于全唐詩之後，乃益覺全宋詞之不可以不有矣。宋詞不全，實清代詞業之大憾。清初欽定詞譜、御選歷代詩餘兩部官書之編定也，一時詞臣，以爲卽此卷帙，于詞業已大有成就，足以自豪；且詞畢竟爲小道，不足與詩騁駕，毋庸如詩之所爲。此種心理，舊時不除，故覺宋詞不必全而存之，但選而存之已足。至近人朱祖謀先生之編刻彊村叢書，于宋人之作，凡附見于詩文之刻者，雖三四首，亦不計工拙，編爲一家，始寖寖有全而存之之意。然編纂歷代詩餘之時，永樂大典猶存，宋人之集，散見甚多，故今日不見之宋詞專集，詩餘中動輒有數十首存儲之富；使當時卽有全而存之之計畫，所成就者，必大有可觀，尚何待彊村今日之三四首卽編爲一集乎？夫昔日有全詞之材，而無全詞之志；今日有全詞之志，而全詞之材已愈益零落，致宋詞終不得以全，豈非清人詞業之大憾乎？今及零落之餘，若急爲掇拾，猶足爲桑榆之補；過此以往，祇恐藝林日益繁冗，而典籍日益消沉，求如彊村之別爲三四首一集者，且必有不可能之一日，豈非又成今日詞業之憾乎？

大概綜明之毛刻，清之侯刻，王刻，江刻，近人之吳刻，朱刻，共若干集，是第一步；搜求現存宋集附詞，爲諸刻所未列者，是第二步；就宋以來諸選集所登彙爲新集，是第三步；就宋以來筆記、雜書，增補遺佚，是第四步。如此進行以後，總得卷佚幾何，在未曾從事之前，雖無從估定，然料其全業，舍鈔繕以外，多不過一人之力，一年之功，十人之力，一月之功而已。有志者正不必以煩爲憚也。至于體例，則全文全詩，典型俱在，毋庸泛及。所宜有別者，全宋詞之篇幅既不過多，各家所用板本及所據書卷，不妨全體注明，以備他日之復按，示其書雖一時編就，內容則千載公開，猶賴後人之陸續增附，而無已毋蹈清時官書自大之習也。